3,- € Ch
W 26

Beate Sauer

ECHO DER TOTEN

Ein Fall für Friederike Matthée

Kriminalroman

Ullstein

Besuchen Sie uns im Internet:
www.ullstein.de

Originalausgabe im Ullstein Taschenbuch
1. Auflage Januar 2018
3. Auflage 2020
© Ullstein Buchverlage GmbH, Berlin 2018
Umschlaggestaltung: zero media.net, München
Titelabbildung: © arcangel (Frau);
© FinePic®, München via Photodisc/Retro Americana
Satz: Pinkuin Satz und Datentechnik, Berlin
Gesetzt aus der Galliard
Druck und Bindearbeiten: CPI books GmbH, Leck
ISBN 978-3-548-28957-1

PROLOG

Eifel, Dienstag, 14. Januar 1947

Er stellte den Borgward-Lastkraftwagen am Straßenrand ab, vor einer Reihe dicht verschneiter Tannen. Auf der anderen Seite der Straße erstreckte sich ein freies Feld. Jenseits davon wuchsen die Berge der Eifel bis zum Horizont. Gewaltige Anhäufungen von Lava und Schlacke.

Als er aus dem Wagen stieg, hörte er in der Ferne helle Stimmen. Wahrscheinlich Kinder, die rodelten. Für einen Moment erinnerte er sich an das erregende, beängstigende Gefühl, auf einem Schlitten einen vereisten Hang hinunterzurasen. An den Wind auf seinem Gesicht, an das Gefühl von Freiheit. Von Unschuld.

Der Waldweg verlief zwischen Tannen, der Schnee war unberührt. Bei den ersten Schritten sank er bis zum Knie ein. Die Wolken hingen tief und bedeckten fast den ganzen Himmel. Nur im Westen loderte der Horizont in roten und gelben Farben. Wie ein Spiegelbild der vor Urzeiten erkalteten Glut. Aus Erfahrung wusste er, dass dies baldigen Schneefall verhieß.

Unter einem Windstoß erzitterten die Tannen. Die Geister der Toten waren wieder bei ihm. Schritten mit ihm den Weg entlang. Doch sie weckten keine Furcht mehr. Nur Reue und Scham.

Et ne nos inducas in tentationem, sed libera nos a malo. Und führe uns nicht in Versuchung, sondern erlöse uns von dem Übel. Die Worte, die er als Ministrant so oft gehört hatte, kamen ihm in den Sinn.

Er hatte eine Entscheidung getroffen. Er würde sich von dem Übel befreien. Die Geister zogen sich zwischen die Tannen zurück, wurden eins mit den Bäumen und dem Schnee. Nur noch der Wald war um ihn.

Ganz leicht und sanft begannen die ersten Flocken zu fallen.

Peter Assmuß schniefte und versuchte, die Tränen zurückzuhalten. Sonst war die Bäuerin freundlich zu ihm, doch soeben hatte sie ihn zornig angeherrscht und beinahe geschlagen. Er verstand nicht, warum. Er hatte doch nichts Schlimmes getan, war nur in den Hof gegangen.

Schneehaufen türmten sich vor den Häusern. Von den Feldern erklangen Stimmen, dort fuhren die Dorfjungen Schlitten. Sein Versteck im Wald lag in der entgegengesetzten Richtung. Auf dem Weg dorthin würde er ihnen nicht begegnen. So schnell es seine viel zu großen, mit Lumpen ausgestopften Stiefel erlaubten, hastete er die Straße entlang.

Hinter dem Dorf führte ein Trampelpfad den Berg hinauf zum Wald. Der Schnee reichte Peter fast bis zum Nabel. Er kämpfte sich voran, rutschte aus, stapfte weiter. Erschöpfung ließ seine Glieder schwer werden. Nun weinte er doch. *Verlauster Polacke* nannten ihn die Jungen. Sie machten sich einen Spaß daraus, ihn abzufangen und zu verprügeln. Am Vortag hatten sie seinen Kopf in eine Schneewehe gedrückt, bis er fast erstickt wäre. Und sie würden es wieder tun. Ihn quälen, bis er nicht mehr einhalten konnte, und sich eine gelbe Pfütze unter ihm bildete.

Polacke, Hosenpisser …

Der Himmel loderte in glühenden Farben, und die schneebedeckten Berge wirkten wie schlafende urzeitliche Tiere. Wind kam auf, fuhr in die Äste, als er den Waldrand erreichte. Hingen dort Tote? Peter erstarrte. Nein, es waren nur Schatten.

Er fühlte sich einsam und verloren. Am liebsten wäre er umgekehrt. Aber er war so müde, und bis zu der Scheune war es nicht mehr weit.

Wolken schoben sich vor den brennenden Streifen am Himmel. Flocken wehten Peter ins Gesicht, mischten sich mit den Tränen auf seinen Wangen. Die Scheune stand auf einer Wiese, umgeben von Apfelbäumen. Im Zwielicht warfen die Stämme und struppigen Äste lange Schatten, und die Tannen im Hintergrund waren ganz schwarz.

Die Scheunentür klemmte, wie Peter wusste. Aber an der Rückseite war ein verwittertes Brett lose. Zitternd hob er es zur Seite, schlüpfte nach drinnen. Der Wind fuhr durch die Ritzen und wirbelte den feinen Schnee auf dem Boden um seine Füße.

Peter kletterte die Leiter hinauf. In einer Ecke des Heubodens lag ein Haufen trockenes Gras. Er kuschelte sich hinein. Der Geruch des Heus erinnerte ihn an zu Hause, tröstete ihn. Er wurde ruhiger.

Das Quietschen der Tür ließ ihn aufschrecken. Waren ihm die Jungen etwa gefolgt? Doch die schweren Fußtritte waren die eines Erwachsenen. Peter spähte durch einen Spalt zwischen den Brettern. Er sah einen breitkrempigen, von Flocken gesprenkelten Hut und Schultern in einem Wintermantel. Ein Streichholz flammte auf, als sich der Mann eine Zigarette ansteckte. Er nahm tiefe Züge, während er unruhig auf und ab ging. Es war jetzt noch dämmriger. Vor der Luke in der Giebelwand hingen dunkle Wolken, und das Rot am Himmel war verschwunden. Peter war so müde, dass er trotz seiner Angst eindöste.

Er wachte auf, als die Scheunentür erneut geöffnet

wurde. Eine Gestalt, die er nur schemenhaft erkennen konnte, trat, von Flocken umweht, herein. Zwei andere folgten ihr. Er konnte die jähe Furcht und das Entsetzen des Mannes, der zuerst gekommen war, fast körperlich spüren. Sein Aufschrei, verzweifelt und flehend, ließ Peter erschauern. Einer der Schatten sagte etwas. Ein seltsames Wort, das Peter von irgendwoher kannte. Doch er vergaß es sofort wieder, als die Schatten begannen, mit Knüppeln auf den Mann einzuprügeln, und dieser unter Schmerzensschreien zusammenbrach.

Peter rollte sich im Heu zusammen und presste die Hände gegen die Ohren. Aber die Schreie hörten nicht auf. Sie hallten auch noch in seinem Kopf wider, als die Männer die Scheune schon längst verlassen hatten.

1. Kapitel

Köln, Donnerstag, 16. Januar 1947

Die eine Seite des Toilettenfensters war mit Brettern vernagelt, das Milchglas auf der anderen hatte die Farbe von Schnee. Polizeiassistentenanwärterin Friederike Matthée drehte den Wasserhahn auf, ließ das eiskalte Wasser über ihre Hände laufen und benetzte ihr Gesicht. Nachdem sie Wangen und Stirn mit einem Taschentuch getrocknet hatte, holte sie einen Kamm aus der Innentasche der Uniformjacke und fuhr sich damit durch die kinnlangen Haare. Ihre Vorgesetzte, Kriminalkommissarin Gesine Langen, verabscheute unordentliches Haar. Anschließend überprüfte Friederike den korrekten Sitz der Uniformmütze und der dunkelblauen Uniformjacke und rückte den Krawattenknoten gerade. Ihre Hände zitterten immer noch.

Aus dem gesprungenen Spiegel über dem Waschbecken blickte ihr ein schmales Gesicht entgegen, das, wo es nicht von dem kalten Wasser gerötet war, sehr bleich wirkte. Auch die Lippen waren blutleer. Friederike besaß große blaue Augen und hohe, fein geschwungene Wangenknochen, und sie hatte einmal als sehr hübsch gegolten. Aber ihr schwarzes Haar war stumpf, und ihre Augen hatten jeden Glanz verloren. Wie die so vieler Menschen in den vergangenen Jahren.

Bisher hatte Gesine Langen sich gegen ihre Festanstellung und Beförderung ausgesprochen. Gut möglich, dass die Kriminalkommissarin sie gleich entlassen würde. Friederike hatte keine Ahnung, wie sie dann ihre Mutter und sich selbst durchbringen sollte. Und das Schlimmste war, dass das Zimmer in der Kölner Südstadt, in dem sie und die Mutter lebten, für städtische Angestellte und Beamte reserviert war. Mit der Arbeit würde sie also auch das Zimmer verlieren. Wohnraum war in der zerstörten Stadt jedoch immer noch so knapp. Fast jeden Tag begegnete Friederike bei ihrer Arbeit Obdachlosen, die in ehemaligen Bunkern Schutz vor der Kälte suchten. Ach, wenn sie doch nur bei der Razzia am frühen Morgen nicht versagt hätte!

Sie hat die Hände zu Fäusten geballt, starrt aus dem Fenster des Polizeimannschaftswagens. Gelegentlich passiert das Fahrzeug eine einsam brennende Straßenlaterne auf dem Ring. Der Schnee auf den Gesimsen der Ruinen wirkt schmutzig. So als wäre der Ruß, der die skelettierten Fassaden bedeckt, in ihn eingedrungen und hätte ihn mit seinen Partikeln durchsetzt.

Das Röhren des Motors übertönt die gemurmelten Gespräche der Kollegen.

»Alles in Ordnung mit dir?« Friederikes Kollegin Lore Fassbänder berührt sie am Arm. Sie und Friederike sind die beiden einzigen weiblichen Beamten in der sechzehn Polizisten umfassenden Einheit.

»Ja, ich habe nur Hunger«, lügt Friederike.

»Wer hätte das nicht.« Lore kramt in den Taschen ihres Uniformmantels und fördert dann drei Stücke Würfelzucker zu Tage. »Hier, nimm.«

»Aber ich kann doch nicht ...«

»Jetzt zier dich nicht. Ich hab auf dem Schwarzmarkt einen wirklich guten Tausch gemacht. Der englische Soldat war ganz versessen auf das Militärabzeichen und den Waffengürtel meines Bruders.«

Lore ist pragmatisch und resolut. Wie Friederike hat auch sie sich in erster Linie bei der Weiblichen Polizei beworben, weil sie dringend eine Arbeit braucht, und nicht aus innerer Neigung. Doch anders als Friederike kommt sie gut mit allem zurecht.

Friederike flüstert »danke« und schiebt die Würfelzuckerstückchen in ihren Mund, wo sie viel zu schnell zerschmelzen. Der Mannschaftswagen passiert die Ruine der St.-Aposteln-Kirche und hält am Rande des Neumarkts.

Der Einsatzleiter, ein stämmiger Hauptwachtmeister in den Fünfzigern, dessen Namen sich Friederike nicht gemerkt hat, steht auf. »Also, dann wollen wir mal, Männer. Und denken Sie dran, dass Sie in dem Bordell nicht zu Ihrem Vergnügen sind.«

Gelächter brandet auf. Lore verdreht die Augen. »Typisch, dass wir für die Herren Kollegen mal wieder unsichtbar sind.«

Friederike nickt stumm. Sie und Lore verlassen den Mannschaftswagen als Letzte und reihen sich am Schluss der Gruppe ein. Zwei Kollegen entfernen sich, um den Hintereingang des illegalen Bordells zu sichern.

Trotz des Uniformmantels fühlt sich Friederike ganz steif vor Kälte. Während sie sich mit den anderen im Gleichschritt bewegt, versucht sie, ihre aufsteigende Panik in den Griff zu bekommen. Die Schritte in den genagelten Stiefeln verursachen ein dumpfes Geräusch auf dem vereisten Boden. Flocken rieseln vom Himmel. Von einer Straßenkreuzung aus sieht sie die Umrisse der Domtürme über den ausgebrannten Ruinen.

Nur zu schnell haben sie das Ziel in der Kleinen Brinkgasse erreicht, ein Eckhaus, dessen Dach weggebombt wurde. Hinter einigen Fensterläden schimmert Licht hervor.

»Aufmachen, Polizei!« Ein Kollege donnert gegen die Tür, während ein anderer mit gezogener Waffe neben ihm steht. Noch einmal wiederholt der Beamte den Befehl. Als die Tür aufschwingt, kann Friederike in dem diffusen Licht im Flur einen Mann erkennen. Er wird zur Seite gedrängt, und die Polizisten stürmen in das Innere des Gebäudes. Friederike folgt den Kollegen. Eine unwirkliche Szenerie, als würde sie alles nur von fern beobachten.

Wie der Einsatzleiter es bei der Besprechung auf eine Tafel gezeichnet hat, führt von dem Flur eine Treppe in die oberen Stockwerke. Ein abgetretener Teppich bedeckt die Stufen. Nach der Kälte draußen ist es in dem Haus sehr warm, und es riecht nach billigem Alkohol und Talkumpuder. Unter ihrem Mantel bricht Friederike der Schweiß aus.

In der ersten Etage fliegen Zimmertüren auf. Halbnackte Männer laufen auf den Flur, andere werden aus den Räumen gezerrt. Proteste und Befehle erklingen, vermischen sich in Friederikes Ohren zu einem Dröhnen. Erst als Lore sie an der Schulter berührt, bringt sie das wieder zu sich. Friederike zwingt sich, die Stufen zum zweiten Stockwerk hinaufzulaufen, wo sie helfen soll, die Prostituierten unter Kontrolle zu bringen.

Hier spielen sich die gleichen Szenen ab wie im Flur darunter. Direkt vor Friederike befindet sich eine offen stehende Tür. Zwei Kollegen pressen den Freier, der wohl gehofft hatte, entwischen zu können, gegen die Wand und legen ihm Handfesseln an. Er ist ein kräftiger Mann, auf dessen Brust und Armen ein dichter, dunkler Haarflaum wächst, wie ein Pelz. Friederike wendet den Blick ab und betritt den Raum.

»Ziehen Sie sich an, und nehmen Sie Ihre Papiere mit!« Die Worte ersterben schier in ihrer Kehle. Die Prostituierte auf dem Bett ist fast noch ein Kind, höchstens fünfzehn Jahre alt. Sie hat eine Wolldecke um ihren Oberkörper geschlungen. Darunter ragen lange, dünne Beine hervor, die Friederike unwillkürlich an ein Fohlen erinnern. Zerzaustes blondes Haar fällt auf ihre Schultern. Einzig ihre Augen wirken sehr alt.

»Zieh dich an!«

»Ich hab nichts Böses getan.«

»Dieses Bordell ist illegal. Außerdem bist du viel zu jung, um hier zu sein.«

»Ich bin einundzwanzig.«

»Gib mir deine Papiere.«

»Die wurden mir gestohlen.« Das Mädchen zuckt gleichgültig mit den Schultern.

Das kann die Wahrheit sein. So viele Menschen sind seit den letzten Kriegsmonaten ohne Papiere unterwegs. Friederike mag sich nicht vorstellen, was das Mädchen in den zwei Jahren seither erlebt hat.

»Zieh dich an!«, wiederholt sie.

Das Mädchen beugt sich vor und greift unter das Bett, zieht dort ein Bündel Kleider hervor.

»Wie heißt du?«

»Christine, Christine Schmitz ...« Die Antwort kommt etwas zu schnell.

Friederike bezweifelt, dass dies ihr richtiger Name ist. Die Glühbirne an der Decke flackert kurz, doch das elektrische Licht erlischt nicht.

»Du brauchst keine Angst zu haben. Wir werden dafür sorgen, dass du an einen Ort kommst, wo du geborgen bist und nicht mehr ... das tun musst ...« Friederikes Stimme versagt erneut. Sie wird alles dafür tun, um das Mädchen vor dem Bordell zu bewahren.

Christine, oder wie auch immer sie in Wirklichkeit heißt, nickt. Sie hat die Wolldecke abgestreift und steht jetzt nackt vor Friederike. Sie ist so mager, dass die Rippen unter der Haut hervortreten, und an ihren Oberschenkeln befinden sich Blutergüsse. Friederike nimmt in der stickigen Luft den Geruch von Schweiß und Sperma wahr. Ihr wird übel.

13

Stumm sieht sie zu, wie das Mädchen eine viel zu große Hose und eine wattierte Jacke anzieht und in ein Paar Soldatenstiefel schlüpft.

Als das Mädchen fertig angekleidet ist, fasst Friederike es am Arm. »Komm, lass uns gehen«, sagt sie freundlich.

Das Mädchen nickt wieder. Gehorsam geht es einige Schritte mit ihr in Richtung Tür – und seine Gegenwehr erfolgt völlig unerwartet. Zu schnell, als dass Friederike Zeit gehabt hätte zu reagieren, reißt sich das Mädchen los und rammt ihr die Fäuste in den Magen. Friederike krümmt sich, bekommt keine Luft mehr. Sie taumelt gegen einen Stuhl und fällt zu Boden. Das elektrische Licht erlischt. Als es einige Sekunden später wieder angeht, hat das Mädchen den Fensterladen aufgerissen und steht auf dem Sims.

»Nein, nein, tu das nicht!« Friederikes Schrei gellt durch den Raum. Mühsam erhebt sie sich auf die Knie. Doch da ist das Mädchen schon gesprungen.

Ein Kollege kommt in das Zimmer gestürmt. »Was ist denn los?«

»Das Mädchen … Es hat sich aus dem Fenster gestürzt!« Ein Schluchzen schüttelt Friederike.

Mit einem unwilligen Laut läuft der Kollege zum Fenster, beugt sich hinaus und bläst dann in seine Trillerpfeife. Als er sich zu Friederike umdreht, hat sein hageres Gesicht einen merkwürdigen Ausdruck.

»Kommen Sie mal her, Fräulein.«

»Nein …« Friederike will den schmalen Körper nicht im Schnee liegen sehen. Widerstrebend lässt sie es zu, dass der Mann seinen Arm um ihre Schultern legt und sie zum Fenster zieht.

An der Hauswand hängt eine Feuerleiter. Friederike hört Metall klirren, als das Mädchen auf den Boden springt. Zwei Beamte ringen unten mit einem Freier. Das Mädchen huscht an ihnen vorbei, blitzschnell bewegt sich sein Schatten

14

über den Schnee, ehe es hinter einem Trümmerhaufen verschwindet.

»Die Kleine ist jedenfalls quicklebendig, und es würde mich sehr wundern, wenn die Kollegen sie noch erwischen.« Der Kollege klopft Friederike auf den Rücken. »Sie haben noch viel zu lernen, Fräulein, wenn ich das mal so sagen darf. Und nun hören Sie schon auf zu weinen.« Er zieht ein Taschentuch aus seiner Manteltasche und reicht es ihr.

Schritte auf dem Flur brachten Friederike in die Gegenwart zurück. Das Notizbuch ... Hatte sie ihr Notizbuch dabei? Hastig fuhr sie in die Taschen ihrer Uniform. Da war es. Ein frisch gespitzter Bleistift steckte in der Lederlasche. Friederike schlug das Büchlein auf. Vor ein paar Tagen hatte sie zusammen mit Lore und einer anderen Kollegin Jugendliche im Hauptbahnhof überprüft. Und ein paarmal, wenn nichts zu tun gewesen war, hatte sie Reisende skizziert. Zeichnungen in einem Polizeinotizbuch würde Gesine Langen sicher zutiefst missbilligen. Friederike riss die Seiten heraus, zerknüllte sie und warf sie in den Abfalleimer unter dem Waschbecken.

Ein Güterzug kroch den Bahndamm entlang. In der eisigen Luft bildete der Dampf aus dem Schornstein der Lokomotive eine riesige Wolke, die alles verhüllte. Lieutenant Richard Davies von der Royal Military Police blieb stehen. Übermüdet, wie er war, erschien ihm der Dampf wie das Tuch eines Zauberers, und er hätte sich nicht gewundert, wenn sich anstelle der Ruine eine intakte Hausfassade vor ihm aufgetan hätte. Doch als sich der Dampf verzog, sah er vor sich wieder eine Wand mit leeren Fensterhöhlen und einem Loch so groß und breit wie ein Lkw, wo sich einmal ein Hoftor befunden hatte. Nicht, dass er die Zerstörung Kölns bedauert hätte ...

In einiger Entfernung führte eine Laderampe abwärts. Das Metalltor am Ende der Rampe war intakt und machte einen massiven Eindruck. Es wurde von einem Corporal bewacht.

»Sir, der Captain erwartet Sie bereits.« Der junge Soldat salutierte und öffnete dann einen der Torflügel.

Lieutenant Davies erwiderte den militärischen Gruß. Der Sergeant, der ihn vor einer guten halben Stunde aus dem Tiefschlaf gerissen und eben vor der Ruine abgesetzt hatte, hatte etwas von einer »Schwarzmarkt-Sache« verlauten lassen. In dem Keller lagen alle möglichen Teile aus Altmetall herum – löchrige Ofenrohre, zerbeulte Autotüren, zerschrammte Felgen, zerbrochene und vom Rost zerfressene Öfen. Da Metall immer noch Mangelware war, hatte das Alteisen einen beträchtlichen Wert.

Vor dem Lieutenant bewegte sich die Kellerwand. *Die Wand bewegte sich?* Er blinzelte, glaubte, einer Sinnestäuschung zu erliegen. Doch die unverputzten Backsteine glitten tatsächlich beiseite, und aus der Öffnung trat die große, dünne Gestalt von Captain Mannings. Er war ein Mann Mitte vierzig, dessen Oberlippe ein schmaler Schnurrbart zierte, wie man ihn von dem Verführer in einem Boulevard-Theaterstück kannte. In der Hand hielt er etwas, das aussah wie ein dünner Stoffstreifen. Mannings war ein Vorgesetzter, der manchmal einen etwas seltsamen Humor hatte, doch Davies schätzte ihn sehr.

»Guter Trick, nicht wahr? Perfekte Tarnung einer Tür. Sehen Sie sich das an, Lieutenant.« Der Captain deutete hinter sich und ließ Davies vorausgehen.

Ein weitläufiges Gewölbe erstreckte sich vor ihnen, dessen Decke von Metallstreben gestützt wurde. Regale zogen sich an den Wänden entlang. Darauf stapelten sich Kartons, die, wie Davies beim Näherkommen feststellte, Damen- und Herrenschuhe in allen möglichen An-

16

fertigungen und Größen enthielten. Auf anderen Regalbrettern lagen Stoffballen, die im Licht der elektrischen Lampen seidig schimmerten. Er entdeckte Schreib- und Nähmaschinen, Lampenschirme, Töpfe und Geschirr, Rahmen mit und ohne Gemälde, Konservendosen und stapelweise Fensterglas. Ein äußerst begehrtes Gut in einer Stadt, in der immer noch ein Großteil der Fenster mangels Glas mit Brettern vernagelt war.

In der Kellermitte lagerten Säcke und Kisten – Zucker und Mehl in solchen Mengen, dass es sicher mehrere Tonnen sein mussten. In Papier eingeschlagene Butterbarren und Zigarettenstangen bildeten kleine Berge und Autoreifen schwarze Türme aus Gummi. Die Marken der Zigaretten waren britisch – was erklärte, warum die Militärpolizei den Keller inspizierte. Höchstwahrscheinlich waren sie aus britischen Beständen gestohlen worden.

»Sieht aus wie Aladins verdammte Wunderhöhle, finden Sie nicht auch, Lieutenant?«

»Allerdings, Sir ...«

»In den angrenzenden Kellern liegt Kohle in einer Menge, mit der man halb Köln beheizen könnte.« Der Captain ließ sich auf einem Stapel Teppiche nieder. Er wedelte mit der Hand, und ein seidener Damenstrumpf schwebte durch die Luft. Der Captain betrachtete ihn wehmütig. »Es gibt ein paar hundert von diesen Strümpfen und Lippenstifte in allen Farben. Damit könnte ich mir wahrscheinlich alle Huren der Stadt und ziemlich viele von unseren weiblichen Militärangehörigen kaufen. Tja, zu schade, dass die Mengen genau vermerkt werden müssen. Den Soldaten, die die Strümpfe zählen, wird das Herz bluten. Tut mir übrigens leid, dass ich Sie aus dem Bett holen lassen musste, Lieutenant. Ich hörte, Sie hatten eine ziemlich lange Nacht.«

»Das kann man so sagen, Sir.« Richard Davies hatte

eine Operation gegen eine Diebesbande geleitet, die darauf spezialisiert war, im Schutz der Dunkelheit auf fahrende Züge zu springen und die Waren hinunterzuwerfen. Erst gegen sieben Uhr in der Früh war er in das Haus zurückgekehrt, wo er und einige andere Offiziere lebten, und wie ein Stein ins Bett gefallen.

»Die Operation war erfolgreich, wie man mir sagte. Fünf Männer sollen festgenommen worden sein.«

»So ist es, Sir.«

»Schön, schön …«

Davies gab sich – ebenso wie der Captain – keinerlei Illusionen über langfristige Auswirkungen ihrer Aktion hin. Für die Bande, die er in dieser Nacht festgenommen hatte, würde in den nächsten Tagen eine neue entstehen. Überall in dem besetzten, zerstörten Land wurde gestohlen und illegal gehandelt. Es verhielt sich wie mit der sprichwörtlichen Krake – hieb man einen Tentakel ab, wuchs ein neuer nach.

Der Captain lehnte sich etwas zurück, als wolle er es sich auf den Teppichen bequem machen, und Davies musste unwillkürlich an das Märchen denken, in dem sich ein Mann auf einem fliegenden Teppich in die Lüfte erhob.

»Sagt Ihnen der Name Jupp Küppers etwas?« Captain Mannings sprach das »ü« in Küppers als »u« aus.

»Ein Alteisen- und Schrotthändler mit Kontakten zum Schwarzmarkt, Sir.«

»Ja, ja … Mr Küppers, ein kleines Licht auf dem Schwarzmarkt – das ist es, was wir und die Deutschen dachten. Bis die Deutschen heute Nacht auf dieses Lager stießen.« Captain Mannings ließ seinen Blick beinahe verträumt durch den Keller schweifen.

»Dieses Lager gehört Küppers?« Davies war verblüfft. Der Mann, der dieses Lager besaß, war gewiss kein kleines Licht auf dem Kölner Schwarzmarkt, er zählte zu den beherrschenden Figuren.

»Es *gehörte*. Vergangenheitsform. Küppers wurde vor zwei Tagen in der Eifel ermordet. Erschlagen, genau genommen. Sie werden die Ermittlungen leiten, Lieutenant.«

»Sehr wohl, Sir ...« Davies versuchte sofort, sich auf die neue Aufgabe einzustellen. Die Special Investigation Branch der Royal Military Police war chronisch unterbesetzt, und es kam ständig vor, dass Offiziere und einfache Soldaten von einem Sachgebiet zum anderen wechselten. Seit er vor drei Monaten von Hamburg nach Köln versetzt worden war, hatte er in einem Mordfall, zwei Vergewaltigungsdelikten und mehreren Fällen von Einbruch und Diebstahl sowie Körperverletzung ermittelt.

»Darf ich fragen, Sir, warum wir erst so spät über den Mord informiert wurden?«

»Küppers wurde in einem Dorf in der Nähe von Schleiden umgebracht und die Leiche erst am späten Abend entdeckt.« Captain Mannings erhob sich von dem Teppichstapel und streckte sich. »In dem Dorf gibt es kein Telefon. Deshalb war es schon mitten in der Nacht, ehe die Aachener Kriminalpolizei von dem Verbrechen erfuhr. Bei den derzeitigen Wetterverhältnissen zogen sie es vor, erst am Morgen zu dem Dorf aufzubrechen – was ich ihnen nicht verdenken kann. Die Dörfler kannten Küppers, er war wohl regelmäßig als Alteisen- und Schrotthändler in der Eifel unterwegs. Trotzdem dauerte es aus irgendwelchen Gründen, bis seine Identität geklärt war. Wie auch immer ... Die Aachener informierten die Kölner gestern Nachmittag über Küppers' gewaltsames Ableben. Die Kölner Polizei leistete Amtshilfe und vernahm Küppers' Angestellte, woraufhin einer von ihnen Panik bekam und das Lager verriet. Und als die Kölner Polizei

19

die britischen Zigaretten sah, kamen wir dann ins Spiel. Penicillin aus unseren Beständen hat sich übrigens auch gefunden.«

»Die Aachener Kriminalpolizei hat bereits eine Haus-zu-Haus-Befragung in dem Dorf durchgeführt?«

»Ja, das hat sie. Die Deutschen waren sehr gut organisiert und sehr effektiv wie immer. Sie konnten uns auch einen ›sehr wahrscheinlichen Zeugen‹ des Mordes nennen.«

»Was bedeutet ›sehr wahrscheinlich‹, Sir?« Richard Davies sah dem Captain an, dass er Spaß an seiner geheimnisvollen Äußerung hatte.

»Der Zeuge weigert sich bislang zu reden. Aber ich habe mich schon um Unterstützung für Sie gekümmert.« Der Captain klopfte Davies auf die Schulter. »Kommen Sie. Ich erzähle Ihnen im Wagen alles Weitere.«

2. Kapitel

Köln

Friederike schluckte hart, als sie an die Tür von Gesine Langens Büro klopfte. Nach einigen Momenten ertönte ein sprödes »Herein«. Ihre Vorgesetzte saß hinter dem Schreibtisch. Gerade noch rechtzeitig erinnerte sich Friederike daran, dass sie die Vorgesetzte militärisch zu grüßen hatte, und hob die rechte Hand an die Mütze. »Frau Kriminalkommissarin ...«

Gesine Langen nahm Friederikes Erscheinen mit einem knappen, ungnädigen Nicken zur Kenntnis und widmete sich dann wieder einem Schriftstück. Sie forderte Friederike nicht auf, Platz zu nehmen – eine bewusste Demütigung.

In einer Ecke des Büros stand ein kleiner Stuhl, auf dem eine Puppe und ein Teddybär saßen. Daneben lehnte ein Steckenpferd an der Wand. Ein Regal enthielt, ordentlich aufgereiht und gestapelt, Bilderbücher und Bauklötze, und an den Wänden hingen kolorierte Märchenbilder. Hänsel und Gretel, die an dem Pfefferkuchenhaus naschten, Dornröschen auf seinem Bett, von einem Dickicht aus Dornen umgeben, und Rapunzel, die ihren Zopf aus dem Turmfenster hängen ließ. Friederike hatte sich manchmal gefragt, ob diese Bilder möglicherweise eine Lebensmaxime der Kriminalkommissarin verkörperten – dass hinter jedem Genuss und jedem nicht ganz korrekten Verhalten unweigerlich das Verderben lauerte.

Gesine Langen war um die fünfzig Jahre alt und kaum

größer als die ein Meter sechzig, die Voraussetzung für den Dienst bei der Weiblichen Polizei waren. Friederike vermutete, dass ihre Vorgesetzte auch schon vor der Zeit der Lebensmittelrationierungen sehr dünn gewesen war. Ebenso grau wie die Augen, die hinter runden, von Metall eingefassten Gläsern lagen, waren ihre Haare, die sie in einem geflochtenen Zopf um den Kopf gesteckt hatte. Diese Frisur hatte etwas Kindliches und erinnerte doch auch an das Diadem einer Königin. Tatsächlich kam die Kriminalkommissarin Friederike manchmal vor wie ein altkluges, gehässiges Kind und gleichzeitig wie eine Herrscherin, die ihr Reich voller Misstrauen gegenüber den Untergebenen regierte.

Gesine Langen war Kindern und Jugendlichen gegenüber streng, aber nicht unfreundlich, und sie leitete ihre Dienststelle kompetent. Aber Friederike mochte sie nicht, und sie war überzeugt, dass dieses Gefühl auf Gegenseitigkeit beruhte.

Endlich legte die Vorgesetzte den Füllfederhalter weg, verschränkte die Hände auf dem Schreibtisch und wandte sich Friederike zu. Ihr Mund war schmallippig.

»Polizeiassistentenanwärterin Matthée, Sie haben es, seit Sie vor sechs Wochen von dem Lehrgang an der Polizeischule zurückgekehrt sind, mehrmals unterlassen, Vorgesetzte angemessen zu grüßen. Sie wurden bei einem Streifengang mit einer Handtasche gesehen, obwohl Sie wissen, dass dies streng verboten ist. Vor kurzem haben Sie die Vernehmung einer Frau, die von ihrem Ehemann misshandelt wurde, abgebrochen und sind aus dem Büro gerannt, und bei der Razzia heute Morgen haben Sie eine minderjährige Prostituierte entkommen lassen. Kommissar Hohner sagte mir, dass Sie das Mädchen auf höchstens fünfzehn schätzten. Stimmt das?«

»Ja, Frau Kriminalkommissarin, das trifft zu.«

»Ein Kind also fast noch, das dringend in Obhut hätte genommen und vor sich selbst geschützt werden müssen. Durch Ihr Versagen wird es sich weiter prostituieren und bald sicher unrettbar in der Gosse enden. Haben Sie irgendeine Entschuldigung vorzubringen?«

Friederike sah wieder die Blutergüsse auf den dünnen Oberschenkeln des Mädchens vor sich und glaubte, die Ausdünstungen in dem Raum zu riechen. »Nein, Frau Kriminalkommissarin, ich kann mein Verhalten leider nicht entschuldigen.«

»Und ich wüsste nicht, warum Sie weiter im Polizeidienst verbleiben sollten.«

»Das kann ich verstehen, Frau Kriminalkommissarin.« Jetzt war es also so weit, sie war entlassen. Friederike senkte den Kopf und starrte auf das grau geäderte Linoleum. Schneereste zwischen den Rillen ihrer Stiefelsohlen waren geschmolzen und bildeten um ihre Füße kleine, schmutzige Pfützen. Sie fühlte sich elend, aber sie würde vor der Vorgesetzten nicht in Tränen ausbrechen.

»In einem einzigen Bereich haben Sie sich nicht ungeschickt angestellt. Sie können gut mit Kindern umgehen, und die Protokolle Ihrer Vernehmungen sind sehr detailliert und aussagekräftig.«

Was wollte Gesine Langen ihr damit sagen? Wollte sie ihr vorschlagen, sich in einem Kindergarten zu bewerben? Kindergärten gab es nur wenige in der zerstörten Stadt. Friederike erwiderte nichts.

»Deshalb werde ich Sie nicht entlassen. Noch nicht …«

Perplex schaute Friederike auf. Sie wagte den Worten der Kriminalkommissarin nicht zu trauen, denn deren Miene war alles andere als ermutigend.

»Mir liegt ein Gesuch der britischen Militärpolizei vor. Die Briten fordern eine Beamtin an, die gut mit Kindern zurechtkommt und über gute Englischkenntnisse verfügt. Beides ist bei Ihnen der Fall. In der Eifel wurde ein Mord an einem Kölner Alträucher verübt. Sie wissen, was das Wort bedeutet?«

»Ja, das ist ein Alteisen- und Schrotthändler.«

»Genau. Die Engländer haben den Verdacht, dass der Alträucher mit Waren aus ihren Beständen gehandelt hat.«

»Deshalb sind sie also in den Fall involviert«, entschlüpfte es Friederike.

Gesine Langen quittierte die Unterbrechung mit einer missbilligenden Geste und ging nicht weiter darauf ein. »Vermutlich hat ein kleiner Junge die Tat beobachtet«, fuhr sie fort. »Sechs Jahre alt soll er sein. Er wurde in der Nähe des Tatorts entdeckt und weigert sich seither zu sprechen. Die englische Militärpolizei war mit ihren Angaben äußerst zurückhaltend. Aber sie geruhte mitzuteilen, dass der Junge aus Ostpreußen stammt, wie Sie.«

Gesine Langen sprach das Wort »Ostpreußen« aus, als sei dies das Siedlungsgebiet eines primitiven Volksstammes.

»Vielleicht gelingt es Ihnen ja, durch die gemeinsame Herkunft einen Kontakt zu dem Jungen herzustellen. Ich will Ihnen nicht verhehlen, dass, wenn es diesen Bezug zu Ostpreußen nicht gäbe und die Briten nicht eine Polizistin mit guten Englischkenntnissen angefordert hätten, meine Wahl bestimmt nicht auf Sie gefallen wäre. Und ich muss wohl nicht eigens betonen, dass dies Ihre letzte Chance ist, im Polizeidienst zu bleiben.«

»Ich ... ich werde mein Bestes geben, Frau Kriminalkommissarin.«

»Das will ich sehr hoffen.« Gesine Langen lächelte dünn. »Sie werden sich mit dem englischen Offizier in dem Dorf treffen. Einer unserer Leute fährt Sie dort hin. Ich hätte es ja in Zeiten der Benzinrationierung für sehr viel sinnvoller gehalten, wenn der Offizier Sie hier abgeholt hätte und Sie zusammen in die Eifel gefahren wären.«

»Das sehe ich genauso.« Jetzt, da sie ihre Stelle vorerst behalten hatte, war Friederike bereit, Gesine Langen in allem zuzustimmen.

»Aber was will man von einer Besatzungsmacht, die achthundert Kalorien am Tag als ausreichend für die Bevölkerung erachtet, schon anderes erwarten.« Die Kommissarin winkte ab. »Der Kollege holt Sie in einer halben Stunde ab. Stellen Sie sich darauf ein, in der Eifel zu übernachten. Das war alles. Sie können gehen.«

Friederike zögerte.

»Ist noch etwas?«

»Meine Mutter wird sich Sorgen machen, wenn ich heute Abend nicht nach Hause komme. Sie regt sich immer so schnell auf.«

»Ich werde eine Beamtin zu ihr schicken.«

»Danke, Frau Kriminalkommissarin.« Friederike hob die Hand an die Mütze.

Draußen auf dem Flur ließ sie sich gegen die Wand sinken. Ihre Beine waren ganz weich. Ja, sie würde diese Chance nutzen. Sie würde Gesine Langen keinen Grund geben, sie zu entlassen.

»Herr Leutnant ...« Der uniformierte Polizist am Eingang der Zentralen Kriminaldienststelle salutierte und wies Davies zum Büro von Kriminalhauptkommissar Dahmen.

Während Davies die Stufen des Treppenhauses aus der Gründerzeit hinaufstieg, rekapitulierte er, was er über Dahmen in Erfahrung gebracht hatte. Nachdem er mit Captain Mannings zur britischen Stadtkommandantur am Kaiser-Wilhelm-Ring gefahren war, hatte er sich dort die Akte des Hauptkommissars heraussuchen lassen. Wenn er mit der deutschen Polizei zusammenarbeiten musste, zog er es vor, genau darüber informiert zu sein, mit wem er es zu tun hatte.

Dahmen lebte in Köln–Mühlheim, war Jahrgang 1900 und Kriegsfreiwilliger, ab 1917 eingesetzt an der Ostfront. Nach der Kapitulation Deutschlands hatte er eine Schreinerlehre absolviert. 1922 war er in die Schutzpolizei eingetreten und hatte es innerhalb weniger Jahre geschafft, zur Kriminalpolizei aufzusteigen.

Im Sommer 1933 war er der NSDAP beigetreten, wie die meisten Beamten, und im Jahr darauf zur Mordkommission gewechselt. Zumindest laut seiner Akte war er nicht in die Verbrechen der Nationalsozialisten verstrickt, und er hatte viele Fahndungserfolge vorzuweisen.

Im April 1945, nach dem Einmarsch der alliierten Truppen ins Rheinland, war Dahmen wegen seiner NSDAP-Mitgliedschaft aus dem Polizeidienst entlassen worden. Seine Wiedereinstellung erfolgte bereits im Winter 1945. Ein Beamter des Landesfinanzamts Köln namens Herrmann Scholzen hatte sich für Dahmen eingesetzt. Scholzen, ein früheres Zentrums-Mitglied und Mitbegründer der Christlich Demokratischen Union, stand im Sommer 1944 nach dem gescheiterten Attentat auf Hitler auf der Fahndungsliste der Gestapo. Dahmen, den Scholzen aus dem Ruderverein kannte, warnte ihn und half ihm, im Süden von Köln unterzutauchen. Nach dem schweren Bombenangriff am 30. Oktober 1944 gab Dahmen ihn als tot aus, was Scholzen die Flucht nach Süddeutschland ermöglichte, wo er sich bis zum Kriegsende auf einem Bauernhof versteckte.

Dahmen war kein Held, dachte Davies. Aber er hatte mehr riskiert als viele Deutsche. Bei seiner Zusammenarbeit mit einem deutschen Polizeibeamten hätte er es schlechter treffen können.

Kriminalhauptkommissar Gernot Dahmen erhob sich hinter seinem Schreibtisch. Er streckte die Hand aus, ließ sie dann jedoch wieder sinken, als sei er sich unsicher, ob Davies sie ergreifen würde. Er hatte klare Gesichtszüge. Seine Haare waren fast weiß, die Augen graublau. Davies vermutete, dass er in jüngeren Jahren dem von den Nationalsozialisten so geschätzten »nordischen« Menschentyp entsprochen hatte. Doch nun war Dahmen viel zu mager, um martialisch zu wirken. Auch seine schlecht rasierten Wangen – fast alle deutschen Männer waren in diesen Jahren des Mangels schlecht rasiert – passten nicht zu den glatten, kantigen Gesichtern auf den Propagandaplakaten. Unter dem abgetragenen Jackett trug Dahmen einen dicken Wollpullover, vermutlich wegen der Kälte in dem kleinen, mit alten Möbeln eingerichteten Büro.

Davies stellte sich vor und reichte ihm die Hand. *Do play your part as a representative of a conquering power and keep the Germans in their place. Don't show hatred. The Germans will be flattered ...* Sätze aus einem Handbuch für Mitglieder der Control Commission for Germany – der zivilen Administration der Militärregierung – gingen ihm durch den Sinn. Er musste mit Dahmen zusammenarbeiten, und er hatte die Erfahrung gemacht, dass die Deutschen besser kooperierten, wenn man sie nicht als Parias behandelte, sondern ihnen gegenüber Wertschätzung zeigte. Gleichgültig, was er selbst von ihnen hielt.

»Es tut mir leid, dass die Militärpolizei erst so spät vom Tod Küppers' informiert wurde.« Dahmen setzte sich erst, nachdem Davies Platz genommen hatte. Er sprach mit dem leicht singenden Akzent des Rheinländers.

»Nun, das ist nicht Ihre Schuld«, erwiderte Davies höflich. »Wir, wie ja auch die deutsche Polizei, haben Küppers bisher nur als kleines Licht auf dem Schwarzmarkt betrachtet. Bei den Ausmaßen seines Lagers kann ich mir allerdings kaum vorstellen, dass es erst nach dem Krieg angelegt wurde. Ist denn aus der Zeit vor Mai 45 etwas über Küppers' Schwarzmarktaktivitäten bekannt?«

»Ich habe deswegen schon mit den Kollegen von der Wirtschaftskriminalität gesprochen.« Dahmen schüttelte den Kopf. »Die beiden, die bereits vor Kriegsende mit Wirtschaftsvergehen befasst waren, wissen nichts über Küppers.«

»Nur zwei Beamte aus der Zeit vor dem Kriegsende sind in dem Dezernat beschäftigt?«

»Einige befinden sich noch in Kriegsgefangenschaft, andere kamen während des Krieges ums Leben, und drei oder vier wurden von der Militärregierung entlassen.« Dahmens Stimme klang neutral.

»Was ist mit Akten?«

»Ich lasse danach suchen. Viele wurden allerdings bei den Bombenangriffen auf die Stadt vernichtet.« Dahmen sagte nicht »bei den alliierten Angriffen«, aber unausgesprochen stand es im Raum. Er räusperte sich. »Die Nationalsozialisten waren, was den Schwarzmarkt betrifft, sehr streng. Ich bin sicher, wenn Küppers irgendwie auffällig geworden wäre, wäre er auch angeklagt worden. Eine andere Möglichkeit ist, dass ihn jemand von der Polizei, der Gestapo, der Stadtverwaltung oder der Gauleitung gedeckt hat.«

»Das habe ich auch schon in Erwägung gezogen.« Davies runzelte die Stirn. Bei diesem Ermittlungsansatz kam er im Moment nicht weiter. »Sie haben Durchschläge der Befragungen, die Ihre Aachener Kollegen durchgeführt haben?«

»Ja, die habe ich. Meine Mitarbeiter und ich gehen sie zurzeit durch. Eine heiße Spur gibt es bislang noch nicht, auch wenn die Tat auf einen Raubmord schließen lässt.

Laut seinem Dienstmädchen und anderen Zeugen trug Küppers immer eine teure vergoldete Uhr von der Firma Lange aus Glashütte mit eckigem Ziffernblatt. Die fehlte bei dem Leichnam, und Geld wurde ebenfalls nicht gefunden. Ohne Geld unterwegs gewesen zu sein wäre für Küppers äußerst ungewöhnlich gewesen.«

»Haben die Aachener über die Dorfbewohner hinaus noch weitere Menschen befragt?«

»Jupp Küppers besaß einen kleinen Bauernhof in der Eifel, in der Nähe von Kall. Ein Kollege hat mit dem Knecht, der ihn verwaltet, einem gewissen Horst Sievernich gesprochen. Das Protokoll der Vernehmung ist allerdings nicht sehr aussagekräftig. Soll ich einen meiner Leute nach Kall schicken, um den Mann noch einmal zu befragen?« Dahmen hatte seine Befangenheit inzwischen abgelegt.

»Da ich ohnehin in die Eifel fahre, übernehme ich das selbst. Captain Mannings sagte mir, dass Küppers' Wagen, ein Borgward, in der Nähe einer Tannenschonung gefunden wurde ...«

»Das stimmt.« Dahmen nickte. »Küppers muss durch die Schonung zu der Scheune gegangen sein, wo er umgebracht wurde. Es ist der kürzeste Weg.«

»Hat ihn irgendjemand auf dem Weg dorthin gesehen?«

»Nach unserem derzeitigen Kenntnisstand leider nicht. Aber ein kleiner Junge hat ja wahrscheinlich die Tat beobachtet. Ich nehme an, Sie werden selbst mit ihm sprechen?«

»Ja, und eine Beamtin der Weiblichen Polizei begleitet mich.«

»Ich hoffe, es gelingt ihr, den Jungen zum Reden zu bringen. Kriminalkommissarin Gesine Langen, die Leiterin der Weiblichen Polizei, hat gutes Personal.«

Davies ging nicht weiter darauf ein. »Wie steht es mit Küppers' Angehörigen – wurden die bereits befragt?«

»Seine direkten Angehörigen sind tot. Der Sohn starb im Winter 44 an der Ostfront. Die Frau und die Tochter kamen bei dem Bombenangriff im März 45 ums Leben.«

»Gibt es sonstige Verwandte?«

»Eine Schwester, Hilde Reimers. Sie lebt im Kölner Stadtteil Bocklemünd, hält sich aber im Moment, laut den Nachbarn, bei Verwandten im Bergischen auf. Wir versuchen, sie ausfindig zu machen. Mit Küppers' Dienstmädchen habe ich selbst gesprochen. Sie hat natürlich gewusst, dass Küppers auf dem Schwarzmarkt aktiv war, beteuert aber, von dem Lager in Nippes keine Ahnung gehabt zu haben. Was ich ihr auch glaube.«

»Ich möchte mich selbst in Küppers' Haus umsehen. Würden Sie mir die Schlüssel geben?«

Dahmen reichte Davies den Schlüsselbund und zögerte dann kurz. »Das Dienstmädchen schläft in einem Schuppen im Hof. Sie fragt, ob sie wieder dorthin zurückkehren darf. Sie hat keine andere Bleibe in der Stadt, und ich sehe eigentlich kein Problem darin. Die Wohnungssituation ist ja nun mal sehr schwierig ...«

»Ich entscheide das, nachdem ich mich in dem Haus umgesehen habe«, erwiderte Davies knapp und stand auf. »Ich schlage vor, dass Sie und Ihre Leute sich vorerst auf die Vernehmungen von anderen Schwarzmarkthändlern konzentrieren. Die Protokolle leiten Sie bitte sofort an mein Büro in der Stadtkommandantur weiter.«

Sein Tonfall war scharf. Ungeachtet aller höflichen Floskeln zuvor war dies ein unmissverständlicher Befehl.

3. Kapitel

Eifel

Der Wachtmeister stieß noch einmal seinen Klappspaten vor das Vorderrad des VW-Käfers und schaufelte eine Ladung Schnee beiseite. Bei der Begrüßung hatte er seinen Namen vor sich hin gebrummelt – Knauber, Kauder oder Kaufer. Friederike hatte nicht nachgefragt.

Das Grabwerkzeug abwehrbereit in der Hand, als sei dies eine Waffe und der Schnee der Feind, ließ er den Blick über die Senke gleiten. »Ich hoffe, das reicht, Fräulein. Bleiben Sie mal stehen. Ich probiere aus, ob die Räder greifen.« Er setzte sich hinter das Steuer und startete den Wagen mit offener Tür. Der Motor im Heck heulte auf, die Räder mit den Schneeketten drehten sich, griffen auf dem Untergrund, und der Käfer rollte einige Meter weiter.

Friederike hatte dem Wachtmeister beim Schneeschippen geholfen. Nun nahm sie die beiden Spaten und eilte hinter dem Auto her. Während der Motor weiterlief, verstaute sie die Werkzeuge auf der Rückbank und schlüpfte dann auf den Beifahrersitz. Wieder, wie schon in der guten Stunde Fahrt bis zu der unfreiwilligen Unterbrechung, wickelte sie sich in eine alte Militärdecke.

»Eine Stunde werden wir noch bis zu dem Dorf brauchen. Nee, was für ein Winter.« Da der Wachtmeister die Worte wie zu sich selbst gesagt hatte, verzichtete Friederike auf eine Antwort. Der Kollege war ein drahtiger, kleiner Mann, dessen Alter zwischen vierzig und sechzig liegen mochte. Eine unförmige, stark gerötete Nase ragte aus seinem Gesicht – Friederike vermutete, dass sie ihm einmal erfroren war. Er hatte kaum ein Wort gesagt, aber sie hatte sein Schweigen nicht als unfreundlich empfunden.

Seit einigen Minuten hatte sie keine Ruinen und keine von Bomben in den Wald geschlagenen Schneisen gesehen. Im Umkreis weniger Kilometer war die Landschaft unversehrt, als hätte es nie einen Krieg gegeben. Bewaldete Berge, die ihren Jahrmillionen alten vulkanischen Ursprung nicht verleugnen konnten, erstreckten sich bis zum Horizont. In der Sonne changierte der Schnee von zartem Rosa über blasses Orange bis Gelb, um sich in der Ferne in einem silbrigen Grau zu verlieren.

Friederike dachte an den weiten Himmel ihrer Heimat. In manchen Wintern hatten die zugefrorenen Seen und Kanäle eine Art zweites Land gebildet, auf dem man mit Pferdeschlitten weite Strecken hatte zurücklegen können. Hin und wieder sah sie bei diesen Fahrten Pflanzen im Eis – wie verzaubert waren sie ihr erschienen, und als Kind hatte sie immer ein Ziehen in der Magengrube verspürt, ob das Eis wohl halten würde. Dennoch hätte sie diese Fahrten um nichts in der Welt missen mögen. Manchmal war sie mit den Eltern, dem Bruder und den Großeltern an einem Haff spazieren gegangen. Die Wellen hatten das Eis am Ufer gebrochen und übereinandergeschichtet, und das schabende Geräusch, das dabei erklang, hatte sie immer noch im Ohr.

Aber dann kam jener Winter, in dem Schnee und Eis keine Freude und keinen angenehmen Kitzel mehr bereiteten, sondern zum tödlichen Feind wurden. Als Friederike sich daran erinnerte, verging ihre heitere Stimmung jäh.

Eine Weile später passierten sie ein ausgebranntes

Haus. Vermutlich hatten es amerikanische Soldaten bei ihrem Vorrücken von Westen her in Brand gesetzt.

Unruhig sah Friederike auf ihre zerschrammte Armbanduhr. Eine halbe Stunde war vergangen, seit sie den Wagen frei geschaufelt hatten. Die Militärfahrzeuge der Engländer hielten den schlechten Straßenverhältnissen bestimmt viel besser stand als der Käfer. Sie hoffte, dass der britische Offizier nicht allzu lange auf sie warten musste.

Eifel, bei Kaltenberg

Auf dem Weg zum Waldrand blieb Richard Davies stehen und drehte sich um. Der Schnee verbarg gnädig die Kriegszerstörungen. Aus dieser Perspektive war das Dorf Kaltenberg eine Postkartenidylle, so, wie man sich in England das ländliche Deutschland im Winter vorstellte. Fachwerkhäuser und Eiszapfen an den Dächern, die in der Sonne glitzerten. Eine trügerische Idylle ... Im Januar 1933, vor der Machtergreifung durch die Nationalsozialisten, hatte es hier wahrscheinlich genauso ausgesehen.

Frau Reinnardt, die Bäuerin, in deren Haus der Junge lebte, war entgegenkommend und hilfsbereit gewesen, und Richard Davies hatte sie nicht unsympathisch gefunden. Aber wie bei allen Deutschen, die älter als zwanzig Jahre waren, hatte er sich in ihrer Gegenwart die Frage gestellt, wie sie sich wohl in den Jahren zwischen 1933 und 1945 verhalten hatte. War sie Parteimitglied gewesen? Hatte sie Juden und andere von den Nazis Verfolgte gehasst und denunziert? Die anfänglichen Erfolge der Wehrmacht bejubelt? Hitler verehrt? Oder hatte sie dem Regime distanziert bis ablehnend gegenübergestanden? Wie mittlerweile ja angeblich so viele Deutsche.

Mit einem flauen Gefühl im Magen stapfte Davies weiter den steilen Hang hinauf. An das Feld grenzte ein Laubwald. Ein Trampelpfad führte Davies zwischen den Bäumen hindurch zu einer Wiese. Inmitten von Apfelbäumen stand die Scheune, in der der Alteisen- und Schrotthändler ermordet worden war. Auf der anderen Seite befand sich die Tannenschonung, an deren Rand Küppers den Borgward abgestellt hatte. Sein Heim war ähnlich mit Waren vollgestopft gewesen wie das Lager, doch hatte ihm, Davies, der Besuch dort auch nicht weitergeholfen.

Davies konsultierte seine Landkarte. Der Weg durch die Tannenschonung endete an einer Straße, die man vom Dorf aus nicht sehen konnte. Wahrscheinlich waren auch Küppers' Mörder von dort gekommen.

Auf dem gestampften Lehmboden der Scheune befanden sich Markierungen, wo der Tote gelegen hatte. Davies hob den Kopf und blickte nach oben. Zwischen den Brettern des Heubodens, wo der Junge gefunden worden war, klafften breite Ritzen. Ja, Peter Assmuß konnte den Mord beobachtet haben.

Richard Davies vermochte sich auf der Ebene des Verstandes vorzustellen, wie schrecklich dies für das Kind gewesen sein musste. Aber er war zu müde und zu abgestumpft, um wirklich mit ihm zu fühlen. Zu viele Kinder hatten in den vergangenen Jahren Furchtbares erlebt.

Nachdem er die Scheune wieder verlassen hatte, glaubte er plötzlich, beobachtet zu werden. In der Stille erklang ein Rascheln zwischen den Bäumen. Er blieb stehen und umfasste das Pistolenhalfter an seinem Gürtel. Äste splitterten. Ein Hirsch erschien am Waldrand und zog sich, als er den Menschen witterte, sofort wieder zwischen die Bäume zurück.

Richard Davies trat den Rückweg an. Als er das Dorf

Kaltenberg erreicht hatte, glaubte er, in der Ferne das Geräusch eines Motorrads zu hören. Ganz kurz nur, so dass er sich nicht sicher war, ob er sich nicht getäuscht hatte.

Ein zerschossenes Ortsschild markierte die Stadt Schleiden. Wieder blickte Friederike nervös auf ihre Armbanduhr. Seit sie und der Wachtmeister in der Schneewehe stecken geblieben waren, war fast eine Stunde vergangen. Sie empfand den Anblick als trostlos. Viele Häuser waren von Bomben beschädigt und bislang nur notdürftig wieder instand gesetzt worden. Über der Stadt ragte die Ruine einer Burg oder eines Schlosses auf.

Hinter dem Ort wand sich die Straße durch Wald einen Hügel hinauf. Daran schloss sich eine weitläufige, gewellte Fläche an. Das Flirren der Schneedecke ging am westlichen Himmel in einen Dunststreifen über. Vereinzelte morsche Stangen markierten den Verlauf der Straße.

Das Dorf Kaltenberg, ihr Ziel, wurde von einer Kirche mit spitzem Turm beherrscht. Dahinter erstreckte sich, jenseits von Feldern und Wiesen, wieder ein Wald. Der Wachtmeister fluchte, als der Käfer in eine Verwehung geriet und zu schlingern begann, doch er konnte ihn auf der Straße halten.

Den Ortseingang flankierten zwei große Schneehaufen, und Friederike bemerkte erst im Näherkommen, dass sich darunter eine Kapelle und ein Baum verbargen. Ein Stück weiter sah sie vor einem unbeschädigten Fachwerkhaus einen Jeep stehen. Daran lehnte ein Mann, der die charakteristische rote Uniformmütze der Military Police und weiße Gamaschen über seinen Halbschuhen trug und rauchte.

»Da ist der Tommy ja schon.« Eine gewisse Geringschätzung schwang in der Stimme des Wachtmeisters mit. Er brachte den Käfer dicht vor dem Jeep zum Halten.

Der Militärpolizist war jünger, als Friederike zuerst vermutet hatte. Sie schätzte ihn auf Mitte zwanzig. Graue Augen unter rotblonden Brauen musterten sie und ihren Fahrer distanziert. Er hatte ein längliches, gut geschnittenes Gesicht mit einer Kerbe im Kinn. Seine Haut war sehr hell, und Friederike fand sein Aussehen sehr englisch. Die Abzeichen auf seiner Mütze und den Schulterklappen des khakifarbenen Mantels wiesen ihn als Leutnant aus. Sie war sich unsicher, ob er von ihr erwartete, dass sie ihn militärisch grüßte, und führte linkisch die Hand an ihre Mütze.

»*Police … Police Constable Matthée from the Cologne Women Police, Sir.*« Sie hatte keine Ahnung, ob der Rang einer Polizeiassistentenanwärterin dem eines Constable entsprach.

»Lieutenant Davies.« Er reichte ihr nicht die Hand, nickte ihr aber höflich zu, ehe er sich an ihren Fahrer wandte. »Fräulein Matthée wird mit mir nach Köln zurückkehren, Wachtmeister. Bei der Kirche gibt es einen Gasthof. Essen Sie dort etwas, bevor Sie den Rückweg antreten.« Sein Deutsch kam überraschend. Er sprach fehlerlos, wenn auch mit einem starken Akzent.

»Herr Leutnant.« Der Wachtmeister salutierte.

Friederike folgte Lieutenant Davies durch einen Vorgarten in das Fachwerkhaus, in einen niedrigen Flur. Dort öffnete er mit einer Selbstverständlichkeit, als ob das Haus ihm gehörte, die Tür zu einem Wohnzimmer und ließ Friederike den Vortritt.

Ein Kohleofen strahlte Wärme aus, die jedoch gegen die Kälte im Raum – wahrscheinlich war er wochenlang nicht geheizt worden – nicht ankam. Die Einrichtung war kleinbürgerlich. Um einen Tisch, auf dem eine Decke mit geklöppelten Einsätzen lag, standen einige Stühle. Eine sehr farbenfrohe Kopie von Leonardo da Vincis Abendmahl hing über einem riesigen, mit altrosa Samt bezogenem Sofa. Die beiden Sessel waren ebenso klobig wie die Couch. Hinter den Glastüren des Büfetts präsentierten sich vergoldete Sammeltassen den Besuchern.

Mit einer Handbewegung forderte Davies Friederike auf, auf dem Sofa Platz zu nehmen. Er selbst wählte einen der Sessel.

»Was wissen Sie über den Fall, Fräulein Matthée?«

»Bislang nur, dass ein sechs Jahre alter Junge, der aus Ostpreußen stammt, einen Mord in einer Scheune beobachtet haben soll und dass das Opfer ein Kölner Alteisen- und Schrotthändler ist.« Sehr viel mehr würde sie von dem Lieutenant wahrscheinlich auch nicht erfahren. Weibliche Polizeibeamte wurden immer nur zu einzelnen Vernehmungen hinzugezogen und ermittelten nie selbst in einem Fall.

»Der Name des Jungen ist Peter Assmuß. Seit letztem Herbst lebt er mit seiner Mutter auf diesem Bauernhof. Die beiden stammen aus einem Ort namens Allenstein. Der Vater gilt als vermisst. Als der Junge vorgestern Abend nicht zum Essen kam, suchten die Reinnardts – das ist die Familie, der der Hof gehört – und seine Mutter nach ihm. Glücklicherweise erinnerte sich Frau Reinnardt daran, dass Peter ihr einmal etwas von der Scheune im Wald erzählt hatte. Dort fanden sie die Leiche des Schrotthändlers Jupp Küppers und oben auf dem Heuboden – halb erfroren – den Jungen. Seitdem hat er kein Wort mehr gesprochen. Auch der Kriminalkommissar der Aachener Kriminalpolizei, der gestern versucht hat, ihn zu befragen, bekam kein Wort aus ihm heraus.«

»Haben Sie den Jungen schon gesehen?«

»Nein, ich wollte ihn nicht noch mehr verstören. Ich habe bislang nur mit der Bäuerin geredet.«

»Nicht mit Peters Mutter?« Sofort bedauerte Friederike ihre vorlaute Frage. Der englische Offizier wirkte überrascht, doch er antwortete ihr. »Dazu hatte ich bislang noch keine Gelegenheit. Frau Assmuß ist heute wieder zur Arbeit gegangen.«

Bestimmt hat sie Angst, sonst ihre Stelle zu verlieren, dachte Friederike.

»Das ist übrigens das Mordopfer.« Davies schlug eine dünne Akte auf. An einer Karteikarte, auf der als Wohnort Körnerstraße/Ehrenfeld und ein Geburtsdatum standen, war ein schwarzweißes Foto befestigt. Der Mann darauf war Mitte vierzig. Sein rundliches Gesicht unter dem schütteren Haar drückte Lebenslust aus.

»Ich muss wohl nicht hervorheben, wie wichtig es ist, dass Sie den Jungen zum Sprechen bringen. Er ist der einzige Zeuge der Tat.«

»Ich bin mir meiner Verantwortung sehr bewusst. Wie …« Sie zögerte kurz. »Wie wurde der Alträucher denn getötet?« Sie wollte sich schon verbessern und stattdessen das Wort »Schrotthändler« sagen, doch Davies schien den kölnischen Ausdruck aus dem Zusammenhang zu erschließen.

»Er wurde erschlagen.« Seine Antwort war nüchtern und emotionslos.

»Was bedeutet, dass der oder die Täter nicht befürchten mussten, sich mit dem Blut des Opfers zu beflecken«, hörte sich Friederike zu ihrer eigenen Verwunderung sagen.

»Genau. Sie scheinen während Ihrer Ausbildung gut aufgepasst zu haben, Fräulein Matthée.« Friederike glaubte, eine gewisse Ironie in seinen Worten mitschwingen zu hören, und sie errötete.

»Ein Mordwerkzeug wurde nicht gefunden, was darauf hindeuten könnte, dass die Tat geplant war.«

»Wer ist denn von der Kölner Kriminalpolizei für den Fall zuständig?«, fragte sie schüchtern.

»Hauptkommissar Dahmen.«

»Oh …« Friederike kannte ihn vom Sehen. Er hatte einen ausgezeichneten Ruf, und Gesine Langen schätzte ihn sehr.

»Jetzt lassen Sie uns zu dem Jungen gehen. Er befindet sich mit Frau Reinnardt in der Küche.« Lieutenant Davies stand auf. Ein unmissverständliches Zeichen, dass das Gespräch für ihn beendet war.

4. KAPITEL

Eifel, Kaltenberg

Peter Assmuß half der Bäuerin, Bucheckern zu schälen. Er war so vertieft in seine Arbeit, dass er Friederike und den Lieutenant zuerst gar nicht bemerkte. Langsam und sorgfältig, als würde er ein schwieriges Handwerk ausüben, öffnete er die stacheligen Schalen mit einem Messer und drückte die Bucheckern in die Blechschüssel auf seinem Schoß. Friederike erhaschte einen Blick auf ein blasses Gesicht unter sehr kurz geschnittenen Haaren.

»Peter, da ist die Polizei«, sagte Frau Reinnardt freundlich. »Du musst dem Fräulein und dem Herrn antworten.«

Friederike wünschte sich, die Frau hätte nichts gesagt, denn jetzt wandte der Junge den Kopf, und Panik verzerrte seine Züge. Als er aufsprang, fiel die Blechschüssel scheppernd auf den Steinboden, und die Bucheckern kullerten über die Fliesen. Im nächsten Moment war er unter dem Tisch verschwunden.

»Ach, Peter, das Fräulein und der Herr meinen es doch nur gut mit dir. Du brauchst dich nicht zu fürchten.« Die Bäuerin war eine untersetzte Frau Ende fünfzig und wirkte sehr mütterlich. Ihre graue Kleidung war einfach und zweckmäßig, die Schürze vom vielen Waschen ausgebleicht. Sie wandte sich Friederike und Davies zu. »Ich weiß einfach nicht, was ich mit Peter machen soll.« Ihre Stimme klang hilflos und aufrichtig bekümmert.

Friederike bückte sich und spähte unter den Tisch.

Der Junge hatte die Arme um die Knie geschlungen. Als er bemerkte, dass Friederike ihn ansah, rutschte er noch weiter zurück. Rasch richtete sie sich wieder auf.

»Würden Sie mich bitte mit Peter allein lassen?« Sie blickte Davies und die Bäuerin an.

»Nun, ich weiß nicht …« Der Lieutenant wirkte unschlüssig. »Ich wäre gern bei dem Gespräch dabei.«

»Bitte, ich glaube, es ist am besten so.« Friederike wusste selbst nicht, woher sie den Mut nahm, dies zu sagen. »Wir machen dem Jungen Angst. Ich werde Ihnen danach ausführlich Bericht erstatten.« Wenn der Junge überhaupt bereit war, mit ihr zu sprechen …

Schließlich nickte Davies. Er griff in eine Tasche seines Militärmantels und holte eine Tafel Schokolade heraus. »Vielleicht hilft dies ja, das Vertrauen des Kindes zu gewinnen.«

»Aber die Bucheckern …«, wandte Frau Reinnardt ein.

»Darum kümmere ich mich.« Friederike wartete, bis die Bäuerin und der Lieutenant die Küche verlassen hatten. Neben dem Kohlenherd entdeckte sie einen Besen und eine Kehrichtschaufel. Langsam begann sie, die Bucheckern zusammenzufegen. Sie hoffte, dass diese alltägliche Tätigkeit Peter half, sich an ihre Gegenwart zu gewöhnen, und ihr selbst verschaffte das Kehren Zeit, um nachzudenken. Denn sie hatte keine Ahnung, was sie tun sollte, um ihn zum Sprechen zu bewegen.

Nachdem Friederike die Bucheckern in die Blechschüssel geschüttet hatte – sie waren als Nahrung viel zu wertvoll, um weggeworfen zu werden –, öffnete sie die Stanniolverpackung der Schokolade. Ihr Magen verkrampfte sich vor Hunger, und sie musste sich beherrschen, um nicht ein Stück davon abzubrechen und es sich in den Mund zu schieben. Sie konnte sich nicht daran erinnern, wann sie zum letzten Mal Schokolade gegessen hatte. Zwischen den Schalen auf dem Tisch entdeckte sie ein kleines Holzpferd – vermutlich Peters Spielzeug. Sie nahm auch dieses in die Hand, kauerte sich auf die Fliesen und schob beides zu Peter.

»Peter, hier ist dein Pferd. Und Schokolade, nur für dich.«

Der Junge schnappte sich das Spielzeug und die Süßigkeit und nahm dann seinen vorigen Platz wieder ein. Während er sich die Schokolade in den Mund stopfte, wandte er den Blick nicht von Friederike ab. Sein kleines Gesicht war so mager, dass es ganz spitz wirkte, und seine Augen blickten verschreckt. Friederike konnte sich nur zu gut vorstellen, was er während der Tage und Wochen der Flucht hatte sehen müssen und welche Dämonen ihn bedrängten. Sich an einem sicheren Ort zu verkriechen, alles Böse ausblenden zu können – wünschte sie sich das nicht auch oft genug?

Friederike nahm ihre Uniformmütze ab und schlüpfte ebenfalls unter den Tisch. Peter rückte sofort noch weiter weg in Richtung der Wand und starrte sie ängstlich an. Sein Atem ging stoßweise. Einige Bucheckern waren, wie Friederike erst jetzt bemerkte, unter den Küchenschrank gerollt und lagen dort zwischen Spinnwebfäden.

»Die Küche sieht von hier ganz anders aus, findest du nicht auch?« Friederike lächelte den Jungen an. »Die gusseisernen Füße des Herdes wirken auf einmal wie die Klauen eines Drachen … Ich habe übrigens gehört, dass du früher in Ostpreußen gelebt hast. Ich komme ebenfalls von dort. Du weißt doch, was Ostpreußen ist, oder?« Sie nestelte das Notizbuch aus der Tasche ihres Mantels und öffnete es. Während sie weitersprach, begann sie, in die obere rechte Ecke einer unbenutzten Seite ein Pferd zu zeichnen, das auf eine Hecke zu galoppierte.

»Ich bin in Königsberg aufgewachsen, und meine Familie hatte ein Gut bei Gumbinnen. Ein paarmal war ich auch in Allenstein. Mr Davies, der englische Polizist, hat mir erzählt, dass du da mit deinem Vater und deiner Mutter gelebt hast.«

Peter reagierte nicht auf ihre Worte. Friederike schlug eine weitere Seite auf und zeichnete das Pferd etwas näher an der Hecke und seine Vorderläufe weiter ausgestreckt. Während ihrer Zeit beim Arbeitsdienst hatte sie Kinder betreut, die aus bombardierten Großstädten evakuiert worden waren, und hatte zu ihrer Unterhaltung öfter einmal ein Daumenkino gemalt.

»Ich hatte oft Angst, als ich mit meiner Mutter von zu Hause geflohen bin. Manchmal dachte ich, ich überlebe das alles nicht. Ich wohne jetzt in Köln und habe immer noch Angst, und ich habe oft Heimweh.« Der Bleistift kratzte über das Papier. War es richtig, dass sie dies dem Kind erzählte? Gesine Langen würde ihre Worte bestimmt nicht gutheißen.

»Zu Hause hatte ich ein Pferd. Eine Stute. Sie hieß Freya. Sie konnte sehr schnell galoppieren, und sie liebte es, über Hindernisse zu springen.« Ausritte, früh an noch kühlen Sommermorgen oder am Abend, wenn die Hitze des Tages schon nachgelassen hatte. Die Luft schwer vom Geruch des reifen Getreides und geplatzter Beeren. Und über dem Land ein Himmel von der Farbe durchsichtigen blauen Glases. Das alles war so selbstverständlich gewesen …

»Unser Pferd hieß Kurt.« Peters Stimme riss sie aus ihren Erinnerungen.

»Das ist ein guter Name für ein Pferd. Ich stelle es mir kräftig vor. Kurt hat bestimmt fleißig gearbeitet.«

»Er konnte ganz allein einen Wagen voller Heu ziehen.« Peter bewegte das Holzpferd über die Fliesen. Er sah Friederike nicht an. »Kurt ist im Schnee liegen geblieben. Ist Ihr Pferd auch im Schnee liegen geblieben?«

»Nein, Freya wurde von den Splittern einer Bombe getroffen.«

»Ist sie schnell gestorben?«

»Ja«, log Friederike. Sie ließ ihren Daumen über die Ecken des Notizbuchs gleiten. Peter rutschte näher heran. Das Pferd sprang ruckartig über die Hecke, wie in einem Stummfilm. Ihr hatte die Zeit gefehlt, alle Bewegungsabläufe auszuführen.

»Frau Reinnardt sagt, dass Kurt in einem Pferdehimmel ist.«

»Da hat sie bestimmt recht.«

»Die Jungen im Dorf verprügeln mich und nennen mich einen ›verlausten Polacken‹. Aber ich bin kein Polacke! Werden Sie auch verprügelt?«

»Nein, aber meine Vorgesetzte mag mich nicht.«

»Was ist eine Vorgesetzte?«

»Jemand, der dir sagt, was du zu tun hast, wenn du arbeitest. Frau Reinnardt ist doch aber nett zu dir?«

»Meistens …« Peter senkte den Kopf.

»Nicht immer?«

»Vor … vor zwei Tagen hat sie mich angeschrien.«

Vor zwei Tagen war der Alträucher ermordet worden …

»Warum hat sie dich denn angeschrien?« Friederike ließ ihre Stimme beiläufig klingen.

»Ich sollte in der Küche bleiben. Aber die Frau aus dem Dorf, die hier mal geholfen hat, mochte mich nicht. Deshalb bin ich in den Hof gegangen. Frau Reinnardt kam aus dem Stall. Als sie mich gesehen hat, wurde sie ganz wütend und hat mich ausgeschimpft. Aber ich habe nichts angestellt.« Peter zupfte unglücklich an seinem über dem Knie gestopften Wollstrumpf. Die Lederhose war viel zu groß für ihn und bauschte sich um seinen mageren Körper.

»Ich glaube dir, dass du nichts angestellt hast. Bist du dann zu der Scheune im Wald gegangen?« Friederike hoffte, dass sie das Gespräch nicht zu früh auf den Mordschauplatz lenkte und der Junge wieder verstummen würde. Aber ihre Sorge war grundlos.

»Ja, da bin ich hingegangen.« Peter nickte. »Die Jungen waren auf der anderen Seite des Dorfes und sind Schlitten gefahren.«

»Deshalb musstest du keine Angst haben, dass sie dir auflauern ...«

Peter nickte wieder.

»Warst du vorher schon öfter in dieser Scheune?«

»Ja ...«

»Aber die anderen Jungen kommen nicht dorthin?«

»Es ist mein Versteck. Und ich mag es, wie es dort riecht.«

»Sicher nach Heu, wie bei euch zu Hause auf dem Hof.«

»Ja.« Die Andeutung eines Lächelns erschien auf Peters Gesicht.

»Was hast du denn gemacht, als du in der Scheune warst?«

»Ich bin auf den Heuboden geklettert.«

»Und dann?«

»Dann habe ich mich ins trockene Gras gelegt.«

»Das war bestimmt gemütlich wie in einem Bett«, sagte Friederike aufmunternd. »Erzähl mir doch, was danach in der Feldscheune geschehen ist.«

Peter schob das Pferdchen über die Fliesen. »Dann kam der Mann.«

»Was für ein Mann?«

»Der, der ...« Er verstummte.

»Wie hast du ihn denn bemerkt?«

»Ich weiß nicht mehr ... Ich habe Rauch gerochen.«

»Zigarettenrauch?«

Er nickte.

»Konntest du ihn sehen?«

»Ich habe durch eine Ritze zwischen den Brettern geschaut.«

»Was hast du von ihm gesehen?«

»Nur seinen Hut und die Schultern ...«

»Und was geschah dann?«, tastete sich Friederike weiter vor.

»Ich bin eingeschlafen.« Peter blickte Friederike schuldbewusst an. »Ich war so müde.«

»Das ist doch nicht schlimm. Wann bist du denn wieder aufgewacht?«

»Als noch drei andere Männer kamen.«

»Wirklich drei? Bist du dir sicher?«

Peter bewegte kaum merklich seinen Kopf. Friederike konnte spüren, wie Panik in ihm aufstieg.

»Peter, ich weiß, das ist schwer für dich. Aber du bist wirklich tapfer. Es ist sehr, sehr wichtig, dass du dich konzentrierst und mir alles sagst, woran du dich erinnerst.« Sie nahm seine Hand in ihre. »Hier bist du sicher, die Männer können dir nichts antun.«

Der Junge wimmerte. Friederikes Herz zog sich vor Mitleid zusammen. »Was geschah dann?«, wiederholte sie sanft.

»Der Mann mit dem Hut hatte Angst und wollte weglaufen. Aber die anderen haben ihn festgehalten und auf ihn eingeschlagen.«

»Womit?«, zwang sich Friederike zu fragen.

»Mit Knüppeln ...«

»Hast du einen der Männer erkannt?«

Peter schüttelte den Kopf. »Ich will jetzt gehen.«

»Gleich, Peter. Es ist wichtig, dass die Männer gefunden und für das, was sie getan haben, bestraft werden. Ist dir an ihnen irgendetwas aufgefallen?«

»Nein ...«

»Gibt es sonst noch etwas, woran du dich erinnerst? Haben die Männer etwas gesagt, das dir im Gedächtnis geblieben ist?«

Peter zögerte, dann krabbelte er an Friederike vorbei und unter dem Tisch hervor. Sie erwartete, dass er aus der Küche laufen würde. Doch er blieb stehen und bückte sich, um sie sehen zu können.

»Ist dir doch noch etwas eingefallen?« Auch Friederike kroch mühsam unter dem Tisch hervor. Von dem geduckten Sitzen war sie ganz steif geworden. Peter antwortete nicht. Stattdessen fasste er sie an der Hand und zog sie aus der Küche.

Im Flur lehnte Davies an der Wand. Friederike bedeutete ihm, dass er sie nicht ansprechen sollte.

Peter führte sie durch den Gang und ins Wohnzimmer. Dort kletterte er auf das Sofa und deutete auf die Kopie von Leonardo da Vincis Abendmahl. Mittlerweile war es in dem Zimmer dämmrig. Auf dem Esstisch stand eine Karbidlampe, daneben lagen Streichhölzer. Kurz entschlossen zündete Friederike die Lampe an.

»Peter, es tut mir leid, aber ich verstehe nicht, was du mir sagen willst.« Friederike war ratlos. Sie hörte, wie hinter ihr die Tür leise geöffnet wurde. Wahrscheinlich war der Lieutenant ihr gefolgt.

Rasch kniete sie sich neben den Jungen auf die Couch. Erst jetzt sah sie, dass sein Finger auf den Apostel gerichtet war, der einen kleinen Geldsack in der Hand hielt.

»Ischkariott«, flüsterte Peter.

»Judas Iskariot? Hat das einer der Männer gesagt?«

»Ja, Ischkariott. Frau Reinnardt hat mir einmal erklärt,

dass das der Apostel ist, der Jesus verraten hat. Hat denn der tote Mann jemanden verraten?« Peter blickte Friederike aus großen Augen an.

»Das weiß ich nicht ...«, erwiderte sie ausweichend.

Der Lieutenant trat ans Sofa und betrachtete schweigend den Apostel, der rechts neben Jesu Lieblingsjünger saß und dessen Gesicht, als Ausdruck seiner Schuld, im Schatten lag.

5. Kapitel

Eifel, Hürtgenwald

Noch einmal vergewisserte sich der Mann, dass das Motorrad mit dem Seitenwagen im Unterholz gut versteckt und von dem Waldweg aus nicht zu sehen war. Die Bunker des ehemaligen Westwalls lagen weiter oben am Hang, zyklopenhafte Betonklötze unter dem Schnee. Wehrmacht und SS hatten sie beim Einmarsch der Amerikaner gesprengt. Teile der Anlage waren jedoch so gut wie intakt geblieben, was an der soliden Bauweise der Deutschen lag.

Neuer Schneefall und Wind hatten seine Fußstapfen vom vorigen Besuch unkenntlich gemacht, aber der Mann hatte sich den Weg gut eingeprägt. Minen stellten in diesem Gebiet schließlich immer noch eine tödliche Gefahr dar. Der vordere Teil der Bunker war am stärksten zerstört. Darauf bedacht, sich nicht wieder zu verletzen, bahnte er sich einen Weg durch zerbrochene Betonblöcke und von den Detonationen zerfetzte Stahlstangen, die teilweise messerscharf waren. Bei einem seiner letzten Besuche hatte er sich die Hand aufgeschlitzt.

Sein Lager hatte er in einem Bunker aufgeschlagen, den die Explosionen fast unbeschädigt gelassen hatten. Nur ein breiter Riss an der Decke zeugte von der Sprengung. Der Mann kauerte sich auf die Decken und den Schlafsack und entzündete aus Ästen und Kohlestücken ein Feuer. Er hatte Kälte schon unter weit schlimmeren Bedingungen überlebt.

Unbedingt hatte er noch einmal den Ort sehen müssen, an dem Jupp Küppers gestorben war. Nachdem er sich vergewissert hatte, dass der Engländer nicht zurückkehren würde, hatte er die Scheune im Wald abermals betreten. Er starrte auf den Boden mit den Markierungen und stellte sich vor, welche Schmerzen und welche Furcht der Alträucher vor seinem Tod empfunden haben mochte. Aber auch dies hatte ihm keinen Frieden geschenkt.

Der Mann kroch in den Schlafsack, die Pistole lag neben seiner Hand. Er lauschte auf die Geräusche des Waldes. Nein, sein Rachedurst war noch lange nicht gestillt.

Eifel, Kaltenberg

»Wenn die Beobachtung des Jungen zutrifft, wurde Herr Küppers von drei Männern erschlagen. Dies würde in der Tat die zahlreichen Bruchverletzungen begründen, die der Gerichtsmediziner festgestellt hat. Was das Wort Iskariot anbelangt, bin ich jedoch skeptisch. Ich halte es für nicht unwahrscheinlich, dass Peters Phantasie ihm einen Streich gespielt hat.« Lieutenant Davies war wie der Junge über das Wort »Iskariot« gestolpert. Ansonsten war sein Deutsch, abgesehen von seinem Akzent, weiterhin fehlerfrei.

Friederike hatte ihm berichtet, was sie von Peter erfahren hatte. Sie saßen in dem immer noch recht kalten Wohnzimmer. Peter hielt sich bei Frau Reinnardt in der Küche auf.

»Ich bin mir ziemlich sicher, dass der Junge nicht gelogen hat. Ich hatte den Eindruck, dass er froh darüber war, endlich erzählen zu können, was ihn bedrückte, und dass er uns wirklich helfen wollte. Außerdem ist Iskariot ein ungewöhnlicher und schwieriger Ausdruck.« Friederike brach ab und senkte den Kopf. Sie hatte mit großer Vehemenz gesprochen, was einem vorgesetzten Offizier gegenüber völlig unangemessen war.

Doch der Lieutenant schien sich daran nicht zu stören. Er blickte zu dem Gemälde. In dem Licht der Karbidlampe wirkten die Farben noch greller. »Ich glaube ja auch nicht, dass der Junge bewusst gelogen hat. Meines Erachtens ist es aber nicht auszuschließen, dass er das Wort irgendwo gehört hat und nun in diese Geschichte hineinprojiziert. Möglicherweise hat einer der Täter auch einen Ausdruck benutzt, der ähnlich klingt.«

Friederike glaubte das nicht, aber sie schwieg. Sie wagte es nicht, sich auf ihre Intuition zu berufen, denn, abgesehen von der zweimonatigen Ausbildung in der Polizeischule, übte sie ihren Beruf noch nicht einmal ein halbes Jahr aus.

Lieutenant Davies schien über etwas nachzudenken. »Würden Sie bitte Frau Reinnardt holen?«, sagte er dann. »Der Junge darf aber nicht unbeaufsichtigt bleiben. Inzwischen weiß wahrscheinlich das ganze Dorf, dass er den Mord beobachtet hat. Und die Täter möglicherweise ebenfalls.«

»Ich kann auf Peter aufpassen, während Sie mit Frau Reinnardt sprechen.«

»Nein, ich möchte, dass Sie das Gespräch mitschreiben.«

»Wie Sie wünschen, Lieutenant.« Friederike stand rasch auf.

Sie war enttäuscht. Eine etwas enthusiastischere Reaktion auf das, was sie von Peter erfahren hatte, hätte sie doch von Davies erwartet.

In der Küche roch es nach Erbsensuppe. Frau Reinnardt stand am Herd und rührte in einem angeschlagenen

Emailletopf. Friederike wurde erneut ganz schwach vor Hunger. Am Tisch saß Peter und ließ sein Pferd über die Schalen der Bucheckern reiten. Er wirkte ausgeglichen.

»Könnten Sie bitte jemanden rufen, der auf den Jungen aufpasst?«, wandte sie sich an die Bäuerin. »Der Lieutenant möchte Ihnen ein paar Fragen stellen.«

»Gewiss …« Frau Reinnardt nahm den Löffel aus dem Topf und eilte durch eine Hintertür nach draußen.

»Kann ich noch einmal das Pferd über die Hecke springen sehen?« Peter blickte Friederike schüchtern an.

»Natürlich.« Sie setzte sich zu ihm und ließ die Seitenecken über ihren Daumen gleiten.

Die Zeiger der Küchenuhr standen auf halb fünf. Gesine Langen hatte ja schon angekündigt, dass sie wahrscheinlich in der Eifel übernachten würden. Friederike konnte sich nicht vorstellen, dass der Lieutenant beabsichtigte, noch an diesem Tag nach Köln zurückzufahren.

Gleich darauf kehrte Frau Reinnardt mit einer jungen Magd zurück. Das Mädchen war fast noch ein Kind, hatte ein rundes, gutmütiges Gesicht und sah ein wenig einfältig drein. Aber Peter schien es zu mögen.

Im Flur strich sich Frau Reinnardt nervös über ihre Schürze, ehe Friederike ihr an der Wohnzimmertür den Vortritt ließ. Während sie sich auf das Sofa setzte und ihr Notizbuch hervorholte, nahm Frau Reinnardt auf eine Geste von Davies hin in einem der Sessel Platz. Ihr Rücken war durchgedrückt, und sie hatte die Hände im Schoß gefaltet, als befände sie sich in einer Kirche oder müsse vor einem strengen Richter Rechenschaft ablegen.

»Peter Assmuß hat Fräulein Matthée erzählt, dass Sie immer freundlich zu ihm waren. Nur vor zwei Tagen, also an dem Tag, als Herr Küppers ermordet wurde, hätten Sie ihn plötzlich angeschrien. Warum haben Sie sich dem

Kind gegenüber auf einmal so anders verhalten, nur weil Sie ihm im Hof begegneten?« Davies' Miene war streng, und er kam Friederike auf einmal älter als Mitte zwanzig vor.

»Ich wollte das Kind nicht erschrecken. Aber … Auf unserem Grundstück befindet sich ein Teich. Ein Knecht hatte Eisblöcke herausgesägt. Wir bewahren sie immer in einem Erdkeller auf, um sie im Sommer zur Kühlung von Lebensmitteln zu verwenden.«

»Diese Methode, Lebensmittel haltbar zu machen, ist auch in England bekannt.« Davies' Stimme klang ironisch.

»Ja, natürlich …« Frau Reinnardt errötete. »Die neue Eisdecke war noch dünn, und ich hatte Angst, dass Peter einbrechen würde.«

»Tatsächlich? Der Junge macht einen einerseits ängstlichen, andererseits verständigen Eindruck. Ich kann mir nicht vorstellen, dass er sich auf eine Eisfläche wagen würde, wenn ihm dies verboten wurde.«

Frau Reinnardt blickte den Lieutenant hilflos an.

»Peter Assmuß sagte, dass Sie aus dem Stall kamen. Ich glaube, dass hier illegal geschlachtet wurde und dass Sie so böse wurden, weil Sie befürchteten, Peter könne Sie verraten.«

Die Bäuerin sank in sich zusammen. »Ja, das stimmt«, flüsterte sie. »Bei einem Kind aus dem Dorf hätte ich keine Bedenken gehabt. Aber er und seine Mutter sind nun einmal Fremde. Ach, wenn ich gewusst hätte, was danach geschah, hätte ich doch niemals …«

»Sie wissen, dass Sie sich mit dem illegalen Schlachten strafbar gemacht haben«, unterbrach Davies brüsk ihre Klage.

Frau Reinnardt nickte stumm.

Friederike konnte verstehen, dass die Bäuerin Angst

hatte. Auf dieses Vergehen stand zwar nicht mehr die To-
desstrafe, wie im schlimmsten Fall unter den Nazis. Aber
manche Richter verhängten Zuchthausstrafen zwischen
sechs Monaten und zwei Jahren dafür.

»Ich nehme an, Sie kannten Herrn Küppers«, fuhr Davies fort.

»Ja, er kam seit Jahrzehnten ein- oder zweimal im
Monat ins Dorf. Er kaufte kaputte Töpfe und alte Ofenrohre ...«

»Ich weiß, was ein Schrotthändler tut.«

Verlegen errötete Frau Reinnardt abermals.

»Ich gehe davon aus, dass Sie Herrn Küppers nicht nur
Alteisen verkauft haben.«

»Wir haben auch Kartoffeln und Gemüse und Milch
und Eier gegen Waren getauscht. Aber das macht doch
jeder ...«

»Aber auch das ist strafbar. Zudem hat Küppers Ihre
Lebensmittel auf dem Schwarzmarkt in Köln weiterver-
äußert.«

Frau Reinnardt war den Tränen nahe. Friederike starrte
auf ihr Notizbuch und vermied es, die Bäuerin anzusehen. Wenn es diese Tauschgeschäfte nicht gegeben hätte,
wäre die halbe Bevölkerung inzwischen verhungert.

»Gibt es im Ort jemanden, der einen Grund gehabt haben könnte, Herrn Küppers zu töten? Wenn Sie mir weiterhelfen, könnte ich in Bezug auf das illegale Schlachten
nachsichtig sein.«

»Nein, ich weiß niemanden ... Wirklich nicht. Ich habe
doch alles schon der deutschen Polizei gesagt.« Frau
Reinnardts Stimme klang so flehend, dass Friederike ihr
glaubte. »Jupp Küppers war keiner, der versuchte, die anderen übers Ohr zu hauen. Er war beliebt. Machte immer
einen Scherz ... ›Wir aus der Eifel müssen zusammenhal-
ten‹, hat er häufig gesagt. Er hat bei Kall einen Hof be-

54

sessen, den er von seinen Großeltern geerbt hat. Deshalb konnte er uns Bauern gut verstehen.«

Davies stellte der Bäuerin noch ein paar Fragen darüber, wie sie und die anderen des Suchtrupps Peter und Küppers' Leichnam gefunden hatten und ob ihr in der Scheune oder draußen etwas aufgefallen sei. Frau Reinnardt verneinte dies. Schließlich erlaubte Davies ihr zu gehen.

Die Bäuerin stützte sich beim Aufstehen am Tisch ab. Unsicher wanderte ihr Blick von Friederike zu Davies. »Ich kann Ihnen gern eine warme Mahlzeit zum Abendessen machen …« Sie stockte, schien zu begreifen, dass dies als ein Angebot zur Bestechung aufgefasst werden könnte, und fügte hastig hinzu: »Wenn Sie mir Ihre Lebensmittelkarten geben.«

»Danke, aber ich habe etwas zu essen dabei.« Davies wandte sich Friederike zu. »Wie steht es mit Ihnen? Haben Sie Hunger? Möchten Sie jetzt etwas essen oder lieber später?«

»Sehr gern jetzt«, platzte sie heraus.

Während Davies nach draußen zum Jeep ging, half Friederike der Bäuerin, den Tisch zu decken. Frau Reinnardt holte Porzellangeschirr und geschliffene Gläser aus dem Büfett – ganz offensichtlich das Feiertagsservice der Familie. Sie ließ es sich auch nicht nehmen, eine Damastdecke auszubreiten. Als sie das Besteck aus einer der Schubladen nahm, zitterten ihre Hände so sehr, dass die Messer und Gabeln gegeneinanderschlugen.

Friederike hoffte, dass der Lieutenant Frau Reinnardt nicht melden würde. Manche Polizisten reagierten wegen der schlechten Ernährungslage recht verständnisvoll und setzten sich über die strengen Gesetze hinweg. Aber sie war sich nicht sicher, ob Davies auch so dachte.

Der Lieutenant kehrte mit einem Karton unter dem

Arm in das Wohnzimmer zurück. Falls er wahrnahm, welche Mühe sich die Bäuerin gegeben hatte, ließ er es sich nicht anmerken. Er stellte Konservendosen auf den Tisch und legte noch einige Stanniolpäckchen dazu, Corned Beef, Schinken, Brot, Butter, Schokolade und Orangensaft, und lud Friederike höflich ein, sich davon zu bedienen.

Sie murmelte ein »Danke« und musste sich beherrschen, nicht über all die Köstlichkeiten herzufallen, sondern einigermaßen gesittet zu essen. Schon lange hatte sie keine so gute und so reichhaltige Mahlzeit mehr gehabt. Doch sie war zu ausgehungert, um das Essen zu genießen.

Nach einer Weile registrierte sie Zigarettenrauch. Davies hatte sich zurückgelehnt und sich eine Zigarette angezündet. Anscheinend hatte er schon vor einer ganzen Weile aufgehört zu essen. Beschämt legte Friederike ihr Besteck ab.

»Es gibt noch mehr Lebensmittel im Jeep.«

Verspottete er sie? Doch sein Blick war nicht unfreundlich. Friederike fasste Mut. »Darf ich Sie etwas fragen?«

»Natürlich.«

»Sie sprechen so gut Deutsch. Warum haben Sie dann um eine Polizistin gebeten, die Englisch beherrscht?«

»Nicht ich habe darum gebeten, die Bürokratie erfordert das. Es ist das übliche Vorgehen.« Er zuckte mit den Schultern und grinste. Was ihn wieder jung und sympathisch machte.

»Und aus welchem Grund sprechen Sie so gut Deutsch?«

»Ich habe Ihre Sprache schon in der Schule gelernt. Im Laufe des Jahres 1943 war die britische Regierung dann davon überzeugt, dass wir den Krieg gewinnen werden, und ließ Pläne erarbeiten, wie Ihr Land wieder aufgebaut und in eine Demokratie verwandelt werden könnte. Ab 1944 gehörte ich zu einer dieser Planungsgruppen und lernte weiter Deutsch.«

1943 hatte die Propaganda der Nationalsozialisten noch den Endsieg verkündet, und nicht wenige ihrer Landsleute hatten das geglaubt. Im Jahr darauf war ihr Vater jedoch für eine Sache gestorben, die längst schon verloren war. Ihr Bruder war seitdem vermisst. In Friederike stiegen unvermittelt Tränen auf, doch sie versuchte, sich ihre Trauer nicht anmerken zu lassen.

»Da Sie mich nach meinem Deutsch gefragt haben – woher resultieren denn Ihre Englischkenntnisse? Es wäre mir neu, dass dieses Fach für die Nazis Priorität gehabt hätte.«

»Mein Großvater mütterlicherseits war Bankier und hatte gute Kontakte nach England. Vor dem Krieg war ich in den Sommerferien gelegentlich mit ihm und meiner Großmutter in London. Das hat mich angespornt, die Sprache zu lernen.«

»Ich verstehe … Und Ihr französischer Nachname?«

»Meine Ahnen väterlicherseits waren Hugenotten, die sich unter Friedrich dem Zweiten in Ostpreußen ansiedelten«, antwortete Friederike abwesend, in Gedanken noch bei den Großeltern. Sie hatte die Urlaube in England geliebt, und der Krieg und alles, was danach kam, ließen diese Zeit noch schöner erscheinen. Sie verlor sich kurz in der Erinnerung. »Manchmal waren meine Großeltern und ich auch ein paar Tage am Meer. Ich erinnere mich noch an einen Urlaub in Brighton. Von unserem Hotel aus konnte man den Pier sehen. Nachts, wenn er erleuchtet war, kam er mir vor wie ein funkelndes Fabelwesen aus einer anderen Welt.«

»Ich war auch einmal in Brighton …« – Davies drückte die Zigarette sehr sorgfältig aus – »… mit meinen Eltern.

Vor dem Krieg. An einem Abend haben Leute in einem Pavillon am Strand getanzt. Das hat mich damals sehr beeindruckt.«

»Daran kann ich mich nicht erinnern. Aber ich stelle es mir schön vor ...« Friederike brach ab und fragte dann impulsiv: »Lieutenant Davies, müssen Sie Frau Reinnardt und ihren Mann wirklich anzeigen?«

Für einen Moment waren sie einfach zwei junge Menschen gewesen, die sich gemeinsam an etwas Schönes erinnerten. Doch nach Friederikes Worten wurde Davies sofort wieder zum Offizier.

»Was Herr und Frau Reinnardt getan haben, ist gegen das Gesetz.« Seine Stimme klang hart.

»Aber von den Lebensmittelrationen allein kann man einfach nicht leben! Das wissen Sie doch auch.«

»Wenn Leute wie die Reinnardts ihr Fleisch nicht für sich behalten, sondern es zum Verkauf melden würden, wäre die allgemeine Lebensmittelsituation viel besser, als sie ist. Was übrigens auch für diesen ganzen verwünschten Schwarzmarkt gilt.« Davies stand abrupt auf. »Ich werde mich im Dorfgasthof nach Herrn Küppers umhören. Teilen Sie Frau Assmuß bitte mit, dass wir sie und Peter morgen an einen sicheren Ort bringen werden.«

6. KAPITEL

Eifel, Kaltenberg

Ein halber Mond stand hoch oben am Himmel, als Friederike das Haus verließ. Der kalte, silbrige Schein und die Helligkeit des Schnees vermischten sich zu einem merkwürdigen Zwielicht. Es gab keinerlei Straßenbeleuchtung. Abgesehen von dem spärlichen Lichtschein hinter einzelnen Fenstern hatte es hier zur Zeit der Verdunkelung wahrscheinlich genauso ausgesehen.

Peters Mutter würde erst in einer guten Stunde aus Schleiden zurückkommen. Die Bäuerin und ihr Mann, ein verbraucht wirkender Bauer Anfang sechzig, zwei Knechte und die junge, etwas einfältige Magd hatten um den Küchentisch gesessen. Frau Reinnardts Augen waren vom Weinen gerötet, und ein stummer Vorwurf lag in der Luft. Friederike hatte gespürt, dass die Leute auch sie für die drohende Strafe wegen des Schwarzschlachtens verantwortlich machten. Nur Peter hatte ihr ein scheues Lächeln geschenkt. Sie hatte sich weder zu ihnen setzen mögen noch sich allein in dem Wohnzimmer aufhalten wollen. Deshalb hatte sie beschlossen, durch das Dorf zu laufen.

War es wirklich nötig gewesen, dass der Lieutenant Frau Reinnardt so hart, fast brutal behandelte? Oder hatte Gesine Langen recht, und sie, Friederike, war viel zu weich für diesen Beruf?

Neben der Kirche lag, wie so oft in den Dörfern, der Gasthof. Gedämpfte Männerstimmen drangen an Friederikes Ohr. Ob Davies etwas von den Bauern erfahren würde? Sehr mitteilsam waren sie dem früheren Feind gegenüber bestimmt nicht.

Der Friedhof um die Kirche lag im Dunkeln. Keine einzige Kerze brannte auf den Gräbern. Friederikes Eltern und Großeltern hatten den katholischen Brauch, Kerzen für die Verstorbenen anzuzünden, heidnisch genannt. Aber als Kind war es ihr so erschienen, als ob die Seelen der Verstorbenen über den Gräbern schwebten. Eine Vorstellung, die sie nicht als beängstigend, sondern als tröstlich empfunden hatte.

In Zeiten wie diesen wäre es Verschwendung gewesen, Kerzen für die Toten brennen zu lassen. Aber der düstere Friedhof kam Friederike plötzlich wie ein Sinnbild für die Verheerungen vor, die die Jahre von 1933 bis 1945 in den Seelen der Menschen hinterlassen hatten.

Sie folgte der Friedhofsmauer und ging eine schmale Straße entlang, die nach etwa hundert Metern an einem Feldrand endete. Jenseits der Felder begann der Wald, wo der Alträucher ermordet worden war. Was hatte in diesem Zusammenhang nur das Wort Iskariot zu bedeuten? War Küppers tatsächlich ein Verräter gewesen? Und wenn ja, wen hatte er verraten? Nachdem Friederike einige Augenblicke lang die dunkle Linie der Bäume betrachtet hatte, verkroch sie sich tiefer in ihrem Mantel und ging zum Dorf zurück.

Richard Davies war es gewohnt, dass die Gespräche verstummten, wenn er in Uniform einen deutschen Gasthof betrat. Auch die argwöhnischen Blicke kannte er. Sieben Männer hielten sich in der holzgetäfelten Gaststube auf. Drei lehnten am Tresen, die anderen vier saßen an einem Tisch und spielten Karten. Alle hatten Biergläser vor sich stehen. Davies nahm an, dass es schwarz gebraut war.

Er gab vor, das Misstrauen nicht zu bemerken, und ging zum Tresen. »Eine Runde Bier für die Herren«, sagte er und legte Geld auf das altersdunkle, schartige Holz. Bier war eines der wenigen Nahrungsmittel, für die man keine Lebensmittelmarken benötigte. Kommentarlos nahm der Wirt frische Gläser aus der Halterung an der Decke und begann zu zapfen. Das erste Bier schob er Davies zu.

Dieser zog eine Schachtel Zigaretten aus der Jackentasche seiner Uniform und schnippte den Inhalt auf den Tresen.

»Bitte, wenn sich die Herren bedienen möchten ...« Er war sich darüber im Klaren, dass er sich wie ein Gutsherr benahm, aber er hatte die Erfahrung gemacht, dass es meistens funktionierte. Manchmal gab es ein oder zwei Deutsche, die sich nicht ködern ließen, doch hier griffen alle zu. Auch die Kartenspieler verließen ihre Plätze am Tisch und scharten sich um ihn.

Streichhölzer wurden angezündet, und Rauch stieg in die Luft. Davies hob sein Glas und prostete den Männern zu. Auch sie führten die Gläser zum Mund und tranken. Das Bier schmeckte wässrig.

Ein kleiner, dünner Mann mit schütterem Haar, der Davies an ein Wiesel erinnerte, wischte sich den Schaum vom Mund. »Ich hab mich immer gefragt, warum die englische Militärpolizei diese komischen weißen Gamaschen benutzt«, sagte er. »Die trägt doch seit Napoleons Zeiten keiner mehr. Wenn Sie mir die Bemerkung gestatten, Herr Leutnant.« Er schenkte Davies ein Grinsen, das provozierend und kriecherisch zugleich war.

Davies konnte den Gamaschen selbst nicht viel abgewinnen. »Tja, ich habe gehört, sie sind dazu da, um die Ratten zu warnen«, antwortete er. »Denn im Gegensatz zur zivilen Polizei sind wir bewaffnet und können jederzeit schießen.«

Der Witz war nicht besonders gut, aber die Männer lachten, und das Eis war gebrochen.

»Sind wahrscheinlich wegen dem Mord an Jupp hier, Herr Leutnant«, sagte das Wiesel, wie um seine versuchte Provokation wiedergutzumachen.

»Sie kannten ihn?« Richard Davies blickte in die Runde. Alle nickten.

»Ist recht weit von Köln in die Eifel.« Davies zog an seiner Zigarette. »Ein- bis zweimal im Monat soll er hier gewesen sein, habe ich erfahren.« Er ließ den Satz wie eine Frage enden.

»Ja, der Jupp hatte seine regelmäßigen Touren«, bemerkte der Wirt. »Auch ins Oberbergische ist er gefahren.«

»Außerdem hat er ja den Hof bei Kall geerbt«, schaltete sich ein älterer Mann ein, dem an einem Nasenloch ein Stück fehlte. »Da hat er öfter nach dem Rechten gesehen. Und von Kall bis Schleiden sind's ja nur etwa zehn Kilometer.«

»Tja, der Jupp war einer von uns. Er hat sich nicht übers Ohr hauen lassen«, ergriff wieder der Wirt das Wort. »Aber der wusste, was für Sorgen die Bauern haben.«

»Hat einer von Ihnen Herrn Küppers vor zwei Tagen gesehen?«

»Nä, der ist nicht ins Dorf gekommen. Der muss gleich zur Scheune gegangen sein.« Der dünne Mann, der Davies wie ein Wiesel vorkam, nahm sich eine zweite Zigarette. »Wenn Sie mich fragen, den hat ein Fremdarbeiter umgebracht.«

Fremdarbeiter, Juden, Zigeuner … Die Sündenböcke blieben doch immer die gleichen.

»Was bringt Sie denn auf diese Idee?« Richard Davies bemühte sich, seine Stimme neutral klingen zu lassen.

»Na, der Jupp hatte immer viel Geld dabei. Und hier treibt sich seit Kriegsende viel Gesindel herum. Es ist nicht mehr ganz so schlimm wie im Sommer 45, als ständig Höfe überfallen wurden. Auch der Hof vom Jupp wurd' damals ausgeraubt. Aber im Nachbardorf ist erst vor zwei Tagen in ein Haus eingebrochen worden. Lebensmittel, ein Mantel und Decken wurden geklaut. Unsereins macht so was nich.« Die Miene des dünnen Mannes war selbstgefällig.

»Ich hab vor zwei Tagen am Nachmittag ein Motorrad gehört«, mischte sich ein älterer Dorfbewohner ein, der bisher geschwiegen hatte.

»Aber wie sollte ein früherer Fremdarbeiter« – Davies mochte das verharmlosende Wort nicht, schließlich waren die meisten dieser Menschen mit Gewalt nach Deutschland gebracht worden – »an ein Motorrad und Benzin gekommen sein?«

»Na, geklaut, was denn sonst?« Der ältere Mann zuckte mit den Schultern. Alle nickten.

»Nun, ich weiß nicht …« Doch Richard Davies musste plötzlich daran denken, wie er sich am Nachmittag in der Nähe der Scheune beobachtet gefühlt und kurz darauf geglaubt hatte, das Geräusch eines Motorrads in der Ferne wahrzunehmen. Ein Motorrad mit einem Seitenwagen – und bei den schneeglatten Straßen empfahl es sich dringend, einen Seitenwagen zur Stabilisierung zu benutzen – konnte bis zu drei Männer transportieren.

»Auf Jupps Hof bei Kall war'n während des Krieges Fremdarbeiter«, unterbrach das Wiesel Richard Davies' Gedanken. »Die wurden bestimmt gut behandelt. Aber das zählt für die ja nicht.« Er seufzte, vermutlich über die gesamte Schlechtigkeit der Welt.

Es konnte nicht schaden, sich auf Küppers' Hof bei Kall mal umzuhören, denn hier würde er wohl weiterhin nur Vorurteile präsentiert bekommen. Richard Davies beschloss zu gehen.

»Den Juden ging's hier doch auch immer gut. Aber jetzt sollen die Mandelbaums wegen der Zerstörung ihres Eigentums im November 38 gegen die Stadt Euskirchen geklagt haben.« Der Wirt wischte mit einem Tuch über den Tresen. Sehr langsam stellte Richard Davies sein Bierglas ab.

»Die Mandelbaums sind Anfang 39 in die USA ausgewandert«, ergänzte der Dünne. »Wurd' ihnen zu gefährlich.«

»Das war'n doch nur Leute von der SA und überzeugte Nazis, die die Möbel von den Juden auf die Straße geworfen haben. Was kann denn die Stadt dafür?«, bemerkte einer der Männer.

Richard Davies wollte schon gar nicht mehr wissen, wer dies gesagt hatte. Er stand auf und klopfte auf den Tresen. »Einen schönen Abend noch, die Herren.«

»Ihnen auch.« Man prostete ihm zu freundlich zu.

Draußen vor der Tür riss Davies seinen Mantelkragen auf. Er hatte das Gefühl, nicht mehr atmen zu können.

Auf dem Kirchplatz kam Friederike eine Frau entgegen, die einen großen Korb trug. Sie waren nur noch ein paar Meter voneinander entfernt, als die Frau plötzlich auf einer Eisplatte ausglitt. Holzscheite ergossen sich über den Boden, und die Frau fluchte vor sich hin.

Friederike trat rasch zu ihr, reichte ihr die Hand und half ihr aufzustehen. »Haben Sie sich verletzt?«, erkundigte sie sich besorgt.

»Nee, alles in Ordnung.« Die Frau bewegte ihre Glieder und musterte dann Friederike. »Sie sind sicher die Polizistin, die wegen dem Mord an dem Schrotthändler ins Dorf gekommen ist.« Sie hatte einen Schal wie einen Turban um ihren Kopf geschlungen.

»Das hat sich ja schnell herumgesprochen.«

»Hier spricht sich alles schnell herum. Haben Sie Lust, mit reinzukommen? Ich würd Ihnen auch 'ne Zigarette ausgeben.«

»Danke, aber ich rauche nicht.« Friederike war sich darüber im Klaren, wie großzügig das Angebot war.

»'nen Zichorienkaffee könnt ich auch spendieren.« Die Frau lachte trocken auf.

Da immer noch Zeit war, bis Frau Assmuß zurückkommen würde, stimmte Friederike zu. Sie half der Frau, die Holzscheite einzusammeln, und ging dann mit ihr zu einem Hoftor und anschließend eine Holztreppe hinauf, die außen an einer Scheune oder einem Stall hinaufführte. Oben angelangt, stieß die Frau eine Tür auf.

Friederike hörte, wie ein Streichholz angezündet wurde. Gleich darauf flammte eine Karbidlampe auf und beleuchtete grobe Bretter, die über Dachsparren genagelt waren. Die drei Außenwände des Raums – eigentlich eher eine Art Verschlag – bestanden aus Fachwerk, die nach innen gelegene Wand aus ebenfalls unbehandelten Brettern. Ein Bett, ein kleiner Tisch, zwei Stühle und ein Regal mit Kleidungsstücken und ein wenig Geschirr standen dicht gedrängt um einen Kanonenofen.

Erst als sie ein Jammern hörte, bemerkte Friederike den viereckigen Waschkorb zwischen dem Bett und dem Regal. Darin lag ein etwa anderthalb Jahre altes Kind, das eine Wollmütze trug. Es bewegte sich im Schlaf.

Die Frau beachtete es nicht. Sie warf ein Holzscheit in den Kanonenofen, ehe sie die Blechkanne ergriff, die darauf stand, und Getreidekaffee in zwei Emailletassen goss. Die Frau hatte einen kleinen Mund, eine Stupsnase und leicht schräg stehende Augen. Ihr knochiges Gesicht war nicht unattraktiv, es hatte jedoch einen hungrigen Ausdruck, der es hart und die Frau älter erscheinen ließ als die Mitte zwanzig, die sie vermutlich war.

»Ich bin Hertha Balge.« Sie zündete sich eine Zigarette an.

»Friederike Matthée.« Der Zichorienkaffee schmeckte bitter und war nur lauwarm.

»Sie kommen doch auch aus Ostpreußen, oder? Ich hör's an Ihrer Sprache.« Hertha Balge betrachtete sie aus leicht zusammengekniffenen Augen.

»Ja, ich komme aus Ostpreußen. Aber ich hätte nicht gedacht …«

»Würd' wahrscheinlich keinem von hier auffallen. Sie stammen aus einer feinen Familie, stimmt's?« Hertha Balge wartete keine Antwort ab. »Sind Sie auch im Januar 45 geflohen?«

»Ja.«

»Und, haben Sie Bekanntschaft mit den Russen gemacht?«

Friederike schwieg. Ihr Körper versteifte sich.

Hertha Balge blies einen Rauchkringel in die Luft. »Den Jungen« – sie deutete in Richtung des Korbes – »verdank ich 'nem Russen. Bis ich in eine Stadt mit 'nem Hospital kam, war's zu spät, um ihn wegmachen zu lassen. Einer Polizistin gegenüber sollte ich so was wahrscheinlich nicht sagen. Ich hoffe, ich hab Sie nicht schockiert.«

»Nein, das haben Sie nicht.«

»Ich wusste ehrlich gesagt gar nicht, dass es Polizistinnen gibt.«

»Das geht vielen Leuten so.« Friederike wollte nicht über sich sprechen. »Wie lange leben Sie denn schon hier?«

»Seit dem Sommer. Ich hatte Glück und hab trotz des Jungen eine Arbeit in der Molkerei in Schleiden bekommen.«

»Gefällt es Ihnen hier?« Im nächsten Moment wurde Friederike klar, wie unsinnig ihre Frage war. Sie saß schließlich nicht in einem großbürgerlichen Wohnzimmer und betrieb höflich Konversation.

»Falls Sie meinen, ob es hier auszuhalten ist – ja, ist es. Die Bauern, denen der Hof gehört, lassen mich in Ruhe. Eine Frau aus Königsberg, die mit ihren drei Jahre alten Zwillingen in dem Hof am Dorfeingang untergekommen ist, hat's wirklich schlimm getroffen. Die Familie lässt sie ständig spüren, dass sie sie nicht dahaben wollen.«

»Und Frau Assmuß? Wie ergeht es ihr? Sie kennen Frau Assmuß doch?«

»Hin und wieder laufen wir zusammen nach Schleiden. Die Reinnardts sind freundlich zu ihr und dem Jungen.«

»Aber die Dorfjungen verprügeln Peter.«

»Für manche Leute hier in der Gegend sind wir nun mal der Abschaum.« Hertha Balge drückte die Zigarette in einer Untertasse aus und zuckte mit den Schultern. »Ich wurde schon oft Polackin genannt. Und ein Kollege meinte, den Jungen hätt ich mir doch bestimmt gern von den Russen machen lassen.«

»Kannten Sie Jupp Küppers?«

»Klar. Ich hab manchmal Butter gegen was zum Anziehen oder andere Sachen bei ihm getauscht. Für einen Schwarzhändler war er in Ordnung. Er war nicht raffgierig, hat einen reellen Gegenwert gezahlt.«

So hatte Frau Reinnardt ihn auch beschrieben. Als Friederike an sie dachte, fiel ihr auch Peters Mutter ein. Sie war mittlerweile bestimmt zurückgekehrt. Also war es an der Zeit zu gehen. Friederike wollte schon aufstehen, als sie den Eindruck gewann, dass Hertha Balge über etwas nachzusinnen schien.

»Gibt es noch etwas, das Sie mir sagen möchten? Ist Ihnen in Bezug auf Jupp Küppers irgendetwas aufgefallen?« Dies zu fragen ging eigentlich über Friederikes

Kompetenzen hinaus. Aber sie glaubte nicht, dass Hertha Balge gegenüber Lieutenant Davies offen sein würde.

»Ach, ich weiß nicht …«

»Sagen Sie mir bitte, was Ihnen durch den Kopf geht.« Friederike holte ihr Notizbuch hervor.

»Es ist wahrscheinlich völlig belanglos.« Hertha Balge zuckte wieder mit den Schultern. »Vor ungefähr einer Woche hat der Junge am Abend gebrüllt und gebrüllt und wollt einfach nich aufhören. Irgendwann hab ich's nicht mehr ausgehalten. Ich bin rausgegangen, damit ich ihm nichts antu. Ich stand vor dem Hoftor und hab geraucht. Und da hab ich den Küppers vor dem Friedhof auf und ab gehen gesehen.«

»So, als ob er auf jemanden warten würde?«

»Das habe ich zuerst auch gedacht. Aber dann ist er über den Friedhof in Richtung Kirche gegangen. Auf halbem Weg ist er stehen geblieben und hat 'ne ganze Weile die Kirche angestarrt, bis er wieder umgekehrt und zu seinem Wagen gegangen ist.«

»An welchem Tag genau war das denn?« Friederike besann sich auf das, was sie in der Ausbildung gelernt hatte.

»Da muss ich überlegen … Am achten, nein am neunten Januar.«

»Und um wie viel Uhr?«

»Sie wollen's aber wirklich genau wissen! So um acht, ich hab die Kirchturmuhr schlagen hören.«

»Es war dunkel. Weshalb sind Sie sich sicher, dass Sie Jupp Küppers und nicht einen anderen Mann beobachtet haben?«

»In der Kirche brannte Licht. Außerdem hatte der Küppers so einen eigenartigen Gang. Ist ein bisschen gewatschelt wie eine Ente. Ich hab da gar keinen Zweifel. Das war er und sonst niemand.«

Der Junge in seinem Bett begann zu weinen. Mit einem resignierten Seufzer wandte Hertha Balge sich ihm zu. Friederike befürchtete, dass sie die Unterhaltung wieder auf die Flucht lenken würde, deshalb verabschiedete sie sich hastig.

Aus dem Gasthof kam eine Gruppe Männer. Der Dunst von Rauch und Bier wehte auf die Straße, mischte sich mit der kalten Luft. Einige der Wirtshausbesucher blickten in ihre Richtung. Da sie nicht angesprochen werden wollte, ging Friederike rasch weiter. Sie würde dem Lieutenant von Hertha Balges Beobachtung berichten. Er musste dann entscheiden, ob er dem weiter nachgehen wollte oder nicht. Zum ersten Mal, seit sie der Weiblichen Polizei beigetreten war, bedauerte sie es, an einer Ermittlung nur sehr eingeschränkt teilnehmen zu können. Irgendetwas an dem Fall ließ sie nicht los. Sie konnte sich selbst nicht erklären, warum dies so war.

Die Stimmen der Männer verklangen. Plötzlich stellte Friederike fest, dass die Straße viel zu schmal war, um die Hauptstraße zu sein. Sie drehte sich um. Hinter ihr befand sich in einiger Entfernung die Kirche, sie war also in die richtige Richtung gegangen. Wahrscheinlich war sie jedoch, statt der Kurve der Hauptstraße zu folgen, geradeaus gelaufen und so in eine Seitenstraße gelangt.

Ein Stück vor ihr zweigte eine Gasse ab. Als Friederike die Einmündung erreicht hatte, stellte sie fest, dass die Gasse sie zu ihrem ursprünglich geplanten Rückweg führte. Sie wollte schon einbiegen, als sie ganz in der Nähe einen Mann stehen sah. Sie erkannte Davies an seiner Offiziersmütze und seinem Mantel. Er schien ein Gebäude zu betrachten, und etwas an seiner Haltung hielt Friederike davon ab, ihn anzusprechen. Sie zog sich in den Schatten zurück.

Erst nach einer ganzen Weile ging er weiter Richtung

Hauptstraße. Es war so still, dass Friederike seine Schritte im Schnee knirschen hörte. Sie wartete, bis sie Davies nicht mehr sehen konnte, und bog dann erst in die Gasse ein.

Dort, wo er gestanden hatte, befand sich zwischen zwei Gebäuden eine Lücke. Nur die Rückwand des Hauses war erhalten geblieben. Friederike erkannte einen Rundbogen und Säulenreste in dem Mauerwerk. Wahrscheinlich hatte hier einmal eine Kapelle gestanden. Ob Davies an Angehörige oder Freunde gedacht hatte, die er im Krieg verloren hatte? Einen anderen Grund konnte es für sein Verharren eigentlich nicht geben. Was er wohl den Deutschen gegenüber empfinden mochte? Bedrückt setzte Friederike ihren Weg zum Haus der Reinnardts fort.

7. Kapitel

Frankfurt

Die Halle des Frankfurter Hauptbahnhofs war voller Menschen. Auf seinen Stock gestützt, bahnte sich Pater Bernhard Heller einen Weg durch die Menge. Bei jedem Schritt fuhr ein glühender Schmerz von seiner zertrümmerten Hüfte in sein rechtes Bein. Zwei Tage hatte er für die Reise von Süddeutschland, wo er einer Ordensgemeinschaft der Salvatorianer Geld, ein Kreuz und einen Messkelch überbracht hatte, bis nach Frankfurt benötigt. Hier war er nun wie so viele andere gestrandet, denn an diesem Tag fuhren wegen des Kohlemangels keine Züge mehr. Ob er wohl am nächsten Tag endlich in sein Heimatkloster bei Kall zurückkehren konnte? Er hoffte es inständig.

Ein Bahnbeamter nannte ihm ein Notquartier für die Nacht. Es befand sich etwa einen Kilometer entfernt und gehörte, wie der Pater vermutete, zu den früheren Messehallen. Der Weg dorthin war mühsam und qualvoll. Pater Bernhards Herz sank noch mehr, als er das Quartier betrat. Alle der vielleicht zweihundert Feldbetten waren belegt. Überall kauerten Menschen zwischen Koffern, Taschen und Säcken auf dem Boden. Die Ausdünstungen ungewaschener Körper mischten sich mit dem Geruch von Desinfektionsmitteln. Der Pater blickte sich nach einem Platz um, wo er wenigstens seinen Rücken an die Wand lehnen und sein Bein ausstrecken konnte.

»Pater ...« Eine Frau, die Militärdecken verteilte, berührte ihn am Arm. »Ich habe noch ein Bett frei. Kommen Sie mit.«

Geschäftig eilte sie ihm voran, in einen Raum, in dem Schränke, ein Schreibtisch und – tatsächlich – ein unbelegtes Feldbett standen. Ein einfaches Kreuz hing an der Wand.

»Ruhen Sie sich aus, Pater.« Die Frau reichte ihm eine Decke, ehe sie wieder in die Halle zurückkehrte.

Pater Bernhard wusste, dass er dieses Privileg nur seinem Ordensgewand verdankte und dass er es eigentlich nicht in Anspruch nehmen sollte. Aber er war zu müde, und die Schmerzen in seinem Bein waren zu stark, als dass er es über sich gebracht hätte, den Schlafplatz auszuschlagen.

Nachdem Pater Bernhard den Segeltuchrucksack von den Schultern genommen hatte, streckte er sich auf dem Feldbett aus. Aus der Halle hörte er Stimmen und Schnarchen, ein Kind weinte. Sein Blick suchte das Kreuz. Wieder, wie so oft in den letzten Wochen, quälte ihn die Frage, ob es richtig gewesen war, dass er einen Menschen abgewiesen hatte, der bei ihm die Vergebung seiner Sünden gesucht hatte. War es ihm dabei wirklich nur um Gerechtigkeit gegangen und darum, dass ein Verbrechen vor einem irdischen Richter gesühnt wurde? Oder hatte er sich von Groll, Bitterkeit und Zorn leiten lassen?

Pater Bernhard fand lange keinen Schlaf.

Eifel, Kaltenberg

Zögernd öffnete Friederike die Tür des Wohnzimmers. Ihr war nicht wohl dabei, Davies zu begegnen. Die Erinnerung, wie er vorhin vor der zerstörten Kapelle gestanden hatte, ließ sie nicht los. Doch er hielt sich gar nicht in dem Raum auf.

Auf dem Sofa kauerte eine schmächtige Frau. Blondes Haar hatte sich aus einem Knoten gelöst und hing ihr strähnig in die Stirn. Sie trug eine verfilzte, mehrfach geflickte Wolljacke, deren Ärmel bis über ihre Hände reichten. Die Ähnlichkeit mit Peter war unverkennbar. Sie hatte die gleiche lange, ein wenig schiefe Nase wie ihr Sohn. Friederike schätzte, dass sie um die dreißig Jahre alt war. Die Frau strahlte etwas Verlorenes aus.

»Frau Reinnardt hat mir gesagt, dass Sie mit Peter gesprochen haben ...« Ihre Stimme klang müde und resigniert.

»Ja.« Friederike setzte sich ihr gegenüber. »Peter war tatsächlich Zeuge des Mordes.«

Frau Assmuß senkte den Kopf. »Was geschieht jetzt mit ihm?«, flüsterte sie.

»Die Briten haben angeordnet, dass Peter zu seinem Schutz an einen sicheren Ort gebracht wird. Lieutenant Davies wird Sie beide morgen dorthin begleiten.«

»Aber ich darf meine Arbeit nicht verlieren!« Panik flackerte in Frau Assmuß' Augen auf.

»Es geht ja nur um die Zeitspanne, bis der Mörder gefunden ist und er Peter nichts mehr antun kann. Die Briten werden sicher dafür sorgen, dass Sie dann eine andere Arbeit bekommen.« Friederike war bewusst, dass der Mörder vielleicht nie entdeckt werden würde, und sie hatte keine Ahnung, ob sich die Besatzer tatsächlich um Frau Assmuß kümmern würden. Zudem bezweifelte sie, ob Peters Mutter ihr glaubte. Aber Frau Assmuß' kurzes Aufbegehren war vorbei. Sie fügte sich in ihr Schicksal.

»Wohin werden wir gebracht?«

»Das weiß ich leider nicht. Wenn Sie bitte heute Abend noch Ihre und Peters Sachen packen würden.«

Die Frau nickte stumm.

»Wie geht es Peter?«

»Er schläft.«

»Er wird bestimmt froh sein, das Dorf für einige Zeit verlassen zu können.« Friederike verstummte kurz, ehe sie fortfuhr: »Er hat mir erzählt, dass ihn die Dorfjungen verprügeln.«

»Ach, Jungen prügeln sich ständig. So schlimm wird es schon nicht sein.«

»Es hat sich aber ganz anders angehört.«

»Peter kann froh sein, dass wir hier eine Unterkunft gefunden haben und ich in der Gießerei arbeiten kann. Er muss sich zusammennehmen. Das Leben ist nun einmal, wie es ist.« Frau Assmuß' Worte klangen wie einstudiert. Sie passten nicht zu der schmächtigen Frau, und Friederike glaubte, hinter der Härte eine große Verzweiflung wahrzunehmen.

»Kann ich jetzt gehen?«

»Ja, natürlich.« Es war Friederike immer noch fremd, dass Menschen in ihr eine Respektsperson sahen und meinten, sie um Erlaubnis bitten zu müssen.

Mit hochgezogenen Schultern stand Peters Mutter auf und huschte in den Flur.

Sollte sie auf Davies warten? Friederike wusste nicht, wie sie sich zu verhalten hatte. Da sie wegen der Razzia in der vergangenen Nacht nur wenig geschlafen hatte, war sie todmüde.

Das Klopfen war zu zaghaft, als dass es von Davies stammen konnte – und wahrscheinlich hätte er ohnehin nicht angeklopft. Auf Friederikes »Herein« hin öffnete Frau Reinnardt die Tür.

»Wenn Sie schlafen gehen möchten – Ihr Zimmer ist fertig.«

Dies gab den Ausschlag. Von Hertha Balges Beobachtung konnte sie Davies auch noch am nächsten Morgen erzählen. »Ja, ich würde gern schlafen gehen.«

»Dann hole ich Ihnen schnell heißes Wasser.«

Friederike wartete im Flur, während sich die Bäuerin in der Küche zu schaffen machte. Einmal näherten sich Schritte dem Haus, und Friederike dachte schon, Davies würde zurückkehren. Aber die Schritte entfernten sich wieder.

Wenig später erschien Frau Reinnardt mit einem großen Porzellankrug in den Händen. In der kalten Luft bildete sich darüber sofort eine Dampfwolke. Friederike folgte der Bäuerin eine Holztreppe hinauf, die von einer Karbidlampe nur notdürftig erhellt wurde, bis zu einem Gang im zweiten Stock. Mit dem Ellbogen drückte Frau Reinnardt eine Klinke hinunter. Friederike hörte, wie der Krug abgestellt wurde und ein Streichholz ratschte. Eine Kerzenflamme flackerte auf und beschien eine Kammer, in der unter einer Dachschräge ein Bett mit Metallrahmen stand. Die Wände trugen ein verblasstes Blumenmuster.

»Ich hoffe, Sie sind zufrieden?« Frau Reinnardt bedachte sie mit einem ängstlichen Blick.

»Natürlich, es ist sehr nett.«

»Ich habe Ihnen eine Wärmflasche ins Bett gesteckt.«

»Danke, das war sehr freundlich von Ihnen.«

Die Bäuerin schien noch etwas sagen zu wollen, verabschiedete sich jedoch mit einem gemurmelten »Gute Nacht«.

Auf dem Bett lag tatsächlich, wie Friederike erst jetzt bemerkte, ein Nachthemd. Es roch sauber, ebenso wie die Bettwäsche. Auch wenn sie während der vergangenen beiden Jahre alles Mögliche hatte ertragen müssen – zum Beispiel hatte sie manchmal nur Kuh- oder Schafsaugen zu essen bekommen oder Teile einer gebratenen Ratte, Dinge, bei deren bloßem Anblick sie sich früher übergeben hätte –, ekelte es sie immer noch vor schmutzigen Betten.

Von der Wand über dem Waschtisch blickte ihr eine Reihe UFA-Stars entgegen, Zarah Leander, Margot Werner, Heinz Rühmann, Willy Fritsch. Fotografien, die aus Zeitungen und Magazinen ausgeschnitten worden waren, und Friederike vermuten ließen, dass die Kammer der Magd gehörte.

Während Friederike sich auskleidete, versteifte sich ihr Körper in der Kälte. Auf ihren Unterarmen zeichneten sich rote Striemen ab, doch sie widerstand der Versuchung, sie mit ihren Nägeln wieder aufzureißen. Sie wusch sich rasch mit Hilfe eines kleinen, harten Stücks Seife, das neben der Waschschüssel lag, und zog dann das Nachthemd über. Nachdem sie eine Wolldecke und ihren Mantel über das Bett gebreitet hatte, schlüpfte sie zwischen die Laken und löschte die Flamme.

In der Mitte des Bettes, dort, wo sich die ovale Blechflasche befand, spürte Friederike eine Insel aus Wärme. Sie schob die Wärmflasche ans untere Ende des Bettes, und allmählich drang die Wärme durch ihre Wollsocken an ihre Füße. Sie schloss die Augen und vermied es, sich zu bewegen, um nicht die kalten Stellen der Matratze zu berühren.

Richard Davies saß auf dem Ehebett und rauchte. Die Reinnardts hatten ihm ihr Schlafzimmer überlassen – eine demütige Geste, die ihn aggressiv machte und beschämte. Dem Bett gegenüber befand sich das Fenster, von einer dicken Schicht Eisblumen überzogen. Filigrane Gebilde, wie feine, kostbare Spitze.

Er erinnerte sich plötzlich daran, wie er einmal als Kind an einem Winterabend wieder und wieder auf eine Fensterscheibe gehaucht hatte, verzaubert von den Formen des Eises. Er war davon überzeugt gewesen, dass sich dahinter eine Welt voller Wunder auftun müsse. Doch als das Guckloch groß genug gewesen war, hatte er nur die andere Straßenseite erblickt. Von Nebel verschleiert, dunkel, trostlos und öde, hatte sie sich ihm an jenem Winterabend präsentiert. Auch als er sich schlafen gelegt hatte, ließ ihn dieses Bild nicht los.

8. Kapitel

Eifel, Kaltenberg, Freitag, 17. Januar 1947

Das kurze Läuten einer Glocke weckte Friederike. Sie konnte sich nicht mehr erinnern, was sie geträumt hatte, doch Angst und Grauen erfüllten sie. Sie musste sich zwingen, sich aufzusetzen und die Kerze auf dem Nachttisch anzuzünden. Erst jetzt bemerkte sie, dass sie keuchend atmete, wie eine Ertrinkende, und ihr Körper in Schweiß gebadet war. Sie begann, mit ihren Fingernägeln über die Unterarme zu kratzen, bis die Haut aufriss. Der Schmerz beruhigte sie nur kurz.

Wieder ertönte das Läuten. Jetzt erkannte sie es. Es war Teil einer katholischen Messe, markierte die Wandlung. Von der einzigen katholischen Kirche in Gumbinnen war es ihr vertraut. Manchmal hatte sie das Läuten in der Stadt oder auf dem Gut gehört. Die Zeiger von Friederikes Armbanduhr standen auf kurz vor sechs, die Messe würde gleich zu Ende sein. Eine Idee formte sich in ihr. Rasch, ehe sie ihrem Bedürfnis, sich wieder zu verletzen, nachgeben konnte, verließ sie das Bett und zog sich an.

Als sie durch den Flur im Erdgeschoss ging, hörte sie jemanden in der Küche rumoren. Aber unter der Tür des Wohnzimmers schimmerte noch kein Licht hervor, Davies war also vermutlich noch nicht aufgestanden. Was Friederike bestärkte, ihrem Impuls nachzugehen.

Vor der Kirche begegnete ihr eine Gruppe von Männern und Frauen, die Gesichter halb verborgen unter

Schals, Wollmützen und Kopftüchern. Einige von ihnen strebten auf einen Lastwagen mit offener Ladefläche zu, der am Straßenrand wartete. Friederike vermutete, dass er sie in die nächste Stadt bringen würde. Der Himmel war immer noch sternenklar, und sie hatte den Eindruck, dass die Kälte noch zugenommen hatte.

Hinter einigen Fenstern des Pfarrhauses brannte Licht. Auf Friederikes Klopfen hin öffnete ihr eine kräftige Frau mittleren Alters, die über einem schwarzen Kleid eine weiße Schürze trug.

»Mein Name ist Matthée. Ich arbeite für die Weibliche Polizei in Köln und würde gern den Herrn Pfarrer sprechen«, sagte Friederike rasch.

Die Haushälterin bedachte sie mit einem ungnädigen Blick. »Der Herr Pfarrer hat noch nicht gefrühstückt. Da müssen Sie sich schon gedulden, Fräulein.«

»Der Lieutenant der englischen Militärpolizei, mit dem ich hier bin, möchte aber schon bald nach Köln zurückkehren«, behauptete Friederike.

»Schon gut, Anna, ich werde mich kurz mit dem Fräulein unterhalten.« Ein großer, kahlköpfiger Mann war hinter der Haushälterin erschienen. Mit seiner gebogenen Nase und der schwarzen Soutane erinnerte er Friederike unwillkürlich an eine Krähe. Er wies sie in einen Raum neben der Haustür und bot ihr an, auf einem hochlehnigen Stuhl Platz zu nehmen. Der Stuhl war hart und unbequem, und sie kam sich vor wie eine Konfirmandin. Ein schwacher, süßlicher Weihrauchgeruch lag in der Luft.

»Ich bin Pfarrer Thewes. Aber das wissen Sie ja sicher bereits«, sagte er.

»Ja«, log Friederike. Aufgeregt, wie sie war, hätte sie wahrscheinlich vergessen, ihn nach seinem Namen zu fragen.

»Frauen bei der Polizei … ich weiß nicht, ob das richtig

ist. Meiner Meinung nach hat Gott jedem Geschlecht bestimmte Aufgaben zugedacht, und ich bezweifle, dass Er Frauen als uniformierte Ordnungshüter sehen möchte.« Der Pfarrer trommelte mit den Fingern auf die Tischplatte.

Friederike schluckte. »Haben Sie Jupp Küppers gekannt?«

»Wegen dieses Mordes sind Sie also hier. Dachte ich's mir doch.« Der Pfarrer wirkte zufrieden mit sich, und seine Stimme wurde ein wenig milder. »Ich habe gewusst, dass er ein Alträucher war und gelegentlich den einen oder anderen nicht ganz legalen Handel getätigt hat. Aber nein, wirklich gekannt habe ich ihn nicht.«

Friederike verkniff sich die Frage, ob er oder seine Haushälterin zu Jupp Küppers' Kunden gezählt hatten. »Eine Frau hat Jupp Küppers am Abend des neunten Januar vor dem Friedhof auf und ab gehen sehen, und sie hatte den Eindruck, dass er sich mehrmals anschickte, die Kirche zu betreten.«

»Etwa diese Frau aus Ostpreußen, die das illegitime Kind hat und sich auf der Straße herumtreibt und auf Männer wartet?« Der Pfarrer verzog den Mund.

»Dazu kann ich nichts sagen.« Friederike errötete.

»Ich sehe diese Frau, trotz der Kälte, oft draußen herumlungern.« Der Pfarrer schüttelte missbilligend den Kopf. »Ich habe versucht, sie von ihrem sündhaften Tun abzubringen, aber sie hat mich nur ausgelacht. Nun, mir war von vorneherein klar, dass die Einquartierung der Leute aus dem Osten nichts Gutes für unsere Dörfer bedeuten würde. Protestanten ...«

»Kam Jupp Küppers denn an dem Abend in die Kirche?«

»Ich kann mich nicht daran erinnern, ihn jemals in meiner Kirche gesehen zu haben. Und ganz sicher nicht an jenem Abend. Wenn Sie mich nun bitte entschuldigen würden. Ich kann Ihnen in Bezug auf Herrn Küppers nicht weiterhelfen.« Der Pfarrer stand auf.

Friederike kam sich vor wie eine Schülerin, die bei einer wichtigen Aufgabe versagt hatte. »Danke, dass Sie sich die Zeit für das Gespräch genommen haben«, sagte sie leise. »Aber irgendwie kann ich mich nicht des Eindrucks erwehren, dass Jupp Küppers womöglich an jenem Abend nach seelischem Beistand gesucht hat. Er war ein Schwarzhändler. Vielleicht wollte er ja sein Gewissen erleichtern.«

»Wie ich Ihnen bereits sagte, ich kannte ihn kaum.«

»Ja, natürlich, bitte verzeihen Sie.« Zu spät wurde Friederike klar, dass sie sich gerade für eine Vernehmung entschuldigt hatte. Sie mochte sich nicht vorstellen, was Gesine Langen davon halten würde.

»Sie stammen aus einer guten Familie, nicht wahr?« Der Pfarrer war im Flur vor der Haustür stehen geblieben, und sein Blick war freundlicher geworden.

»Ja, das könnte man so sagen …«

»Sind Sie Katholikin?«

»Nein, Protestantin.«

Im Seufzer des Pfarrers mischten sich Resignation und Verdruss. »Nun, trotzdem wünsche ich Ihnen Gottes Segen, mein Kind.«

Hatte sich Hertha Balge in ihrer Wahrnehmung getäuscht, und es war doch nur Zufall gewesen, dass sich Küppers an jenem Abend vor der Kirche aufhielt? Nachdenklich trat Friederike den Rückweg an. Sie war enttäuscht, dass ihr Gespräch mit dem Pfarrer zu keinem Ergebnis geführt hatte.

Als sie den Hausflur der Reinnardts betrat, kam Davies gerade die Holztreppe herunter. »Mein Gott, wo sind Sie denn gewesen?«, fuhr er sie an. »Ich habe Sie im ganzen Haus gesucht.«

»Ich ...« Sie brach ab, weil in dem Augenblick Frau Reinnardt im Flur erschien, ein Tablett in den Händen. Einer Porzellankanne entstieg Kaffeeduft. Vermutlich stammte der Kaffee aus Davies' Vorräten. Die Bäuerin wünschte ihnen einen guten Morgen. Aus der Küche waren die Stimmen von Peter und seiner Mutter zu hören.

Schweigend folgten sie Frau Reinnardt in die gute Stube, wo der Tisch schon gedeckt war. Nachdem die Bäuerin noch ein Kännchen mit Milch abgestellt und ihnen Kaffee in die Tassen des Feiertagsgeschirrs gegossen hatte, zog sie sich zurück.

»Also, wo waren Sie? Ich kann mir nicht vorstellen, dass Sie bei diesen Temperaturen Frühsport getrieben haben.« Eine ärgerliche Falte hatte sich in Davies' Stirn eingegraben.

»Ich kam gestern Abend zufällig mit einer Frau aus Ostpreußen ins Gespräch.« Friederike umklammerte die Kaffeetasse. Sie war hungrig – wie ständig in den letzten Jahren. Aber ihr Magen verkrampfte sich, und sie glaubte, keinen Bissen hinunterzubringen. Rasch erzählte sie Davies von ihrer Unterhaltung mit Hertha Balge. »Ich dachte, es könnte sinnvoll sein, mit dem Ortspfarrer zu sprechen. Deshalb habe ich ihn aufgesucht. Aber Pfarrer Thewes hat Jupp Küppers kaum gekannt.«

»Was fällt Ihnen ein! Sie können doch nicht einfach losmarschieren und auf eigene Faust mögliche Zeugen vernehmen. Sie hätten sich vorher mit mir abstimmen müssen! Ich kann mir nicht vorstellen, dass man Ihnen in Ihrer Dienststelle derartige Freiheiten erlaubt.« Sein Tonfall war schneidend.

»Natürlich nicht ... Es tut mir leid ...«

»Dabei wird den Deutschen immer nachgesagt, dass Befehlen zu gehorchen ihre zweite Natur sei.«

»Es tut mir wirklich leid«, wiederholte Friederike unglücklich. »Ich weiß auch nicht, was in mich gefahren ist.« Den Grund, warum sie so schnell aus der Kammer geflohen war, konnte sie Davies schließlich nicht nennen.

Der Lieutenant leerte seine Tasse. Das Porzellan klirrte, als er sie auf dem Unterteller abstellte. »Trinken Sie Ihren Kaffee aus. Sie werden mich nach Kall begleiten.«

Friederike wagte nicht zu fragen, was er dort wollte. Sie wünschte, dass sie bei Peter hätte bleiben können.

Eifel, bei Kall

Davies steuerte den Jeep einen verschneiten Hügel hinauf. Die Straße war schmal, glich mehr einem Feldweg. Während der Fahrt war die Dämmerung angebrochen, und im Osten hatte der Himmel eine zarte lila Farbe angenommen. Friederike blickte verstohlen auf ihre Armbanduhr. Eine gute Viertelstunde waren sie nun unterwegs. Die ganze Zeit hatte Davies kein Wort mit ihr gesprochen. Sie kämpfte gegen die Panik an, dass er ihr Verhalten Gesine Langen melden würde.

Zwischen Bäumen wurde ein Hausdach sichtbar. Rauch stieg aus einem Schornstein. Das Dach verschwand hinter einer Kuppe, als der Weg abwärtsführte. Gleich darauf lenkte Davies den Jeep um eine Kurve. Dahinter tauchte ein kleines Gehöft auf.

Der Lieutenant stellte den Jeep vor dem Haus ab. Es hatte eine Fachwerkfassade und war zwei Stockwerke hoch gebaut. Von Schnee und Eis überkrustete Zweige – vielleicht Weinreben oder Spalierobst – rankten an einer Wand in die Höhe. Davies stieg aus dem Jeep, und Friederike folgte stumm seinem Beispiel. Ein Teil des Hauses und auch eines der Nebengebäude waren zerstört, wie sie jetzt sah. Balken und Dachsparren ragten schief in die Luft. In dem Zwielicht erschienen sie Friederike wie Finger, die den Himmel vergebens nach einem Halt abtasteten.

Die Tür des Stalls öffnete sich, und ein Mann trat auf den Hof – wahrscheinlich hatte er das Motorengeräusch gehört. Er trug einen Blecheimer in der Hand, über dem eine Dampfwolke hing, und musterte Davies' und Friederikes Uniformen. Seine Miene war nicht direkt misstrauisch, aber er wirkte abwartend und wachsam.

»Horst Sievernich?« Der Lieutenant winkte ihn zu sich. Der Mann nickte.

»Lassen Sie uns ins Haus gehen. Ich habe Fragen an Sie.«

Wortlos leistete der Mann Davies' Anordnung Folge. Er zog die Haustür auf und gleich darauf eine weitere Tür im Hausinneren, die in eine Küche führte.

Dort war es dämmrig. Friederike konnte die Umrisse eines Herdes ausmachen. In den Geruch von Moder und Schimmel mischte sich der von Haferbrei, und sie bedauerte, dass sie vorhin kaum etwas gegessen hatte. Außerdem machte sich ihre Blase schmerzhaft bemerkbar.

»Zünden Sie bitte ein Licht an.«

Horst Sievernich machte sich an einer Karbidlampe zu schaffen. Die Flamme, die hinter dem Glassturz aufsprang, war immerhin so hell, dass man in dem niedrigen Raum jetzt etwas erkennen konnte. Eine rußige Decke spannte sich über den Herd, einen alten Tisch und einen ebenso alten Küchenschrank. An dem Ofenrohr, das sich einige Meter weit durch den Raum zog, hing Arbeitskleidung zum Trocknen.

Davies nahm an dem Tisch Platz. Da Friederike davon ausging, dass sie die Befragung protokollieren sollte, setzte auch sie sich. Der Knecht stand unschlüssig da, wie ein Fremder. Erst auf eine Handbewegung von Davies hin ließ auch er sich zögernd nieder.

Er war ein kleiner, knorriger Mann, dessen nach vorn gebeugte Schultern von einem langen Leben voller harter körperlicher Arbeit zeugten. Er erinnerte Friederike an die Knechte auf dem Gut ihrer Familie. Männer, die sich mit einem bescheidenen Dasein abgefunden hatten und nicht viel vom Schicksal erwarteten.

Davies wandte sich Sievernich zu. »Der Aachener Kriminalpolizei sagten Sie, dass Sie nichts Genaueres von Herrn Küppers' Schwarzmarktgeschäften wussten.«

»Ja …« Der Knecht nickte, aber er war, wie es Friederike schien, auf der Hut.

»Was bedeutet, dass Sie Kenntnis von den Schwarzmarktgeschäften hatten.«

»Jeder in der Gegend wusste davon.«

»Was geschieht mit dem Hof und mit Ihnen, jetzt, da Jupp Küppers nicht mehr am Leben ist?«

Sievernich wirkte von dem Themenwechsel überrascht. Wie in Abwehr einer möglichen Gefahr zog er die Schultern hoch. »Herr Küppers hat gesagt, er würde den Hof seiner Schwester Hilde vermachen, mit der Bedingung, dass sie mich weiterbeschäftigt.«

»Schön für Sie und großzügig von Herrn Küppers.« Davies schwieg für einen Moment. »Man hat mir erzählt, dass der Hof von Fremdarbeitern überfallen wurde«, wechselte er dann erneut das Thema.

»Zweimal, im Sommer 45.«

»Hier auf dem Hof sollen auch Fremdarbeiter beschäftigt gewesen sein.«

»Ja, zwei Polen.«

»Waren die beiden Männer an den Überfällen beteiligt?«

»Ich glaub nicht. Aber ich kann's nicht mit Bestimmtheit sagen. Die Kerle haben mich jedes Mal in den Keller gesperrt. Janek und Carol hatten es hier jedenfalls gut. Die durften im Haus schlafen, obwohl das eigentlich verboten war, und die haben immer hier mitgegessen.« Sievernich klopfte auf die Tischplatte. »Und schwerer gearbeitet als ich haben die auch nicht. Fast jeder abgelegene Hof hier im Umkreis wurde im Sommer 45 überfallen. Dabei haben die Bauern die Fremdarbeiter gut behandelt.«

»Wahrscheinlich sind Hunderte, wenn nicht Tausende Fremdarbeiter hier in der Gegend an Unterernährung oder Krankheiten gestorben. Oder sie wurden von Deutschen umgebracht.«

»Davon weiß ich nichts.« Sievernich starrte auf seine Hände.

Stille breitete sich in der Küche aus. Friederike musste an die vier Polen und Russen denken, die auf dem Gut ihrer Familie bei Gumbinnen beschäftigt gewesen waren. Ihre Eltern hatten immer Wert darauf gelegt, dass diese Männer genauso behandelt wurden wie die Knechte. Sie war selbstverständlich davon ausgegangen, dass sich die Männer bei ihnen wohl gefühlt hatten. Ob die Fremdarbeiter die gute Behandlung nur als ein gönnerhaftes Almosen empfunden hatten? Friederike hatte keine Ahnung, was aus ihnen geworden war.

»Lassen Sie uns noch einmal auf den Schwarzmarkt zurückkommen. Jupp Küppers war häufig in der Eifel unterwegs und handelte mit allen möglichen Waren. An seiner Stelle hätte ich es ziemlich umständlich gefunden, immer alles von Köln hierher zu transportieren. Ich hätte mir auf dem Hof ein Lager angelegt.«

»Auf dem Hof gibt's kein Lager. Die Polizei hat alles durchsucht.«

»Dann war die Polizei vielleicht nicht gründlich genug, oder sie hat an den falschen Stellen gesucht.« Davies beugte sich vor. »Wenn Sie mich zu dem Lager führen, werde ich großzügig sein und auf eine Anzeige verzichten. Wenn Sie mich weiter belügen, wandern Sie für ein paar Jahre ins Gefängnis. Sie sollten sich schnell entscheiden.«

Der Knecht fuhr sich mit der Hand über das stoppelige Gesicht. »Nun ... ja, es gibt ein Lager. Ein Stück vom Hof entfernt«, murmelte er.

»Dann lassen Sie uns hingehen.«

Die ganze Zeit hatte Friederike versucht, ihre volle Blase zu ignorieren. Doch jetzt merkte sie, dass sie es nicht länger aushielt. Gleich würde sie sich in die Hose machen.

»Es tut mir leid«, sagte sie verlegen. »Aber, Herr Sievernich, ich müsste ...« Sie vermied es, Davies anzusehen.

»Ja?« Sievernich begriff nicht.

»Fräulein Matthée möchte wissen, wo die Toilette ist«, sagte Davies ruhig.

»Ach so. Ich zeig Ihnen, wo das Klohaus ist.«

Schamrot folgte Friederike den beiden Männern.

Der Toilettensitz bestand aus einem Brett mit einem Loch darin. An einem Nagel in der Holzwand hing Zeitungspapier. Zitternd vor Kälte, zog Friederike ihre Unterhose hoch und befestigte die Klemmen ihres Schlüpfers an den Wollstrümpfen. Es erschien ihr kaum noch vorstellbar, dass es beheizte Badezimmer mit fließendem heißen und kalten Wasser gab. Sie war froh, dass irgendwann im Frühjahr 45 ihre Periode nicht mehr gekommen war. So stand sie wenigstens nicht vor dem Problem, Woll- oder Stoffbinden für die Blutung auftreiben zu müssen.

Vor dem Toilettenhaus rieb Friederike ihre Hände mit Schnee ab. Mittlerweile war es hell geworden. Über den Bergen lag ein leichter Dunst, aber der Tag versprach genauso sonnig und klirrend kalt zu werden wie der gestrige. Davies hatte ihr aufgetragen, im Haus zu warten. Von den beiden Männern war nichts zu sehen.

Neben dem Stall nahm sie eine Bewegung wahr. Ein kleines Mädchen, das dick in einen Wollschal eingemummt war, lugte um die Ecke. Friederike lächelte es an.

Das Kind fasste Vertrauen und kam auf sie zu. Soweit dies hinter dem Schal zu erkennen war, hatte es ein rundes Gesicht und eine Stupsnase. Seine Augen waren rauchblau wie der Morgenhimmel. Friederike schätzte es auf vier oder fünf Jahre.

»Wer bist du denn?«, fragte sie.

»Marlene. Ich wohne hier mit meiner Mama, meinem Papa und meinem kleinen Bruder.« Es deutete auf einen Anbau am Stall und legte den Kopf schief. »Hast du auch den Mann gesehen?«

»Ja, ich habe Herrn Sievernich kennengelernt.«

»Ich meine nicht Onkel Sievernich. Ich meine den Mann, der sich dort versteckt hat.« Das Mädchen blickte zu dem nahen Waldrand.

»Marlene, du sollst doch keine fremden Menschen ansprechen.« Eine Frau, die einen Säugling auf dem Arm trug, kam auf sie zugeeilt. »Verzeihen Sie, Fräulein, dass meine Tochter Sie belästigt hat.«

»Das macht doch nichts.« Friederike wandte sich wieder dem Kind zu. »Im Wald hat sich ein Mann versteckt?«

»Ach, während der letzten Tage spricht Marlene ständig davon.« Die Mutter fasste das Kind an der Hand. »Sie bildet sich immer alles Mögliche ein, und seit sie erfahren hat, dass Herr Küppers gestorben ist, ist sie ganz durcheinander. Sie hat ihn gerngehabt. Immer, wenn er hier war, hat er ihr ein paar Bonbons oder ein Stück Schokolade geschenkt.« Die Frau sprach mit einem norddeutschen Akzent. »Komm jetzt, Marlene.«

Das Kind ignorierte, dass die Mutter es zu dem Anbau ziehen wollte, und stemmte die Beine in den Schnee. »Aber da war ein Mann«, protestierte es und wies auf eine alte, schneebedeckte Tanne, die etwa hundert Meter entfernt auf einer Wiese stand.

Friederike überlegte rasch. Davies würde es wohl nicht als Ungehorsam auffassen, wenn sie sich ein Stück vom Hof entfernte. »Ich würde mir gern von Marlene die Stelle zeigen lassen, wo sie den Mann gesehen hat«, sagte sie zu Marlenes Mutter.

»Sie sind von der Polizei?« Die Frau musterte Friederikes Uniform.

Friederike nickte. »Ja, ich begleite einen Lieutenant der englischen Militärpolizei.«

Das Lager, dessen Holztür durch Büsche getarnt wurde, befand sich in einer Höhle in einem Hügel. Es war kleiner als jenes, das Davies in Nippes gesehen hatte. Kohlensäcke standen neben aufgetürmten Reifen. Fässer voller Zucker und Mehl reihten sich an Metallkanister, die Benzin, Öl und Karbid enthielten. Auf Regalen lagen Stapel von Glasscheiben sowie jede Menge Zigarettenstangen aus englischen Beständen. Davies vermutete, dass er auch Penicillin und Morphium finden würde. Als er die Regale näher in Augenschein nahm, entdeckte er tatsächlich kleine Mengen davon.

Horst Sievernich stand mürrisch neben dem Eingang. Davies konnte nachvollziehen, dass der Mann das Lager hatte verschweigen wollen. Mit den Waren hätte er ein Vermögen verdienen können. Er wollte die Höhle schon wieder verlassen, als einige der Kanister seine Aufmerksamkeit erregten. Er bückte sich, drehte sie zum Licht. Tatsächlich, sie stammten aus belgischen Beständen. In Euskirchen, das nur etwa gut zwanzig Kilometer von Kall entfernt war, unterhielt die belgische Armee seit dem Sommer 45 einen großen Armeestützpunkt.

»Sind belgische Soldaten auf den Hof gekommen, um mit Küppers zu handeln?«, wandte er sich an den Knecht.

»Nee, ich hab Ihnen doch schon gesagt, dass ich nicht weiß, mit wem Herr Küppers gehandelt hat. Er traf sich hier nie mit irgendwelchen Leuten. Er hat nur die Waren gebracht.« Sievernich schniefte und fuhr sich mit dem Ärmel über die Nase.

»Wann haben Sie eigentlich begonnen, für Küppers zu arbeiten?« Davies schob den Riegel vor und sperrte die Tür zu. Er würde die deutsche Polizei verständigen, damit sie das Lager räumte.

»Im Herbst 35, bald nachdem sein Großvater gestorben war.«

»Sie haben die ganze Arbeit allein gemacht?«

»Es gab noch einen Knecht, den Gerhardt. Er wurde 39 eingezogen und ist 43 oder 44 in Russland gefallen. Im Sommer 40 kamen die beiden Polen. Über vier Jahre war'n die hier, und es ging ihnen gut.« Sievernich drehte sich unwillig um und stapfte den Weg hinunter.

Davies sparte sich eine Erwiderung. Vielleicht war Küppers durch Engländer oder Deutsche an die Benzinkanister aus belgischen Armeebeständen gelangt und hatte keinen direkten Kontakt zum Militär unterhalten. Wie auch immer … Er musste die belgische Militärpolizei von dem Fund unterrichten.

Sie traten zwischen den Bäumen hervor. Unterhalb von ihnen lag das Gehöft. Von hier oben waren die Zerstörungen noch deutlicher zu erkennen. Davies sah, dass Friederike Matthée neben einem Kind im Schnee kniete und den Boden unter einer Tanne untersuchte. Bei ihnen stand eine Frau. Friederike Matthée sagte etwas zu dem Kind. Ihre Uniformmütze war verrutscht. Haar fiel ihr ins

Gesicht. Sie erschien Davies plötzlich sehr jung und zu zart, um eine Uniform zu tragen. Gleich darauf verbat er sich selbst diesen sentimentalen Gedanken. Sie war Polizistin und hatte ihre Arbeit zu tun – so wie er die seine.

»Du hast also mit einigen Kindern Verstecken gespielt«, hatte Friederike nachgehakt, während sie, Marlene und ihre Mutter zu der Tanne gegangen waren.

»Ja, mit Albert, Liesel und Fritz.« Das Mädchen nickte.

»Die Kinder wohnen etwa zwei Kilometer entfernt auf einem Hof. Sie wurden Anfang 45 aus dem Ruhrgebiet evakuiert.« Marlenes Mutter, Frau Sörensen, verlagerte das Gewicht des Säuglings auf ihrer Hüfte. Die Sörensens stammten aus Hamburg und waren ebenfalls Evakuierte. Frau Sörensens Ehemann war Ingenieur und arbeitete, wie sie Friederike erzählt hatte, am Wiederaufbau der zerstörten Bahnlinie zwischen Köln und Trier mit.

»Albert ist zwölf, Liesel acht und Fritz sechs. Er ist nur ein Jahr älter als ich«, verkündete Marlene.

Die Tanne warf einen langen Schatten auf den Schnee.

»Zeig mir einmal, wo du den Mann gesehen hast«, bat Friederike die Kleine.

»Na, hinter dem Baum! Dort, wo er vom Hof aus nicht entdeckt werden konnte.« Verwundert über so viel Begriffsstutzigkeit blickte Marlene Friederike an.

»Also, ich glaube wirklich nicht …«

Friederike beachtete Frau Sörensen nicht. Unter der dünnen Neuschneedecke waren keine Spuren zu erkennen. »Und von wo aus hast du den Mann gesehen?«, wandte sie sich wieder an Marlene.

»Von dort.« Das Mädchen deutete auf ein Gebüsch am Waldrand, das etwa fünfzig Meter entfernt war.

»Wann genau, also ich meine, an welchem Tag hast du den Mann denn bemerkt?«

»Am Tag vor dem Geburtstag von Fritz.«

»Fritz hat am zwölften Januar Geburtstag.« Frau Sörensen seufzte.

Falls Marlene die Wahrheit sagte, hatte ein Mann drei Tage vor Jupp Küppers' Ermordung sein Anwesen hier beobachtet.

»Was genau hat der Mann gemacht?«

»Er hat zum Hof geblickt, und er hat was gegessen.«

»Er hat etwas gegessen?«, wiederholte Friederike überrascht.

»Ja, er hat sich etwas in den Mund geschoben.«

»Und dann?«

»Albert kam über die Wiese und ging zu der Tanne. Da hat der Mann sich geduckt und ist zum Waldrand gelaufen.«

»Hat er dich gesehen?«

»Nein, ich war doch versteckt.« Marlene schüttelte entschieden den Kopf. »Der Mann hat auch etwas weggeworfen«, fügte sie unvermittelt hinzu.

Friederike bückte sich und spähte unter die weit ausladenden Zweige des alten Baums. Hier und da fielen Sonnenstrahlen durch die Äste. Lag dort etwas Lilafarbenes im Schnee, oder narrte sie die Reflexion des Sonnenlichts? Sie kniete sich hin, zog ihren Handschuh aus und schob ihren Arm unter die Zweige. Sie ertastete Nadeln und Tannenzapfen und wollte die Hand schon wieder zurückziehen, als ihre Finger gegen etwas stießen, das sich wie ein festes Papier anfühlte. Friederike erinnerte sich an ihre Polizeiausbildung. Mit Hilfe eines Taschentuchs hangelte sie es unter dem Baum hervor. Das Papier war tatsächlich lila. Der weiße Schriftzug Cadbury prangte darauf. Eine bekannte englische Schokoladenmarke. Sie glaubte geradezu, die sehr süße Schokolade in ihrem Mund zu schmecken.

»Was tun Sie denn da?«

Friederike zuckte zusammen, als sie Davies' Stimme hörte. Hastig stand sie auf.

»Drei Tage vor Herrn Küppers' ...« – sie zögerte kurz mit Rücksicht auf Marlene, die vielleicht nicht wusste, dass Küppers ermordet worden war – »... vor Herrn Küppers' Tod hat dieses Mädchen hier einen Mann hinter der Tanne beobachtet.« Sie nahm wahr, wie defensiv sie klang. »Ich habe das Schokoladenpapier unter dem Baum gefunden.« Rasch berichtete sie Davies, was sie von dem Kind erfahren hatte.

Davies betrachtete das lilafarbene Papier und blickte dann zu dem Mädchen.

»Wie sah dieser Mann denn aus?«, fragte er ruhig.

»Wie Onkel Sievernich und mein Papa.«

Davies wechselte einen ratlosen Blick mit Friederike. Er schien nicht ärgerlich über ihren erneuten Alleingang zu sein. Ihr wurde leichter ums Herz. Und dann glaubte sie, die Worte des Kindes zu verstehen. »Willst du damit sagen, dass der Mann Bartstoppeln im Gesicht hatte?«

»Ja!«

»Hast du, nachdem der Mann im Wald verschwand, ein Motorengeräusch gehört? Wie von einem Auto oder einem Motorrad?«, wandte sich Davies wieder an das Kind.

»Nein ... ich weiß nicht ...« Marlene blickte in den Schnee und trat von einem Fuß auf den anderen. Sie wirkte plötzlich eingeschüchtert und griff nach der Hand ihrer Mutter.

Davies setzte den Jeep ein Stück zurück, ehe er vor dem Hof wendete. Friederike presste die Arme eng an sich und ballte die Hände in den Wollhandschuhen zu Fäusten. Durch die Regenschutzplane zog es erbärmlich, aber sie traute sich nicht, Davies um eine Decke zu bitten.

Sie hatten ihren Besuch auf Küppers' Hof ohne große neue Erkenntnisse beendet. Von Marlene war nicht mehr zu erfahren gewesen, und Horst Sievernich hatte an dem fraglichen Tag keinen Mann in der Nähe des Hofes beobachtet.

Auf der schmalen Straße den Hügel hinab geriet der Jeep in eine Unebenheit. Friederike wurde nach vorn geschleudert und musste sich mit den Händen am Armaturenbrett abstützen.

»Entschuldigen Sie.« Davies warf ihr von der Seite einen Blick zu. »Und falls Sie frieren, nehmen Sie sich eine Decke.« Er wies mit dem Kopf hinter die Sitze, wo einige Militärdecken lagen.

»Danke«, murmelte Friederike. Sie fasste über den Sitz und zog eine der Decken nach vorn. Es war eine Wohltat, sich hineinzuwickeln.

Davies' Benehmen war höflich, wie das der jungen Männer, mit denen Friederike gesellschaftlich verkehrt hatte. Sie nahm all ihren Mut zusammen. »Darf ich Sie etwas fragen?«

»Natürlich. Sie müssen mich dafür nicht um Erlaubnis bitten.«

Nun, diesbezüglich war Gesine Langen anderer Meinung.

»Warum haben Sie Marlene nach einem Motorengeräusch gefragt?«

»Weil an dem Nachmittag, als Küppers ermordet wurde, in der Nähe von Kaltenberg das Geräusch eines Motorrads gehört wurde. Ich war gestern in der Scheune im Wald, wo der Mord stattfand. Auf dem Rückweg zum Dorf habe ich ebenfalls ein Motorrad gehört.«

»Entschuldigen Sie, aber mir geht noch etwas durch den Kopf …«

»Ja?«

»Cadbury ist ja eine englische Schokoladenmarke ...«

»Sie kennen sie?«

»Als ich mit meinen Großeltern in England war, habe ich die Schokolade manchmal gegessen. Ich mochte sie nicht sehr. Ich fand sie zu süß.« Friederike dachte reumütig, was sie jetzt nicht alles für ein Stück davon geben würde. »Halten Sie es für wahrscheinlich, dass ein Engländer den Hof beobachtet hat?«

Davies lenkte den Jeep wieder auf die Straße. In der Ferne wurde eine große, wehrhafte Kirche auf einem Berg sichtbar, die gleich darauf schon wieder von einem bewaldeten Hügelkamm verdeckt wurde. »Ja, vielleicht war der Mann ein Engländer. In Küppers' Lager befanden sich Waren aus britischen Beständen. Aber auch ein Belgier oder ein Deutscher könnte auf dem Schwarzmarkt oder über andere Kanäle an die Schokolade gelangt sein. Möglicherweise handelt es sich bei dem Mann auch um einen ehemaligen Fremdarbeiter. Diese *Displaced Persons* werden in den Lagern mit englischen Lebensmitteln versorgt.« Davies warf Friederike erneut einen raschen Blick von der Seite zu. »Es tut mir leid, dass ich heute Morgen so schroff zu Ihnen war. Aber als Soldat habe ich gelernt, wie wichtig es ist, Befehlen zu gehorchen und nicht eigenmächtig zu handeln.«

»Das verstehe ich ... Ich bedaure mein Handeln wirklich sehr.«

»Sind Sie gern bei der Polizei?«

»Ja«, log Friederike.

»Wie kamen Sie denn dazu, diesen Beruf zu ergreifen? Wenn Sie mir die Frage gestatten ... Für Frauen ist er ja immer noch ungewöhnlich.«

»Im Lager Friedland fiel mir eine Zeitung in die Hände. Darin stand eine Anzeige, in der nach Beamtinnen für die Weibliche Polizei in Köln gesucht wurde. Ich fand,

dass sich die Stellenbeschreibung interessant anhörte.«
Sie hatte einfach nur aus dem Lager fortgewollt, in dem
sie und ihre Mutter sich einen Raum mit vier anderen
Frauen teilen mussten. Weg von der Grenze und der so-
wjetischen Besatzungszone.

»Die Weibliche Polizei ist noch recht neu in Deutschland, oder?«

»Nun ja, schon in den zwanziger Jahren entstand die
Weibliche Kriminalpolizei. Meine Vorgesetzte, Kriminalkommissarin Gesine Langen, hat damals ihren Dienst
angetreten. Die uniformierte Weibliche Polizei, der ich
angehöre, wurde erst letztes Jahr auf Veranlassung der
Briten gegründet.« Gesine Langen konnte der Weiblichen
Polizei nicht viel abgewinnen. In ihren Augen waren Uniformen unweiblich. Was sie allerdings nicht davon abhielt,
genau darauf zu achten, dass die Uniformen korrekt getragen wurden und die Polizistinnen militärisch grüßten.

»Sie könnten auch zur Weiblichen Kriminalpolizei
wechseln?«

»Ja, nach zwei Jahren.«

»Ich habe irgendwo gehört, dass Beamtinnen der Londoner Metropolitan Police das Auswahlverfahren für die
Weibliche Polizei leiteten.«

»In meinem Fall war es Miss Kathleen Hill. Es hat
wohl für mich gesprochen, dass ich während meiner Zeit
beim Arbeitsdienst mit Kindern gearbeitet habe, die aus
bombardierten Großstädten nach Ostpreußen evakuiert
wurden, und dass ich später als Hilfsschwester in einem
Lazarett tätig war.«

Als Friederike der selbstsicheren Frau gegenübergeses-
sen und ihr Rede und Antwort gestanden hatte, hatte sie
nicht damit gerechnet, dass die Wahl auf sie fallen würde.
Es war ihr immer noch ein Rätsel, was Miss Hill in ihr
gesehen hatte.

»Sie haben gestern Abend mit Frau Assmuß gesprochen?« Davies riss Friederike aus ihren Gedanken. Der Klang seiner Stimme machte klar, dass er dies voraussetzte und nicht als Frage meinte.

»Selbstverständlich ... Sie ist darüber informiert, dass sie und Peter das Dorf verlassen werden.« Friederike hätte gern gewusst, wohin Peter und seine Mutter gebracht wurden und ob die Briten für die beiden sorgen würden. Aber danach zu fragen wagte sie nicht.

Wenig später hatten sie Kaltenberg erreicht. Als Davies den Jeep vor dem Haus der Reinnardts abstellte, sah Friederike Frau Assmuß' Gesicht hinter einem der Fenster. Offensichtlich hatte sie nach ihnen Ausschau gehalten. Doch sie konnte der neuen Wendung ihres Schicksals bestimmt nicht mehr abgewinnen als am vorigen Abend.

9. KAPITEL

Köln

Davies löste die Kette und stieß das Tor auf. Interessiert sah Friederike sich um. Am Ende der Auffahrt stand zwischen alten Bäumen eine Villa mit gelber Fassade. Eine breite Treppe führte zum Eingang hinauf. Das dicht verschneite Dach lag wie eine Haube auf dem Haus. Die Fenster hatten grüne Läden und spiegelten das Sonnenlicht – und alle Fenster hatten tatsächlich Scheiben. Das Anwesen verströmte eine trügerisch idyllische Atmosphäre, als hätte es den Krieg nie gegeben.

Friederike fühlte sich wie aus der Zeit gefallen. In dem Villenviertel Marienburg im Süden von Köln war sie noch nie gewesen. Im Vergleich zu den meisten anderen Stadtteilen hielten sich die Zerstörungen hier sehr in Grenzen. Viele britische Offiziere waren mit ihren Familien in dieses Viertel gezogen. Allein vor zwei anderen Häusern in der Straße hatte Friederike englische Militärfahrzeuge gesehen.

Der Lieutenant hob den Sack aus dem Jeep, der Peter und Greta Assmuß' gesamte Habe enthielt. Die beiden stiegen nun auch aus dem Wagen. Peter betrachtete die Villa mit großen Augen. »Werden meine Mutter und ich hier wohnen?«, flüsterte er.

»Ja, für eine Weile.« Friederike fasste Peter an der Hand und folgte mit ihm Davies die Auffahrt entlang. Während der Fahrt nach Köln hatte Peter neugierig nach draußen geblickt. Einmal hatte er sogar seine Schüchternheit abgestreift und Davies gefragt, wie viel PS der Jeep denn habe und wie schnell er fahren könne. Seine Mutter dagegen hatte verstört gewirkt. Auch jetzt war ihr Schritt langsam und zögernd, als fürchtete sie, dass diese neue Etappe ihres Lebens nur Schlechtes für sie bereithielt.

Die Idylle war wirklich trügerisch. Manche Fensterläden hingen schief in den Angeln. Die Eingangstür wies Schrammen auf, und in den Säulen, die den Vorbau trugen, befanden sich Löcher von Gewehrschüssen.

Davies schloss die Eingangstür auf. In der Halle schwang sich eine Freitreppe von dem schwarz-weiß gekachelten Boden in die oberen Stockwerke. Der Spiegel über dem Kamin war zerschlagen. Daneben lag ein zerfetztes Gemälde.

In welchem Zustand mochte wohl die Villa ihrer Familie in Königsberg sein?, fragte sich Friederike bang. Pfleglicher als die Amerikaner oder die Briten mit dieser hier waren die Russen sicher nicht damit umgegangen.

»Peter?«, hörte Friederike Frau Assmuß erschrocken rufen. Der Junge war nicht mehr bei ihnen. Eine Tür, die in einen Flur führte, stand offen.

»Ich gehe ihn suchen«, sagte Friederike rasch.

Ein geräumiges Wohn- und ein Speisezimmer, eine Bibliothek und ein Arbeitszimmer zweigten von dem Flur ab. Im Speisezimmer lagen Scherben von Meißener Porzellan auf dem Boden. Der Kronleuchter war halb aus der Deckenverankerung gerissen. In den anderen Zimmern sah es nicht viel besser aus. In der Bibliothek hatte jemand die Bücher aus den Schränken gezerrt und sie zwischen den Möbeln verstreut. Peter war nirgends zu sehen.

Friederike eilte die Hintertreppe hinauf, in den ersten Stock.

»Peter?«

Sie blickte in ein gekacheltes Badezimmer, in dem die Armaturen fehlten.

»Peter?«, rief sie wieder.

»Können Mutter und ich hier schlafen?« Der Junge kam aus einem Schlafzimmer gelaufen. Ein breites Bett stand darin, dessen verziertes Gestell bestimmt einmal vor lauter Politur geglänzt hatte. Der Baldachin aus Seide war zerfetzt. Trotzdem strahlte der Raum noch einen Abglanz von Luxus aus.

»Nein, aber wir finden bestimmt unter dem Dach ein schönes Zimmer für euch. Vielleicht kannst du von dort aus den Rhein sehen. Dienstboten schlafen nun einmal nicht im ersten Stock.«

Offiziell – also in den Akten der britischen Militärregierung – hieß Greta Assmuß jetzt Annemarie Gärtner, und Peter war zu Arthur geworden. Annemarie Gärtner war ein deutsches Dienstmädchen, das die Villa für die nächsten Bewohner, einen britischen Offizier und seine Familie, herrichten würde. Davies hatte Frau Assmuß und ihrem Sohn eingeschärft, sich auf keinen Fall zu erkennen zu geben.

»Sag mir noch einmal deinen neuen Namen.«

»Arthur Gärtner«, erwiderte Peter ernsthaft.

»Peter, du kannst doch nicht einfach weglaufen!« Greta Assmuß war im Flur erschienen.

»Er findet das Haus einfach aufregend und spannend«, versuchte Friederike sie zu beruhigen. Als sie über das Geländer der Haupttreppe blickte, stellte sie fest, dass sich Davies nicht mehr in der Halle aufhielt.

»Der Herr Leutnant schaut nach, ob Holz und Kohle vorhanden sind«, beantwortete Greta Assmuß Friederikes unausgesprochene Frage. »Und er will später noch Lebensmittel vorbeibringen.« Sie wirkte nicht mehr ganz so niedergedrückt.

Die Zimmer in der dritten Etage waren in einem besseren Zustand als die in den beiden unteren Stockwerken. In einem Wandschrank fanden sich Decken, Kissen und Bettwäsche. Friederike half Frau Assmuß, das Bettzeug in einen Raum zu tragen, in dem zwei Metallbetten mit sauberen Matratzen standen.

»Darf ich wieder nach unten gehen?« Bittend sah Peter seine Mutter an.

Frau Assmuß zögerte.

»Ich passe auf ihn auf«, versprach Friederike. Auf das Nicken seiner Mutter hin rannte Peter zur Hintertreppe.

Seit er das Eifeldorf verlassen hat, ist er wie ausgewechselt, dachte Friederike.

Die Hintertreppe endete im Souterrain vor der Küche. Staunend betrachtete Peter den großen gusseisernen Herd und die Porzellanspüle mit den beiden Becken. Hinter einer Tür, die in den Garten führte, entdeckte Friederike Davies, der rauchte. Sie ließ Peter die Küche erkunden und ging nach draußen.

»Frau Assmuß hat für sich und Peter ein Zimmer unter dem Dach gefunden«, sagte sie.

»Ich fürchte, für die Verwüstungen in der Villa sind wir Briten und nicht die Amerikaner verantwortlich.« Davies nahm einen letzten Zug, ehe er die Kippe in den Schnee warf. »Ich kann mich nur für meine Landsleute entschuldigen.«

Friederike hörte, wie in der Küche Schränke geöffnet und zugeschlagen wurden und Peter eine Melodie zu summen begann. »Nun, jedenfalls wird Frau Assmuß hier einiges zu tun haben.« Zu spät registrierte sie, wie sarkastisch ihre Stimme klang.

»Das ist leider nur zu wahr.« Zu ihrer Erleichterung schien Davies ihr die Bemerkung nicht übelzunehmen. Er holte ein Zigarettenetui aus seinem Mantel, öffnete es und hielt es Friederike hin. »Ich habe Sie nie gefragt, ob Sie rauchen.«

Sie wollte schon ablehnen, als ihr einfiel, dass eine Zigarette auf dem Schwarzmarkt den Wert von zehn Mark hatte. Als Soldat stand Davies ausreichend Nachschub zur Verfügung. Er konnte also ohne weiteres eine entbehren.

»Danke …« Sie nahm sich eine Zigarette und suchte noch nach einer Ausrede dafür, sie in ihre Manteltasche zu schieben, anstatt sie zu rauchen, als Peters singende Stimme näher kam. Sobald er die Hintertür öffnete, erkannte sie das Lied »Schneeflöckchen, Weißröckchen«. Er sang ganz selbstvergessen. Sie vermutete, dass er das schon lange nicht mehr getan hatte.

»Schneeflöckchen, ach, decke die Saaten geschwind. Sie frieren, du wärmst sie, so bittet das Kind.« Peter stolperte über eine Unebenheit im Boden und stieß gegen Davies. Dem fiel das Zigarettenetui aus der Hand und in den Schnee. Einige Zigaretten rollten in einen Abflussschacht.

»Pass doch auf! Und hör sofort auf zu singen«, fuhr Davies den Jungen an. Das Gesicht des Lieutenant war ganz starr vor Zorn. Peter zuckte zusammen, als hätte Davies ihn geschlagen. Seine Augen füllten sich mit Tränen. Dann rannte er davon.

Friederike schloss die Eingangstür hinter sich und ging die Treppe hinunter. Durch die Metallstäbe des Tors sah sie Davies. Er lehnte am Jeep, rauchte und blickte die Straße entlang. Selbst auf die Entfernung erschien sein Gesichtsausdruck immer noch finster. Friederike verstand nicht, warum er so heftig reagiert hatte. Für einen Deutschen hätten die drei oder vier Zigaretten einen beträchtlichen Wert gehabt. Aber Davies konnte den Verlust doch leicht verschmerzen.

Als sie sich von Greta Assmuß und Peter verabschiedet hatte, war Peter wieder ängstlich und scheu gewesen, so wie sie ihn kennengelernt hatte. Deshalb war Friederike zornig auf Davies und wusste doch, dass sie sich dies ihm gegenüber nicht anmerken lassen durfte.

Sie hatte den Jeep fast erreicht, als aus dem Garten gegenüber eine Frau auf die Straße trat. Unverkennbar eine Engländerin. Ihr Mantel mit dem flauschigen Pelzkragen war elegant. Onduliertes Haar lugte unter der Pelzkappe hervor, und ihr hübsches Gesicht war dezent, aber sorgfältig geschminkt. Friederike empfand einen Anflug von Neid.

Die Frau bewegte sich vorsichtig auf hohen Absätzen über die verschneite Straße und auf Davies zu. Sie lächelte ihn an. Friederike dagegen streifte sie nur mit einem kurzen Blick und ignorierte sie dann.

»Ich habe Sie vorhin mit zwei Frauen und einem Kind in das Haus gehen gesehen«, wandte sie sich an Davies. Ihr Oberschichtakzent war Friederike von den Freunden ihrer Großeltern vertraut. »Bekommen mein Mann und ich etwa neue Nachbarn?«

»Ja, einen Offizier von der Royal Air Force mit Familie. Clarkson oder Gregson ist, glaube ich, sein Name. Das deutsche Dienstmädchen richtet die Villa einstweilen her.«

»Ein Lieutenant der Royal Military Police dient als Fahrer für ein Dienstmädchen?« Sie betrachtete Davies neugierig.

»Verzeihen Sie, Madam, aber dazu kann ich nichts sagen.«

»Aber natürlich, das verstehe ich.« Sie berührte Davies leicht am Arm und lächelte wissend.

Wahrscheinlich nahm sie jetzt an, dass ein hochrangiger Nazi in der Villa gelebt hatte. Zumindest jemand im Rang von Göring oder Goebbels. Friederike konnte sich den sarkastischen Gedanken nicht verkneifen. Das Parfüm der Dame roch teuer, eine Mischung aus Orange und Jasmin. Sie kam sich vor wie ein Hund, der einen unerreichbaren Knochen erschnüffelte.

»Ich wünsche meinen Nachbarn, dass sie mit ihrem Dienstmädchen mehr Glück haben als ich mit meinem. Agnes ist ein Trampel und wirklich schwer von Begriff. Ich bin davon überzeugt, dass sie Essen stiehlt – auch wenn ich es ihr noch nicht nachweisen konnte. Bis zum letzten Sommer habe ich in Indien gelebt. Ich hätte niemals erwartet, dass ich einmal den eingeborenen Dienern nachtrauern würde, aber jetzt tue ich es.« Die Frau lachte trocken auf. »Nicht, dass die indischen Diener nicht gestohlen hätten. Aber sie waren treu und ergeben. Die Deutschen mögen noch so demütig tun, ich traue ihnen trotzdem nicht über den Weg. Nun, von diesem Krieg werden sie sich nicht so schnell erholen wie von dem letzten. Das Herrenvolk ...« Wieder lachte sie auf. »Wissen Sie, dass die Deutschen unsere Mülltonnen nach Essensresten durchwühlen? Fast jeden Tag beobachte ich sie dabei.«

Friederike schoss die Schamesröte ins Gesicht.

»Viele Deutsche hungern«, erwiderte Davies ruhig.

»Trotzdem, einen Rest von Würde sollte man sich doch bewahren.« Zwei Kinder, ein Junge und ein Mädchen, liefen durch den Garten. Die Dame verdrehte die Augen. »Ich habe dieser Agnes ausdrücklich gesagt, dass sie die beiden nicht vor dem Tee hinauslassen darf. Wahrscheinlich versteht sie noch nicht einmal, was ›Tee‹ bedeutet. Leben Sie wohl, Lieutenant. Vielleicht sieht man sich einmal in einer Offiziersmesse. Oder in einem Club.«

Die Engländerin kehrte in den Garten zurück und scheuchte die Kinder zum Haus. Davies stieg in den Jeep, Friederike tat es ihm gleich. Ihr Gesicht brannte immer noch.

Davies ließ die Hände für einen Moment auf dem Lenkrad ruhen, ehe er das Fahrzeug startete. »Wo kann ich Sie absetzen?«, fragte er in das Motorengeräusch hinein.

»Am Polizeipräsidium, in der Straße Kattenbug.« Friederike schlang die Arme eng um ihren Körper. Sie war froh, dass Davies nicht versuchte, die Worte seiner Landsmännin zu entschuldigen. Denn das hätte alles nur noch schlimmer gemacht.

Auf den Straßen waren nur wenige andere Fahrzeuge unterwegs. Dafür stapften viele Menschen in unförmiger, aus ehemaligen Wehrmachtsuniformen und anderen alten Sachen genähter Winterkleidung an den Ruinen und Trümmerbergen entlang. Manche zogen Handkarren oder Schlitten hinter sich her. Einmal überholten sie einen Omnibus.

Friederike war froh, als sie endlich das Polizeipräsidium erreichten und Davies den Jeep an den Straßenrand lenkte.

»Danke für Ihre Unterstützung.« Davies reichte ihr die Hand. »Sie waren eine große Hilfe.«

Friederike war sich nicht sicher, ob er dies nur aus Höflichkeit sagte. »Es freut mich, dass Sie das so sehen«, erwiderte sie förmlich. Ein kurzer Händedruck. Davies legte schon den Gang ein, während sie auf die Straße sprang.

Sie blickte ihm kurz nach, als er davonfuhr, der Jeep in eine Dampfwolke gehüllt. Es war sehr unwahrscheinlich, dass sie ihn jemals wiedersehen würde.

Eifel, Kloster Steinfeld

Der Mann betrat die Kirche und verbarg sich in der Nähe des Eingangs im Schatten einer Säule. Er hatte in einem Versteck gewartet, bis die Glocken den Beginn der

Abendmesse einläuteten, denn er wollte von den Gottesdienstbesuchern nicht gesehen werden. Nicht dass er fürchtete, man würde ihn wiedererkennen. Im Laufe der vergangenen Jahre hatte er sich sehr verändert. Aber hier in der Gegend wusste man, wer zu den Ortsansässigen gehörte und wer ein Fremder war. Ausgemergelt und zerlumpt, wie er war, würde man ihn als *Displaced Person* identifizieren. Oder als Fremdarbeiter, wie die Deutschen gern beschönigend die von ihnen Ausgebeuteten und Geschundenen aus anderen Ländern zu nennen pflegten. Menschen, die sie immer noch als Abschaum betrachteten.

Die Mönche stellten sich vor dem Chorgestühl im Altarraum auf. Mit raschen Blicken suchte der Mann die Reihen ab. Wo war Pater Bernhard Heller? Der Mann wagte sich etwas aus dem Schatten hervor, um eine bessere Sicht zu haben. Die Mönche begannen zu singen. Der an- und abschwellende lateinische Gesang verstärkte die Stimmen im Kopf des Mannes. Das Klagen, die Laute voller Angst und Zorn. Und nein, Pater Bernhard Heller hielt sich nicht unter den Mönchen auf.

War es möglich, dass der Pater nicht mehr am Leben war? Der Mensch, der ihn vielleicht zu Jupp Küppers' Mördern hätte führen können? Das konnte, das *durfte* nicht sein.

Schließlich verließ der Mann die Kirche wieder. Er musste den Pater finden. Während er zu dem Versteck ging, wo er das Motorrad abgestellt hatte, bedrängten ihn immer noch die Stimmen der Toten. Ihr Echo hallte zwischen den verschneiten Hügeln in der eisigen Nacht wider. Der Mann fasste sich an die Schläfen. Er musste die Stimmen zum Schweigen und den Toten ihren Frieden bringen.

Köln

Als Friederike an der Ulrepforte aus der Straßenbahn stieg, rieselten einzelne Flocken vom Himmel. Sie war todmüde. Im Polizeipräsidium hatte sie einen Bericht über ihre Zusammenarbeit mit Davies verfasst und danach zwei Jugendliche vernommen, die beim Kohlenklau erwischt worden waren. Kardinal Frings mochte den Kölnern in seiner Silvesterpredigt zwar die Erlaubnis erteilt haben, das zu stehlen, was sie zum Überleben benötigten, aber die britische Militärregierung wollte diese Vergehen geahndet wissen.

Die Lutherkirche war immer noch eine Ruine. Ein trostloser Haufen aus Steinen, Schutt und Schnee unter dem dunklen Abendhimmel. Der Turm ein leeres Gehäuse ohne Haube. In einer Seitenstraße blieb Friederike vor einem Haus stehen, dessen Dach und oberstes Stockwerk weggebombt waren. Die Eingangstür klemmte wieder einmal.

Im Treppenhaus empfing sie bröckelnder Stuck, das Überbleibsel einer bürgerlichen Wohnkultur. Langsam stieg sie die Stufen hinauf. Sie wusste, dass sie sich glücklich schätzen konnte, dank ihrer Arbeit für die Weibliche Polizei für sich und ihre Mutter das Zimmer zugewiesen bekommen zu haben. Aber als wollte das Schicksal sie für diesen Luxus bezahlen lassen, hatte es Anna Rothgärber zu ihrer Mitbewohnerin auserkoren.

Anna Rothgärber hatte sie und ihre Mutter von der ersten Begegnung an gehasst und ließ keine Gelegenheit verstreichen, sie zu schikanieren. Wahrscheinlich hatte sie sofort gewittert, dass die Matthées einmal einer besseren Gesellschaftsschicht angehört hatten, und es verschaffte ihr eine tiefe Befriedigung, sie spüren zu lassen, dass sie jetzt mit ihr auf einer Stufe standen. Außer der Rothgärber lebten noch eine junge Frau, deren Mann in Russland vermisst wurde, mit ihren beiden Kindern und ein älterer Mann in der Wohnung.

Laut den Gerüchten der Hausbewohner war er Kommunist und einige Zeit in einem KZ inhaftiert gewesen. Die Rothgärber ging ihm aus dem Weg – Friederike vermutete, dass sie Mitglied in der NSDAP und Blockwart gewesen war, wenn nicht Schlimmeres.

Friederike hoffte, in ihr Zimmer schlüpfen zu können, ohne Anna Rothgärber zu begegnen. Doch kaum hatte sie den Flur betreten, öffnete sich die Küchentür, und die große, füllige Gestalt ihrer Mitbewohnerin erschien im Rahmen.

»Ihre Mutter hat den Abwasch wieder mal in der Küche stehen lassen. Ist sich wohl zu fein, sich die Hände schmutzig zu machen. So geht das nicht. Wir anderen Mieter brauchen schließlich Platz für unser Geschirr. Ich hab Ihnen die Sachen vor die Tür gestellt.« Die Rothgärber wies auf eine Emailleschüssel. »Wenn sich das nicht ändert, werde ich mich bei der Hausverwaltung beschweren.« Die Küchentür flog zu.

Friederike hob die angeschlagene Emailleschüssel mit dem Geschirr hoch. Eine der beiden Keramiktassen war zerbrochen. Jetzt besaßen ihre Mutter und sie nur noch eine brauchbare Tasse. Sie wusste, dass sie Anna Rothgärber hätte zur Rede stellen und in ihre Schranken weisen müssen. Aber sie hatte einfach keine Kraft dazu.

Im Zimmer war es dunkel und eiskalt. Friederike betätigte den Lichtschalter, und die Glühbirne an der Decke flammte auf. Ihre Mutter lag im Bett. Ihr Blick war verwirrt, als müsse sie sich darauf besinnen, wer Friederike war.

»Gestern kam eine Polizistin vorbei, die sagte, dass du

vielleicht dienstlich außer Haus übernachten müsstest. Oder war es vorgestern?« Ihre Stimme klang matt.

»Es war gestern. Und ja, ich habe in der Eifel übernachtet. Hast du für Lebensmittel angestanden?«

»Hätte ich das tun sollen?«

Verzweiflung stieg in Friederike auf. In der Schütte neben dem Kanonenofen lagen nur noch ein knappes Dutzend Briketts und etwas Holz. Sie feuerte den Ofen an. Während sich die Flammen durch das Papier und die dünnen Holzstücke fraßen, überprüfte Friederike, was sie noch an Lebensmitteln hatten. Sie fand einen Brotkanten und einen Rest Nudeln. Dies bedeutete, dass ihre Mutter seit anderthalb Tagen nichts gegessen hatte. Nachdem sie den eiskalten Brotkanten auf den Ofen gelegt hatte, schlich sie ins Bad. Zu ihrer Erleichterung rann Wasser aus dem Hahn, was in diesen Tagen keine Selbstverständlichkeit war. Sie füllte Wasser in ihren einzigen Topf. Während die Nudeln kochten, dachte sie voller Neid an die Lebensmittel, die den Engländern zur Verfügung standen.

»Heute wurde eine Karte abgegeben. Ich habe sie ins Regal gelegt.« Ihre Mutter hatte sich aufgerichtet. Die von grauen Strähnen durchzogenen Haare hingen ihr wirr auf die Schultern. Falten hatten sich in ihre Haut eingegraben. Aber als das Licht seitlich auf ihr Gesicht fiel, schien ganz kurz ein Abglanz ihrer ehemaligen Schönheit auf, erinnerte an die Henrietta Matthée, die in der feinen Gesellschaft Ostpreußens umschwärmt und bewundert worden war. Doch gleich darauf verwandelte sie sich wieder in eine verhärmte Frau, die sich im Leben nicht mehr zurechtfand.

»Eine Karte?« In Friederike regte sich die irrwitzige Hoffnung, ihr Bruder Hans, der seit dem Frühjahr 44 an der Ostfront vermisst wurde, könnte sie geschrieben haben. Die Karte trug eine deutsche Briefmarke, doch sie stammte nicht von Hans. Die Evangelische Mission hatte sie im Auftrag einer Organisation namens »Save Europe Now« verschickt. Auf der Rückseite stand, dass der Adressat ein Paket abholen könne. Als Ausgabestelle war eine Straße im Viertel Ehrenfeld genannt.

»Sagt dir der Name Save Europe Now etwas?«, wandte sich Friederike an ihre Mutter.

»Nein, ich habe ihn noch nie gehört ...« Die Stimme ihrer Mutter klang wieder flach und teilnahmslos.

Friederike schöpfte die Nudeln in zwei Teller und gab ihrer Mutter auch noch ein Stück von dem Brotkanten. Sie selbst verzichtete auf das Brot und schlang ihre Nudeln gierig hinunter. Ihre Mutter dagegen schien gar nicht recht wahrzunehmen, was sie zu sich nahm, was Friederike zornig und traurig machte.

Als sie die spärliche Mahlzeit beendet hatten, flackerte die Glühbirne und erlosch dann ganz. Der Strom war wieder einmal abgestellt worden. Friederike zündete eine Kerze an. Ihre Mutter hatte sich schon wieder auf die Matratze zurücksinken lassen und starrte auf die Wand, auf einen Rest vergilbter Blumentapete neben dem mit Brettern vernagelten Fenster.

Friederike legte sich mit ihren Kleidern ins Bett. Sie griff nach dem Buch *Treasure Island* und schlug es auf. Bei ihrem letzten Englandurlaub mit den Großeltern hatte sie Stevensons Piratengeschichte als Geschenk für Hans gekauft. Während sie auf dem Frischen Haff oder in der Danziger Bucht segeln gewesen waren, hatten sie sich daraus vorgelesen. Das Buch hatte zu den wenigen Dingen gehört, die Friederike in der letzten Nacht vor ihrer Flucht in der Königsberger Villa eingepackt hatte.

Mittlerweile kannte sie es fast auswendig. Sie schloss die Augen, spürte die Bewegung des Bootes in den Wellen, den Wind und die Sonne auf ihrem Gesicht und hörte Hans vorlesen: »*I take up my pen in the year of grace 17–, and go back to the time when my father kept the 'Admiral Benbow' inn, and the brown old seaman, with the sabre cut, first took up his lodging under our roof.*«

Als Friederike nach einer Weile zu ihrer Mutter blickte, schien diese zu schlafen. Deshalb löschte sie die Kerze. Sie hörte, wie sich ihre Mutter unruhig im Bett bewegte. Vielleicht hatte sie einen schlimmen Traum. Bald darauf schlief sie selbst ein.

Derek Binney war bester Laune. Nicht mehr lange, dann würde er sich mit Kyra in einem Club treffen. Sie arbeitete als Sekretärin für die Stadtkommandantur und war eindeutig das, was man einen »heißen Feger« nannte. Spitzenmäßige Figur, Beine zum Niederknien und auf eine einladende Weise hübsch, nicht einschüchternd schön. Die Nase ein bisschen schief. Der Mund rund und wie zum Küssen geschaffen. Binney war sehr zuversichtlich, dass sie sich nach dem Date von ihm abschleppen lassen würde. Schließlich galt er als ein sehr attraktiver Mann, dem eine große Ähnlichkeit mit dem Schauspieler Leslie Howard nachgesagt wurde, und ja – er hielt falsche Bescheidenheit in diesem Falle wirklich für unangebracht –, die Frauen flogen auf ihn.

Der von der Militärregierung requirierte Opel rumpelte in ein Schlagloch. Als Sohn eines Londoner Dockarbeiters hätte er sich ein solches Auto niemals leisten können. Aber der Krieg hatte ihm Glück gebracht, Binney konnte es nicht anders sagen. 1942 eingezogen, hatte er einige Monate bei der Marine gedient, ehe ihn eine Beinwunde aus dem aktiven Kriegsgeschehen riss. Im Lazarett lernte er einen Offizier kennen, der ihm eine Stelle bei der Truppenversorgung beschaffte. Hier verbrachte er die restliche Kriegszeit. Diese Stelle hatte ihm wiederum zu seiner jetzigen Position bei den Navy, Army and Air Force Institutes am Flughafen Köln-Wahn verholfen, die ganz außerordentliche Möglichkeiten bot.

Derek Binney passierte den Militärring und ein Waldstück. Im Stadtteil Junkersdorf fuhr er den Opel in das Garagenhäuschen, ehe er zur Eingangstür schlenderte. Ein einzeln stehendes Haus mit einem Bad, Zentralheizung, fließend heißem und kaltem Wasser und vier Schlafzimmern – auch dies wäre in seinem alten Leben nur ein schöner Traum gewesen, der niemals Wirklichkeit hätte werden können.

Schnell die Kleidung wechseln und einen Brandy, und dann auf ins Nachtleben und zu Kyra. Derek Binney hatte gerade den Schlüssel aus seiner Manteltasche gefummelt, als er eine Bewegung neben sich wahrnahm. Im nächsten Moment traf ihn ein Fausthieb in die Niere, seine Beine wurden unter ihm weggetreten. Der Schlüssel glitt ihm aus der Hand. Er stürzte zu Boden und wand sich vor Schmerzen im Schnee.

Eine Gestalt ragte neben ihm auf, die er nur als Umriss erkennen konnte. »Jupp Küppers wurde umgebracht«, sagte eine Männerstimme in einem gebrochenen Englisch.

»Was ... O Gott ...« Krächzend kamen die Worte über Derek Binneys Lippen. Sein Verstand arbeitete nur langsam. War der Angreifer ein rivalisierender Schwarzmarkthändler? »Hören Sie ... Ich bin gern bereit, mit Ihnen ins Geschäft zu kommen ...«

Auf der Straße fuhr ein Wagen vorbei. Das Scheinwerferlicht schimmerte durch die hohen Büsche, die den Garten umgaben, und entfernte sich wieder. Derek Binney begriff, dass er sehr allein und dem Angreifer auf Gedeih und Verderb ausgeliefert war.

»Ich bin an den Zigaretten, dem Alkohol und was Sie sonst noch aus britischen Beständen stehlen oder stehlen lassen, nicht im Geringsten interessiert.« Das Englisch des Mannes hatte einen Akzent, den Derek Binney nicht einordnen konnte. Deutsch oder niederländisch, vielleicht auch skandinavisch. »Ein kleiner Junge hat den Mord beobachtet. Ich bin überzeugt, dass er und seine Mutter in einem von den Briten requirierten Haus versteckt werden. Ich will, dass Sie diesen Jungen finden.«

»Aber ... Ich habe keine Ahnung, wie ich das tun soll! Es gibt so viele requirierte Gebäude ...«

»Sie sollten sich etwas einfallen lassen. Ich versichere Ihnen, wenn Sie den Jungen nicht innerhalb von einer Woche aufgespürt haben, werde ich mich nicht damit aufhalten, Sie wegen Diebstahls und Unterschlagung den Militärbehörden zu melden.«

Derek Binney kam ein Stöhnen über die Lippen. Das konnte doch alles nicht wahr sein!

»Der Name des Jungen ist Peter Assmuß. Er ist blond, schmächtig und etwa sechs Jahre alt. Wahrscheinlich nennen seine Mutter und er sich nun allerdings anders.«

Der Mann kickte Derek Binney den Schlüssel zu, dann ging er fort. Ein Schatten auf dem Gartenweg, der einfach verschwand. Wimmernd und fluchend vor Schmerzen, kam Binney auf die Knie.

Nachdem er die Haustür aufgesperrt hatte, schleppte er sich ins Wohnzimmer. Dort schenkte er sich ein Glas Brandy ein. Er wollte sich schon in einen Sessel sinken lassen, als er den dünnen Draht sah, der unter dem Möbelstück verlief.

Eine Sprengfalle? Derek Binney schrie auf und ließ das Glas fallen. Scherben und Alkohol spritzten über den Boden. Die Beine drohten erneut unter ihm nachzugeben. Nur weg aus dem Raum! Sein Blick irrte umher, fiel auf

113

eine Churchill-Büste auf dem Büfett. Sie gehörte nicht ihm. Der Eindringling musste sie dort abstellt haben. Grimmig, mit vorgeschobenem Kinn, starrte der frühere Premierminister ihn an. Der Draht lag, wie Derek Binney jetzt sah, in einer Schlinge um Churchills Hals.

Dieser makabre Scherz raubte ihm den Rest seiner Fassung. Zitternd sank er zu Boden und schlug die Hände vors Gesicht.

10. Kapitel

Köln, Samstag, 18. Januar 1947

»Und, wie war er so, der Engländer?« Lore Fassbänder hielt mit dem Tippen inne und lächelte Friederike über ihren Schreibtisch hinweg an. Am Nachmittag zuvor war sie nicht im Büro gewesen, deshalb hatte ihr Friederike noch nichts von der Dienstfahrt in die Eifel erzählen können.

Friederike ließ den Rucksack von ihren Schultern gleiten. Der Tag hatte erstaunlich positiv begonnen. Auf dem Schwarzmarkt am Chlodwigplatz hatte sie Davies' Zigarette gegen eine Emailletasse und etwas Zucker getauscht, und in einem Gemüseladen hatte sie tatsächlich ein Kilo Kartoffeln und einige Rüben auf ihre Lebensmittelkarten bekommen.

»Nun sag schon!«, beharrte Lore.

»Höflich …« Wenn Davies Peter Assmuß nicht so angefahren hätte, hätte sie wahrscheinlich sogar »nett« gesagt.

»Wie sah er aus?« Lore hatte ihre Uniformmütze so weit aus der Stirn geschoben, wie Gesine Langen es gerade noch duldete. Sie war größer und kräftiger als Friederike und auf eine bodenständige Weise hübsch.

»Ganz gut … Sehr britisch.«

»Das ist ja eine wunderbar ausführliche Beschreibung.« Lore verdrehte die Augen. »Triffst du dich mit ihm?«

»Nein, natürlich nicht!« Friederike sah die Freundin entgeistert an.

»Ich meine ja nicht, dass du mit ihm ins Bett gehen

sollst.« Lore seufzte. »Aber ein harmloser Flirt mit einem englischen Soldaten könnte dir Zigaretten, Instantkaffee, Zucker oder einen Lippenstift einbringen. Um nur ein paar Dinge zu nennen.«

»Davies ist ein Lieutenant, ein Vorgesetzter ...«

»Na und?«

Rasche, stakkatohafte Schritte auf dem Flur ließen die beiden verstummen. Diese Schritte waren ihnen nur zu vertraut. Gleich darauf öffnete Gesine Langen die Bürotür. Friederike und Lore sprangen von ihren Stühlen auf und hoben die Hände an die Uniformmützen. »Frau Kriminalkommissarin ...«

»Fräulein Matthée, kommen Sie bitte mit«, sagte Gesine Langen knapp.

»Natürlich.« Friederike schluckte.

Lore hob so, dass es die Kriminalkommissarin nicht sehen konnte, den Daumen und zwinkerte ihr aufmunternd zu.

O Gott, dachte Friederike, hoffentlich hat sich Davies nicht doch über mich beschwert.

In ihrem Büro forderte die Kriminalkommissarin Friederike mit einer Handbewegung auf, Platz zu nehmen. Ob dies ein gutes oder ein schlechtes Zeichen war? Nervös ließ sich Friederike auf der Stuhlkante nieder.

Gesine Langen bedachte sie mit einem unergründlichen Blick durch ihre runden Brillengläser. »Sie konnten den kleinen Jungen also tatsächlich zum Reden bewegen«, sagte sie schließlich.

»Ja, Frau Kriminalkommissarin, das ist mir gelungen.«

»Lieutenant Davies äußert sich sehr lobend über Sie.« Gesine Langen strich über einen mit Schreibmaschine beschriebenen Papierbogen, der vor ihr lag. »Sie seien ihm eine große Hilfe gewesen.«

Friederike schwieg überrascht. Davies hatte das Lob beim Abschied anscheinend ehrlich gemeint.

»Nun, vielleicht hatte die englische Polizeibeamtin ja recht, und ich habe Sie unterschätzt. Womöglich steckt doch eine brauchbare Polizistin in Ihnen. Das war es, was ich Ihnen sagen wollte. Sie können gehen.«

»D… danke, Frau Kriminalkommissarin«, stotterte Friederike, während sie sich hastig erhob.

Gesine Langen griff nach einer Akte und schlug sie auf. »Ich hoffe jedenfalls sehr, dass Ihr plötzliches Engagement auch ohne den Einfluss unserer Besatzer anhält.«

»Das verspreche ich, Frau Kriminalkommissarin. Die Ermittlungen im Mordfall Küppers haben mir gezeigt, wie interessant und vielfältig Polizeiarbeit sein kann.« Friederike log nicht. Sie hatte die Ermittlungen wirklich interessant gefunden, und sie bedauerte es, dass sie keinen Anteil mehr daran haben würde. Seit dem Aufenthalt in Kaltenberg hatte sie auch nicht mehr das Bedürfnis verspürt, sich die Unterarme aufzukratzen.

Eifel, Meckenheim

Mühsam stieg Pater Bernhard Heller aus dem Zug. Ein Bauer, der ihm während der Fahrt von Bonn nach Meckenheim seinen Sitzplatz überlassen hatte, half ihm, den Rucksack aufzusetzen, und verabschiedete sich dann. Die letzten beiden Nächte hatte Pater Bernhard in Koblenz und Bonn in früheren, nun zu Notunterkünften umgewidmeten Luftschutzbunkern verbracht.

Die Odyssee hatte ihn erschöpft, und bei jedem Schritt fuhr wieder ein stechender Schmerz von seiner zertrümmerten Hüfte in sein rechtes Bein. Vor dem Bahnhof erstreckten sich schneebedeckte Schuttberge und Brachen zwischen den wenigen Gebäuden, die das Inferno der Bombenangriffe von Anfang März 45 überstanden hatten.

Mitreisende hatten sich über den Wiederaufbau der kleinen Stadt unterhalten. Darüber, dass es »voran«ging mit der Trümmerbeseitigung und dass man hoffe, der Ort werde in einigen Jahren neu entstanden sein. Dass man dann endlich alles hinter sich lassen und vergessen könne.

Pater Bernhard glaubte nicht daran. Sicher, Häuser würden gebaut werden und die sichtbaren Kriegsschäden irgendwann beseitigt sein. Aber das Gift des Nationalsozialismus, die völlige Negation aller menschlichen Werte, die Destruktivität, die die mörderische Ideologie entfesselt hatte, würde nicht so bald aus den Seelen weichen. Als Priester musste er eigentlich an das Gute glauben. Daran, dass Gott letztlich über das Schlechte triumphieren würde. Aber manchmal fragte er sich voller Angst, ob nicht doch das Böse gesiegt hatte.

Ein Lkw bog auf den Bahnhofsvorplatz ein und stoppte dann. Menschen sprangen von der Ladefläche. Andere, die vor den Gebäuderuinen gewartet hatten, strömten darauf zu. Ein vierschrötiger Mann sprang aus dem Lkw und winkte dem Geistlichen zu. »Pater Bernhard!«

Nun erkannte auch der Priester das Gesicht unter der tief in die Stirn gezogenen Wollmütze. Lutz Kerber, ein Bauer aus Kall, den er Anfang der 30er Jahre getraut hatte.

»Kommen Sie, Pater, nehmen Sie auf dem Beifahrersitz Platz.«

»Das ist sehr freundlich. Aber es werden sicher auch andere Reisende dankbar für den Sitz in der Fahrerkabine sein.«

»Ach, von denen wird Ihnen keiner den Platz wegnehmen wollen.« Kerber hatte schon die Beifahrertür geöffnet. Die Schmerzen in seinem Bein und seiner Hüfte ließen Pater Bernhard nachgeben, und er kletterte auf den Sitz. Kerber wollte ihn kostenlos mitfahren lassen, aber Pater Bernhard bestand darauf, das Entgelt zu entrichten.

Lutz Kerber wartete noch einige Minuten. Als er sich sicher war, dass keine Fahrgäste mehr kamen, stieg auch er in die Fahrerkabine und startete den Lkw.

»Sie waren lange fort, Herr Pater. Schön, dass Sie wieder da sind.« Kerber war schon immer eine Art örtliche Nachrichtenbörse gewesen. Seit er sich ein Zubrot verdiente, in dem er Reisende und Arbeiter durch die Eifel transportierte, war er noch besser informiert.

»Ich freue mich auch, wieder hier zu sein. Die Rückreise war wirklich sehr beschwerlich.« Pater Bernhard versuchte, sein Bein in eine Position zu bringen, in der es ihn weniger quälte. »Wie geht es Heiner Brauer?« In den letzten Monaten hatte Brauer das Bett kaum noch verlassen. Der Arzt konnte keine richtige Krankheit diagnostizieren. Aber Brauer verfiel körperlich immer mehr. So als ob der Tod der beiden Söhne – einer in Russland gefallen, der andere in Afrika – ihn auszehrte. Pater Bernhard schätzte Brauer. Ja, er betrachtete ihn fast als Freund. In den Jahren, als die Gestapo ihn bespitzelte, hatte Brauer ihn weiterhin zu sich nach Hause eingeladen.

»Nicht gut – unverändert, hab ich sagen hören.« Kerber lenkte den Lkw über eine Behelfsbrücke, die den Bach Swist überspannte. Die Räder verursachten ein dumpfes Geräusch auf den Holzbohlen.

Pater Bernhard war erleichtert. Er hatte schon befürchtet, Brauer nicht mehr lebend anzutreffen. Am nächsten Tag würde er ihn besuchen.

»Haben Sie schon das vom Jupp Küppers gehört?«

Kerber warf ihm einen raschen Blick von der Seite zu, ehe er den Lkw auf die Landstraße in Richtung Kall steuerte.

»Nein, was ist denn mit ihm?«

»Er wurde in einer Scheune im Wald erschlagen. In der Nähe von Kaltenberg. Wenn Sie mich fragen, haben irgendwelche verdammten Fremdarbeiter ihn umgebracht.«

»O Gott ...« Entsetzt fuhr Pater Bernhard auf. Jupp Küppers war tot. Er hatte ihn fortgeschickt, als er um Vergebung flehte. *Und vergib uns unsere Schuld, wie auch wir vergeben unseren Schuldigern. Und erlöse uns von dem Übel.* Er hatte sein Urteil über die Barmherzigkeit Gottes gestellt. Der Pater erkannte, dass das Böse auch in ihm war. Ein tiefes Gefühl der Schuld drückte ihn nieder.

Köln

»Das Paket ist tatsächlich für uns?« Friederike konnte es kaum fassen, als sie in Ehrenfeld in der Ausgabestelle der Evangelischen Mission stand.

»Nun, da jemand Ihren Namen und Ihre Adresse draufgeschrieben hat, wird es wohl für Sie sein.« Die ältliche Diakonisse musterte Friederikes Rucksack. »Da hinein kriegen Sie es jedenfalls nicht«, erklärte sie pragmatisch. »Soll ich es Ihnen öffnen?« Auf Friederikes Nicken hin durchtrennte sie die Paketschnur mit einem Messer – solide, neue Paketschnur, keine, die schon zigmal verwendet und aus vielen Teilen zusammengeknotet worden war – und schnitt das Packpapier an den Klebestellen vorsichtig auf.

Friederike trug das Paket an das andere Ende des langen Holztisches, wo sie niemandem im Wege war, denn hinter ihr warteten in dem spartanischen Raum noch einige andere Menschen. Das dicke braune Papier fühlte sich wunderbar an – es hatte keine Risse und Knicke. Aufgeregter als ein kleines Kind an Weihnachten schlug sie es auseinander und öffnete das Paket. Auf einigen zusammengeknüllten Zeitungen, die als Füllmaterial dienten, lag ein Brief. Darunter kamen Dosen und Päckchen zum Vorschein.

Dosen mit Schinken, Zunge und Corned Beef. Milchpulver, Trockenei, Zwieback, ein Pfund Zucker, löslicher Kaffee, Tee, Kakao, je ein Päckchen Reis und Nudeln, eine Tüte Bonbons und eine Tüte mit Cadbury-Schokolade. Nachdem Friederike die Lebensmittel einige Momente lang angestarrt hatte, öffnete sie mit zitternden Händen den Umschlag. Als Absender war der Name Riley daraufgeschrieben, eine Londoner Familie, mit der ihre Großeltern befreundet gewesen waren. Auf irgendeinem Weg mussten die Rileys erfahren haben, wo sie und ihre Mutter lebten.

Aber Friederike war zu aufgewühlt, um den Brief zu lesen. Sie schob sich eines der Cadbury-Täfelchen in den Mund, ehe sie die Lebensmittel zusammen mit dem gefalteten Packpapier, der Schnur und den Zeitungen sorgfältig in ihrem Rucksack verstaute. Dieser Tag war wirklich ein Glückstag gewesen.

Draußen herrschte eine neblige Dunkelheit. Die feuchte Kälte biss durch Friederikes Kleidung, in ihrem Mund schmeckte sie jedoch noch die Schokolade. Ach, wie hatte sie sie jemals als zu süß empfinden können? An diesem Abend würden ihre Mutter und sie sich satt essen können!

Die nächste Straßenbahnhaltestelle lag etwa dreihundert Meter entfernt. Friederike passierte Schuttberge und die Ruinen von Fabriken und Arbeiterhäusern. Aus manchen Fenstern und Kellerschächten fiel Licht. Auf einer hohlen Fassade stand noch die Ziffer 4711 – Eau de Cologne. Ein Geruch, der einer anderen Welt angehörte.

An der Straßenbahnhaltestelle hatten sich schon viele Menschen versammelt, und weiter oben an der Straße schnitt bereits das Scheinwerferlicht der Bahn durch die diesige Luft. Plötzlich schoss Friederike durch den Kopf: Hatte nicht Jupp Küppers hier in Ehrenfeld gewohnt?

Die Straßenbahn kam zum Stehen. Die Menschen drängten zu den Türen.

»Ach, bitte …«, wandte sich Friederike an einen Mann, »können Sie mir vielleicht sagen, wo sich die Körnerstraße befindet?«

»Gleich dort drüben, Fräulein.« Er wies auf eine Häuserecke.

Eine Frau schob sich an Friederike vorbei. Sie sollte endlich einsteigen. Friederike setzte ihren Fuß auf die Trittstufe und zog ihn dann wieder zurück.

»Na, was denn nun, Fräulein?«, raunzte jemand sie an. »Wollen Sie mitfahren oder nicht?«

Friederike schüttelte den Kopf, wandte sich ab und eilte auf die Häuserecke zu.

Die Körnerstraße glich den Straßen, durch die Friederike auf dem Weg zur Haltestelle gegangen war. Notdürftig instandgesetzte Häuser standen zwischen Schutt und Ruinen. Über der Toreinfahrt eines Gebäudes, dessen obere Stockwerke zerstört waren, entdeckte sie schließlich die Aufschrift *Jupp Küppers, Alträucher.* Sie blieb stehen.

Alträucher … Bevor sie nach Köln gekommen war, hatte sie das Wort noch nie gehört. Etwas Geheimnisvolles schwang für sie darin mit. Es erinnerte sie an das Märchen »Allerleirauh«, auch wenn die Worte wahrscheinlich nichts miteinander zu tun hatten.

Aus welchem Grund Jupp Küppers wohl umgebracht worden war? War er tatsächlich ein Judas, ein Verräter gewesen?

Friederike zuckte erschrocken zusammen, als sie ganz in ihrer Nähe Schritte hörte. Doch es kam nur eine junge Frau, die einen Pappkoffer in der Hand hielt, auf sie zu. »Die Polizei hat mich doch schon ausführlich befragt«, sagte sie. »Ich wüsste nicht, was ich Ihnen noch sagen soll.« Ihre Stimme klang resigniert.

»Ich ...« Friederike wollte ihr erklären, dass sie gar nicht hier war, um Fragen zu stellen. Aber die junge Frau hatte schon das Hoftor geöffnet und drehte sich zu Friederike um. »Kommen Sie doch bitte mit.«

Sie hatte nichts mehr mit diesem Mordfall zu tun. Sie durfte der Aufforderung eigentlich nicht folgen. Friederike erinnerte sich plötzlich daran, wie sie einmal, zur Verwunderung ihrer Freundinnen und auch zu ihrer eigenen, auf den Zehn-Meter-Sprungturm der Königsberger Badeanstalt Kupferteich gestiegen war. Panik und Euphorie hatten sie erfüllt, als sie sich von der Plattform hoch über dem Becken abstieß. Mit dem gleichen Gefühl folgte sie nun der Frau durch einen langgestreckten Hinterhof zu einem Schuppen.

Eine Petroleumlampe diente als Lichtquelle. Die Frau zog das Wolltuch von ihrem Kopf und stellte den Pappkoffer auf den Boden. Sommersprossen sprenkelten ihre blasse Haut. Ihr herzförmiges Gesicht strahlte etwas Kindliches aus – Friederike bezweifelte, dass sie schon volljährig war. Käthe Barthel lautete ihr Name, wie Friederike auf dem Papierschildchen entzifferte, das an dem Koffer hing. Wahrscheinlich war sie Jupp Küppers' Dienstmädchen gewesen.

»Die letzten beiden Nächte hab ich im Bunker am Dom zugebracht. Fünfzig Mark Pfand für eine Decke wollen sie dort.« Käthe Barthel bot Friederike den einzigen Stuhl an und kauerte sich auf die Kante des schmalen Bettes. »Ich bin so froh, dass ich wieder hier schlafen darf! Ihr Kollege, der mir das mitgeteilt hat, hat gefragt, ob ich irgendetwas über Kontakte von Herrn Küppers zu Belgiern wüsste. Aber ich weiß wirklich nichts darüber. Genauso wenig, wie über seine sonstigen Schwarzmarktgeschäfte.«

»Oh, ein Kollege hat Sie schon zu den Belgiern befragt! Es gab wohl ein Missverständnis im Präsidium. Dann kann ich ja gehen …«

»Stört es Sie, wenn ich den Ofen anschüre?« Käthe Barthel hatte ihre Worte anscheinend nicht richtig verstanden.

»Nein, natürlich nicht …« Friederike ignorierte ihre innere Stimme, die ihr dringend riet, sich zu verabschieden.

Die junge Frau kniete sich vor den kleinen Kanonenofen und schürte das Feuer. Ein jäher Wärmeschwall ergoss sich in den Schuppen, als die Flammen aufloderten.

»Was wollen Sie denn nun wissen?« Käthe Barthel hatte wieder auf der Bettkante Platz genommen.

»Was war Jupp Küppers für ein Mensch?« Friederike war gespannt, ob das Dienstmädchen das eigentlich recht positive Bild, das sie bisher von ihm hatte, bestätigen würde.

»Das haben mich Ihre Kollegen noch nicht gefragt.« Die junge Frau wirkte etwas ratlos.

Um den Schein zu wahren, holte Friederike ihr Notizbuch aus der Manteltasche und klappte es auf. »Wann haben Sie denn angefangen, für Herrn Küppers zu arbeiten, Käthe?«

»Im Frühjahr 42 … Ich kann mich über Herrn Küppers nicht beklagen. An Feiertagen hat er mir oft ein paar Mark extra gegeben. Er war meistens gut gelaunt. Hat gern Witze erzählt, und wenn seine Frau nicht da war, hat er mir schon mal in den Hintern gezwickt. Aber seit dem letzten großen Bombenangriff auf Köln, als seine Frau und die Tochter ums Leben kamen, war er nicht mehr der Alte. Auch dass sein Sohn im Herbst 44 in Frankreich gefallen ist, hat ihm natürlich sehr zu schaffen gemacht.«

»Wie meinen Sie das, Herr Küppers sei nicht mehr der Alte gewesen?«

»Ich hatte ein bisschen Angst. So allein mit ihm im Haus … Aber seit dem Tod seiner Frau und seiner Tochter hat er mich nicht mehr angerührt. Er war auf einmal …« – sie suchte nach Worten – »sehr ernst und in sich gekehrt. Und in den letzten Wochen kam er mir manchmal regelrecht schwermütig vor.«

»Wie hat sich das denn geäußert?«, fragte Friederike überrascht.

»Hin und wieder hat er minutenlang vor sich hin gestarrt. Wenn ich ihn angesprochen hab, ist er zusammengezuckt, als hätte er ganz vergessen, dass ich da bin.« Unvermittelt schlug Käthe Barthel die Hände vors Gesicht und begann zu weinen. »Jetzt, da Herr Küppers nicht mehr lebt, weiß ich gar nicht, wie's mit mir weitergehen soll«, schluchzte sie. »In dem Schuppen darf ich nur noch ein paar Tage bleiben.«

»Haben Sie denn keine Familie, zu der Sie gehen können?«

»Meine Eltern und meine Geschwister leben in Essen. Die sind ausgebombt und hausen zu sechst in 'nem Keller. Die Düngemittelfabrik, in der mein Vater arbeitet, soll zugemacht werden. Die Engländer wollen die Maschinen haben …«

Friederike hatte Zeitungsberichte gelesen, dass die Besatzungsmächte Reparationen von Deutschland forderten und deshalb Fabriken demontiert wurden. Sie wusste nicht, wie sie das Mädchen trösten sollte. Wieder wurde ihr klar, wie viel Glück sie mit der Anstellung bei der Weiblichen Polizei hatte, auch wenn sie ihre Arbeit im Allgemeinen nicht besonders mochte.

»Bei Herrn Küppers gab's immer reichlich zu essen. Ich hab kaum noch Lebensmittelkarten und kaum noch Geld. Seit gestern Abend hab ich nichts mehr gegessen.« Käthe Barthel begann wieder zu schluchzen.

Friederike rang mit sich. Aber schließlich überwand sie sich und öffnete den Rucksack. Sie nahm das Päckchen Reis heraus und gab es dem Mädchen. »Hier, das ist für Sie.«

»Aber … danke … Sie sind so großzügig!«

Obwohl sich Käthe Barthels Gesicht aufgehellt hatte, bereute Friederike ihre Generosität bereits. In den nächsten Tagen würde der Reis ihr und ihrer Mutter fehlen.

»Ich hoffe, Sie können doch bei Ihrer Familie unterkommen, oder es findet sich eine andere Möglichkeit.« Sie stand auf.

»Bitte, warten Sie!« Das Mädchen blickte sie flehentlich an. »Ich hab etwas Schlimmes gemacht …«

»Was meinen Sie damit?« Sollte Käthe Barthel etwa mit dem Mord an Jupp Küppers zu tun haben? Friederike konnte es nicht recht glauben.

»Seit Herr Küppers so schwermütig war, hat er oft seinen Orden aus dem Wohnzimmerbüfett genommen und ihn betrachtet.«

»Ja, und?« Friederike begriff nicht, worauf das Mädchen hinauswollte.

»Gestern, nachdem mich die Polizei vernommen hat, war ich kurz allein im Wohnzimmer. Ich hab den Orden an mich genommen. Die Engländer bezahlen angeblich für so was viel Geld. Aber ich hab mich nicht getraut, ihn auf dem Schwarzmarkt zu verkaufen.«

»Das heißt also, Sie haben den Orden noch? Zeigen Sie ihn mir bitte.«

Mit gesenktem Kopf griff die junge Frau in ihre Manteltasche. Sie förderte eine kleine Schachtel zutage und reichte sie Friederike.

Friederike öffnete die Schachtel. Auf dunklem Samt lag ein goldenes Kreuz, an dem ein schwarzweißes Band befestigt war. In den Kreis in der Mitte des Kreuzes waren eine Krone und ein verschnörkeltes R und ein W eingraviert. Das Goldene Militärverdienstkreuz. Der höchste Orden, der im Ersten Weltkrieg an Mannschaftsdienstgrade und Unteroffiziere verliehen worden war.

»Würden Sie den Orden bitte Hauptkommissar Dahmen übergeben?«, hörte sie das Dienstmädchen fragen.

Wenn sie das tat, würde Gesine Langen erfahren, dass sie gegen die Vorschriften verstoßen hatte. »Der … der Orden ist für die Aufklärung des Mordfalls nicht wichtig«, versuchte Friederike, sich herauszureden. »Sie können ihn bestimmt behalten.«

»Ich hole uns noch etwas zu trinken«, sagte Derek Binney zu seiner Begleiterin. Moira Thompson war pummelig und völlig reizlos. Sie hatte sehr überrascht gewirkt, als er sie bat, mit ihm auszugehen. Um ihm zu gefallen, hatte sie großzügig roten Lippenstift aufgetragen, was ihr in Kombination mit der großen Hornbrille etwas unfreiwillig Komisches verlieh, denn sie sah aus wie ein Clown. Und nach einem Cocktail war sie bereits beschwipst.

An der Bar orderte Derek Binney einen Whisky mit Soda und einen weiteren Cocktail. Aus dem Spiegel hinter dem Tresen blickte ihm sein Gesicht entgegen. Wie Leslie Howard hatte er eine hohe Stirn, strahlend blaue Augen und blondes Haar. Aber anders als Ashley Wilkes in »Vom Winde verweht«, einer von Howards Paraderollen, war er kein aufrechter Mann. Und er war auch nicht mutig wie Howards »Scarlet Pimpernell«, der sein Leben im Kampf gegen die französischen Jakobiner riskiert hatte.

Er war feige und wollte nur seine Haut retten. Seine Niere schmerzte, wenn er sich bewegte. Der Schreck über die makabre Warnung steckte ihm immer noch in den Knochen. Und wie um ihn zusätzlich zu quälen, war auch noch ein Lieutenant der Militärpolizei in seinem Büro erschienen, hatte ihn zu Jupp Küppers befragt und die Akten zu den Warenlieferungen der letzten Monate mitgenommen.

Ja, er würde den Jungen suchen, und sobald er ihn gefunden hatte, würde er die Information am geforderten Ort hinterlegen. Nachdem er die Fassung wiedergewonnen hatte, hatte er den Zettel mit der in Druckbuchstaben geschriebenen Anweisung neben der Churchill-Büste auf dem Büfett entdeckt.

»Danke, wie nett von Ihnen!« Moira Thompson himmelte ihn aus großen Augen an, als er mit den Getränken an den Tisch zurückkehrte.

Binney fand, dass er sich lange genug ihr Gerede über ihre Familie und ihren Heimatort Cirencester in den Cotswolds – gab es etwas Langweiligeres als diese Kleinstädte auf dem Land? – und stupide Kino-Liebesschnulzen angehört hatte. Es war Zeit, dass er zur Sache kam.

»Sagen Sie …« – Binney trank einen Schluck von dem Whisky – »… bringe ich da etwas durcheinander oder haben Sie vorhin tatsächlich erwähnt, dass Sie auch mit Wohnungsrequirierungen befasst sind?« Natürlich hatte er um dieses Aufgabenfeld gewusst, ehe er Moira um ein Date bat.

»Ja, das habe ich.« Moira Thompson nickte eifrig. »Manchmal tun mir die Deutschen, die ihre Häuser und

Wohnungen verlassen müssen, wirklich leid. Auch wenn ich das wahrscheinlich nicht sagen sollte.«

»Ich kann Sie gut verstehen.« Derek Binney ließ das Whiskyglas, das er in der Hand hielt, sinken, als sei ihm gerade etwas eingefallen.

»Ist etwas?« Sie blickte ihn unsicher an.

»Ja …« Derek Binney zögerte. »Es betrifft einen Freund von mir. Aber nein, ich kann Sie unmöglich darum bitten …«

»Worum geht es denn?«

»Dieser Freund war vor dem Krieg Journalist. Er war in Burma in japanischer Gefangenschaft …« Er ließ seinen Satz bedeutungsvoll ausklingen.

»O Gott, der Ärmste!« Moira Thompson griff sich an die Brust. Die dicken Brillengläser verzerrten ihre vor Schreck geweiteten Augen.

»Ja, seine Gesundheit war völlig zerrüttet, als er nach Hause kam.« Japanische Kriegsgefangenenlager waren die Hölle gewesen und ein Grund mehr, weshalb Derek Binney dem Schicksal dankte, dass es ihn so bald in Büros und Lagerhallen geführt hatte. »Meinem Freund fällt es sehr schwer, in seinem Beruf wieder Fuß zu fassen. Als wir uns das letzte Mal sprachen, sagte er, es gäbe Gerüchte, dass requirierte Häuser monatelang leer stünden. Er würde gern darüber schreiben. Zu Hause herrscht ja ein großes Interesse an den Zuständen in Deutschland. Solch ein Artikel könnte ein Türöffner für ihn sein.«

»Es tut mir sehr leid für Ihren Freund. Aber ich kann unmöglich vertrauliche Unterlagen herausgeben.« Die junge Frau blickte ihn unglücklich an.

»Nein, natürlich nicht. Es war dumm von mir, überhaupt zu fragen.«

»Sie müssen sich nicht entschuldigen. Als ein guter Freund hatten Sie das Recht dazu.«

»Finden Sie wirklich?« Derek Binney legte Moira Thompson die Hand auf den Arm. Sie erzitterte unter der Berührung und errötete.

»Ja, es ist sehr schön von Ihnen, dass Sie sich für diesen armen Mann einsetzen.«

»Lassen Sie uns über etwas anderes sprechen.« Er lächelte sie an.

»Einer meiner Vettern hatte auch große Probleme, nach dem Krieg eine Anstellung zu finden.« Sie seufzte. »Mein Vater ist der Meinung, dass die Labour-Regierung an der schlechten Arbeitslage schuld ist und dass sie dringend abgewählt werden sollte. ›Man muss diesen Sozialisten auf die Finger sehen‹, sagt er immer.«

Die Band, die eine Pause gemacht hatte, nahm wieder ihre Plätze ein.

»Würden Sie mit mir tanzen?« Derek Binney gelang es, die Frage so klingen zu lassen, als würde Moira ihm einen großen Gefallen damit tun.

»Aber natürlich …« Ihr rundes Gesicht erstrahlte vor Freude.

Während Derek Binney Moira den Arm reichte und sie zur Tanzfläche führte, hoffte er, dass sie ihm nicht zu oft auf die Füße treten würde. Aber er war gern bereit, dies in Kauf zu nehmen. Einige Tänze … Küsse in einem dunklen Winkel … Geheucheltes Begehren … Dann, davon war er fest überzeugt, würde er die Informationen über die requirierten Wohnungen gewiss erhalten.

130

11. Kapitel

Köln, Sonntag, 19. Januar 1947

Etwas war geschehen, das Grund zur Hoffnung gab. Anders als sonst empfand Friederike beim Aufwachen kein unbestimmtes Grauen und keine niederdrückende Ausweglosigkeit. Dann fiel es ihr wieder ein – sie und ihre Mutter hatten etwas zu essen.

Fahles Winterlicht fiel durch die Bretterritzen des vernagelten Fensters und durch den Spalt im Laden des anderen. Friederike tastete auf dem Boden nach ihrer Armbanduhr. Die Zeiger standen auf acht.

Friederike schlug die Bettdecke zurück und schlüpfte in ihren Wintermantel. Auf dem Weg zur Toilette begegnete sie Anna Rothgärber nicht, und auch in der Küche, in die sie wenig später spähte, hielt die Rothgärber sich nicht auf. Der Gasherd funktionierte. Friederike nutzte die Gelegenheit und erhitzte Wasser. Sie gab je einen Löffel löslichen Kaffee und Zucker in die Tasse und den Emaillebecher und füllte beide mit dem heißen Wasser. Als sie ins Zimmer zurückkehrte, war auch ihre Mutter erwacht und hatte sich im Bett aufgesetzt.

»Guten Morgen ...« Ihre Stimme klang nicht mehr so apathisch. Am Vorabend hatten sie Nudeln und Dosenfleisch und jede einen Riegel Schokolade gegessen.

»Guten Morgen, Mutter.« Friederike reichte ihr die Tasse und ein Stück Zwieback. Ihre Mutter schlug die Decke um ihre Beine und zog die grobe Wolljacke enger um sich. Friederike verbannte die Erinnerung aus ihrem

Kopf, wie ihre Mutter früher in ein duftiges Nachthemd und einen seidenen Morgenmantel gehüllt und mit einem Tablett voll Porzellan- und Silbergeschirr auf den Knien im Bett zu frühstücken pflegte.

Friederike tunkte den Zwieback in den Kaffee und kaute langsam und gründlich, um möglichst lange etwas davon zu haben. Wie es wohl Peter und Frau Assmuß in der verwüsteten Villa erging? Ob ihnen Davies tatsächlich Nahrungsmittel und Heizmaterial gebracht hatte? Der Lieutenant hatte versichert, die beiden seien in Sicherheit. Trotzdem machte sie sich Sorgen. Wenn sie die Villa aufsuchte, um nach den beiden zu sehen, verstieß sie damit ja eigentlich gegen keine Vorschriften.

»Mutter, ich bin für einige Stunden weg. Ich muss etwas Dienstliches erledigen«, schwindelte Friederike. Von dem geheimen Aufenthaltsort durfte sie ja auch ihrer Mutter nichts erzählen.

»Ist heute nicht Sonntag?«

»Ja, aber du weißt doch, dass ich auch sonntags hin und wieder arbeiten muss.« Was tatsächlich gelegentlich der Fall war.

»Ich werde den Roman *Goya* von Feuchtwanger lesen, den du mir kürzlich aus dem britischen Kulturinstitut mitgebracht hast.«

»Das ist schön.« Tagelang hatte das Buch unbeachtet dagelegen. Früher hatte sich ihre Mutter sehr für Kunst und Literatur interessiert. Friederike hoffte inständig, dass dieses neu erwachte Interesse nicht nur ein kurzes Aufflackern war.

Die Straßenbahnhaltestelle lag direkt am Marienburger Rheinufer. Ein Pulk von Fahrgästen schob Friederike aus dem Wagen. Sie blieb stehen und blickte sich um. Hochnebel hing wie ein graues, tristes Tuch über der Landschaft. Menschen überquerten den zugefrorenen Fluss in beide Richtungen. Der Osterspaziergang aus Goethes *Faust* kam Friederike in den Sinn, und sie fragte sich, ob es dem Rhein wohl jemals gelingen würde, sich vom Eise zu befreien, und ob die Kälte irgendwann nachlassen würde. Sie verkroch sich tiefer in ihren Mantel und schlug den Weg zu dem Villenviertel ein.

Aus den Schornsteinen des Gebäudes, in dem die englische Offiziersfamilie wohnte, stieg Rauch. Ein Mädchen und ein Junge spielten im Garten. Voller Neid dachte Friederike an die elegante Kleidung und das gepflegte Äußere der Dame und kam sich gegen sie hässlich und schäbig vor. Doch schon im nächsten Moment sagte sie sich, dass es wirklich Schlimmeres gab, als schlecht angezogen zu sein.

Die Villa, die Peter und seiner Mutter als Versteck diente, lag ruhig da. Friederike vermutete, dass sich die beiden im Souterrain aufhielten. Deshalb ging sie um das Haus herum und klopfte an die Hintertür. Frau Assmuß öffnete ihr. Erschrocken sah sie Friederike an. »Ist etwas geschehen?«

»Nein, nein, ich wollte mich nur überzeugen, dass es Ihnen und Peter gutgeht.« Friederike bereute ihren Besuch schon fast.

Frau Assmuß bat sie in die Küche. »Ich habe damit angefangen, die Schlafzimmer im ersten Stock aufzuräumen.« Sie wirkte wieder schüchtern und defensiv. »Sehr weit bin ich damit leider noch nicht gekommen.«

»Das kann ich mir gut vorstellen.« Friederike hatte die Verwüstung in den Räumen noch genau vor Augen. »Lieutenant Davies hat Ihnen Lebensmittel und Heizmaterial gebracht?« Sie versuchte, dies wie eine Feststellung klingen zu lassen und nicht wie eine Frage. Frau Assmuß sollte nicht glauben, dass sie an einem britischen Offizier zweifelte.

»Ja, das hat er.« Frau Assmuß' verhärmtes Gesicht hellte sich auf. »Peter und ich haben wirklich ausreichend zu essen und auch einen richtigen Kohlenvorrat.«

»Wie geht es Peter? Fühlt er sich hier wohl?«

»Oh, er ist ganz fasziniert von dem Gebäude. Unser Zuhause hatte ja nur wenige Zimmer, und die Toilette war im Hof. Er streift stundenlang durch die Räume und sieht sich alles an.« Frau Assmuß brach ab, und ihre Miene wurde wieder ängstlich. »Das darf er doch, oder? Er ist ein vorsichtiger Junge und macht bestimmt nichts kaputt.«

»Ja, natürlich darf er das.« Nachdem die amerikanischen oder die britischen Soldaten in der Villa gehaust hatten, konnte der Junge ohnehin keinen weiteren Schaden mehr anrichten. »Ist Peter manchmal traurig oder bedrückt? Macht ihm der Mord zu schaffen?«

»Hin und wieder schreit er nachts im Schlaf. Aber … das hat schon während der Flucht angefangen. Es hört bestimmt bald auf.«

Friederike bezweifelte dies. Auch ihre eigenen Alpträume ließen ja nicht nach. »Wo ist er denn?«

»Vorhin war er bei mir im ersten Stock. Soll ich ihn rufen?«

»Bemühen Sie sich nicht. Ich sehe selbst nach ihm«, erwiderte Friederike rasch. Sie wollte lieber allein mit dem Jungen sprechen.

»Peter?« In der oberen Etage standen die Türen offen. Frau Assmuß hatte die heruntergerissenen Vorhänge und die schmutzigen Bettdecken aus den Schlafzimmern geschafft. Es roch nach Schmierseife, und sie hatte offensichtlich auch Staub gewischt, denn das Holz von Bettgestellen und Kommoden schimmerte – was die Schrammen und Kratzer auf den Möbeln erst recht hervorhob. Der Anblick deprimierte Friederike noch mehr als bei ihrem ersten Aufenthalt in der Villa.

»Peter ...« Friederike blickte in ein weiteres Zimmer. Hier hatte Frau Assmuß noch nicht gewirkt. Von den Streben des Baldachins hing ein zerfetzter Vorhang herab. Das Zimmer musste einer Frau gehört haben, denn Friederike entdeckte eine Frisierkommode mit zerbrochenem Spiegel. Schräg dahinter befand sich ein bodentiefes Fenster, das auf den Garten hinausging.

Wie in ihrem Zimmer zu Hause in Königsberg ... Auch die Tapete mit dem zarten Blumenmuster war ähnlich, wie Friederike erst jetzt sah. Unvermittelt holten sie die Erinnerungen ein.

Am Abend erreichen sie und ihre Mutter die Villa, während aus der Ferne das Donnern von Geschützen zu hören ist. Sechs Tage haben sie für die hundertzwanzig Kilometer von Gumbinnen nach Königsberg benötigt. Dunkel und verlassen liegt das Gebäude da. Die Dienstboten haben die Flucht ergriffen.

Friederike drückt die Klinke der Haustür hinunter. Die Tür gibt nach, sie ist nicht abgeschlossen. Aber sie klemmt. So als wollte das Haus die Bewohner aussperren, ihnen signalisieren, dass sie nicht mehr hierhergehörten. Nicht nach der Flucht von Gumbinnen und dem Tod der Großmutter. Von Geschossen aus einem Tiefflieger getroffen, haben sie die Großmutter inmitten von schreienden, sterbenden Menschen und verwundeten Tieren im Schnee zurücklassen müssen. Friederike schluchzt, stemmt sich gegen die Tür. Endlich geht sie auf.

»Komm, Mutter ...« Sie zieht ihre Mutter, die seit dem Tod der Großmutter völlig apathisch ist, ins Haus. Friederike wagt es nicht, Licht anzuschalten. Aber sie hat den Eindruck, dass die Halle unversehrt ist. Im Safe im Ar-

beitszimmer ihres Vaters liegt noch Schmuck. Wenn es ihnen gelingen soll, den Hafen von Pillau zu erreichen und über die Ostsee zu entkommen, werden sie ihn benötigen. Friederike denkt kühl nach, hat das Gefühl, eine andere Person zu sein. Sie führt ihre Mutter durch den dunklen Flur. Im Arbeitszimmer zieht sie die Vorhänge zu und schaltet die Schreibtischlampe ein. Alles steht noch an seinem Platz, was Friederike seltsam irreal erscheint. Sie nimmt das impressionistische Gemälde der Hafflandschaft von der Wand, hinter dem sich der Safe befindet.

»Mutter, du weißt doch die Kombination des Schlosses, oder?«

Einen Moment lang blickt ihre Mutter sie verständnislos an, und Friederike fürchtet schon, ihr Vater habe ihr die Nummern nicht mitgeteilt, weil alles, was mit Geld und Geschäften zu tun hat, nichts für eine Frau ist. Aber dann sagt ihr die Mutter die Zahlen. Friederike dreht an dem Schloss, und die schwere Tür öffnet sich. Der größte Teil des Schmucks ihrer Mutter ist in einem Bankschließfach verwahrt. Aber die Ringe, Ohrringe, Ketten und Armbänder, die sie häufig trägt, liegen in diesem Safe. Friederike nimmt die kleinen Stücke heraus, die sich gut verstecken lassen.

Nachdem sie in der Küche hastig etwas gegessen haben, nähen sie den Schmuck in die Säume von Kleidern und Röcken. Die meisten Kleidungsstücke werden sie bei der Flucht über das Haff verlieren. Aber das weiß Friederike noch nicht.

Später bringt sie ihre Mutter in ihr Schlafzimmer und beginnt, warme Kleidung und Nahrungsmittel in ihre Rucksäcke und zwei Koffer zu packen. Sie handelt völlig mechanisch. Ihre Starre droht kurz aufzubrechen, als ihr das Buch Treasure Island in die Hände fällt. Eigentlich ist dafür kein Platz. Aber sie kann sich nicht überwinden, es zurückzulassen, und schiebt es in einen Rucksack. Als alles

*gepackt ist, legt sie sich zu ihrer Mutter ins Bett. Geschütz-
feuer flackert auf und färbt den Raum für Sekunden rot.
Friederike fühlt nichts, nicht einmal Angst.*

»Fräulein Matthée ... Fräulein Matthée ...« Peter zupfte
an ihrem Ärmel und blickte sie ängstlich an. Friederike
nahm wahr, dass ihre Hand den Türrahmen umklammert
hielt. In dem zerbrochenen Spiegel wirkte ihr Gesicht
sehr bleich.

»Ich habe dich gesucht«, sagte sie rasch und bemühte
sich zu lächeln. Peter sollte nicht merken, dass sie etwas
bedrückte. »Deine Mutter hat gesagt, dass es dir hier gefällt. Das ist schön.«

»Ich mag die vielen Zimmer. Jedes ist anders ...« Peter
entspannte sich ein wenig. »Haben Sie auch mal in einem
großen Haus gewohnt?«

»Ja, das habe ich ...«

»Hatte es auch so viele Räume?«

»Mindestens ebenso viele.«

»Vermissen Sie es?«

»Und wie.« Aber auch wenn sie und ihre Mutter wieder in die Königsberger Villa zurückkehren könnten,
würde dort nicht mehr ihre Heimat sein. Sie hatte sich
zu sehr verändert, wusste jetzt, dass es auf Dauer keine
Geborgenheit und Sicherheit gab.

Sie ertrug es nicht, noch länger an ihr verlorenes Zuhause erinnert zu werden. »Deine Mutter hat mir erzählt, dass du manchmal im Schlaf schreist«, lenkte sie
Peter von dem Thema ab. »Wovon hast du denn Alpträume?«

»Es macht meine Mutter traurig, wenn ich nachts
schreie.«

»Du erzählst es ja mir, nicht deiner Mutter.«

»Früher habe ich davon geträumt, wie wir durch den

Schnee geflohen sind und wie Kurt gestorben ist.« Peter blickte zu Boden.

»Und jetzt?«

»Jetzt … Jetzt träume ich davon, dass mich die Männer jagen. Und dann kreisen sie mich ein, und sie haben Knüppel in den Händen …« Peters Stimme war nur ein Flüstern. »Und ich weiß, dass sie mich erschlagen werden. Wie den Mann in der Scheune …«

Friederike sah Peter unwillkürlich in einer unwirtlichen Landschaft durch den Schnee rennen. Sie empfand seine Panik als ihre eigene. Das Herz schlug ihr bis zum Hals. »Das wird nicht geschehen. Du und deine Mutter seid hier sicher. Die Männer, die Herrn Küppers getötet haben, werden bestimmt bald gefasst.« Sie war sich im Klaren, dass sie dies nicht nur sagte, um Peter zu beruhigen. Sie wollte auch sich selbst trösten.

»Versprechen Sie mir das?« Der Blick des Jungen war voller Vertrauen.

»Ja«, log Friederike. O Gott, wer war sie, dass sie Peter dieses Versprechen geben konnte?

»Ich habe eine geheime Höhle.« Peter fasste sie an der Hand und zog sie durch den Flur und in ein anderes Schlafzimmer. Dort öffnete er neben einem Schrank eine Tapetentür. Dahinter verbarg sich ein etwa zwei Quadratmeter großer Raum. Friederike vermutete, dass er als Aufbewahrungsort für Koffer und Hutschachteln gedient hatte. Eine Wolldecke lag auf dem Boden. Zwischen den Falten stand ein Pferd aus Bronze, das der Junge wahrscheinlich im Arbeitszimmer gefunden hatte. Ein weiteres Beutestück war ein Bildband mit Fotografien von deutschen Städten. Auch sie und Hans hatten sich als Kinder einmal ein Versteck hinter einer Tapetentür gebaut, fiel ihr plötzlich ein.

»Es gibt sogar Licht.« Peter betätigte einen Schalter.

Eine Glühbirne, die wundersamerweise unversehrt an der Decke hing, leuchtete auf. »Sie erzählen doch meiner Mutter nichts von meiner Höhle?«, fragte Peter ängstlich.

»Nein, ich werde ihr nichts erzählen«, versicherte ihm Friederike.

Als sie kurz darauf durch den Garten ging, drehte sie sich noch einmal zu der Villa um. Peter stand hinter einem Fenster in der ersten Etage und winkte ihr nach.

Dem Jungen durfte nichts zustoßen. Friederike wünschte sich, sie hätte weiter bei der Mordermittlung mitwirken und so dazu beitragen können, dass ihr Versprechen wahr wurde. Aber darauf hatte sie keinen Einfluss. Wieder, wie so oft in den vergangenen Jahren, fühlte sie sich ohnmächtig und dem Leben ausgeliefert.

Richard Davies nippte an einem Whisky. Die Band spielte ein Glen-Miller-Stück. In den Spiegeln über der Bar konnte er beobachten, wie Paare zu den Swing-Klängen tanzten. Die Fenster des Clubs an der Inneren Kanalstraße waren beschlagen, sperrten die zerstörte Stadt aus. Er fühlte sich wie in einer Blase, wie aus Raum und Zeit gefallen.

Am Morgen hatte er die belgische Militärpolizei in Euskirchen über die Waren aus ihren Beständen in Küppers' Lager informiert. Onderlieutenant Daan Groen wirkte kompetent. Er versprach, sich bei Davies zu melden, falls er auf eine Verbindung zwischen den belgischen Soldaten und Küppers stoßen sollte. Am vorigen Tag hatte Davies unter anderem Angestellte des Navy, Army und Air Force Institutes am Flughafen Wahn vernommen. Die NAAFI, so die offizielle Abkürzung, versorgte die Briten in ihren Läden mit Lebensmitteln und Kleidung und unterhielt in Köln auch einen Club sowie ein Kino. Das Personal britischer Casinos hatte er ebenfalls verhört. Angehörige der Royal Military Police würden noch einige Tage lang damit beschäftigt sein, Warenlisten auf etwaige Unstimmigkeiten hin durchzusehen. Routineüberprüfungen, von denen sich Davies nicht viel versprach.

Üblicherweise liefen Schiebergeschäfte so ab, dass Militärangehörige oder Angestellte der Hafenbehörden bereits in England falsche Warenaufstellungen anfertigten. Irgendwo auf den Wegen von Rotterdam oder Hamburg oder einem anderen großen Hafen wurden die Waren dann – den gefälschten Listen entsprechend – auf Lkws umgeladen.

Am wahrscheinlichsten war es, dass die Diebe in England durch einen Scotland-Yard-Spitzel entdeckt wurden. Wenn er nicht in den nächsten Tagen neue Hinweise auf Küppers' Mörder erhielt, würde er den Fall wohl an Scotland Yard abgeben müssen. Er mochte es nicht, einen Fall nicht abschließen zu können. Aber es gab genug andere Arbeit, die auf ihn wartete und bei der er mehr ausrichten konnte.

Der Barkeeper nahm ein halbvolles Schälchen mit gesalzenen Erdnüssen von der Theke und warf den Rest in den Abfall. Davies musste daran denken, wie ausgehungert Friederike Matthée im Haus der Reinnardts über seine Army-Speisen hergefallen war. Auch Frau Assmuß war überglücklich über die Kohle und die Lebensmittel gewesen, die er am Vorabend zur Villa gebracht hatte. Beide Male hatte er sich geschämt und war gleichzeitig zornig über seine Scham gewesen.

»Richard ... Sie sind es tatsächlich ...« Eine junge Frau trat zu ihm. Sie hatte ein hübsches, lebhaftes Gesicht. Die dunklen Haare trug sie im Nacken hochgesteckt und über der Stirn zu Locken frisiert. Davies hatte sie bei der Party eines Royal-Air-Force-Offiziers kennengelernt. Ihr

Name war ihm entfallen, aber er wusste noch, dass sie für die Women's Auxiliary Forces arbeitete. Die Band begann *American Patrol* zu spielen.

»Hätten Sie Lust, mit mir zu tanzen?« Sie lächelte ihn an.

»Gern ...« Er glitt von dem Barhocker und führte die Frau zur Tanzfläche. Sie bewegte sich anmutig, wirbelte lachend zur Musik herum, wagte komplizierte Schritte und Figuren. Davies spürte den Whisky. Auch ihr Atem roch nach Alkohol und nach Zigaretten, wenn sie ihm nahe kam. Er ließ sich auf ihren Tanzstil ein.

Das nächste Stück war langsam und getragen. Sie schmiegte sich an ihn, und Davies verspürte jähe Lust. Er verstärkte den Druck seiner Hand auf ihrem Rücken. Würde sie mehr wollen? Ja, sie drängte sich eng gegen ihn. Er war überzeugt, dass sie den Club später gemeinsam verlassen würden.

Eifel, Kloster Steinfeld

Zusammen mit den anderen Mönchen verließ Pater Bernhard den Speisesaal. Bei der Abendmahlzeit war ein Text des heiligen Augustinus vorgelesen worden. Pater Bernhard hatte jedoch nicht zugehört, und er hatte auch die Gemüsesuppe und das Brot kaum angerührt. Ja, Jupp Küppers hatte schwere Schuld auf sich geladen. Aber er hatte darunter gelitten und bereut. Es war nicht richtig gewesen, die Vergebung an eine Bedingung zu knüpfen. Er hätte dem früheren Freund den Frieden schenken müssen, nach dem er so sehr verlangte. Stattdessen hatte er, ein sündiger Mensch, sich angemaßt, wie ein göttlicher Richter zu handeln.

Pater Bernhard war auf dem Weg zur Kirche, um dort

zu beten, als ihn der Pförtner ansprach und ihm eine Nachricht überreichte. Ein Junge aus dem Dorf, so der ältere Mitbruder, habe sie eben überbracht. Pater Bernhard schlug das Blatt Papier auseinander. Darauf stand, dass Heiner Brauer im Sterben liege und er die Letzte Ölung erbitte. Schon bei seinem Besuch am Vortag war es Brauer sehr schlechtgegangen.

Pater Bernhard eilte in sein Zimmer. Unter dem Kreuz an der Wand stand das Döschen mit dem geweihten Öl. Er legte es in seine Ledertasche und nahm seinen Mantel vom Haken.

Die Kirche, die er wenig später betrat, war menschenleer. Pater Bernhard beugte die Knie vor dem Tabernakel im Altarraum und bekreuzigte sich, ehe er ihn öffnete und eine geweihte Hostie aus dem Kelch nahm.

Ich habe gesündigt, in Gedanken, Worten und Taten. Durch meine Schuld, durch meine Schuld, durch meine große Schuld, betete er, während er die Hostie in das dafür vorgesehene Gefäß legte. Nachdem er kurz darauf in der Sakristei ein Chorhemd angezogen hatte, verließ er die Kirche wieder.

Der Nachthimmel war bedeckt, nur der Schnee verbreitete ein wenig Helligkeit. Doch Pater Bernhard kannte den Weg. Er war ihn schon oft, bei jeder Jahreszeit, gegangen. Ein Trampelpfad führte über die Wiesen und Felder. Seine Beine streiften einen abgebrochenen Ast. In dem Dorf oben auf dem Hügel brannte ein Licht. Wahrscheinlich eine Laterne, die jemand vor eine Tür oder Hofeinfahrt gehängt hatte. Das Licht war nicht mehr zu sehen, als der Pfad abwärtsführte.

Pater Bernhard erahnte die struppigen Formen der Apfelbäume auf der Obstwiese mehr, als dass er sie sah. *Durch meine große Schuld* ... Ob Jupp Küppers bei einem anderen Priester die Vergebung gefunden hatte, die er ihm verweigert hatte? Ob er im Frieden mit Gott gestorben war? Er hoffte es so sehr.

Ein Rascheln, ein leises Knirschen im Schnee neben einem der Bäume. Pater Bernhard blieb stehen. Er schrie nicht, als eine schemenhafte Gestalt auf ihn zutrat. Ja, eigentlich hatte er den Mann fast erwartet.

»Und erlöse uns von dem Übel«, betete er.

Der Hieb, der seinen Kopf traf, ließ ihn verstummen und in den Schnee sinken.

12. Kapitel

Köln, Montag, 20. Januar 1947

Benommen richtete sich Richard Davies auf. Eine Nachttischlampe brannte. Ein Aschenbecher, eine Flasche Whisky oder Brandy und ein Glas standen auf einem Perserteppich. Ein anderes Glas war umgestürzt. Neben ihm lag die junge Frau, an deren Namen er sich immer noch nicht erinnern konnte, zwischen zerwühlten Laken. Sie drehte sich auf die Seite, wachte jedoch nicht auf.

Schon im Jeep waren sie übereinander hergefallen. In ihrem Zimmer irgendwo in einem nördlichen Vorort von Köln hatten sie dann weitergetrunken und abermals Sex miteinander gehabt.

In einer Zimmerecke entdeckte Davies seine Kleidung. Vorsichtig, um die junge Frau nicht zu wecken, stand er auf und zog sich an. Er legte keinen Wert darauf, sie näher kennenzulernen, und er glaubte auch nicht, dass sie ihn vermissen würde.

Vor dem Haus empfing Davies eine eisige Nacht. Er blickte auf seine Armbanduhr. Es war zwei Uhr morgens. Die Sternbilder am klaren Himmel halfen ihm, sich zu orientieren. Nachdem er den Jeep um einige Kurven gesteuert hatte, erreichte er eine breite, gerade Straße. Anfangs standen nur einige Ruinen auf beiden Seiten, aber allmählich wurde die Bebauung dichter. Der Schnee verbreitete ein diffuses Zwielicht. Angetrunken, wie er immer noch war, hatte er das Gefühl, das einzige Lebewesen in einer bizarren, apokalyptischen Einöde zu sein.

Bald darauf hatte er den Rand der Innenstadt erreicht. Eine Kreuzung tat sich vor ihm auf. Davies verringerte die Geschwindigkeit und bog nach Süden ab in Richtung Bayenthal, wo er sich mit anderen Offizieren eine Wohnung teilte, als er den Weiher registrierte. Eine grauschimmernde, rechteckige Fläche hinter verschneiten Bäumen.

Für einen Moment sah er im Geiste einen kleinen Jungen, der an der Hand eines alten Mannes am Ufer stand. Enten schwammen auf dem Wasser. Der Junge trug eine blaue kurze Hose und ein weißes Sommerhemd. Seine Finger waren klebrig von dem Eis, das er gerade gegessen hatte.

Ein Militärfahrzeug, das ihm entgegenkam, brachte Davies wieder in die Gegenwart zurück. Er bemerkte, dass seine Hände das Lenkrad umklammert hielten und er zitterte.

Beinahe beschwingt stieg Friederike die Treppe hinauf – so hatte sie sich im Präsidium noch nie gefühlt. Lore würde sich bestimmt über die Bonbons freuen, die sie ihr mitgebracht hatte. Endlich einmal konnte sie mit der Freundin eine Süßigkeit teilen.

Am vorigen Abend hatte sie für sich und ihre Mutter Nudeln gekocht. Dazu hatten sie Zunge und Schinken gegessen und als Nachtisch wieder jede einen Riegel Schokolade. Noch immer fühlte sie sich satt, und auch ihrer Mutter schien das Essen gutgetan zu haben. Wie schon am Vortag hatte sie vorhin wach und interessiert gewirkt.

Während des vergangenen Abends hatte Friederike immer wieder an Peter und seine Ängste und Alpträume denken müssen. Sie wollte dazu beitragen, dass er wirklich in Sicherheit war, und Gesine Langen fragen, ob sie nicht auf irgendeine Weise doch an der Mordermittlung im Fall Küppers teilnehmen durfte. Zurzeit besaß sie ja ausnahmsweise die Gunst der Kriminalkommissarin. Vielleicht würde diese ja ihre Bitte erfüllen und bei Hauptkommissar Dahmen ein gutes Wort für sie einlegen.

Auf dem Flur, an dem die Abteilung der Weiblichen Polizei lag, kam ihr Lore entgegen. Die Miene der Freundin war besorgt. Das fröhliche »Guten Morgen« erstarb in Friederikes Kehle.

»Da bist du ja endlich! Die Langen hat schon zweimal nach dir gefragt. Vorhin war Hauptkommissar Dahmen bei ihr. Ist etwas vorgefallen?« Die Freundin legte ihr die Hand auf den Arm. »Die Langen wirkt ziemlich wütend.«

O Gott, ihr Gespräch mit Käthe Barthel ...

»Ich fürchte, ich habe etwas sehr Dummes getan«, flüsterte Friederike.

»Nun kommen Sie schon rein.« Durch die geschlossene Tür drang Mannings' ungeduldige Stimme. Richard Davies betrat das Büro des Captains am Kaiser-Wilhelm-Ring. Verkatert, wie er immer noch war, fand er die Szene, die sich ihm bot, ziemlich absurd. Mannings stand in Hemdsärmeln hinter seinem Schreibtisch, in der Hand einen elektrischen Rasierapparat. Das Brummen des Rasierers mischte sich mit Liedfetzen aus einem Radio. An einem Aktenstapel lehnte ein kleiner Spiegel.

»Sir ...« Richard Davies hob die Hand an die Uniformmütze. »Sie wollten mich sprechen.« Er hatte nur eine sehr verschwommene Erinnerung an die vergangene Nacht. Aber er wusste noch, dass sich auf der Rückfahrt etwas ereignet hatte – etwas Quälendes, Bestürzendes, das ihn bis in seine Träume verfolgt hatte und das er nicht zu fassen bekam.

Mannings schaltete den Rasierapparat aus. »Heute Morgen fiel der verdammte Strom mal wieder aus. Vielleicht sollte ich doch wieder auf die Nassrasur umsteigen. Schade, dass es nicht möglich ist, die britischen Haushalte gesondert mit Elektrizität zu versorgen. Jetzt setzen Sie sich schon, Davies.«

Richard Davies hatte den Eindruck, dass den Captain etwas beunruhigte. Denn sonst gehörte er nicht zu denen, die Privilegien für die Briten forderten. Mannings betrachtete sich prüfend in dem kleinen Spiegel, ehe er sich in seinem Drehstuhl aus Holz niederließ.

»Vor einer knappen Stunde erreichte mich ein Anruf der deutschen Polizei. Ein Pater namens Bernhard Heller wurde ermordet. Gefunden wurde die Leiche in der Nähe eines Klosters in der Eifel, auf einer Obstwiese. Nun ja, der Paradiesgarten in der Bibel war, wenn ich mich richtig erinnere, auch kein ganz ungefährlicher Ort. Aber das ist nicht das Einzige, das mir Sorgen bereitet und unsere Leute in Düsseldorf wahrscheinlich in helle Aufregung versetzen wird.« Mannings streckte seine langen Beine aus. »Pater Bernhard war von 1940 bis April 1945 im KZ Buchenwald inhaftiert. In Predigten nannte er die Nazis unter anderem ›eine Bande von Verbrechern‹, was ja eine sehr zutreffende Einschätzung war.«

Das Radio spielte *We'll gather lilacs in the spring again*, einen sentimentalen Schlager, der im vergangenen Jahr sehr populär gewesen war und das Wiedersehen von Liebenden nach dem Krieg feierte.

»Sie befürchten, dass sich die Aktion Werwolf wieder bemerkbar macht, Sir?« Die sogenannten Werwölfe rekrutierten sich aus Angehörigen der Waffen-SS und anderen überzeugten Nationalsozialisten und hatten kurz vor und nach Kriegsende Gegner des Regimes umgebracht. »Aber sie waren schon länger nicht mehr aktiv.«

»Meine Meinung in dieser Sache zählt nicht.« Mannings winkte ab. »Sie wissen doch, dass die Militärregierung in

Bezug auf die Werwölfe ziemlich paranoid reagiert. Und im Moment ist zumindest nicht auszuschließen, dass sie den Mord begangen haben.«

»Ist etwas über eine Verbindung zwischen dem Pater und Küppers bekannt? Zwei Morde innerhalb weniger Tage im Umkreis von etwa fünfzehn Kilometern erscheinen mir nicht gerade zufällig.«

»Ja, es gibt eine Verbindung. Laut dem Abt des Klosters waren Küppers und Pater Bernhard Jugendfreunde.«

»Tatsächlich?« Davies war perplex.

»Dachte ich mir doch, dass ich Sie damit überraschen würde.« Mannings wirkte sehr zufrieden. »Allerdings hatten die beiden schon lange keinen Kontakt mehr. Der Abt ist darüber informiert, dass Sie ihn aufsuchen werden. Über die näheren Tatumstände müsste Sie mittlerweile Hauptkommissar Dahmen informieren können.«

»*Until our hearts have learnt to sing again / When you come home once more*«, tönte es aus dem Radio. Mannings verzog das Gesicht. Er drehte sich zu dem Apparat um und schaltete ihn aus.

»Was für ein idiotisches Lied. Ich bin davon überzeugt, dass nicht wenige Liebes- und vor allem auch Ehepaare heilfroh gewesen wären, wenn sie sich nach dem Krieg nie mehr begegnet wären.«

Davies stand auf. Plötzlich wusste er, was ihn während der Nacht gequält hatte. Für einen Moment sah er wieder den kleinen Jungen am Ufer des Weihers stehen.

Gesine Langens Miene war eisig. Friederikes letzte Hoffnung, die Kriminalkommissarin habe nichts von ihrem Verstoß gegen die Vorschriften erfahren, schwand. Ihr Magen verkrampfte sich. Wie hatte sie nur so unbesonnen handeln können?

»Hat Ihnen Lieutenant Davies aufgetragen, mit Küppers' Dienstmädchen zu sprechen?«, fragte Gesine Langen schneidend.

»Nein, das hat er nicht«, erwiderte Friederike wahrheitsgemäß. Wenn sie jetzt log, würde das alles noch schlimmer machen.

»Wie können Sie es dann wagen, zu Jupp Küppers' Haus zu gehen und dem Dienstmädchen gegenüber zu behaupten, Sie sollten es vernehmen?«

Friederike kam es vor, als ob sich ein Abgrund vor ihr auftäte. »Es tut mir leid … Ich … Ich war ganz in der Nähe, um ein Paket abzuholen. Ich wollte mir das Haus wirklich nur von außen ansehen. Es hat mich einfach interessiert, wo Herr Küppers wohnte. Dann kam das Dienstmädchen nach Hause und hat mich angesprochen. Käthe Barthel *dachte* nur, ich sollte sie vernehmen. So kam einfach eins zum anderen …«

»Erzählen Sie doch keine Märchen!«

»Ich versichere Ihnen, ich bin nicht mit der Intention zur Körnerstraße gegangen, mir Zugang zu dem Haus zu verschaffen. Ich weiß, ich hätte nicht mit dem Dienstmädchen reden dürfen. Aber der Fall Jupp Küppers hat mich nicht losgelassen. Ich wollte gern mehr über das Mordopfer erfahren. Durch mein Gespräch mit dem Dienstmädchen habe ich doch bestimmt keinen Schaden angerichtet.« Tränen stiegen Friederike in die Augen. Der Orden, fiel ihr ein. Sie hätte es melden müssen, dass Käthe Barthel den Orden an sich genommen hatte.

»Es geht nicht darum, ob Sie einen Schaden angerichtet haben oder nicht. Genauso wenig, wie es von Belang ist, ob ein Fall Sie interessiert oder nicht. Ein Polizeibeamter hat die Anweisungen auszuführen, die ihm aufgetragen wurden, auch wenn ihm eine Anweisung völlig sinnlos erscheinen mag. Ohne Befehl hat ein Polizeibeamter nicht zu handeln.«

»Das tue ich ja sonst auch nicht ...« Davies hatte sie aus genau diesem Grund auch zurechtgewiesen. Warum nur hatte sie sich seine scharfe Ermahnung nicht mehr zu Herzen genommen?

»In den zurückliegenden Monaten habe ich Sie genau beobachtet, Fräulein Matthée. Mir ist nicht entgangen, wie widerstrebend Sie oft Ihren Dienst ausgeführt haben und wie sehr Ihnen das Prinzip von Befehl und Gehorsam zuwider ist. Sie sind disziplinlos, selbstbezogen und verwöhnt. Ich habe keinen Platz mehr für Sie in meiner Abteilung und werde dem Polizeipräsidenten raten, Sie zu entlassen. Gehen Sie jetzt nach Hause.«

»Bitte, Frau Kriminalkommissarin ... Nach dem Bericht von Lieutenant Davies waren Sie doch sehr zufrieden mit mir. Geben Sie mir noch eine Chance.« Tränen liefen Friederike über die Wangen.

»Mein Gott, Polizeiassistentenanwärterin Matthée, reißen Sie sich gefälligst zusammen.« Gesine Langen bedachte sie mit einem angewiderten Blick. »Und verschwenden Sie nicht länger meine Zeit.«

Durch ein Flurfenster in der Zentralen Kriminaldienststelle in der Merlostraße konnte Davies den Dom sehen. Über Schutt und Ruinen ragten die beiden Türme in einen strahlend blauen Winterhimmel. Ein Symbol für den Selbstbehauptungswillen der Stadt, so hatte er sagen hören. Für das alte Köln, das wieder erstehen würde. Er selbst hatte sich des Öfteren gewünscht, die Bomben der Alliierten hätten auch die Kathedrale dem Erdboden gleichgemacht. Davies wandte den Blick von den Türmen ab und verschloss seine Gefühle in sich.

Dieses Mal zögerte Hauptkommissar Dahmen nicht, ihm die Hand entgegenzustrecken. Anscheinend war es ihm gelungen, dem Deutschen Vertrauen einzuflößen.

»Eine üble Sache, die Ermordung des Paters. Er war eine in der Gegend hochgeschätzte Persönlichkeit.« Der Hauptkommissar seufzte.

»Die Militärregierung befürchtet, dass der Pater von Mitgliedern der Aktion Werwolf umgebracht wurde. Was halten Sie von dieser Theorie?«

»Wollen Sie meine ehrliche Meinung hören?«

»Andernfalls hätte ich Sie nicht gefragt.«

»Meiner Ansicht nach reagieren die Besatzungsmächte in Bezug auf die Werwölfe völlig irrational und sehen in ihnen eine Bedrohung, die es gar nicht gibt. In den letzten Monaten wurden ein paar irregeleitete Hitlerjungen festgenommen, die Bomben bauen wollten. Das war alles. Seit den Wochen direkt nach Kriegsende hat es in Köln und Umgebung keine Morde durch die Werwölfe mehr gegeben.«

Davies teilte Dahmens Meinung, auch wenn er die Militärregierung nicht vor einem deutschen Polizisten kritisieren würde. »Gibt es Gestapo-Akten zu Pater Heller?«

»Ich komme gerade vom Polizeipräsidium im Kattenbug. Anscheinend fielen Pater Hellers Akten, wie so vieles andere, den Bomben zum Opfer.«

»Was können Sie mir über den Mord sagen?«

»Vorgestern, gegen drei Uhr am Nachmittag, ist der Pater von einer längeren Reise nach Süddeutschland in das Kloster zurückgekehrt, auf einem Lastwagen von Meckenheim. Dort ist zurzeit ja die Endhaltestelle für Züge in die Eifel, da die Bahnanlagen noch zerstört sind. Der Fahrer setzte ihn direkt vor dem Kloster ab.«

»Der Fahrer und die Fahrgäste müssen befragt werden.«

»Das haben die Aachener Kollegen bereits in die Wege geleitet.« Dahmen konsultierte seine Notizen. »Gegen acht Uhr gestern Abend hat Pater Bernhard dann die Nachricht erhalten, dass ein Schwerkranker in einem nahen Dorf nach der Letzten Ölung verlangte. Er brach sofort auf.«

»Captain Mannings sagte, der Tatort sei eine Obstbaumwiese gewesen.«

»Ja, sie ist als Abkürzung bekannt. Die Stelle, wo Pater Bernhard erschlagen wurde, ist weder von der Straße noch vom Kloster oder vom Dorf aus einsehbar.«

»Ich nehme an, die Nachricht war gefälscht?«

»Genau, man hat dem Pater eine Falle gestellt.«

»Wer hat die Nachricht übermittelt?«

»Ein Junge aus dem Dorf hat beim Pförtner einen Zettel hinterlassen. Der Pförtner kannte seinen Namen. Der Junge wurde bereits befragt. Er sagte, ein Mann habe ihn auf der Straße angesprochen, ihm den Zettel und eine Zigarette überreicht und ihn aufgefordert, die Nachricht im Kloster abzugeben.«

»Konnte der Junge den Mann beschreiben?«

»Mittelgroß. Sein Gesicht konnte er in der Dunkelheit nicht erkennen.«

»Wie war er gekleidet?«

»Er trug eine Mütze und eine Jacke. Das war alles, was aus dem Jungen herauszubekommen war.« Dahmen hob resigniert die Schultern.

»Küppers und der Pater wurden an abgelegenen Orten ermordet. Die beiden kannten sich. Beide wurden erschlagen. Ich bin überzeugt, dass sie von dem oder denselben Tätern getötet wurden.«

»Da stimme ich mit Ihnen überein.« Dahmen nickte.

»Sind Sie, was Küppers' Schwarzmarktkontakte betrifft, weitergekommen?«

»Meine Leute und ich verfolgen einige Spuren, allerdings bisher ohne konkrete Ergebnisse. Hatten Sie die Polizeiassistentenanwärterin Matthée in die Körnerstraße geschickt, um Küppers' Dienstmädchen zu befragen?«

»Nein, wie kommen Sie darauf?«, erwiderte Davies überrascht.

»Ich habe das Dienstmädchen gestern Abend noch einmal aufgesucht, um einige Dinge abzuklären. Küppers' Schwester ist immer noch nicht nach Bocklemünd zurückgekehrt, und ich wollte zum Beispiel gern wissen, ob er enge Freunde hatte. Käthe Barthel sagte mir, eine junge Polizistin habe mit ihr gesprochen. Im Polizeipräsidium traf ich Kriminalkommissarin Langen. Sie beteuerte, Fräulein Matthée nicht in die Körnerstraße geschickt zu haben.«

Also hatte Friederike Matthée wieder einmal eigenmächtig gehandelt. Davies wurde nicht klug aus ihr. Auf den ersten Blick wirkte sie so schüchtern und bestrebt zu gefallen. Dann wieder ignorierte sie einfach die Vorschriften.

»Kriminalkommissarin Langen ist als strenge Vorgesetzte bekannt. Sie wird Fräulein Matthées Verhalten bestimmt sanktionieren«, bemerkte Dahmen.

»Nun, Fräulein Matthée hat eine ernste Zurechtweisung verdient«, erwiderte Davies knapp.

Sie würde ihre Arbeit verlieren, und sie und ihre Mutter würden das Zimmer verlieren … Eine dumpfe Verzweiflung hatte sich Friederikes auf dem Nachhauseweg bemächtigt. Vielleicht hatte Gesine Langen ja recht, und sie war immer noch das verwöhnte, verhätschelte Kind aus großbürgerlichem Hause, das in den Tag hinein träumte und die Realität nicht anerkennen wollte. Wie hatte sie nur so unbedacht sein und sich mit Jupp Küppers' Dienstmädchen unterhalten können – so, als ob es ihr völlig freistünde, mit wem sie ihre Zeit verbringen wollte? Sie musste einen Weg finden, ihrer Mutter die Wahrheit schonend beizubringen.

Friederike zwang sich zu einem Lächeln, während sie die Zimmertür öffnete. Sie hoffte, dass ihr die Tränen nicht mehr anzusehen waren. Doch ihre Mutter war nicht da.

»Mutter?«, rief sie. Keine Antwort. Sie ging zum Bad und zur Toilette. Auch hier war ihre Mutter nicht zu finden. Friederike wollte gerade die Küche aufsuchen, als sie Schritte auf der Treppe hörte.

»Mutter?« Friederike eilte ein paar Stufen hinunter. Hatte sich ihre Mutter etwa aufgerafft und die Wohnung verlassen? Doch das waren gar nicht ihre Schritte. So trampelte ihre Mutter nicht. Stattdessen bog Anna Rothgärber im Treppenhaus um eine Kehre.

»Falls Sie Ihre Mutter suchen, die hab ich in Richtung Chlodwigplatz gehen sehen. War mal wieder völlig weggetreten. Hat vor sich hin gemurmelt, und ’nen Mantel hatte sie auch nicht an.«

»Sie hatte keinen Mantel an, und Sie haben sie nicht aufgehalten und nach Hause gebracht?« Friederike konnte es nicht glauben.

»Ich bin doch nicht das Kindermädchen Ihrer Mutter!« Die Rothgärber schob sich an ihr vorbei. Sie trug einen Korb voller Briketts, und ihr Gesicht strahlte Genugtuung aus. »Meiner Meinung nach wär’s nicht schade um sie. Leute wie Ihre Mutter nehmen den Gesunden nur Wohnraum und Essen weg. Ja, vor Mai 45 wär das noch anders geregelt worden.«

Friederike verschlug es den Atem. Dann rannte sie die restlichen Stufen hinunter. Wenn ihre Mutter sich bei diesen eisigen Temperaturen länger ohne Mantel draußen aufhielt, würde sie sich den Tod holen.

13. Kapitel

Köln

Das Spielzeug und die Märchenbilder an den Wänden passten nicht zu der Frau hinter dem Schreibtisch. Sie strahlte etwas Sprödes und Unnahbares aus.

Gesine Langens Entnazifizierungsakte war rein – sie war kein NSDAP-Mitglied gewesen. Aber Davies war den Akten gegenüber misstrauisch. Manches ließ sich verschleiern. Die Weibliche Polizei hatte Jugendliche, die als asozial eingeschätzt wurden, in Erziehungslager eingewiesen, die nicht besser als KZs waren. Er konnte sich nicht vorstellen, dass die Kriminalkommissarin sehr tolerant gegenüber sozial auffälligen Jugendlichen gewesen war.

»Was kann ich für Sie tun, Lieutenant?« Sie verschränkte die Hände auf der Schreibtischplatte.

»Ich möchte Sie bitten, Fräulein Matthée wieder zum Dienst für die Militärpolizei freizustellen. Es gab einen weiteren Mord.« Davies konnte sich nicht vorstellen, dass Friederike Matthée die Vorgesetzte mochte.

»Es tut mir leid, dass ich Ihre Bitte nicht erfüllen kann. Ich musste die Polizeiassistentenanwärterin vom Dienst suspendieren. Sie verstieß gegen die Vorschriften.«

Davies empfand einen gewissen Respekt, dass Gesine Langen nicht vor ihm kuschte. »Falls es darum geht, dass Fräulein Matthée Küppers' Dienstmädchen aufsuchte, so liegt ein Missverständnis vor. Sie tat dies auf meine Veranlassung.«

»Ach?« Die Kriminalkommissarin blieb unbeeindruckt. »Was mir Fräulein Matthée erzählte, hörte sich aber anders an.«

»Ich habe Fräulein Matthée nicht direkt damit beauftragt. Aber ich habe sie ermutigt, Eigeninitiative zu entwickeln.« Die Lüge ging ihm leicht über die Lippen.

»Nun, ich habe tatsächlich sagen hören, dass bei den Briten untere Dienstränge recht frei handeln dürfen.« Gesine Langens Miene zeigte deutlich, dass sie dies zutiefst missbilligte. »Darf ich fragen, warum Sie wieder Fräulein Matthée anfordern? Ein Mord, in den weder Kinder noch Jugendliche involviert sind, fällt gemeinhin nicht in den Zuständigkeitsbereich der Weiblichen Kriminalpolizei.«

»Wie ich in meinem Bericht an Sie schrieb, habe ich Fräulein Matthée bei der Vernehmung von Peter Assmuß als sehr fähig und auch sonst als sehr kompetent erlebt. Die Beamtinnen der Weiblichen Polizei halte ich, vor allem, was Vernehmungen betrifft, für besser ausgebildet als ihre männlichen Kollegen.« Was der Wahrheit entsprach.

Gesine Langen zeigte sich von dem Kompliment unbeeindruckt. »Ich stelle Ihnen gern eine andere Beamtin zur Verfügung.«

»Ich habe bereits mit Fräulein Matthée zusammengearbeitet. Deshalb möchte ich sie zur Unterstützung haben. Ich muss wohl nicht eigens darauf hinweisen, dass die Militärregierung von den deutschen Behörden unbedingte Kooperation erwartet.«

»Selbstverständlich nicht, Lieutenant.« Gesine Langen war klug genug zu erkennen, wann sie geschlagen war. »Natürlich kann Fräulein Matthée in den Dienst zurückkehren, wenn Sie dies wünschen.«

Davies stellte plötzlich fest, dass er sich darauf freute, Friederike Matthée wiederzusehen.

Vor dem Haus blieb Friederike stehen und blickte sich um. Ihre Mutter war nirgends zu entdecken. Sie kämpfte gegen die Panik an, die sie zu überwältigen drohte. Zum Ubierring konnte ihre Mutter nicht gelaufen sein, denn dann wäre sie ihr auf dem Weg von der Straßenbahnhaltestelle aus begegnet. Ein auf einen Stock gestützter Mann, dem ein Fuß fehlte, kam aus einer Seitenstraße gehumpelt.

Friederike eilte zu ihm. »Ach bitte, haben Sie vielleicht eine Frau gesehen, die keinen Mantel trägt?«

Der Mann starrte sie nur an. Seine rechte Gesichtshälfte war voller Narben. Vielleicht war er zudem nicht ganz bei Verstand. Friederike wollte weiterlaufen. Aber er hielt sie mit der freien Hand fest. Sie schrie auf, versuchte, sich loszureißen.

»Sie müssen laut mit mir sprechen, Fräulein. Sonst verstehe ich Sie nicht. Mein Gehör ist nicht mehr das beste.«

Friederike schluchzte fast, als sie ihre Frage wiederholte.

»Ja, die Frau ist da rechts reingegangen.« Der Mann wies auf eine Straßenecke hinter sich. »Hab mir noch gedacht, gesund ist das ja nicht, was sie da tut.«

»Danke!« Friederike hetzte weiter.

Auf der Straße hielten sich keine Menschen auf. Aus einem Ofenrohr, das durch ein mit Brettern vernageltes Kellerfenster nach draußen ragte, drang Rauch, der sich in der kalten Luft aufblähte, nur um urplötzlich in sich zusammenzusinken.

»Mutter?« Friederike kam es vor, als ob der Schnee den Klang ihrer Stimme verschluckte.

Hatte der verkrüppelte Mann sich getäuscht? Sollte sie umkehren, oder war ihre Mutter etwa schon in eine andere Straße abgebogen? Gegen die Sonne wirkten die Ruinen und Schuttberge tiefschwarz, und Friederike kam sich plötzlich vor wie in einem riesigen düsteren Labyrinth, in dem sie ihre Mutter niemals wiederfinden würde.

Ohne viel Hoffnung folgte sie der Straße. »Mutter!«, rief sie erneut.

Hatte sich seitlich von ihr etwas bewegt? Friederike wandte den Blick in die Richtung. Tatsächlich, auf einem Ruinengrundstück saß ihre Mutter auf einem Mauerrest und winkte ihr mit einem strahlenden Lächeln zu.

»Mutter!« Friederike rannte zu ihr. Erleichterung machte ihr die Kehle eng.

»Da bist du ja endlich.« Ihre Mutter fasste nach ihrer Hand. »Es ist so schön hier … Der Himmel ganz wolkenlos.« Ein Auto hielt am Straßenrand. Friederike beachtete es nicht.

»Komm mit nach Hause, Mutter.«

»Aber wir wollen doch baden gehen.«

»Es ist Winter und eiskalt.« Friederike versuchte, ihre Mutter auf die Füße zu ziehen.

»Ich möchte noch bleiben.« Die Stimme ihrer Mutter klang plötzlich weinerlich.

»Mutter, bitte …«

»Es gibt noch andere schöne Plätze zum Baden, Frau Matthée.« Eine bekannte Stimme. Davies stand auf einmal neben ihnen. Friederike traute ihren Augen nicht. Wie war er denn hierhergekommen?

Ihre Mutter lächelte höflich. »Kennen Sie die Riviera?«

»Leider nicht, Madam … Wenn Sie uns bitte begleiten würden?« Davies reichte ihr seinen Arm. Die Geste schien bei ihrer Mutter eine Erinnerung wachzurufen. Sie stand anmutig auf, als würde sie zum Tanz oder zu einem Empfang gebeten.

»Sie sind Soldat, nicht wahr? Mein Gatte und mein Sohn sind auch Soldaten.«

Mein Vater ist tot, dachte Friederike, während sie zu

dem Jeep gingen. Und mein Bruder wird vermisst. Auch das schien ihre Mutter vergessen zu haben.

Der Rock ihrer Mutter war ganz nass von geschmolzenem Schnee, die Nässe bis auf den Schlüpfer durchgedrungen. Friederike zog ihr die Bluse und die Unterwäsche aus und dann auch die Strümpfe. Wie ein kleines Kind ließ ihre Mutter alles mit sich geschehen. Sie hob die Arme, wenn Friederike darum bat, und ließ sie anschließend kraftlos wieder sinken. Ihre Haut war grau und fühlte sich eiskalt an. Ihre Brüste wirkten schlaff und geschrumpft.

Friederike verbat sich die Erinnerung daran, wann sie zum letzten Mal die nackten Brüste ihrer Mutter gesehen hatte. Mit einem fadenscheinigen Handtuch rubbelte sie ihre Mutter ab. Diese wimmerte, als das Blut wieder in ihren Gliedmaßen zu zirkulieren begann. Friederike fand einen sauberen Schlüpfer und ein Paar Socken. Sie half ihr hinein, wickelte sie in eine Strickjacke und führte sie zum Bett. Nachdem sie ihre beiden Mäntel über die Decke gebreitet hatte, zündete sie mit den letzten drei Briketts ein Feuer im Ofen an. Als Friederike sich wieder dem Bett zuwandte, hatte ihre Mutter bereits die Augen geschlossen. Sie schien zu schlafen.

Davies!, fiel Friederike ein. Sie hatte ihn ganz vergessen. Er hatte ihre Mutter und sie in die Wohnung begleitet und sich dann ins Treppenhaus zurückgezogen. Rasch lief sie hinaus.

Er saß auf einer Stufe, was ihn, wie Friederike fand, plötzlich viel jünger machte. Sie ließ sich neben ihm nieder.

»Zigarette?« Er hielt ihr die Packung hin.

»Danke, nein.« Sie schüttelte den Kopf.

»Wie geht es Ihrer Mutter?«

»Ich glaube, sie schläft.« Sie verfolgte, wie er sich eine

Zigarette ansteckte und tief inhalierte. »Wie kommt es eigentlich, dass Sie plötzlich wie ein rettender Engel in der Nähe unserer Wohnung aufgetaucht sind und …« Friederike brach ab. So durfte sie nicht mit ihm sprechen. Dies ging ebenso wenig, wie sich einfach neben ihn zu setzen. Aber im Grunde war dies ja nun gleichgültig. Sie hatte ihre Stelle ohnehin verloren. Und es gab mittlerweile Schlimmeres in ihrem Leben.

»Ich habe Sie wieder als Unterstützung angefordert. Es gab einen weiteren Mord. Pater Bernhard Heller, ein Salvatorianermönch aus dem Kloster Steinfeld in der Nähe von Kall, wurde umgebracht. Er und Küppers haben sich gekannt.«

»Aber Kriminalkommissarin Langen hat mich vom Dienst suspendiert …«

»Darüber bin ich im Bilde. Ich konnte das …« – Davies zögerte kurz – »… wie sagt man? Zurechtbiegen.«

»Wirklich?« Friederike konnte es kaum glauben. Erleichterung und Freude darüber, dass sie eine zweite Chance bekommen hatte, stiegen in ihr auf und verschwanden sogleich jäh wieder. »Es tut mir leid, aber ich kann meine Mutter nicht mehr allein lassen. Ich fürchte, dass sie sich wieder vergessen und auf die Straße laufen wird.«

»Ihre Mutter gehört in ein Hospital.«

»Die Krankenhäuser sind mit Menschen, die an Mangelernährung leiden, überfüllt. Man würde meine Mutter nicht aufnehmen. Sie ist ja nicht körperlich krank.«

»Es gibt auch psychiatrische Kliniken.«

»Da möchte ich sie nicht einweisen lassen. Ich habe Angst, dass sie nie mehr herauskommt. Und dort gehen sie nicht gut mit den Patienten um.« Friederike hatte einmal ein junges Mädchen in eine psychiatrische Klinik begleiten müssen. Beim Anblick der mit Fesseln und Gurten

versehenen Betten, die in langen Reihen in dem Kran-
kensaal gestanden hatten, hatte es ihr gegraut. In einem
Bett hatte eine Frau unter einem Käfig gelegen. Es gab
Gerüchte, dass während der Herrschaft der Nationalsozialisten Menschen in diesen Kliniken umgebracht worden waren. Worauf ja wohl auch die Rothgärber vorhin
angespielt hatte.

»Wäre es Ihnen denn recht, wenn Ihre Mutter in einem
Militärhospital behandelt würde?«

»Ja, natürlich, das wäre wunderbar ...« Friederike
konnte kaum fassen, dass Davies ihr dies anbot.

»Dann werde ich mich darum kümmern.« Davies
drückte die Zigarette auf dem Metalletui aus und stand
auf.

Sanitäter hoben ihre Mutter in einem Rollstuhl in den
Militärambulanzwagen. Friederike hatte es fast nicht zu
hoffen gewagt, dass Davies sein Versprechen wirklich
wahrmachen würde. Doch er hatte rasch einen Platz in
einem Wuppertaler Militärhospital für sie gefunden. Friederike stellte den Sack, der die wenige Wäsche ihrer Mutter enthielt, auf dem Boden des Wagens ab und kauerte
sich neben sie.

»Ich werde dich bald besuchen.« Sie streichelte ihre
Hand. »Es wird alles gut.« Friederike war sich im Klaren,
dass sie dies auch sagte, um sich selbst zu trösten. Tränen
schnürten ihr die Kehle zu. Doch ihre Mutter sollte sie
nicht weinen sehen. Sie stand hastig auf, küsste ihre Mutter auf die Wange und sprang aus dem Wagen.

»Friederike ...« Erst jetzt schien ihre Mutter zu begreifen, dass etwas Ungewöhnliches vor sich ging. Ihr
ängstlicher Ruf schnitt Friederike ins Herz. Die Sanitäter schlugen die Türen zu, und der Wagen setzte sich
in Bewegung. Für einen Moment sah Friederike noch das

blasse Gesicht ihrer Mutter durch die kleinen Fenster der beiden Türen, die weit aufgerissenen Augen auf sie gerichtet. Dann verschwand der Wagen aus ihrem Blickfeld. Friederike fuhr sich mit der Hand über die Augen, um ihre Tränen wegzuwischen.

Davies, der am Straßenrand bei dem Jeep gewartet hatte, schlug die Plane auf der Beifahrerseite hoch. Friederike kletterte auf den Sitz und nahm sich eine Militärdecke aus dem Fond. Sie ging davon aus, dass sie Davies deswegen nicht um Erlaubnis fragen musste.

»Alles in Ordnung?« Er startete den Wagen.

»Ja«, log Friederike, während sie sich in die Decke wickelte.

»Tut mir leid, das war eine dumme Frage.« Es war inzwischen Nachmittag und der Himmel nicht mehr ganz so strahlend. Im Westen zogen Wolken auf.

»Danke, dass Sie meine Mutter in dem Militärhospital untergebracht haben. Ich weiß nicht, was ich ohne Ihre Hilfe hätte tun sollen. Ich schätze, es ist nicht einfach, eine Deutsche dort behandeln zu lassen ...«

»Der Militärregierung ist sehr daran gelegen, dass die beiden Morde möglichst schnell aufgeklärt werden.«

Friederike hatte den Eindruck, dass Davies ihr Dank peinlich war.

Aus einer Ruine ragte ein Stück Beton wie ein Balkon hervor. Darauf stand ein dick vermummter Mensch und lehnte einen Schlitten an die Wand. Davies nahm eine Hand vom Lenkrad und nestelte mit der anderen das Zigarettenetui aus seinem Mantel. »Möchten Sie auch eine?« Er hielt Friederike das Etui hin.

»Nein danke, im Moment nicht ...« Friederike stockte. Davies hatte so viel für ihre Mutter getan. Sie konnte ihn nicht länger anlügen. »Ich muss um Entschuldigung bitten. Am Freitag habe ich Ihnen nicht die Wahrheit gesagt.

Ich rauche nicht. Ich habe Ihre Zigarette nur genommen, um sie auf dem Schwarzmarkt zu tauschen.«

»Und, was haben Sie dafür bekommen?«

»Eine Emailletasse und ein bisschen Zucker.«

»Kein sehr gutes Geschäft, wenn Sie meine Meinung wissen wollen.« Seine trockene Bemerkung machte Friederike Mut. Er schien ihr nicht übelzunehmen, dass sie ihn angeschwindelt hatte. »Ich habe Sie auch noch bei einer anderen Sache angelogen. Ich habe es eigentlich immer verabscheut, Polizistin zu sein. Bis zu diesem Fall. Ich habe mich nur bei der Weiblichen Polizei beworben, um aus dem Lager Friedland wegzukommen.«

»Aber jetzt verabscheuen Sie den Beruf nicht mehr?«

»Nein ...«

»Und warum nicht?«

Friederike schob die Hände zwischen ihre Knie. »Ich weiß es selbst nicht genau. Vielleicht wegen Peter Assmuß. Auf der Flucht hat er so Schreckliches erlebt. Und dann musste er auch noch mit ansehen, wie ein Mensch erschlagen wurde. Ich möchte einfach, dass Jupp Küppers' Mörder gefunden werden und dass Peter in Sicherheit ist.«

»Deshalb haben Sie mit dem Dienstmädchen gesprochen?«

»Ich hatte es wirklich nicht beabsichtigt. Es hat sich einfach so ergeben. Meine Mutter und ich haben vorgestern ein Lebensmittelpaket aus England erhalten. Darin war sogar Cadbury-Schokolade! Ich habe das Paket in Ehrenfeld abgeholt, und dann fiel mir ein, dass Küppers ja in der Nähe wohnte. Ich wollte wirklich nur sein Haus von außen sehen. Und ...« Friederike brach erschrocken ab. Der Orden, den sie Gesine Langen verschwiegen hatte.

»Gibt es noch etwas, das Sie mir beichten möchten?«

Davies war ein aufmerksamer Zuhörer, dem so schnell

nichts entging. »Das Dienstmädchen hat einen Orden an sich genommen, der Küppers im Ersten Weltkrieg verliehen wurde. Das Goldene Militärverdienstkreuz ...«

»Das ist ein sehr hoher Orden.«

»Ich weiß. Das Dienstmädchen hat gesagt, dass Küppers ihn in den Wochen vor seinem Tod häufig hervorholte und betrachtete. Ich hätte das melden müssen. Genauso, wie ich es hätte melden müssen, dass die junge Frau den Orden an sich genommen hat. Aber ich habe es nicht getan, weil ich damit verraten hätte, dass ich mit ihr gesprochen habe. Außerdem hat sie kaum noch Geld und auch fast keine Lebensmittelkarten mehr. Ich dachte, für den Orden kann sie sicher einiges auf dem Schwarzmarkt bekommen.«

Davies schwieg.

Sie hatten mittlerweile die Stadtgrenze hinter sich gelassen und fuhren in südwestlicher Richtung. In der Ferne erhoben sich Hügelketten aus der flachen Landschaft. Auf einer Kuppe sah man zwischen den Bäumen die leeren Mauern eines kleinen Schlosses oder eines herrschaftlichen Hauses.

»Ich könnte verstehen, falls Sie nicht mehr mit mir zusammenarbeiten wollen ...« Wenn sie damit ihre Mutter um den Platz im Militärhospital gebracht hatte, würde sie sich das nie verzeihen.

»Es war nicht ganz einfach, Ihre Vorgesetzte dazu zu bewegen, die Suspendierung aufzuheben. Ich habe nicht vor, sie jetzt um eine andere Beamtin zu bitten.«

»Oh ...«

»Außerdem halte ich Sie für eine gute Polizistin.«

»Tatsächlich?« Friederike konnte es kaum glauben.

»Ja, Menschen vertrauen Ihnen. Und Sie haben ein Gespür dafür, was sich als wichtig erweisen könnte. Es war gut, dass Sie auf das Mädchen auf Küppers' Hof eingegangen sind.« Davies wies auf die Aktentasche, die in dem Fußraum stand. »Nehmen Sie die Akte über Pater Bernhard Heller heraus, und lesen Sie sich in den Fall ein.«

Oben in der Akte lag eine Schwarzweißaufnahme. Sie zeigte einen großen, hageren Mann, dessen Schultern leicht nach vorn gebeugt waren. Friederike schätzte ihn auf Mitte sechzig. Ein dünner Haarkranz umgab seinen ansonsten kahlen Schädel. Ihr fiel das Wort »Charakterkopf« dazu ein. Die Gesichtszüge waren kantig, das Kinn breit, die Nase stark gekrümmt. Die Augen unter den dichten Brauen blickten nicht sehr freundlich in Richtung des Fotografen. Ein Gesicht, das es wert gewesen wäre, gezeichnet zu werden. Sie hätte weichen Bleistift oder vielleicht auch Kohle dafür genommen und es mit kräftigen Strichen festgehalten. Der abweisenden Miene nach zu schließen, schien Pater Bernhard kein einfacher Mensch gewesen zu sein.

Darunter lagen weitere Fotografien. Blitzlichtaufnahmen im Dunkeln, wie Friederike anhand der harten Konturen erkannte. Die Leiche des Paters im Schnee, aus verschiedenen Perspektiven aufgenommen. Ihr wurde übel. Sie versuchte gleichmäßig zu atmen, um den Brechreiz zu unterdrücken, und hoffte, Davies merkte nicht, dass ihr schlecht war.

Sie hatten inzwischen die ersten Ausläufer der Eifel erreicht. Die Sonne stand nun schon recht tief, und die Hügel lagen im Schatten.

Eifel, Kloster Steinfeld

Dunkle Wolken ballten sich über der Abtei. Dort, wo die Sonne vor kurzem untergegangen war, breitete sich ein blutroter Streifen aus.

Eine hohe Mauer zog sich die Straße entlang. Die romanische Kirche mit den beiden niedrigen, runden Türmen wirkte auf Friederike streng und abweisend, die Fenster der Kirche waren jedoch erleuchtet.

Davies parkte den Jeep vor dem barocken Portal, dem Eingang zum Klostergelände. Er hatte Friederike von der Sorge der Militärregierung berichtet, Pater Bernhard könne von Mitgliedern der Aktion Werwolf ermordet worden sein. Friederike war froh darüber, dass er sie einbezog und ihr den Alleingang nicht übelnahm. Steif und durchgefroren trotz der Decke stieg sie jetzt aus dem Wagen.

Hinter dem Portal erstreckte sich ein weitläufiger Innenhof, den barocke Gebäude umgaben. Auf einem der gewölbten Dächer befand sich ein kleiner Uhrturm. Die Zeiger waren stehengeblieben. Es war sehr still. Über der Pforte brannte eine Lampe, aber sie war nicht besetzt.

»Lassen Sie uns zur Kirche gehen«, sagte Davies.

Er wirkte müde und weniger distanziert als sonst, und Friederike wurde abermals klar, dass er im selben Alter wie ihr Bruder Hans sein musste. Ob es einmal eine Zeit gegeben hatte, in der er unbeschwert mit jungen Frauen getanzt und geflirtet hatte? Es fiel ihr schwer, sich dies vorzustellen.

Der Friedhof vor der Kirche war dicht verschneit. Schnee lastete auf den Kreuzen und Grabsteinen, verwischte ihre Konturen. Es brannten keine Kerzen auf den Gräbern. Friederike fragte sich, ob Pater Bernhard wohl auf diesem Friedhof zur letzten Ruhe gebettet würde oder ob für die Mönche ein anderer Begräbnisplatz vorgesehen war. Er mochte kein unkomplizierter Mensch gewesen sein. Aber er hatte öffentlich gegen die Nationalsozialisten Stellung bezogen, was einen aufrechten und mutigen Charakter bewies, und sie empfand Zorn über seinen gewaltsamen, sinnlosen Tod.

»Was geht Ihnen gerade durch den Kopf?« Davies hatte sich ihr zugewandt.

»Ach, der Mord an dem Pater macht mich wütend.«

»Gefühle können die Wahrnehmung trüben. Sie sollten sich davon nicht zu sehr leiten lassen.«

»Gelingt Ihnen das etwa immer?« Zu spät wurde ihr klar, dass sie sich wieder einmal im Ton vergriffen hatte.

»Nein«, gab Davies zu. Er schien sich an ihrer impulsiven Frage nicht zu stören.

Im Innern der Kirche wehte ihnen lateinischer Gesang entgegen. Eine auf- und absteigende Folge von Tönen, die Friederike an Wellen an einem Strand erinnerten. Die Altäre waren barock. Gold schimmerte aus den Schatten. In einer Seitenkapelle war eine Krippe aufgebaut, und vorn im Chor, wo die Mönche sangen, stand ein mit Strohsternen geschmückter Weihnachtsbaum. Friederike wunderte sich darüber, denn es war ja schon nach Mitte Januar. Aber vielleicht unterlag die Weihnachtszeit bei den Katholiken eigenen Regeln.

Einige Menschen hatten sich zur Andacht eingefunden, saßen mit gesenkten Köpfen in den Bänken.

Davies und Friederike hatten fast die ersten Bankreihen erreicht, als der Gesang in einem langgezogenen »Amen« endete und die Mönche gleich darauf auf einen Seitenausgang zustrebten. Einer von ihnen löste sich aus der Gruppe und kam auf sie zu. Er hatte eine hohe Stirn und ein kantiges Kinn und erschien Friederike wie eine Mischung aus einem guten Geschäftsmann und einem Intellektuellen. Vom Alter her hatte er die Lebensmitte weit überschritten. Auf der Brust über der dunklen Kutte trug er ein Kreuz. Er war, vermutete sie, der Abt des Klosters.

Tatsächlich stellte er sich als Abt Ansgar vor. Sein Händedruck war fest. Dennoch war ihm deutlich anzumerken, dass ihn der Mord an dem Pater erschüttert hatte.

In einer Vase steckten einige Tannenzweige, die ebenfalls mit Strohsternen geschmückt waren. Ansonsten war der Raum, bis auf ein Marienbild, nüchtern. Bücherschränke zogen sich an den Wänden entlang, und vier Stühle mit Polstern aus Leder umgaben einen Tisch. Mit einer Handbewegung lud der Abt Davies und Friederike ein, Platz zu nehmen, und setzte sich dann selbst.

Friederike holte ihr Notizbuch hervor. Sie ging davon aus, dass sie mitschreiben sollte. Dennoch verlor sie sich kurz in ihren Gedanken.

Sie würden im Kloster übernachten. Davies hatte dies mit dem Abt abgesprochen. Sie war froh, dass sie an diesem Tag nicht mehr in das Zimmer in der Kölner Südstadt zurückkehren musste, das ohne ihre Mutter wahrscheinlich sehr leer wirken würde. Mittlerweile war sie bestimmt in dem Wuppertaler Militärkrankenhaus angekommen. Hoffentlich ängstigte sie sich dort nicht und die Ärzte und Krankenschwestern behandelten sie gut!

Friederike registrierte, dass Davies sie ansah. Er hatte etwas zu dem Abt gesagt, das sie nicht mitbekommen hatte. Sie riss sich zusammen. Sie musste sich auf die Vernehmung konzentrieren.

»Der Pathologe teilte mir mit, dass Pater Bernhards rechte Hüfte durch Schläge zertrümmert war. Eine alte Verletzung, die nicht von dem Mord herrührte«, setzte Davies das Gespräch fort.

»Er wurde im Lager mehrmals zusammengeschlagen. Die gebrochene Hüfte ist eine Folge dieser Misshandlung.«

»Hat der Pater viel über die Jahre im Lager gesprochen?«

»Nur wenig. Ich vermute, er erwähnte auch die Schläge nur, da er wegen der zertrümmerten Hüfte hinkte.«

»Pater Bernhards Gestapo-Akte wurde im Krieg vernichtet. Wissen Sie, wer ihn denunzierte?«

»Das ist ein offenes Geheimnis in der Gegend.« Der Abt seufzte. »Ein Euskirchener Eisenwarenhändler, ein überzeugter Nationalsozialist, hat ihn der Gestapo gemeldet.«

»Wie lautet der Name dieses Mannes?«

»Karl Mageth. Er wurde im Februar 45 bei einem Bombenangriff der Alliierten getötet.«

»Wie haben es die Menschen hier in der Gegend aufgenommen, als der Pater aus dem KZ zurückkehrte?«

»Nur Gott kann in das Innere der Menschen schauen. Aber ich würde doch sagen, dass sich die meisten gefreut haben. Pater Bernhard war streng gegen sich und gegen andere. Aber er war auch großzügig und hilfsbereit. Er stammte von einem Bauernhof und war für die Landwirtschaft des Klosters zuständig. Im Herbst 39 und auch im Jahr danach, als viele Ehemänner und Söhne eingezogen wurden und auf den Höfen die Arbeitskräfte fehlten, hat er mit Hand angelegt. Er war sich nicht zu fein, einen Stall auszumisten, wenn das nötig war. Was ihm die Leute hoch angerechnet haben.«

»Und wie verhielten sich die Menschen, die sich nicht über seine Rückkehr gefreut haben?«

In einer nachdenklichen Geste berührte der Abt das Kreuz auf seiner Brust. »Die Mitläufer erhofften sich von ihm – wie soll ich es ausdrücken – Vergebung. Sie erwarteten von ihm ein Zeichen oder ein Wort, dass er ihr Handeln verstand.«

»Und, war Pater Bernhard bereit zu vergeben?« Davies' Stimme hatte einen spröden Klang.

»Als sein Abt muss ich sagen, ich hoffe, er war bereit,

in seinem Herzen zu verzeihen. Aber er zeigte es nicht, machte es den Menschen nicht leicht. Er schlug Einladungen aus, lehnte es ab, Ehrenämter zu übernehmen ... Was ihm manche verübelten.«

»Die überzeugten Nationalsozialisten – wie reagierten die auf die Rückkehr von Pater Bernhard?«

»Die gingen ihm aus dem Weg.«

»Er wurde nicht bedroht?«

»Soviel ich weiß, nein. Hören Sie, warum auch immer Pater Bernhard umgebracht wurde, ich glaube nicht, dass die Ursache in seinem Widerstand gegen den Nationalsozialismus zu suchen ist. Die Menschen hier wollen die Vergangenheit einfach hinter sich lassen.«

Davies schwieg für einen Moment. »Wie verhielten sich denn die Mönche und Patres dieses Klosters zu Pater Bernhards Widerstand gegenüber dem Nationalsozialismus?«

»Wie meinen Sie das?« Zum ersten Mal wirkte der Abt unsicher.

»Nun, meine Frage ist doch ganz einfach. Unterstützten sie den Pater oder wünschten sie sich, er hätte – wie so viele – geschwiegen?«

»Mein Vorgänger, Abt Volkmar – ich wurde erst im Sommer 45 zum Abt gewählt – verbot Pater Bernhard, sich öffentlich gegen den Nationalsozialismus auszusprechen. Abt Volkmar verabscheute zwar das nationalsozialistische Gedankengut, aber er wollte das Kloster schützen. Schon bald nach der Machtübernahme 33 gab es die ersten Hausdurchsuchungen und andere Repressalien. Ich muss zugeben, viele meiner Mitbrüder, und auch ich selbst, teilten seine Meinung, und wir hätten uns gewünscht, Pater Bernhard hätte sich an das Verbot gehalten.«

»Keine sehr mutige Haltung ...«, erwiderte Davies. Seine Stimme war ausdruckslos.

»Nein, da haben Sie recht. Ich bedauere mein damaliges Verhalten sehr.«

Davies schwieg. Friederike senkte ihren Kopf über das Notizbuch. Sie erinnerte sich an die Glasscherben vor den jüdischen Läden in Königsberg im November 1938, an das zerstörte Mobiliar und daran, dass jüdische Männer wie Vieh von einer Horde grölender Männer durch die Straßen getrieben wurden. Manche hatten Schilder mit den Aufschriften »Juda verrecke« oder »Juden-Sau« um den Hals tragen müssen. Die Trümmer der neuen Synagoge am Pregel hatten geraucht. Nur zu schnell hatte sie dies wieder vergessen. Ihre Familie hatte im kleinen, vertrauten Kreis über die ungebildeten, pöbelhaften Nationalsozialisten gespottet, jedoch die Augen vor ihrer mörderischen Ideologie verschlossen. Und sie selbst? Sie hatte ihre BDM-Führerin verabscheut und war ärgerlich über den lästigen Arbeitsdienst gewesen. Damit hatte sich ihr innerer Widerstand aber auch schon erschöpft. Nein, auch sie war alles andere als eine Heldin gewesen.

»Sie sagten der Aachener Polizei, Jupp Küppers und Pater Bernhard seien in ihrer Jugend befreundet gewesen«, nahm Davies die Befragung wieder auf.

»Pater Bernhard stammte aus einem Dorf bei Kall. Er und Herr Küppers kannten sich aus ihrer Jugend. Sie waren, soviel ich weiß, begeisterte Handball- und Fußballspieler. Als Pater Bernhard ans Priesterseminar nach Aachen ging und Theologie studierte, blieb der Kontakt erhalten. Später trat Pater Bernhard als Priester in die Salvatorianergemeinschaft von Kloster Steinfeld ein. Hier im Kloster traute Pater Bernhard Herrn Küppers, und hier taufte er auch dessen Kinder. Ein Junge und ein Mädchen, Zwillinge, wenn ich mich recht erinnere.«

»Die beiden Männer kommen mir so unterschiedlich vor«, platzte Friederike heraus.

»Sie finden es seltsam, dass sie sich angefreundet haben?« Der Abt schenkte ihr ein Lächeln.

»Pater Bernhard war, wie Sie ja sagten, streng zu sich und gegen andere. Und Jupp Küppers hingegen scheint ein lebenslustiger Mensch gewesen zu sein.«

»Nun, manchmal ziehen sich Gegensätze bekanntlich an.«

»Weshalb hatten die beiden zuletzt keinen Kontakt mehr? Gab es einen Streit?«, schaltete sich wieder Davies ein.

»Nun, die Ursache war der Nationalsozialismus. Schon bald nach der Machtübernahme bekam Pater Bernhard Schwierigkeiten mit der Gestapo. Seitdem mied ihn Herr Küppers. Das hat Pater Bernhard, glaube ich, sehr getroffen.«

»Und nach der Rückkehr des Paters aus dem Konzentrationslager haben sich die beiden nicht mehr angenähert?«, vergewisserte sich Davies.

»Soviel ich weiß, nein. Ich sah Herrn Küppers hin und wieder in den umliegenden Dörfern. Aber nie im Kloster.«

»Wurden im Kloster Fremdarbeiter beschäftigt?«

»Ja, etwa ein Dutzend. Sie sind in der Landwirtschaft des Klosters eingesetzt worden.«

»Wann kamen die ersten?«

»1941.«

»Also zu einer Zeit, als Pater Bernhard schon inhaftiert war, wenn ich das richtig sehe?«

»Ja, so ist es.«

Davies dachte kurz nach. »Im Moment habe ich keine weiteren Fragen«, sagte er dann. »Aber ich würde gern das Zimmer des Paters sehen.«

»Selbstverständlich.« Der Abt stand auf. »Ich bringe Sie hin.«

Die Zimmertür war versiegelt. Friederike verfolgte, wie Davies den mit einem Polizeistempel versehenen Papierstreifen löste und die Tür öffnete. Die Glühbirne in der schlichten Milchglaskugel an der Decke flammte auf.

Die Schritte des Abtes entfernten sich im Flur. Auf dem Weg hierher hatte er ihnen schon einmal ihre Schlafräume sowie das Speisezimmer gezeigt.

»Meine Güte«, Davies blickte sich um. »Sagt man nicht Kloster*zelle* zum Zimmer eines Mönchs? Dieser Raum hat tatsächlich Ähnlichkeit mit einer Gefängniszelle.«

Friederike konnte ihm nur zustimmen. Der Raum war schmal und hoch. Das Mobiliar bestand aus einem Bett mit Eisengestell, Tisch und Stuhl, einem Wandregal sowie einem Schrank. Über dem Bett lag eine graue Wolldecke. Etwas Besonderes war nur die Christrose in einem Blumentopf auf dem Tisch. In diesem kargen Raum wirkte sie auf Friederike sehr zart. Ein strenger, aufrechter Mann, der Blumen liebte – der Pater musste ein bemerkenswerter Mensch gewesen sein.

»Nehmen Sie sich die Bücher vor.« Davies wies auf das Wandregal. »Ich sehe mir den Schrank an.«

Auf dem schmalen Bord standen eine zerlesene Bibel sowie ein Stundenbuch. Die anderen Bücher umfassten landwirtschaftliche Literatur. Friederike blätterte sie sorgfältig durch.

»Und?« Davies wandte sich ihr zu. Er hielt einen Pappkarton in den Händen.

»Nichts, nur einige Papierstreifen, die als Lesezeichen dienen.« Friederike schüttelte den Kopf.

»In dem Karton sind Briefe, die ich mir später in Ruhe ansehen werde.«

Nebeneinander gingen sie kurz darauf den Flur entlang. Davies hatte emotionslos gewirkt, als er mit dem Abt über Pater Bernhards KZ-Haft und den Nationalsozialismus sprach. Wieder vermutete Friederike, dass er Angehörige oder Freunde im Krieg verloren hatte.

Das Speisezimmer war klein und hatte eine Barockdecke. Eine Fenstertür ging auf den Garten hinaus. Jenseits der Spiegelung in den Scheiben konnte Friederike tief verschneite Büsche und Mauern sehen. Sie breitete die Stoffserviette über ihrem Schoß aus. Ein Mönch schöpfte ihr und Davies aus einer Suppenterrine einen Gemüseeintopf in die Teller und entfernte sich dann.

In einer Zimmerecke hing ein großes Kruzifix aus Holz. Der Körper Christi krümmte sich an dem Balken. Jede einzelne seiner Rippen trat unter der Haut hervor. Friederike musste an die bis auf das Skelett abgemagerten Körper der Häftlinge in den Konzentrationslagern denken. Vor kurzem war ein Dokumentarfilm darüber in den Kinos angelaufen. Friederike hatte von den Gräueln, die er schilderte, den Gaskammern, den Verbrennungsöfen und Leichenbergen erfahren. Sie glaubte nicht, dass der Film Propaganda des früheren Feindes war, wie manche, auch bei der Polizei, munkelten. Aber sie hatte auch nicht akzeptieren können, dass all dies unfassbar Entsetzliche tatsächlich geschehen war. Trotz ihres Hungers bekam sie jetzt kaum einen Löffel Suppe hinunter.

»Küppers war ein Schwarzhändler, Pater Bernhard wurde von den Nazis inhaftiert. Die beiden kannten sich. Es muss eine Verbindung zwischen den Morden geben, aber ich kann sie nicht erkennen«, hörte sie Davies sagen. »Wir müssen morgen überprüfen, ob sich Jupp Küppers und Pater Bernhard in den letzten Wochen doch noch einmal getroffen haben. Ich werde mit den Mönchen sprechen, und Sie befragen die Bewohner in den Häusern an der Straße und in dem Dorf oben auf dem Hügel. Notfalls muss die deutsche Polizei hinzugezogen werden.«

»Ja, Lieutenant. Küppers scheint – nach dem, was der Abt sagte – nicht gerade ein mutiger Mensch gewesen zu sein«, wagte sie zu bemerken.

»Worauf wollen Sie hinaus?« Davies sah sie fragend an.

»Dazu passt, finde ich, irgendwie nicht, dass er das Goldene Militärverdienstkreuz verliehen bekam.«

»Im Krieg wachsen manche Menschen über sich hinaus. Es kommt auch immer wieder vor, dass Männer auf dem Schlachtfeld sehr tapfer sind und dann in Friedenszeiten nicht mehr mit dem Leben zurechtkommen.« Er zuckte mit den Schultern. »Ich frage mich mehr, warum Küppers wohl den Orden in den letzten Wochen vor seinem Tod so oft hervorgeholt und betrachtet hat.«

»Küppers' Frau und Tochter starben bei einem Bombenangriff. Sein Sohn fiel an der Ostfront. Vielleicht hat er sich ja gefragt, ob sein Heldentum im Ersten Weltkrieg irgendeinen Sinn hatte«, mutmaßte Friederike.

»Ja, möglicherweise … Ihr Vater war Offizier im Ersten Weltkrieg?«

»Er wurde zum Leutnant befördert und, als Deutschland der Sowjetunion den Krieg erklärte, wieder eingezogen.« Ihr Vater hatte die Nationalsozialisten als Emporkömmlinge verachtet, aber es war für ihn selbstverständlich gewesen, seinen Soldateneid auf Hitler zu leisten.

»Ihr Vater ist gefallen?«

»1944 bei Tscherkassy/Korzun.«

»Das tut mir leid.« Davies' Stimme klang höflich, aber unbeteiligt. »Wie wäre Ihr Leben verlaufen, wenn Deutschland nicht den Krieg verloren hätte?«, fragte er unvermittelt.

»Höchstwahrscheinlich hätte ich an der Preußischen Akademie der Künste in Berlin Malerei studiert.« Zu Friederikes Verwunderung tat es nicht weh, darüber zu sprechen. Dieser Wunsch gehörte zu einer anderen Person und einem anderen Leben. »Und was hätten Sie getan – ohne den Krieg?«

»Vermutlich ein Medizinstudium begonnen.«

»Hatten Sie denn keine Möglichkeit, die Armee nach Kriegsende zu verlassen?«

»Militärpolizisten und Angehörige der Special Investigation Branch werden dringend benötigt. Deshalb habe ich mich entschlossen, im Militärdienst zu bleiben.« Davies wirkte plötzlich reserviert, als hätte sie eine unsichtbare Grenze überschritten. Friederike rief sich ins Gedächtnis, dass er ihr Vorgesetzter war. Er durfte sie etwas Persönliches fragen, aber sie besaß diese Freiheit nicht.

Schweigend aßen sie ihre Teller leer.

Friederike war erleichtert, als sich Davies schließlich erhob.

»Ich würde vorschlagen, dass wir unsere Zimmer aufsuchen. Es sei denn, Sie möchten lieber noch hier unten bleiben.«

»Nein, ich bin sehr müde ...« Friederike folgte ihm in den Flur und zur Treppe. Bei einem anderen Mann hätte sie vielleicht befürchtet, dass er die Situation ausnutzen würde. Aber bei Davies hatte sie keine Angst. Er war zu korrekt und, so wie sie ihn bisher erlebt hatte, auch zu anständig, um seine Position als Vorgesetzter zu missbrauchen.

Vor einem Fenster gegenüber den Stufen stand eine Krippe. Die Körper und Gesichter der geschnitzten Holzfiguren waren nicht richtig proportioniert, die Kleider aus Stofffetzen genäht. Eine große Wurzel bildete den Stall. Aber in ihrer Einfachheit ging von der Krippe etwas Anrührendes aus. Drei Männer knieten vor dem Jesuskind und brachten ihm ihre Gaben dar: ein Stück Metall, das wahrscheinlich von einer Bombenmarkierung stammte, einen Kerzenstummel und einen Tannenzweig. Davies blieb davor stehen.

»Gold, Weihrauch und Myrrhe«, sagte Friederike leise. »Die Weisen aus dem Morgenland, die dem Stern folgten. Ich habe die Geschichte als Kind geliebt.«

»Ja, die Heiligen Drei Könige. In meiner Kindheit zogen sie am 6. Januar singend durch das Viertel. Ich wäre gern mitgegangen und der König Melchior gewesen.« Davies deutete auf den dunkelhäutigen Mann.

»In Königsberg gab es so etwas nicht.« Friederike wollte noch hinzufügen, dass sie im letzten Jahr in Köln zum ersten Mal Kinder als Heilige Drei Könige gesehen hatte. In ähnlich zerlumpten Kleidern wie die der Krippenfiguren waren sie durch die zerstörten Straßen gewandert.

Doch Davies hatte sich schon zur Treppe umgewandt. Abermals hatte Friederike das Gefühl, ihm zu nahe getreten zu sein. Auch wenn sie sich nicht erklären konnte, weshalb.

Das Gästezimmer wurde von einem großen Holzbett dominiert. Eisblumen bedeckten die Fensterscheibe. Aus dem Hahn am Waschbecken kam tatsächlich Wasser. Friederike wusch sich das Gesicht und versuchte, sich notdürftig mit den Fingern die Zähne zu putzen.

Das Bett war ebenso eisig wie der Raum. Sehnsüchtig dachte Friederike an die Wärmflasche, die ihr Frau Reinnardt unter die Decke geschoben hatte. Sie verzichtete darauf, sich auszuziehen, und legte sich mit den Kleidern ins Bett. Trotzdem zitterte sie vor Kälte.

Wie es ihrer Mutter wohl gehen mochte? Ob sie sich an dem fremden Ort ängstigte? Sie hoffte so sehr, dass ihr die Behandlung in dem Hospital guttun würde!

Im Zimmer nebenan hörte Friederike Davies auf und ab gehen. Sie lauschte den Schritten, war froh, in dem großen, dunklen Gästehaus nicht allein zu sein. Allmählich ließ das Zittern nach, und ihr wurde wärmer.

Seine Beileidsbekundung zum Tod ihres Vaters war höflich, aber ohne jede echte Anteilnahme gewesen. Normalerweise achteten Soldaten selbst einen toten Feind. Oder hasste Davies die Deutschen so sehr? Ihrer Mutter gegenüber hatte er sich allerdings mitfühlend verhalten. So war es ihr jedenfalls erschienen.

Friederike drehte sich auf die Seite, zog die Beine an und schmiegte ihren Kopf in das Kissen. Die Worte »Und der Stern, den sie hatten aufgehen sehen, zog vor ihnen her« tauchten in einem Winkel ihres Bewusstseins auf – und noch etwas, das ihr plötzlich merkwürdig erschien, das sie jedoch nicht zu fassen bekam. Schließlich schlief sie ein.

Davies schichtete die Briefe wieder in den Pappkarton. Die frühesten datierten auf Ende Mai 45. Er nahm an, dass die Gestapo die gesamte persönliche Korrespondenz aus der Zeit vor der Inhaftierung des Paters konfisziert hatte. In manchen Briefen baten Menschen den Pater in einer schwierigen Lebenssituation um Rat. Andere berichteten von Geburten, Heiraten oder vom Tod eines Familienangehörigen. Der Tonfall war oft vertrauensvoll. Keiner der Briefe enthielt den geringsten Hinweis darauf, warum der Pater ermordet worden war.

Vor einer Weile hatte Davies im Zimmer nebenan Wasser rauschen hören. Nun war es dort still. Friederike Matthée ... Friederike ... Mein Gott, warum musste sie ausgerechnet diesen Vornamen tragen, der an Goethe erinnerte und an Schumann, ja, an die gesamte verfluchte deutsche Kultur.

14. Kapitel

Eifel, Kloster Steinfeld, Dienstag, 21. Januar 1947

Die Wolken, die am vergangenen Nachmittag aufgezogen waren, hatten Schnee gebracht. Die kleinen, harten Flocken stachen Friederike ins Gesicht. Der Himmel war grau und hing schwer über der Landschaft.

Friederike hatte bereits die Leute befragt, die in dem kleinen Dorf Steinfeld in unmittelbarer Nähe des Klosters wohnten. Alle hatten Jupp Küppers und Pater Bernhard gekannt. Sie hörte zwar einige Anekdoten über die beiden, aber nach Kriegsende hatte niemand die Männer zusammen gesehen.

Mittlerweile war sie zu dem etwa zwei Kilometer bergauf gelegenen Ort Wahlen gelaufen. Immer wieder hatte sie an Türen geklopft und mit den Dorfbewohnern gesprochen. Aber auch hier war sie bisher mit ihren Nachforschungen nicht weitergekommen. Als sie jetzt ein Gehöft am Ortsausgang betrat, wehte ihr eine Schneeböe ins Gesicht. Eine Tür quietschte in den Angeln, und es roch nach Schweinen.

»Sie hab ich doch gestern Abend mit dem Militärpolizisten in der Kirche gesehen«, sagte eine Stimme. Friederike wischte sich den Schnee aus den Augen.

Eine magere, drahtige Frau, die an den Füßen Gummistiefel und unter einer dicken Wolljacke eine ausgebleichte Kittelschürze trug, stand vor ihr.

»Ja, ich unterstütze Lieutenant Davies bei den Mordfällen Küppers und Pater Bernhard.«

Eine weitere Schneeböe wehte über den Hof.

»Kommen Sie mit rein«, sagte die Bäuerin kurz angebunden und ging auf ein niedriges Fachwerkhaus zu.

In der Küche roch es nach Kohl und nach saurer Milch. An der Wand hing die Fotografie eines bärtigen Preußenkönigs, den Friederike nicht identifizieren konnte. Darunter stand der Spruch »Lerne zu leiden, ohne zu klagen«. Eine rotgetigerte Katze, die an der Bäuerin vorbei ins Haus geschlüpft war, sprang auf die Fensterbank.

»Darf ich fragen, wie Sie heißen?«, wandte sich Friederike an die Bäuerin, nur um sich im nächsten Moment zu sagen, dass diese höfliche Floskel unangebracht war.

»Natürlich dürfen Sie das.« Die Bäuerin verzog den Mund zu einem sparsamen Lächeln. »Mein Name ist Erna Diederichs.« Ihre Haare steckten unter einem verwaschenen Baumwollkopftuch, weshalb es Friederike schwerfiel, ihr Alter zu schätzen. »Der Jupp war kein schlechter Mensch. Er schwamm nur gern mit dem Strom. Das ist mein Standpunkt zu ihm. Nicht jeder hat das Zeug zum Märtyrer wie der Pater. Wobei ich nichts auf Pater Bernhard kommen lasse …«

»Kannten Sie Herrn Küppers denn gut?«

»Kommt darauf an, was Sie damit meinen. Wir war'n über seine Frau miteinander verwandt. Sie war meine Kusine. Ich hab ihn bei Familienfesten getroffen, und wenn er hier im Dorf war, kam er manchmal auf einen Schwatz vorbei. Jeder in der Gegend wird Ihnen bestätigen, dass der Jupp nie versucht hat, einen beim Handeln übers Ohr zu hauen.«

»Das habe ich schon öfter gehört.«

»Sehen Sie.« Erna Diederichs nickte bestätigend.

»Wissen Sie etwas darüber, wie die beiden Fremdarbeiter auf seinem Hof bei Kall behandelt wurden?« Die Frage kam Friederike unvermittelt in den Sinn.

»Denen hat's an nichts gefehlt. Der eine, Janek hat er geheißen, hat manchmal hier auf dem Hof ausgeholfen, als mein Mann im Krieg war. Er hat immer gesagt, dass er und der andere Fremdarbeiter es nicht besser hätten treffen können. Sie bekämen mehr als genug zu essen, und der Herr Sievernich und der Herr Küppers seien sehr anständig zu ihnen.«

»Haben Sie eine Ahnung, was aus den Männern nach dem Krieg wurde?«

»Nee, als die Amerikaner einmarschierten, verschwanden die. Der Janek war das letzte Mal am 20. März hier auf dem Hof. Ich weiß das noch so genau, weil die Sau an dem Tag Ferkel geworfen hat. Eines der Jungen verkeilte sich in ihr. Daran, einen Tierarzt zu rufen, war nicht zu denken. Damals ging ja alles drunter und drüber. Wenn der Janek das Ferkel nicht aus der Sau geholt hätt', wär sie wahrscheinlich eingegangen, ich hab ihm dafür zum Dank eine Silbermünze geschenkt. Was auch immer man jetzt so über die schlechte Behandlung der Fremdarbeiter hört ... Die meisten Leute in der Eifel waren gut zu denen.«

Friederike erinnerte sich daran, was Davies über die vielen Fremdarbeiter gesagt hatte, die an Hunger und Krankheiten gestorben waren oder die man ermordet hatte, aber sie widersprach nicht.

»Laut Abt Ansgar waren Jupp Küppers und Pater Bernhard einmal gut befreundet, haben sich dann aber während der Zeit des Nationalsozialismus entfremdet«, sagte Friederike und kam damit auf den eigentlichen Grund der Befragung zurück. Sie hoffte, dass ihr Erna Diederichs, da sie mit Küppers entfernt verwandt gewesen war, weiterhelfen konnte. »Wissen Sie, ob sich die beiden während der letzten Monate doch noch einmal getroffen haben?«

Die Katze sprang auf den Küchentisch. »Was fällt dir ein?« Erna Diederichs scheuchte das Tier fort. Es verzog sich wieder auf die Fensterbank, wo es gekränkt sein Fell leckte.

»Im Sommer 45, es muss im Juni oder Juli gewesen sein, kam der Jupp zu mir. Er war sehr niedergeschlagen. Ich dachte zuerst, dass ihm der Tod seiner Frau und seiner Tochter nachginge. Die beiden kamen ja bei dem Bombenangriff auf Köln im März 45 ums Leben ...«

»Ja, ich weiß.« Friederike nickte.

»Aber dann erzählte mir der Jupp, dass er sich mit Pater Bernhard hatte aussprechen wollen. Er litt wirklich unter dem Zerwürfnis und wollte nicht nur wegen der veränderten politischen Lage gut Wetter machen. Das hat er mir gegenüber mehrmals beteuert, und ich hab ihm geglaubt. Pater Bernhard war jedoch nicht bereit, sich mit ihm zu versöhnen. Er hat wohl sinngemäß gesagt, dass er den Tod von Jupps Frau und den Kindern sehr bedaure und dass er für sie beten würde. Mit Jupp wolle er aber nichts mehr zu tun haben. Tja, der Pater konnte sehr hart sein. Dem Feind auch noch die andere Wange hinhalten, das war nicht seine Sache.«

»Also glauben Sie nicht, dass sich Pater Bernhard und Jupp Küppers in den letzten Monaten getroffen haben?«

»Es würde mich sehr wundern, wenn das der Fall gewesen wär. Mir hat der Jupp jedenfalls nichts davon gesagt.« Die Bäuerin schwieg für einen Moment, ehe sie fortfuhr: »Dabei hat Pater Bernhard den Jupp und meine Kusine getraut und die beiden Kinder getauft. Wer hätt' gedacht, dass es jemals zwischen den beiden so kommen würde? Ich muss irgendwo noch eine Fotografie von der Hochzeit haben, wenn Sie sie sehen möchten ...«

Ehe Friederike etwas erwidern konnte, war Erna Diederichs schon aufgestanden und hatte die Küche verlassen. Friederike blickte auf ihre Armbanduhr. Sie musste eigentlich gehen. Sie hörte, wie in dem angrenzenden Raum Schranktüren geöffnet und wieder geschlossen wurden. Gleich darauf kam die Bäuerin zurück, ein aufgeschlagenes Album in den Händen. Sie legte es vor Friederike auf den Küchentisch. Friederikes Neugier war nun doch geweckt. Entgegen ihrer Absicht sah sie sich die Fotografie an, die von Papierecken auf der schwarzen Seite festgehalten wurde.

Pater Bernhard, der neben dem Hochzeitspaar stand, war schon in jungen Jahren hager gewesen. Küppers blickte stolz in die Kamera. Seine Frau lächelte pausbäckig. Um die hundert Menschen hatten sich vor der Klosterkirche versammelt.

»Das bin ich.« Erna Diederichs deutete auf ein pummeliges Mädchen mit Zöpfen. »Zwölf Jahre war ich alt. Ich hab den Schleier getragen. Die Elsbeth und die Gertrud waren wirklich hübsche Dinger.« Sie wies auf die frisch getraute Frau Küppers und die Brautjungfer daneben. »Ich weiß noch genau, dass es Schokoladeneis zum Nachtisch gegeben hat. Einer meiner Vettern hat so viel davon gegessen, dass es ihm schlecht wurde und er sich unterm Tisch übergeben hat.«

Friederike fürchtete, dass die Bäuerin noch mehr Einzelheiten von der Hochzeitsfeier zum Besten geben würde. Gesine Langen wäre bestimmt der Meinung, dass sie bei der Befragung viel zu wenig die Führung übernommen hatte.

»Danke für Ihre Hilfe. Aber ich muss nun wirklich weiter«, sagte sie rasch und stand auf.

»Ja, natürlich.« Erna Diederichs nickte.

An der Küchentür drehte Friederike sich noch einmal um, wollte sich verabschieden. Die Bäuerin starrte auf die Fotografie, als sei ihr gerade etwas eingefallen.

Sollte sie nachfragen, was der Bäuerin durch den Sinn ging, oder würde sie nur eine weitere Anekdote erfahren?

»Woran denken Sie gerade?«, erkundigte sich Friederike.

»Ach, mir ist nur eingefallen, dass die Gertrud erzählt hat, sie habe den Jupp kurz vor Weihnachten in der Klosterkirche gesehen. Und zwar an einem Freitagabend.«

»Ja, und?« Friederike versuchte, sich ihre Ungeduld nicht anmerken zu lassen.

»Freitagabends hat Pater Bernhard immer die Beichte gehört.«

Jenseits einiger Felder sah Davies durch das Schneetreiben die Dächer eines Dorfes. Ein Blick auf seine Armbanduhr zeigte ihm, dass es kurz vor zwölf war. Er folgte der Straße den Hügel hinauf. Unterhalb der Kuppe breitete sich in einer Senke eine weitläufige Obstbaumwiese aus.

Verwehte Spuren markierten einen Weg. Auf allen Bäumen lastete Schnee. Da und dort waren Äste unter dem Gewicht abgebrochen. Eine dick aufgeplusterte Amsel flatterte schimpfend hoch, als Davies sich näherte. Ansonsten war es sehr still.

Ja, die Senke war weder von der Straße noch vom Kloster oder vom Dorf her einsehbar. Pater Bernhards Mörder – der Pathologe hatte aus den Verletzungen geschlossen, dass er nur von einer Person erschlagen worden war – hatte sehr planvoll gehandelt. Davies ging davon aus, dass dieselbe Person die falsche Nachricht geschrieben hatte.

Die Spuren endeten zwischen zwei alten Bäumen. Neuschnee bedeckte den Tatort. An einem der Bäume lehnte ein aus Zweigen und einer Kordel gefertigtes Kreuz. Davies erschien das Symbol leer und sinnlos. Er wandte sich ab und ging zum Kloster zurück.

Den ganzen Vormittag lang hatte er die Mönche befragt. Niemand hatte den Pater und Küppers nach Kriegsende zusammen gesehen. Ein aufrechter, integrer Mann und ein Schwarzhändler, der seine Fahne nach dem Wind hängte. Er verstand einfach nicht, was die Morde miteinander verband. Zumal Pater Bernhard und Küppers scheinbar seit Jahren keinen Kontakt mehr zueinander gehabt hatten.

Um den Jeep vor dem barocken Torhaus standen einige Jungen im Alter von zehn bis fünfzehn Jahren und fachsimpelten über das Gefährt. Sie schreckten auf, als sie Davies näher kommen sahen, und wollten weglaufen, überlegten es sich dann jedoch anders und blieben stehen.

Ein Knabe nahm seinen Mut zusammen. *»Sir, how many ...«*, begann er auf Englisch. Dann verließen ihn seine Sprachkenntnisse, und er setzte den Satz auf Deutsch fort. »... Gänge hat der Jeep?« Er vollführte eine Geste, als wollte er einen Gang einlegen.

Ehe Davies antworten konnte, trat eine junge Frau aus dem barocken Torhaus. »Wollt ihr Bengel wohl endlich kommen?«, rief sie ärgerlich. »Die Pause ist zu Ende.«

»Geht ihr hier zur Schule?«, fragte Davies.

»Ja!« Die Jungen nickten.

In Davies formte sich eine Idee.

Dichtgedrängt standen etwa hundert Jungen im Alter von zehn bis sechzehn Jahren in der Halle. Davies hatte sich an den Abt gewandt und ihn gebeten, alle Schüler zusammenrufen zu lassen. Die Knaben tuschelten miteinander und warfen Davies neugierige Blicke zu. Einige in den hinteren Reihen schubsten sich, offensichtlich bestrebt, einen möglichst guten Blick auf das Geschehen vorn zu erhaschen. Auf den scharfen Zuruf eines Mönchs hin standen sie still.

Sich mit anderen Jungen streiten, sich aus Nichtigkeiten prügeln, Unsinn machen … Davies hatte all das, als er so alt gewesen war wie diese Knaben, nicht gekannt, und er beneidete sie darum.

»Hört mir alle einmal zu.« Davies übertönte das Gemurmel, das schon wieder einsetzte. »Ihr wisst, dass Pater Bernhard umgebracht wurde. Meine Aufgabe ist es, den Mord aufzuklären. Es ist sehr wichtig, ob sich Pater Bernhard und Herr Küppers – ich gehe davon aus, dass die meisten von euch ihn kannten …«

»Klar, der Schwarzhändler!«, tönte es aus einer hinteren Reihe. Einige der Jungen kicherten.

»Ob sich die beiden in den letzten Wochen oder Monaten getroffen haben.« Davies ließ sich nicht aus der Ruhe bringen. »Wenn einer von euch Pater Bernhard und Herrn Küppers zusammen gesehen hat, muss er es mir sagen.«

»Ich erwarte von euch, dass ihr Leutnant Davies nach bestem Wissen und Gewissen unterstützt«, ließ sich Abt Ansgar streng vernehmen.

Erneut setzte Getuschel ein, nur um gleich darauf zu ersterben. Einige Jungen schüttelten die Köpfe, andere blickten Davies ratlos an.

»Nun?«, fragte Davies.

Hinten in der Halle wurden unterdrückte ärgerliche Stimmen laut. Ein Junge versetzte einem anderen einen Stoß.

»Bauer, Meinhardt … Was soll das? Kommt sofort hierher!«, befahl der Abt.

Mit gesenkten Köpfen befolgten die beiden Knaben die Aufforderung. Sie waren um die zwölf Jahre alt und trugen geflickte Kleidung. Die Schuhe des einen lösten sich vorn von der Sohle.

»Also, was ist? Warum habt ihr euch gestritten?«, fragte Davies.

»Der Klaus weiß etwas.« Der Junge mit den kaputten Schuhen deutete auf seinen Schulkameraden.

»Du hast den Pater und Jupp Küppers zusammen gesehen?«, vergewisserte sich Davies.

Der Knabe schwieg.

»Meinhardt, jetzt mach den Mund auf«, verlangte der Abt barsch.

»Ich hab Pater Bernhard und Herrn Küppers *nicht* zusammen gesehen«, protestierte Klaus und bedachte den anderen Jungen mit einem bösen Blick.

»Aber du hast irgendetwas gesehen?«, hakte Davies nach.

Der Junge senkte den Kopf und blieb stumm.

Eifel, Urft, bei Kloster Steinfeld

Das Dorf Urft war eine kleine Ansammlung von Gebäuden. Friederike hatte für den Weg dorthin länger als erwartet benötigt. Häuser und Gehöfte duckten sich zu beiden Seiten des gleichnamigen Flüsschens in das Tal. Da und dort ragten vom Eis zu bizarren Gebilden geformte Steinbrocken aus dem Flussbett. Verbogene, aus dem Boden gerissene Schienen führten auf den Bahnhof zu.

Erna Diederichs hatte Friederike erzählt, dass Gertrud Mertens »seltsam« sei. Da sie sich nicht noch länger bei der Bäuerin hatte aufhalten wollen, hatte sie nicht nachgefragt, was diese damit meinte. Der Laden, den Gertrud Mertens betrieb, lag am Ende des Dorfes. Friederikes Herz sank, als sie die Schlange von Frauen sah, die vor dem Fachwerkhaus für Lebensmittel anstanden.

Kriminalkommissarin Gesine Langen würde jetzt ein höfliches, aber entschiedenes Vorgehen von ihr erwarten.

»Entschuldigen Sie bitte.« Friederike ging an den Frauen vorbei. »Ich bin dienstlich hier.« Einige der Frauen erkannte sie wieder, denn sie hatte in Wahlen und Steinfeld wegen Jupp Küppers und Pater Bernhard mit ihnen gesprochen. Sie war sich bewusst, dass ihr neugierige Blicke folgten.

Im Innern des Ladens war es eng, aber nur wenige Regale standen an der rückwärtigen Wand. Alle waren leer. Auf der Theke lagen zwei Butterbarren. Eine Frau mit einem blassen, verhärmten Gesicht füllte Zucker aus einem Sack in eine schon mehrmals benutzte Papiertüte und wog ihn dann ab. Anscheinend hatte der Laden eine Lieferung von Zucker und Butter erhalten.

»Frau Mertens?«, wandte sich Friederike an die Frau hinter der Theke.

»Die bin ich.« Sie musterte Friederikes Uniform. »Wenn Sie wegen Jupp Küppers zu mir kommen, den hab ich schon ein paar Monate lang nicht mehr gesehen.«

»Aber …«

Gertrud Mertens reichte der Frau am Kopf der Schlange die Tüte Zucker und ein in zerknittertes Wachspapier eingeschlagenes Stück Butter und nahm die Lebensmittelkarten und das Geld in Empfang.

»Ich würde trotzdem gern mit Ihnen sprechen.«

»Da müssen Sie später wiederkommen. Wie Sie sehen, habe ich zu tun.« Gertrud Mertens wandte sich demonstrativ der nächsten Kundin zu.

»Dann werde ich Sie aber mit einem Lieutenant der Militärpolizei aufsuchen.« Selbst in Friederikes Ohren hörte sich das sehr hilflos an.

»Tun Sie das.«

Friederike blieb noch einen Moment lang unschlüssig stehen. Doch da Gertrud Mertens sie weiter ignorierte, verließ sie den Laden und ging ein Stück die Straße zurück. Sie fühlte sich gedemütigt. Natürlich konnte sie mit Davies wiederkommen. Ihm würde sich Gertrud Mertens wahrscheinlich nicht verweigern. Aber sie wollte die Befragung gern selbständig durchführen, wollte beweisen, dass sie wirklich das Zeug zur Polizistin hatte und Davies sich nicht in ihr getäuscht hatte.

Eine ältere Frau, die auch vor dem Laden angestanden hatte, kam an Friederike vorbei. Sie hielt den Korb mit den wenigen Waren eng an sich gedrückt. »In Ihrem Beruf haben Sie's bestimmt nicht immer leicht, Fräulein«, sagte sie mitfühlend. »Die Gertrud hat's nun mal nicht so mit der Polizei.«

»Warum denn nicht?«

»Das müssen Sie sie schon selbst fragen.« Die Frau entfernte sich rasch. Friederike starrte ihr nach. Sie lief noch einige Meter weiter, blieb dann wieder stehen und drehte sich zu dem Laden um.

»Ach, verdammt«, murmelte sie vor sich hin. Schon ewig hatte sie nicht mehr geflucht. Sie fühlte sich erleichtert.

»Die Polizistin hat doch nicht aufgegeben«, hörte Friederike eine der Frauen murmeln, als sie wieder an der Schlange vorbei in den Laden ging.

Eine andere kicherte.

Friederike hatte das Gefühl, wieder auf der obersten Plattform des Zehnmeterturms zu stehen und nicht mehr zurückzukönnen, ohne sich der völligen Lächerlichkeit preiszugeben. Sie drehte sich zu den wartenden Frauen um.

»Verlassen Sie bitte den Laden!«, sagte sie mit erhobener Stimme.

»Gertrud …«, wandte sich eine der Kundinnen an die Ladenbesitzerin.

»Was fällt Ihnen ein, Fräulein«, protestierte diese.

»Verlassen Sie sofort den Laden!«, wiederholte Friederike.

Die Frauen sahen sie unschlüssig an.

»Das ist ein polizeilicher Befehl!« Friederike trat einen Schritt auf die Frau vor der Theke zu und deutete auf die Ladentür. »Gehen Sie!«

Einen quälend langen Moment lang reagierte die Frau nicht, und Friederike fühlte, wie ihr der Schweiß ausbrach. Dann drehte sich die Frau um und verließ den Laden. Die anderen Kundinnen folgten ihr.

»Ich hab Ihnen nichts zu sagen.« Gertrud Mertens starrte sie zornig an.

Friederike konnte immer noch nicht recht glauben, dass ihrem Befehl tatsächlich Folge geleistet worden war. Sie zog die Tür zu und drehte die Seite des Schildes mit der Aufschrift »Geschlossen« zur Glasscheibe. Die Kundinnen blieben in einiger Entfernung stehen und blickten zum Haus zurück.

»Bitte, ich möchte mich einfach mit Ihnen unterhalten«, wandte sich Friederike an Gertrud Mertens. Ihre Anspannung ließ nach, und ihre Stimme zitterte jetzt ein bisschen.

»Wie oft soll ich es denn noch wiederholen: Ich habe Ihnen nichts zu sagen.«

»Man erzählte mir, Sie hätten Jupp Küppers vor Weihnachten in der Klosterkirche gesehen, an einem Abend, als Pater Bernhard die Beichte gehört hat.«

»Wer auch immer das behauptet, lügt.«

Gertrud Mertens begann, die Theke mit einem Lappen zu säubern. Ihre Bewegungen verrieten stummen Zorn. Aber ihre Augen glänzten feucht. Friederike hatte sie zuerst auf um die fünfzig geschätzt. Doch jetzt erkannte sie, dass sie mindestens zehn Jahre jünger war. Gertrud Mertens' verhärmte Blässe hatte sie getäuscht.

»Eine Ihrer Kundinnen hat gesagt, dass Sie es ›nicht so mit der Polizei‹ hätten«, tastete Friederike sich vor. »Hatten Sie denn während des Nationalsozialismus unter der Polizei zu leiden?«

»Mein Mann starb im KZ, in Köln-Deutz. Wenn es das ist, was Sie mit ›unter der Polizei leiden‹ meinen.«

»O Gott, das tut mir leid.« Friederike war sich bewusst, wie nichtssagend ihre Worte klangen. »Aber Pater Bernhard war doch auch ein Opfer der Nazis. Möchten Sie denn nicht, dass sein Mörder gefunden wird?«

»Ich will mit der Polizei nichts zu tun haben. Da arbeiten doch noch dieselben Kerle …«

»Das stimmt so nicht. Außerdem leitet in beiden Mordfällen die britische Militärpolizei die Ermittlungen.« Noch immer blickten einige Kundinnen interessiert zu dem Laden. Durch das Schaufenster mussten Gertrud Mertens und sie wie auf einer Bühne zu sehen sein. »Können wir vielleicht woanders weitersprechen?«, bat Friederike.

Gertrud Mertens zögerte, öffnete dann jedoch wortlos eine Tür hinter der Ladentheke. Sie führte zu einer kleinen Küche. Ein durchgesessenes Sofa stand hinter einem Tisch, den ein Wachstuch bedeckte. Auf dem Sofa lag ein zerlesenes Buch mit dem Titel »Kasperle auf Reisen«. Friederike hatte es als Kind auch besessen.

»Sie haben Kinder?«, fragte sie.

»Einen Jungen und ein Mädchen.«

»Ich habe das Buch sehr gemocht.«

»Die beiden mögen es auch.« Gertrud Mertens lehnte sich an den Küchentisch.

»Wollen wir uns nicht setzen?«

Als die Frau nickte, ließ sich Friederike auf einem Stuhl nieder. An der Wand hing die Fotografie eines etwa vierzig Jahre alten Mannes. Er hatte dunkle Haare und ein knochiges, nicht unattraktives Gesicht.

»Ihr Mann?«, fragte Friederike leise.

»Ja.« Gertrud Mertens blickte auf ihre Hände.

»Wie kam es denn dazu, dass er ... verhaftet wurde?«

»Franz war Sozialdemokrat. Die Nazis steckten ihn schon 1935 für ein Jahr ins Gefängnis. Ich dachte damals, er käme nie wieder frei. Aber sie haben ihn entlassen. Wir haben nicht erfahren, warum. Er hatte ein Lungenleiden, das durch die Haft noch verschlimmert wurde. Deshalb wurde er bei Kriegsbeginn nicht eingezogen. Seine Stelle als Schreiner hatte er verloren, und er musste in einem Rüstungsbetrieb in Köln arbeiten.« Gertrud Mertens hielt kurz inne, ehe sie fortfuhr: »Gegen Kriegsende konnte er nur alle paar Wochenenden einmal nach Hause kommen. Im Sommer 44 hat ihn dann ein überzeugter Nazi denunziert, der sich bei der Gauleitung lieb Kind machen wollte. Er hat behauptet, Franz hätte die BBC gehört.«

»Wie hieß der Mann, der Ihren Gatten anzeigte?«

»Albrecht Hoffmann.« Gertrud Mertens' Blick wanderte zu dem Radioapparat mit dem Bakelitgehäuse, der auf dem Küchenbüfett stand. »Ja, wir haben die BBC gehört. Aber Hoffmann hatte keinerlei Beweise dafür. Alle im Dorf haben damals den Feindsender gehört. Der Hoffmann garantiert auch. Im Februar 45 habe ich dann einen Brief erhalten, dass Franz an seinem Lungenleiden gestorben sei, und eine Rechnung für die Bestattung auf dem Köln-Deutzer Friedhof. Ich liege nachts immer noch oft wach und frage ich mich, woran er wirklich gestorben ist, was sie ihm im KZ angetan haben.«

»Haben Sie denn einmal in Betracht gezogen, Albrecht Hoffmann anzuzeigen?«

»Er besitzt ein Sägewerk in Kall.« Gertrud Mertens schüttelte den Kopf. »Viele Leute aus dem Dorf arbeiten dort. Wenn ich ihn anzeige, würde ich den größten Teil meiner Kundschaft verlieren. Ich bin auf den Laden angewiesen, um mich und meine Kinder durchzubringen. Und ich kann auch nirgendwo anders mit ihnen hin.« Der Zorn, den sie sich, so vermutete Friederike, wahrscheinlich nur selten gestattete, war längst wieder der Resignation gewichen.

»Sie haben nach Jupp Küppers gefragt ...« Gertrud Mertens strich über die Wachstuchdecke, die schon bessere Tage gesehen hatte. »Ich war mit seiner Frau verwandt und Brautjungfer bei ihrer Hochzeit.«

Friederike verschwieg, dass sie dies bereits wusste. Ihr Gegenüber musste nicht unbedingt erfahren, dass sie mit Erna Diederichs gesprochen hatte.

»Mein Mann und Pater Bernhard waren keine Freunde. Der Pater hatte nichts für Sozialisten übrig. Für ihn waren sie Gottlose. Und mir nahm er es übel, dass ich einen Sozialisten geheiratet habe. Aber als der Franz inhaftiert wurde, kam er gelegentlich in den Laden und kaufte eine Kleinigkeit. Dafür war ich dem Pater wirklich dankbar. Jetzt wollen ja alle nur noch vergessen und tun so, als hätte es Hitler und die Nazis und die Morde und das Unrecht nie gegeben. Albrecht Hoffmann war nach Kriegsende ein paar Monate im Gefängnis. Inzwischen hat er wieder viele Aufträge für sein Sägewerk, und es würde mich nicht wundern, wenn er bald wieder ein Ehrenamt innehätte. Pater Bernhard war der Einzige, der ihm offen gezeigt hat, dass er nichts von ihm hielt. Wenn der Hoffmann ihn auf der Straße grüßte, hat er ihn demonstrativ ignoriert. Der Hoffmann hat ihm das ziemlich übel genommen. Und etliche andere auch. Der Pater sei überheblich, hieß es hinter vorgehaltener Hand.« Gertrud Mertens blickte Friederike bedrückt an. »Ich will nicht, dass ein schlechtes Licht auf den Pater fällt.«

»Das wird es bestimmt nicht. Bitte, es ist wichtig, dass

Sie mir sagen, was Sie wissen.« Friederike versuchte so eindringlich wie möglich zu sprechen.

Gertrud Mertens strich wieder zögernd über die Wachstuchdecke, als ginge sie mit sich zu Rate. »Ich bin nicht fromm. Und in den Gottesdienst gehe ich eigentlich nur, weil man das auf dem Dorf nun mal so macht und es einem die Leute verübeln, wenn man es nicht tut«, sagte sie schließlich. »Aber manchmal, vor allem abends, sitze ich gern eine Weile in der Klosterkirche. Ich mag die Stille. In der Woche vor Weihnachten habe ich einem alten Ehepaar, das in einem Haus nahe dem Kloster lebt, Butter und Mehl und noch ein paar andere Lebensmittel gebracht. Auf dem Rückweg bin ich in die Klosterkirche gegangen und hab mich in eine der hinteren Bänke gesetzt. Ich war noch nicht lange dort, als der Jupp in die Kirche kam.«

»Sie sind sich ganz sicher, dass es Herr Küppers war?«, vergewisserte sich Friederike.

»Ja, im Mittelschiff brannte eine Lampe. Jupp Küppers ging zu Pater Bernhards Beichtstuhl. Ich weiß, dass es der Beichtstuhl des Paters war, weil er immer freitagabends und immer in dem Beichtstuhl rechts vorn im Kirchenschiff die Beichte abnahm«, kam Gertrud Mertens einer weiteren Frage Friederikes zuvor. »Nach ein paar Minuten habe ich die Stimme des Paters gehört. Ich konnte nicht verstehen, was er sagte. Aber er klang zornig. Ich wollte gerade gehen, als Jupp Küppers aus dem Beichtstuhl kam. Er war aschfahl und hat sich schwerfällig bewegt, als würde er eine riesige Last auf dem Rücken tragen. Was für Sünden er auch Pater Bernhard gebeichtet haben mag – ich bin mir sicher, dass der ihm keine Absolution erteilt hat.«

15. Kapitel

Eifel, Kloster Steinfeld

Wie brachte man einen verstockten, verängstigten Knaben zum Reden? Davies hatte mit Klaus Meinhardt ein Klassenzimmer aufgesucht. Der Junge hielt sein rundes Gesicht gesenkt und starrte beharrlich auf seine Schuhspitzen. Friederike Matthée gegenüber wäre er wahrscheinlich weniger schüchtern gewesen, aber sie war immer noch nicht zum Kloster zurückgekehrt. Gutes Zureden hatte bei dem Jungen bisher nichts gefruchtet. Davies verlor die Geduld.

»Hör mir gut zu«, sagte er barsch. »Ich habe nicht vor, noch mehr Zeit mit dir zu vertrödeln. Entweder du sagst mir jetzt, was du weißt, oder du wirst richtigen Ärger mit mir bekommen. Also, wird's bald?« Drohend hob er die Hand.

Klaus Meinhardt schwieg.

Davies schlug zu. Der Kopf des Jungen flog zurück. Sofort empfand Davies Scham über sich, gleichzeitig aber eine seltsame Befriedigung, und für einen Moment glaubte er, einen Jungen hinten im Klassenzimmer neben dem Glasschrank voller ausgestopfter Tiere zu sehen, der ihn verstört anblickte.

»Nun? Sieh mich an!«

Klaus Meinhardt brach in Tränen aus. Auf seiner Wange begann sich Davies' Handabdruck rot abzuzeichnen.

»Ich werde dir noch eine Ohrfeige verpassen, wenn du mir nicht sagst, was du weißt.« Davies meinte es ernst.

Etwas in ihm verachtete den verstörten, weinenden Knaben.

»Ich ... ich hab Angst, dass ich schuld an Pater Bernhards Tod bin ...« Tränen und Rotz liefen Klaus Meinhardt übers Gesicht.

»Wie bitte?« Wenn der Junge nicht so verzweifelt gewirkt hätte, hätte Davies gedacht, dass er sich über ihn lustig machte. »Putz dir die Nase«, sagte er kurz angebunden.

Klaus Meinhardt wühlte in seinen Hosentaschen und förderte schließlich ein schmutziges Tuch zutage.

Davies wartete, bis der Junge sich das Gesicht gesäubert und geschnäuzt hatte. »Also?«

»Ein paar Jungen aus dem Dorf und ich haben vor Monaten ein deutsches Gewehr im Wald gefunden und es versteckt.« Klaus Meinhardt duckte sich, als würde er weitere Schläge befürchten.

»Es war hoffentlich nicht mehr geladen?«

»Nein! Manchmal spielen wir damit. Das war auch am Samstag so. Die anderen Jungen wollten Schlitten fahren. Aber ich bin zu dem Versteck gegangen und hab das Gewehr geholt. Mein Vater war bei der Luftwaffe. Er ist in Italien geblieben. Ich hab das Gefühl, wenn ich das Gewehr halte, ist er bei mir.« Klaus Meinhardt fuhr sich über die Nase, die schon wieder lief.

Davies verschloss sein Herz gegen die Sehnsucht des Kindes. »Was geschah dann?«

»Nach einer Weile wurde es mir zu kalt, und ich hab das Gewehr wieder versteckt. Ich war danach schon ein Stück in Richtung des Dorfs gelaufen, vielleicht einen halben Kilometer, als ein Mann hinter den Bäumen hervorkam und mir den Weg verstellte. Ich hatte Angst vor ihm.«

»Hat er dich bedroht?«

»Nein, das nicht. Aber er sah so ... so wild aus. Seine Jacke und seine Hose waren schmutzig und zerrissen, und er hatte lange Haare. Er hat mich gefragt, ob ich Pater Bernhard kennen würde. Und als ich ja gesagt hab, hat er mich gefragt, ob der Pater im Kloster wäre. Ich sagte nein und dass er verreist sei. Ich wusste das, weil ich Ministrant bin. Da wollte der Mann wissen, wann der Pater wiederkommt. Ich hab geantwortet, wahrscheinlich in den nächsten Tagen. Ich hatte zwei der Mönche in der Sakristei darüber reden hören.« Klaus Meinhardt schluchzte gequält auf. »Am selben Tag kam Pater Bernhard noch zurück. Und jetzt ist er tot ...«

»Dass er ermordet wurde, hat wahrscheinlich nichts mit dem zu tun, was du diesem Mann erzählt hast.« Davies versuchte den Jungen zu beruhigen, da er noch weitere Fragen hatte und ein erneuter Tränenausbruch das Ganze nur verzögern würde.

»Glauben Sie das wirklich?«

»Ja! Kannst du das Gesicht des Mannes beschreiben?«

»Es war voller Bartstoppeln.«

»Und seine Haarfarbe? Wie alt war er?«

»Ich glaube, er hatte braune Haare. Wie alt er war, weiß ich nicht.«

»Kannst du dich an seine Größe erinnern?«

»Nein ...« Klaus Meinhardt schüttelte den Kopf.

»Hat er gutes Deutsch gesprochen oder mit einem Akzent?«

»Ich weiß nicht.«

Davies wollte den Jungen nicht noch mehr unter Druck setzen, da er fürchtete, dass er ihn sonst aus Angst belügen würde. »Gibt es sonst noch irgendetwas, das dir einfällt? Lass dir ruhig Zeit zum Überlegen. Und wenn dir nichts mehr einfällt, ist es nicht schlimm.«

Davies verstummte und nahm plötzlich den für Schulräume so typischen Geruch wahr. Eine Mischung aus Kreide, feuchten Schwämmen und abgestandener Luft. Schreibtafeln lagen auf den Pulten. Ein Ersatz für Hefte, die es in dem zerstörten Land kaum noch gab. Der Kanonenofen in der Ecke strahlte keine Wärme aus. Auf der Tafel stand ein längerer Text. Die meisten Schulbücher waren von der Nazi-Ideologie verseucht und durften auf Geheiß der Alliierten nicht mehr verwendet werden.

»Der Mann hat mir eine Süßigkeit geschenkt, ein Stück Schokolade«, sagte Klaus Meinhardt unvermittelt.

Der Mann, den das kleine Mädchen bei Küppers' Hof beobachtet hatte, hatte auch ein Stück Schokolade gegessen. »Erinnerst du dich daran, wie die Schokolade eingepackt war?«

Der Junge kramte in seinen Hosentaschen herum und förderte dann, neben einem Stein und einem Stück Schnur, ein zusammengeknülltes lilafarbenes Papier zutage. Davies strich es auseinander. »Cadbury« stand in weißer Schrift darauf.

»Es ist gut, du kannst gehen.« Davies nickte Klaus Meinhardt zu, der nicht lange zögerte und eilig davonrannte.

Also hatte sich der Mann, der den Hof beobachtet hatte, auch für Pater Bernhard interessiert. Aber warum nur? Es konnte nicht schaden, wenn sich die deutsche Polizei im Kloster und in den umliegenden Dörfern nach einem Mann umhörte, der, nach der Beschreibung des Jungen zu schließen, möglicherweise ein ehemaliger Fremdarbeiter oder Landstreicher war, dachte Davies. Auch wenn ein solcher Mann wahrscheinlich schon längst gemeldet worden wäre, so argwöhnisch, wie die Bevölkerung gegenüber den *Displaced Persons* war.

Davies erhob sich von dem Stuhl hinter dem Katheder, als sein Blick erneut auf die Wandtafel an der Stirnseite des Klassenzimmers fiel. *Relinquebatur una per Sequanos via, qua Sequanis invitis propter angustias ire non poterant. His cum sua sponte persuadere non possent, legatos ad Dumnorigem Haeduum mittunt, ut eo deprecatore a Sequanis impetrarent,* stand darauf geschrieben. Davies erkannte die Sätze aus Cäsars »Bellum Gallicum« wieder.

Ein Junge sitzt abseits an einem einzelnen Pult am Ende des Klassenzimmers, den Kopf über das Lateinbuch gebeugt.
»Wer kann das übersetzen?«, fragt der Lehrer, ein älterer, grauhaariger Mann im Gehrock.
Der Junge kann es. Er könnte die ganze Passage übersetzen. Aber er weiß, dass es sinnlos ist, sich zu melden. Der Lehrer würde ihn, wie immer, ignorieren. Was schlimmer ist als Schläge. Denn der Junge ist Abschaum. Eine Degeneration der Natur. Ein Schandfleck, der die humanistische Literatur besudelt.
Obwohl dies nun schon Jahre zurücklag, empfand Davies die gleiche Ohnmacht und Scham wie damals.

Vom Pförtner hatte Friederike erfahren, dass sich Davies in der Schule aufhielt. In der Halle stand ein Mönch bei einem etwa zwölf Jahre alten verweinten Jungen.
»Wenn dir der Herr Leutnant eine Ohrfeige verpasst hat, wirst du es wohl verdient haben, Meinhardt«, hörte sie den Salvatorianer sagen. »Also reiß dich zusammen und mach nicht so ein Theater.« Auf der Wange des Jungen zeichnete sich ein flammend roter Handabdruck ab.
Friederike fragte den Mönch, wo sie den Lieutenant finden würde. Er beschrieb ihr den Weg.
Es sah Davies nicht ähnlich, ein Kind zu schlagen. Andererseits hatte er auch Peter Assmuß wegen einer Nichtigkeit angefahren. Friederike wurde nicht klug aus ihm.

Auf der Schwelle des Klassenzimmers blieb sie abrupt stehen.

Davies lehnte an dem Katheder. Sein Blick war nach innen gerichtet, und sein Gesichtsausdruck war – nun, ihr fiel kein anderer Ausdruck dafür ein – verloren.

»Lieutenant, man hat mir gesagt, dass ich Sie hier finde …«, begann sie zaghaft.

Erst jetzt bemerkte er sie. Sein Gesicht wurde starr, als legte er eine Maske an oder klappte ein Visier zu.

»Wo sind Sie denn nur so lange geblieben?«, herrschte er sie an.

»Es tut mir leid, dass ich erst jetzt komme.« Friederike schluckte. »Aber ich glaube, ich habe etwas Wichtiges herausgefunden.« Sie berichtete Davies von ihrem Gespräch mit Gertrud Mertens. »Frau Mertens ist davon überzeugt, dass Jupp Küppers bei Pater Bernhard beichten wollte und dieser ihm die Absolution verweigert hat«, schloss sie.

»Ich werde noch einmal mit dem Abt sprechen«, sagte Davies knapp. Während Friederike ihm aus dem Klassenzimmer folgte, fragte sie sich, was ihn soeben derart aus der Bahn geworfen hatte.

»Was kann Pater Bernhard veranlasst haben, Jupp Küppers die Absolution zu verweigern?«, endete Davies. Er hatte dem Abt den Zusammenhang erläutert. Wieder saßen sie zu dritt in dem kargen Besprechungszimmer. Am Vorabend hatte sich Friederike von Davies akzeptiert gefühlt, hatte geglaubt, wirklich mit ihm zusammenzuarbeiten. Aber jetzt hatte sie den Eindruck, dass eine unsichtbare Wand zwischen ihnen stand.

»So etwas kommt sehr selten vor. Die Gründe müssen wirklich schwerwiegend gewesen sein.« Der Abt seufzte. »Mangelnde Reue wäre einer. Mangelnder Vorsatz, Wiedergutmachung für eine Tat zu leisten, ein anderer.«

»Küppers scheint es sehr wichtig gewesen zu sein, bei Pater Bernhard zu beichten. Er wusste, dass er ein strenger Beichtvater war. Deshalb kann ich mir eigentlich nicht vorstellen, dass er keine Reue empfand. Welche Folgen hatte es denn für Küppers, dass Pater Bernhard ihm keine Absolution erteilte?«

»Aus dieser Frage schließe ich, dass Sie nicht katholisch sind, Lieutenant?«

»Nein, das bin ich nicht.«

»Im katholischen Verständnis ist jeder Mensch durch die Taufe von der Sünde befreit. Leichtere Sünden – der theologische Terminus dafür lautet auch lässliche Sünden – entfernen den Menschen von Gott. Trotzdem ist er immer noch der Gemeinschaft mit Gott teilhaftig. Es gibt aber auch Sünden, durch die der Mensch diese Gemeinschaft verliert.«

»Und die sind?«

»Etwa Mord.«

»Schwarzhandel auch?«

»Das ist eine schwierige theologische und seelsorgerische Frage. Wenn ein Mensch sich von extremer Habgier leiten lässt und aus diesem Grund als Schwarzhändler agiert, könnte es sich um eine Todsünde handeln.«

Zeugen hatten Küppers als guten Geschäftsmann beschrieben, schilderten ihn aber nicht als habgierig, dachte Friederike. Am Vorabend hätte sie dies auch gesagt. Jetzt aber wagte sie es nicht, ihre Meinung kundzutun, und blieb stumm.

»Extreme Habgier scheint mir nicht Küppers' Motiv gewesen zu sein«, sprach Davies aus, was ihr durch den Kopf ging. »Ich schätze, er strebte Wohlstand oder Reichtum und ein gutes Leben an. Ich verstehe auch immer noch nicht, welche Folgen die verweigerte Absolution für Küppers hatte.«

»Ein Mensch, der im Zustand der Todsünde stirbt, muss nach dem Tod die Hölle fürchten.«

Das Wort *Hölle* schien in dem kleinen Raum nachzuhallen. Friederike sah mittelalterliche und barocke Gemälde von Verdammten vor sich. Gefolterte, in lodernde Flammen geworfene Körper. Auf immer an einem schrecklichen Ort voller Qualen gefangen.

»Die Absolution – also ein Satz, den ein Priester sagt – kann einen Menschen vor der Hölle bewahren?« Davies hatte die Befragung wiederaufgenommen. Friederike kam es vor, als ob ein seltsamer Unterton in seiner Stimme mitschwingen würde.

»Für einen gläubigen Katholiken, der in der Tradition der Kirche erzogen wurde, verhält es sich so.« Abt Ansgar hob die Hände. »Es gibt neuere theologische Denkweisen, die Todsünde und Höllenstrafe anders beurteilen. Aber dies ist mehr ein – wie soll ich sagen – akademischer Diskurs und nicht die offizielle Lehrmeinung der Kirche. Ja, ich vermute, dass sich Herr Küppers vor der Hölle gefürchtet hat.«

»Glauben *Sie* an die Hölle?« Davies blickte den Abt unverwandt an.

»Nun, ich glaube an Gott, nicht an die Hölle.« Der Abt räusperte sich. »Ich neige mehr zu den neueren Denkweisen.«

»Und Pater Bernhard?«

»Er hielt sich nicht in allem an die Lehrmeinung der Kirche. Aber, wie ich gestern bereits sagte, er war auch ein strenger Mann ...«

Friederike schlug eine Seite in ihrem Notizbuch um und schrieb rasch weiter. Ob es neben seinem katholischen Glauben einen konkreten Grund gab, warum sich Küppers vor dem Sterben und der Hölle gefürchtet hatte? Hatte der Tod seiner Angehörigen diese Angst aus-

202

gelöst? Oder – eine andere Möglichkeit ging ihr durch den Sinn – war er möglicherweise schwer krank gewesen? Wieder wagte sie nicht, dies auszusprechen.

»Gibt es in der katholischen Kirche nicht so etwas wie ein Beichtgeheimnis?«, hörte sie Davies sagen.

»Ein Priester ist unter allen Umständen dazu verpflichtet, über das, was ihm während der Beichte anvertraut wurde, Stillschweigen zu bewahren. Selbst unter der Folter oder wenn ihm mit dem Tod gedroht würde, dürfte er es nicht brechen.«

»Ist ein Priester auch dann an das Beichtgeheimnis gebunden, wenn er die Absolution verweigert?«, hakte Davies nach.

»Ja, unbedingt.« Der Abt nickte.

»Hätte Küppers versuchen können, bei einem anderen Priester die Beichte abzulegen?«

»Selbstverständlich. Möglicherweise hätte ein anderer Geistlicher milder reagiert als Pater Bernhard und ihm die Absolution erteilt.«

»Was wissen Sie über einen Mann namens Albrecht Hoffmann?«

»Er besitzt ein Sägewerk in Kall und war ein überzeugter Nationalsozialist. Es gibt Gerede, dass er einen Mann denunziert hat, der später in einem Konzentrationslager starb. Pater Bernhard hat ihn öffentlich geschnitten.«

»Warum haben Sie mir das gestern nicht gesagt?«

»Ich hielt es nicht für wichtig. Man bringt doch keinen Menschen um, nur weil der nicht mit einem spricht.«

»Sie sollten mir überlassen zu entscheiden, was wichtig ist und was nicht.«

»Es tut mir leid ...«

»Hat sich in den letzten Wochen ein verwahrlost aussehender Mann im Kloster nach Pater Bernhard erkundigt?«

Überrascht blickte Friederike von ihrem Notizbuch auf. Warum fragte Davies danach?

»Nicht, dass ich wüsste.« Abt Ansgar schüttelte den Kopf.

»Hatte Pater Bernhard Kontakt zu Fremdarbeitern oder Landstreichern?«

»Auch darüber ist mir nichts bekannt. Die Nahrungsmittel des Klosters verwaltet der Cellerar. Aber Pater Bernhard war für die Landwirtschaft zuständig. Ich kann nicht ausschließen, dass er einem Hungernden Kartoffeln, Gemüse oder Obst gegeben hat. Oder auf andere Weise mit diesen Menschen in Berührung kam.«

»Auch in seiner Funktion als Priester?«

»Nun, viele der ehemaligen Fremdarbeiter, vor allem die aus Polen, sind katholisch. Während des Krieges haben sie häufig den Gottesdienst besucht.«

»Ich benötige eine Liste der Fremdarbeiter, die hier beschäftigt waren.«

»Dazu muss ich mit dem Cellerar sprechen. Er ist für die Verwaltung des Klosters zuständig.«

»Dann tun Sie das bitte.« Davies' scharfe Stimme ließ keinen Zweifel daran, dass seiner Aufforderung sofort Folge geleistet werden sollte.

Friederike kletterte in den Jeep. Es schneite immer noch. Die Landschaft verschwand hinter den Flockenschleiern. Die Häuser auf der gegenüberliegenden Straßenseite waren nur schemenhaft zu erkennen. Davies hatte ihr aufgetragen, schon einmal vorauszugehen und auf ihn zu warten.

Nach dem Gespräch mit dem Abt hatte er den Pförtner wegen des verwahrlosten Mannes befragt – ohne Friederike. Anscheinend hatte sie Davies verärgert, auch wenn sie sich nicht erklären konnte, wodurch. Sie fürchtete nicht so sehr, dass er sich bei Gesine Langen über sie beschweren würde. Dafür glaubte sie ihn nun gut genug zu kennen. Aber sie bedauerte es, dass er sie nicht mehr in seine Arbeit einbezog.

Davies' Gestalt im Militärmantel tauchte jetzt im Schneegestöber vor dem barocken Torhaus auf. Gleich darauf schlug er die Regenplane zurück und schwang sich auf den Fahrersitz. Er zündete sich eine Zigarette an und betrachtete die Flocken, die gegen die Windschutzscheibe fielen.

Wahrscheinlich würde er auf der Rückfahrt nach Köln wieder kaum ein Wort sagen. Friederike wappnete sich gegen sein Schweigen. Doch zu ihrer Überraschung wandte er sich ihr zu.

»Ich vermute, Küppers wollte bei diesem Pfarrer in Kaltenberg beichten. Wie hieß er noch einmal? Thewes?«

»Ja, so heißt er.«

»Sie hatten recht. Die Beobachtung dieser Frau aus Ostpreußen, dass sich Küppers vor der Kirche merkwürdig benahm, war wichtig. Und es war auch wichtig, dass Sie mit Gertrud Mertens gesprochen haben. Es tut mir leid, dass ich vorhin so schroff war. Es hatte nichts mit Ihnen zu tun. In dem Klassenzimmer habe ich mich … an etwas erinnert.«

Auch wenn Davies nicht ihr Vorgesetzter gewesen wäre, hätte Friederike es nicht gewagt, ihn nach diesen Erinnerungen zu fragen. »Darf ich erfahren, warum Sie sich nach diesem verwahrlost wirkenden Mann erkundigt haben?«, sagte sie stattdessen.

»Ein solcher Mann hat einen Schüler auf Pater Bernhard angesprochen und wollte wissen, wann er von seiner Reise zurückkehrt.«

»War es dieser Schüler, den Sie geschlagen haben und …« Entsetzt brach Friederike ab. Die Frage war ihr einfach herausgerutscht. Noch dazu klang sie sehr anklagend.

»Ja. Und das war nicht notwendig, ich habe mich gehenlassen …«

Der Schneefall ließ plötzlich nach, und nun leuchtete eine wässrige Sonne zwischen den Wolken auf, wodurch Häuser und Bäume im Gegenlicht wie Scherenschnitte erschienen. Dieses Eingeständnis war gewissermaßen eine Entschuldigung und ließ die unsichtbare Wand zwischen ihr und Davies endgültig verschwinden. Dem Lieutenant musste dieser Moment sehr unangenehm sein. Hastig suchte Friederike nach einer Möglichkeit, das Gespräch wieder auf Dienstliches zu lenken.

»Glauben Sie, dass es derselbe Mann war, den Marlene in der Nähe von Küppers' Hof beobachtet hat?«

»Er hat dem Jungen Cadbury-Schokolade geschenkt.«

»Oh …«

»Deshalb halte ich es für ziemlich wahrscheinlich, dass es sich um ein und dieselbe Person handelt.«

»Aber was könnte er von Pater Bernhard gewollt haben?«

»Vielleicht etwas über Küppers in Erfahrung bringen.« Davies zuckte mit den Schultern.

»Würde das nicht bedeuten, dass er die beiden von früher kannte? Was doch eher dagegen sprechen würde, dass der Mann ein Fremdarbeiter war?«

»Nicht unbedingt. Die Leute reden viel. Ein Fremdarbeiter könnte etwas aufgeschnappt haben.« Davies drückte die Zigarette aus und startete den Jeep.

Friederike fühlte sich ermutigt, da Davies sie wieder einbezog und ihre Fragen ernst nahm. »Während Sie mit dem Abt sprachen, ging mir durch den Kopf, ob es vielleicht einen aktuellen Anlass gab, warum Küppers unbedingt die Absolution erlangen wollte. Also, ob er einen konkreten Grund hatte, sich vor dem Tod und der Hölle zu fürchten …«

»Sie meinen, ob er an einer tödlichen Krankheit litt?«

»Ja, zum Beispiel.«

»Das habe ich mich auch schon gefragt. Es könnte sich lohnen, mit Küppers' Arzt zu sprechen.« Davies bremste am Straßenrand, um ein Pferdegespann vorbeizulassen, das einen Schlitten voller Baumstämme den Berg heraufzog. Der Atem der Tiere dampfte, und die Hufe hämmerten auf den hart gefrorenen Boden.

»Bei Pfarrer Thewes hat Küppers ja letztlich nicht gebeichtet. Ob er noch einen anderen Priester aufgesucht hat? Anscheinend war es ihm sehr wichtig, die Absolution gerade von Pater Bernhard zu erhalten. Aber warum?«, überlegte Friederike laut.

»Eventuell, weil Küppers und er einmal enge Freunde waren. Womöglich ersehnte er nicht nur die Absolution von Gott, sondern auch die Vergebung des früheren Freundes, weil er nur so seinen Frieden finden konnte.«

»Was mag er dem Pater nur gebeichtet haben?«

»Ich schätze, wenn wir das wüssten, wüssten wir auch, warum Küppers und Pater Bernhard umgebracht wurden.« Davies schenkte ihr sein seltenes Lächeln. »Aber vorerst bleibt dies ein Geheimnis zwischen zwei Toten. Und Gott – sofern es ihn gibt.«

Das Pferdegespann war vorübergetrottet. Davies lenkte den Jeep langsam auf die Straße. *C, M, B, 1947* las Friederike auf dem hölzernen Türrahmen eines Hauses, es war mit Kreide geschrieben. Die Heiligen Drei Könige … Wieder, wie in der Nacht kurz vor dem Einschlafen, regte sich eine Erinnerung in ihr, die sie nicht zu fassen bekam.

»Die Rückfahrt dürfte unangenehm werden.« Davies blickte in Richtung der dunklen Schneewolken, die sich am Horizont auftürmten.

»Ja, wahrscheinlich.«

Während des Gesprächs mit dem Abt hatte Davies gesagt, er sei nicht katholisch. Was für einen Briten auch eher ungewöhnlich gewesen wäre. Aber woher kannte er dann den Brauch, dass die Heiligen Drei Könige singend durch die Straßen zogen?

»Ist etwas? Sie sehen so abwesend aus.« Davies blickte sie rasch an, ehe er sich darauf konzentrierte, die steile, gewundene Straße zum Tal hinunterzufahren.

»Mir ist nur kalt«, sagte Friederike ausweichend.

Hing es mit den Heiligen Drei Königen zusammen, dass er am Vorabend auf einmal so distanziert geworden war? Aber warum nur? Und vorhin, in dem Klassenzimmer, hatte er so verloren gewirkt. Sie konnte sich keinen Reim darauf machen.

Köln

Peter Assmuß hob einige Bildbände vom Boden auf und stellte sie in den Bücherschrank. Seine Mutter hatte die Porzellanscherben beseitigt und den Teppich gesaugt. Jetzt wischte sie Staub von den Möbeln. Sie hatte nichts dagegen, wenn er in den Büchern blätterte. Er hatte Fotografien von Städten und Landschaften und Tieren gesehen. Und einmal war er auf ein Buch voller Landkarten gestoßen. Es sei ein Atlas, hatte seine Mutter gesagt. Es war schön, dass er jetzt wieder – wie zu Hause auf dem Gut bei Allenstein – den ganzen Tag bei ihr sein konnte.

Seine Mutter blickte durch die Terrassentür nach draußen und hielt abrupt mit der Arbeit inne. Ihre Miene wurde ängstlich. Peter lief zu ihr und hielt sich instinktiv an ihrem Rock fest. Nun sah auch er die Frau, die durch den Garten schritt. Sie trug einen Mantel mit Pelzkragen und einen seltsam geformten Hut und war sehr hübsch. Aber Peter mochte sie nicht. Sie drückte die Klinke der Terrassentür hinunter und klopfte gebieterisch gegen das Glas, als die Tür nicht nachgab.

Peter hoffte, dass seine Mutter nicht öffnen würde. Aber gehorsam drehte sie den Schlüssel im Schloss.

»Sie mitkommen ...« Die Frau deutete auf seine Mutter.

»Aber ... ich ...«

»Haus ... andere Straßenseite ... helfen ...« Die Frau stellte ein Päckchen Zucker und Kaffee auf einen Sessel. »Mitkommen«, wiederholte sie, als Frau Assmuß zögerte.

»Und mein Sohn?« Seine Mutter fasste nach seiner Hand.

»Er nicht.«

»Peter, es wird bestimmt nicht lange dauern«, sagte seine Mutter. »Bleib schön hier und räum weiter die Bücher auf.«

Tränen traten Peter in die Augen, während seine Mutter bereits der Frau nach draußen folgte, doch er unterdrückte das Weinen. Um sich abzulenken, füllte er zwei weitere Reihen mit Büchern. Schließlich hatte er sich wieder beruhigt, und ihm wurde langweilig. Er lief durch das Haus, dessen verschiedene Zimmer und Bäder ihm immer noch wie Wunder erschienen, und dann hinaus in den Garten.

Einzelne Flocken fielen aus den Wolken am Himmel. Ein Brunnen versank fast unter dem Schnee. Peters Ziel war die Laube am anderen Ende des Grundstücks. Zugewuchert stand sie zwischen Büschen.

Peter zwängte sich zwischen den Zweigen hindurch. Die Laube war seine Höhle, seine Burg. Er stellte sich gerade vor, dass er sie gegen feindliche Soldaten verteidigen musste, als sich die Zweige teilten.

Ein Junge und ein Mädchen standen vor ihm. Sie trugen Mützen und Schals und hübsche Mäntel und neue Schuhe. Der Junge war größer als Peter.

Peter duckte sich. Würde der Junge ihn schlagen? Panik stieg in ihm auf, und er suchte nach einer Fluchtmöglichkeit.

Die Kinder musterten ihn. »James«, sagte der Junge und deutete auf sich. »Emily«, sagte das Mädchen. Sie sprachen mit einem merkwürdigen Akzent. Aber sie lächelten ihn an.

Peter schluckte, gerade noch rechtzeitig fiel ihm ein, dass er nicht seinen richtigen Namen sagen durfte. »Arthur Gärtner«, flüsterte er.

Kleinbürgerliche Häuser standen entlang der Straße in Köln-Ossendorf. Viele waren von der Zerstörung verschont geblieben. Licht brannte hinter Fensterläden. Für einen Moment fühlte sich Friederike in die Zeit vor dem Krieg zurückversetzt. An einen kalten Januarabend, an dem die Väter bald von der Arbeit zurückkehren würden, das Essen in der Küche auf dem Herd stand und das Radio spielte. So zumindest kannte sie es von den Angestellten aus der Reederei ihres Vaters.

Käthe Barthel hatte ihnen als Küppers' Arzt einen Dr. Bender genannt, der seine Praxis im Stadtteil Braunsfeld hatte. Aber an der dortigen Adresse hatten Friederike und Davies nur einen Bombenkrater vorgefunden. Von Nachbarn hatten sie schließlich erfahren, dass der Arzt mit seiner Familie nach Ossendorf umgezogen war.

Tatsächlich war an der Haustür ein Pappschild befestigt, auf dem *Dr. med. Alois Bender, praktischer Arzt* stand. Auf Davies' Klopfen hin öffnete ihnen eine Frau. Sie trug die Haare zu einem Knoten zusammengefasst und über einem Rock eine dicke Strickjacke. »Ja, bitte?«

Ihr höfliches Lächeln erlosch, als sie Davies' Uniform erkannte.

»O Gott ...« Sie fasste sich an die Brust. »Wir wurden zweimal ausgebombt. Wir leben hier mit meinen alten Eltern zusammen. Wir haben fünf Kinder. Bitte, Sie können uns das nicht antun und das Haus requirieren ...«

»Nein, wir wollen ...«, begann Davies.

Aufgeschreckt durch die schrille Stimme der Frau erschien ein kleines Kind im Flur, das sich an ihre Beine klammerte und zu weinen begann.

»Else, was ist denn los?« Ein Mann, der einen Arztkittel und eine randlose Brille mit runden Gläsern trug, trat aus einer Tür. Auch er erbleichte, als er die britische Uniform sah.

»Wenn wir schon aus unserem Heim vertrieben werden, würden Sie dann bitte dafür sorgen, dass wir in der Nähe eine Unterkunft finden? Meine Patienten brauchen mich.« Er schien mehr resigniert als ärgerlich.

»Ich bin nicht hier, um das Haus zu requirieren. Ich habe nur ein paar Fragen zu einem Ihrer Patienten.« Davies' Tonfall war scharf.

Frau Bender schlug die Hand vor den Mund. In ihren Augen schimmerten Tränen der Erleichterung. Friederike fühlte mit ihr. Angesichts der Wohnungsnot war es grausam, sein Heim durch eine Requirierung zu verlieren. Sie vermutete, dass Davies die Situation unangenehm war und er deshalb so barsch reagierte.

Dr. Bender geleitete sie in sein Sprechzimmer. Die Möbel waren zusammengestückelt. Es roch nach Karbol und nach Äther.

»Eigentlich darf ich Ihnen keine Auskunft über meine Patienten geben ...« Seine Mimik und Gestik waren defensiv.

»Ja, ich weiß. Aber Herr Küppers wurde umgebracht.

Ich leite die Ermittlung in dem Mordfall. Ich möchte wissen, ob er möglicherweise an einer tödlichen Krankheit litt.«

»Wie hieß Herr Küppers mit Vornamen?«

»Jupp oder Joseph.«

Der Arzt fügte sich. Er holte einen Karteikasten mit den Buchstaben L und K aus einem angeschlagenen Metallschrank und blätterte die Patientenbögen durch.

Davies betrachtete die anatomische Zeichnung eines Menschen an der Wand.

Friederike erinnerte sich an seine Worte, dass er ohne den Krieg wahrscheinlich Medizin studiert hätte. Ob er aus einer Arztfamilie stammte? Ach, sie musste endlich aufhören, über ihn nachzugrübeln.

»Joseph Küppers ... Wohnhaft in der Körnerstraße?« Dr. Bender hatte ein Patientenblatt aus dem Karteikasten genommen.

»Ja.« Davies nickte.

»Nun, als Sie seinen Namen nannten, war ich mir fast schon sicher.« Dr. Bender seufzte. »Aber ich wollte mich noch vergewissern, um Ihnen nichts Falsches zu sagen. Wegen des Mangels an Ärzten habe ich in den letzten Monaten viele neue Patienten bekommen. Herr Küppers litt an Leukämie im fortgeschrittenen Stadium. Wahrscheinlich hatte er nur noch wenige Monate, vielleicht auch nur Wochen zu leben.«

Aus einem Büro in der britischen Stadtkommandantur drang gedämpftes Schreibmaschinengeklapper. Ansonsten war es still in dem Gebäude. Jetzt, spät am Abend, arbeiteten hier nur noch wenige Menschen.

Richard Davies lehnte sich auf seinem Stuhl zurück und zündete sich eine Zigarette an. Wenn er Glück hatte, erreichte er Hauptkommissar Dahmen noch in der Zentralen Kriminaldienststelle. Einen Versuch war es auf jeden Fall wert.

Vor ihm auf dem Schreibtisch lag die Akte von Albrecht Hoffmann. Hoffmann war im Sommer 1933 in die NSDAP eingetreten. Im Laufe der nächsten Jahre war er für diverse Ämter auf unterer Parteiebene ausersehen worden. Eines von den vielen kleinen Rädern, ohne die das nationalsozialistische System nicht funktioniert hätte.

Über eine Verbindung von Hoffmann zur Aktion Werwolf war laut der Akte nichts bekannt. Die deutsche Polizei hatte ihn bislang auch nicht im Zusammenhang mit Küppers' Schwarzmarktgeschäften erwähnt. Aber Holz war in diesen Tagen ein äußerst wertvolles Gut. Es würde sich auf jeden Fall lohnen, noch einmal einer möglichen Geschäftsbeziehung zwischen ihm und Küppers nachzugehen.

Was hatte Hoffmann dazu getrieben, den Sozialdemokraten Franz Mertens zu denunzieren? Der Wunsch, sich bei der Parteiführung einzuschmeicheln, wie Mertens' Ehefrau gegenüber Friederike Matthée gemutmaßt hatte? Der Wille, Leben zu zerstören? Eine hämische Gier, anderen Leid zuzufügen?

Ein tiefer, brennender Hass stieg in Davies auf. Er drängte ihn zurück, verschloss ihn in sich.

Als er zum Telefon griff, um Hauptkommissar Dahmen in der Zentralen Kriminaldienststelle anzurufen, hatte er sich wieder in der Gewalt.

16. KAPITEL

Köln, Mittwoch, 22. Januar 1947

Obwohl es noch früh am Morgen war, herrschte im Einwohnermeldeamt in der Elsa-Brändström-Straße reges Kommen und Gehen. Ohne Registrierung gab es keine der überlebensnotwendigen Lebensmittelkarten. Davies spürte, wie ihn neugierige Blicke trafen. Er verbarg seine Gefühle hinter einer neutralen Miene. Der Mann im braunen geflickten Mantel, der jetzt an einem der Schreibtische ein Formular ausfüllte, war das der, den er seit Monaten suchte? Für den er sich von Hamburg nach Köln hatte versetzen lassen? Vom Alter her – Mitte, Ende vierzig – konnte er es sein. Das Gleiche galt für den Mann in der wattierten Soldatenjacke, der hinter einer Frau und einem Kind an einem anderen Schreibtisch wartete.

Frau Berger, die die Aufsicht über die weiblichen Angestellten des Einwohnermeldeamtes hatte, beendete ihr Telefonat, als Davies ihr Büro betrat. Sie war eine füllige, nicht unattraktive Vierzigjährige. Ein Fenster in der Wand gab den Blick auf das große Büro nebenan frei.

Davies hatte sich auch über Sieglinde Berger informiert. Wegen ihrer Parteimitgliedschaft hatte sie ihre Anstellung nach Kriegsende verloren. Doch Hermann Scholzen, der frühere Landesfinanzamtsbeamte und jetzige Behördenleiter, der sich schon für Hauptkommissar Dahmen eingesetzt hatte, hatte sich auch für ihren Charakter verbürgt. Für Sieglinde Berger hatte zudem gesprochen, dass sie nie aus der Kirche ausgetreten war.

»Es tut mir leid, Herr Leutnant, aber ein Adam Schäffer hat sich immer noch nicht registrieren lassen. Sobald dies der Fall ist, verständigen wir Sie natürlich sofort.«

Davies versuchte, sich seine Enttäuschung nicht anmerken zu lassen. »Ich kam ohnehin gerade hier vorbei«, erwiderte er leichthin. »Und dachte, ich frage mal nach.«

»Natürlich, Herr Leutnant. Meine Damen wissen, dass sie besonders auf diesen Namen achten sollen.«

Davies wechselte noch einige höfliche Sätze mit Frau Berger und verabschiedete sich dann.

Auf der Treppe begegnete ihm ein weiterer Mann, auf den Schäffers Personenbeschreibung zutraf. War er vielleicht der Gesuchte? Seit Wochen sprach er immer wieder in dem Amt vor. Würde ihn im Laufe der nächsten Zeit endlich die Nachricht erreichen, dass Schäffer in Köln eingetroffen war? Davies verbot sich den Gedanken, dass er vielleicht nie zurückkehren würde.

Der Posten vor der britischen Stadtkommandantur am Kaiser-Wilhelm-Ring studierte Friederikes Ausweis genau, ließ sie dann jedoch passieren. Davies hatte ihr am Vortag aufgetragen, sich in seinem Büro mit ihm zu treffen. Während Friederike die breite Steintreppe hinaufstieg, begegneten ihr ein paar zivile Mitarbeiter der Militärregierung, zu erkennen an ihren blauen Uniformen. Friederike fühlte sich fremd und unbehaglich und war froh, als sie Davies' Büro im zweiten Stock erreichte.

Die Männerstimme, die auf ihr zaghaftes Klopfen antwortete, war nicht die von Davies. Es war warm in dem Raum. Ein Mann Mitte, Ende zwanzig saß in Hemdsärmeln hinter einem der beiden Schreibtische. Seine Uniformjacke der Royal Military Police hing über der Stuhllehne, so dass Friederike die Rangabzeichen nicht erkennen konnte. Sein dunkles Haar war zerzaust.

»Friederike Matthée von der Weiblichen Polizei«, stellte sich Friederike auf Englisch vor. »Lieutenant Davies erwartet mich.«

»Ach, Sie sind die Polizistin mit der schrecklichen Chefin.« Der junge Mann hatte einen starken schottischen Akzent, wie der Chauffeur der Freunde ihrer Großeltern. »Davies wollte eigentlich schon hier sein. Möchten Sie einen Tee?«

»Ja, gern.« Dieses Angebot konnte sie nicht ausschlagen.

»Milch und Zucker?« Er füllte Tee aus einer Warmhaltekanne in eine Tasse.

»Gern beides.«

Der Mann reichte ihr die Tasse und rückte ihr einen Bürostuhl zurecht, ehe er sich auf die Schreibtischkante setzte. Der Tee war wunderbar heiß und süß, er tat ihr gut. Sie war schon seit Stunden auf den Beinen, hatte lange für Kohlen angestanden.

»Mein Name ist übrigens Timothy McLeod.« Davies' Kollege hatte abstehende Ohren, einen breiten Mund und freundliche braune Augen. Friederike fasste Vertrauen zu ihm.

»Lieutenant Davies fand meine Vorgesetzte wirklich furchtbar?«

»Ja, sie muss ihn schwer beeindruckt haben. Normalerweise redet der Gute nicht viel. Würden Sie vielleicht mal mit mir tanzen gehen?« Er fragte so entwaffnend offenherzig, dass Friederike nicht verlegen wurde.

»Nein, es tut mir leid. Das geht nicht«, antwortete sie.

»Wirklich nicht?«

»Leider, nein.«

»Warum muss ich immer an die tugendhaften Fräuleins geraten?« McLeod seufzte tief.

»Sagen Sie, ziehen in Großbritannien eigentlich auch

die Heiligen Drei Könige am sechsten Januar singend durch die Straßen?«, fragte Friederike aus einem plötzlichen Impuls heraus.

»Welche heiligen Könige?« Er sah sie verständnislos an.

»Ich weiß nicht, ob *Holy Three Kings* der richtige Ausdruck ist. Ich meine die Könige, die dem Jesuskind ihre Gaben darbrachten.«

»Ach, Sie sprechen von den drei weisen Männern oder den drei Magiern. Wie kommen Sie denn auf die?«

»Ich habe mit einer Kollegin darüber gesprochen«, schwindelte Friederike. Hoffentlich erzählte er Davies nichts von ihrer Frage. »Sie meinte, in England würde das Fest der Heiligen Drei Könige ebenfalls gefeiert.«

»Am sechsten Januar wird üblicherweise die Weihnachtsdekoration weggeräumt. In der Nacht vorher ziehen Vermummte durch die Straßen. So ähnlich wie in der Nacht zum ersten November. Wahrscheinlich hat Ihre Kollegin das verwechselt.«

»Ja, wahrscheinlich ...«

»Werden Sie es sich mit dem Tanzen noch einmal überlegen?«

»Ich fürchte, nein.« Friederike schüttelte den Kopf.

Das Telefon klingelte, und McLeod nahm den Anruf entgegen. Er sprach so schnell, dass Friederike ihn nicht verstehen konnte.

»Fräulein Matthée ...« Davies war in das Büro gekommen und blieb neben der Tür stehen. Offensichtlich hatte er es eilig. Rasch leerte sie die Tasse. McLeod zwinkerte ihr zu. Normalerweise hätte Friederike den harmlosen Flirt genossen. Aber seine Antwort ging ihr nicht aus dem Sinn.

»Küppers' Schwester Hilde Reimers ist nach Bocklemünd zurückgekehrt«, hörte sie Davies sagen. »Sie werden mich zu ihr begleiten.«

Sie fuhren durch verschneite Wiesen und Felder und passierten ein großes Bauernhaus aus Fachwerk. Dahinter lagen inmitten von Gärten kleinere Gehöfte und Häuser. Bocklemünd war ein ländlicher Stadtteil von Köln, den Friederike noch nicht kannte. Davies war wieder sehr schweigsam. So als ob ihn etwas stark beschäftigen würde.

Auch Friederike sann vor sich hin. Woher kannte Davies die Heiligen Drei Könige nur? Er sprach zwar mit einem Akzent. Ansonsten war sein Deutsch jedoch fast fehlerfrei. War es möglich, dass er deutsche Verwandte und vor dem Krieg vielleicht eine Weile in Deutschland gelebt hatte? Hatte Davies ihr dies verschwiegen, weil er sich dessen schämte? Oder hasste er Deutschland und die Deutschen so sehr, dass er mit seiner Herkunft nichts mehr zu tun haben wollte? Aber warum quittierte er dann nicht einfach den Militärdienst oder ließ sich in ein anderes Land versetzen? Die Fragen machten Friederike befangen.

»Ich werde anschließend nach Wuppertal fahren und das Personal des Militärkrankenhauses befragen – es ist ja das von hier aus nächstgelegene –, denn in Küppers' Schwarzmarktlager wurden auch Morphium und Penicillin aus britischen Beständen gefunden.« Davies parkte den Jeep vor einem Garten. Ein Pfad führte durch den Schnee zu einem niedrigen Fachwerkhaus. »Wenn Sie möchten, können Sie mich begleiten und Ihre Mutter besuchen.«

»Danke, das ist sehr freundlich.« Davies war ihr Vorgesetzter. Es hatte sie nicht zu interessieren, ob es bei ihm möglicherweise familiäre Bindungen nach Deutschland gab.

»Ich möchte, dass Sie mit der Befragung von Küppers' Schwester beginnen. Wahrscheinlich ist sie einer Frau gegenüber offener als zu einem Mann und britischen Soldaten.«

»Selbstverständlich, wenn Sie dies wünschen. Gibt es

bestimmte Dinge, nach denen ich Frau Reimers fragen soll?«

»Fangen Sie damit an, wie das Verhältnis zu ihrem Bruder war, und dann sehen wir weiter, welche Richtung das Gespräch nimmt.« Davies nickte ihr aufmunternd zu. »Konzentrieren Sie sich ganz auf das Gespräch. Ich mache mir Notizen.«

Hilde Reimers hatte das gleiche runde Gesicht und den gedrungenen Körperbau, den Friederike von Fotografien von Küppers kannte. Doch ihre Augen waren vom Weinen gerötet, und ihr Gesicht war geschwollen.

»Mein Gott ... Der Jupp ermordet! Seit mir gestern der Polizist die Nachricht überbracht hat, kann ich's immer noch nicht fassen.«

Hilde Reimers schüttelte den Kopf. Die Küche war klein und niedrig und erfüllt vom strengen Geruch nach Waschlauge, der aus einem Topf auf dem Herd stieg. Die Fenster waren beschlagen. Tropfen rannen daran hinab. Am Küchenbüfett hingen Postkarten: die Frauenkirche in München mit ihren haubenförmigen Türmen, eine Alpenkette, der Hamburger Michel, eine Seebrücke, die sich ins Meer erstreckte. Und dazwischen die Fotografie einer Tanzrevue, die ein Autogramm zierte.

»Standen Sie und Ihr Bruder sich denn nahe?« Friederike war ein wenig nervös. Sie und Davies saßen mit Hilde Reimers am Küchentisch.

»Na ja, ich war über fünfzehn Jahre älter. Wir mochten uns, haben uns zu Geburtstagen und anderen Familienfeiern eingeladen. In den letzten Jahren hat er mir immer mal wieder einen Sack Kohlen und Lebensmittel vorbeigebracht. Wofür ich dankbar war. Mein Mann ist ja an einer Grippe gestorben. Aber wir waren nie eng miteinander. Wenn Sie das meinen.«

»Wussten Sie von den Schwarzmarktaktivitäten Ihres Bruders?«

»Ich hab angenommen, dass er an die Kohlen, den Kaffee und den Zucker nicht auf legalem Weg gekommen ist. Mehr aber auch nicht. Und ich hatte deswegen kein schlechtes Gewissen.« Sie hob herausfordernd die Stimme.

»Ihr Bruder litt an Leukämie und hatte, laut seinem Arzt, nur noch wenige Wochen oder Monate zu leben. Hat er Ihnen davon erzählt?«

»Nein!« Hilde Reimers schlug die Hand auf die Brust. »O Gott, der Ärmste. Die letzten Male, als mich der Jupp besucht hat, war er niedergeschlagen. Aber ich dachte, das läge am Tod seiner Frau und der beiden Kinder. Ich hatte wirklich Glück, das muss ich schon sagen. Abgesehen von meinem Mann hat die Familie den Krieg überlebt, auch die vier Söhne an der Front. Einer ist in englischer Kriegsgefangenschaft. Aber mit den Russen hätte er's ja viel schlimmer getroffen.«

Friederike schob den Gedanken beiseite, ob Hans vielleicht in russischer Kriegsgefangenschaft war. »Hat Ihnen Herr Küppers gesagt, dass er versuchte, zu Pater Bernhard Heller Kontakt aufzunehmen? Der Pater wurde ebenfalls ermordet.« Sie hoffte, dass Davies mit ihren Fragen und der Reihenfolge einverstanden war. Er saß ruhig am Tisch, machte sich hin und wieder eine Notiz.

»Das hat mir der Polizist ebenfalls mitgeteilt. Ich wusste, dass die beiden sich entfremdet hatten. Mehr aber auch nicht. Wie gesagt, wir hatten kein enges Verhältnis.«

»Es besteht Grund zu der Annahme, dass Ihr Bruder Pater Bernhard eine schwerwiegende Sünde gebeichtet hat. Haben Sie vielleicht eine Ahnung, worum es gegangen sein könnte?« Friederike wunderte sich nicht, dass Hilde Reimers verständnislos von ihr zu Davies blickte.

»Der Jupp ... eine schwere Sünde? Ich könnt mir nur vorstellen, dass er gegen das sechste Gebot verstoßen hat. Mit der Treue hatte es der Jupp nicht so ... Wenn Sie das eine schwere Sünde nennen wollen? Aber ansonsten – nein.«

»Können Sie uns enge Freunde Ihres Bruders nennen?«, ergriff nun Davies das Wort.

»Da müsste ich länger überlegen. Ich bin ja sowieso ganz durcheinander. Das heißt ... warten Sie ...« Unvermittelt stand Hilde Reimers auf und verließ die Küche.

Friederike fragte sich, mit welcher Gedächtnisstütze sie wohl zurückkehren würde. Ihr Blick wanderte erneut zu den Postkarten und der Autogrammkarte am Büfett. Erst in den letzten beiden Jahren war ihr wirklich klargeworden, dass sich das Leben vieler Familien in der Küche abspielte und nicht in Wohn- oder Esszimmern oder in Bibliotheken, wie sie es von zu Hause gewohnt gewesen war.

Es dauerte einige Minuten, bis Hilde Reimers wieder erschien. »Bitte entschuldigen Sie, ich hatte die Fotografie verlegt«, sagte sie außer Atem, während sie zu dem Büfett ging, wo sie in einer Schublade herumkramte und schließlich eine Brille mit schwarzem Hornrand zutage förderte. Die Fotografie, die sie auf den Tisch legte, war die gleiche, die Erna Diederichs Friederike gezeigt hatte. Wahrscheinlich hatten die Familienangehörigen des Brautpaars Abzüge geschenkt bekommen.

Hilde Reimers beugte sich über die Fotografie. »Mit dem Herbert Wiesner war Jupp gut befreundet.« Ihr Finger wanderte zu einem blonden jungen Mann, der einen gezwirbelten Schnurrbart hatte. »Der Wiesner besaß einen Lebensmittelladen in Kall. Soviel ich weiß, ist er allerdings in den letzten Kriegsjahren bei einem Bombenangriff umgekommen. Mit dem Otmar Schultes und dem

221

Adolf Kramer hat er Fußball in einem Ehrenfelder Verein gespielt. Was aus denen geworden ist, weiß ich nicht.« Sie deutete auf zwei weitere junge Männer, die sich in ihren Anzügen nicht recht wohl zu fühlen schienen. »Bei den anderen müsst ich nachdenken. Meine Augen sind auch nicht mehr die besten …«

»In den Wochen vor seinem Tod soll Ihr Bruder häufig sein Goldenes Militärverdienstkreuz hervorgeholt und es betrachtet haben«, ergriff Davies wieder das Wort. »Wofür bekam er diesen Orden denn verliehen?«

»Der Jupp und das Goldene Militärverdienstkreuz?« Hilde Reimers' Gesicht spiegelte Verblüffung. »Nä, das hatt' der Jupp nicht bekommen.«

Friederike wechselte einen Blick mit Davies. »Aber ich habe diesen Orden gesehen. Er stammt aus dem Besitz Ihres Bruders«, sagte sie dann.

»Es mag ja sein, dass er den Orden von irgendwoher hatte. Die Briten und die Amis sollen ja ganz verrückt nach so was sein. Aber es war bestimmt nicht seiner. Der Jupp hat das Eiserne Kreuz zweiter Klasse verliehen bekommen, wie viele. Aber das Goldene Militärverdienstkreuz …« Hilde Reimers schüttelte den Kopf. »Nä, glauben Sie mir, so tapfer war der Jupp nicht.«

»Aber warum hätte Jupp Küppers den Orden immer wieder aus dem Wohnzimmerschrank holen und ihn betrachten sollen, wenn es nicht seiner war?«, sagte Friederike zu Davies, als sie wenig später das Haus verließen. Sie glaubte, sich verteidigen zu müssen. »Ich bin fest davon überzeugt, dass mich das Dienstmädchen nicht angelogen hat.«

»Das habe ich auch nicht angenommen. Ich werde versuchen herauszufinden, wo und in welcher Kompanie Küppers während des Ersten Weltkriegs gedient hat. Vielleicht lässt sich ja einer seiner Offiziere oder Kameraden aufspüren.«

Iskariot – Verräter – hatte einer der Mörder Küppers genannt. Ob er während des Ersten Weltkriegs einen Verrat begangen hatte und deshalb umgebracht worden war? Oder hatte er den Orden möglicherweise zu Unrecht erhalten? Friederike wollte Davies nicht mit ihren Spekulationen langweilen. Aber die Fragen beschäftigten sie weiter, während sie in Richtung Norden fuhren.

17. Kapitel

Bergisches Land

Friederike klappte ihr Notizbuch zu. Aus Davies' Stichworten und Anmerkungen hatte sie die Vernehmung rekonstruiert. Entweder am Abend, wenn sie nach Köln zurückgekehrt waren, oder morgen würde sie das Gespräch mit der Schreibmaschine protokollieren. Lange hatten die Ruinen einer Industrieregion ihren Weg begleitet. Schornsteine, die verloren zwischen Schutt aufragten. Verbogene Stahlträger, die wie die Greifer riesiger Insekten über Mauerresten und Gebäudehülsen hingen.

Inzwischen fuhren sie durch eine ländliche, hügelige Region. Manche Häuser hatten grüne Fensterläden und waren mit Schieferschindeln verkleidet. Ein kurzes Aufblitzen einer heilen Welt, ehe wieder Trümmer in ihr Blickfeld traten. Friederike konnte sich nicht vorstellen, dass all die Zerstörungen jemals beseitigt werden konnten. Aber sie war zu müde, um sich darüber zu grämen. Außer dem Jeep waren kaum Fahrzeuge unterwegs, und wenn, handelte es sich überwiegend um Wagen des Militärs.

»Ihr Kollege ist nett«, sagte sie, nur um sofort erschrocken abzubrechen. Sie konnte doch nicht einfach solch ein Gespräch mit Davies beginnen!

»McLeod ist ein sturer Schotte.«

Offensichtlich fühlte sich Davies durch ihre Bemerkung nicht brüskiert. Wenn er sich so verhielt wie ihr eigener Bruder und dessen Freunde damals, bedeuteten seine

Worte wohl, dass er Timothy McLeod mochte. Auch Hans hatte seine Sympathie häufig in distanzierte Worte zu kleiden gepflegt.

»Welchen militärischen Rang hat er denn?«

»Er ist Lieutenant.«

»Das hätte ich nicht gedacht.«

»Da sind Sie nicht die Erste. Hat er Sie zum Tanzen eingeladen?«

»Ja, aber ich habe abgelehnt.«

»Tanzen Sie gern?«

»Ja, schon …« Friederike war sich sicher, dass Davies dies nicht gefragt hatte, um seinerseits mit ihr auszugehen. »Und Sie?«

»Ich habe nie richtig tanzen gelernt. Aber ich mag Musik.«

»Spielen Sie ein Instrument?«

Davies zögerte, und Friederike dachte schon, sie sei zu weit gegangen, aber schließlich sagte er: »Ich spiele Klavier.«

»Ich hatte als Kind auch Klavierstunden. Aber ich war nie wirklich gut darin. Ich habe viel lieber gelesen, gemalt und gezeichnet.«

»Ich konnte gut Klavier spielen. Was haben Sie denn gelesen?«

»Ach, alles Mögliche. Mädchenbücher, Karl May, den ich mir von meinem Bruder geliehen habe. Romane aus der Bibliothek meiner Eltern …«

Vor ihnen verengte sich das Tal. Industriegebäude säumten einen vereisten Fluss, viele davon Ruinen. Entlang der steilen Hänge rechts und links zogen sich Häuserreihen.

»Hatten Sie ein Lieblingsbuch?« Davies warf ihr einen Blick von der Seite zu.

»Ja, *Die Schatzinsel – Treasure Island …*«

»Warum ausgerechnet dieses Buch?«

»Ich habe es während meines letzten Urlaubs in England für meinen Bruder gekauft. Beim Segeln, wenn der Wind es zuließ, oder wenn wir ankerten, haben wir uns daraus vorgelesen.«

»Aber was genau hat Ihnen daran gefallen? Ich hätte nicht erwartet, dass ein Abenteuerbuch Ihre Lieblingslektüre ist.«

Die gemeinsame Zeit mit Hans hatte ihr das Buch kostbar gemacht. In ihrer Erinnerung war diese Zeit unberührt von Krieg und Tod. Aber das war nicht alles.

»Ein Teil von mir war wohl Jim Hawkins und wollte auf Abenteuer ausziehen.«

»Haben Sie diese Seite nur beim Lesen ausgelebt?«

Zog er sie auf? »Na ja, ich bin gern bei starkem Wind gesegelt, und ich fand es immer schön zu galoppieren.« Friederike ging auf seinen leichten Ton ein. »Und ich habe gern geschossen.«

Ein großes, zweiflügliges Backsteingebäude, trist und streng wie eine Kaserne, wurde weiter oben an der Straße sichtbar. Davor standen Militärfahrzeuge.

»Sie können schießen?« Davies klang aufrichtig überrascht.

»Mein Bruder hat es mir beigebracht.«

»Was haben Sie denn geschossen?«

»Meistens Tontauben. Aber auch Ratten, als wir einmal eine Plage auf dem Gut hatten. Ich war eine ziemlich gute Schützin.« Hans war der Einzige, der diese abenteuerlustige Seite an ihr gesehen hatte. Für alle anderen war sie immer nur das zarte, verträumte Mädchen gewesen.

»Was haben Sie denn gern gelesen, Lieutenant?«

Sie hatten das Militärkrankenhaus erreicht. Davies parkte den Jeep, ohne Friederikes Frage beantwortet zu haben.

Köln

In diesem Viertel zu leben musste der reinste Luxus gewesen sein. Derek Binney musterte die Villen in den großen Gärten, während er langsam die Straße entlangfuhr. Trotz der Zerstörungen war der ehemalige Reichtum immer noch unübersehbar. Vor wenigen Tagen hätte er sich noch gewünscht, einmal ein solches Gebäude zu bewohnen. Inzwischen war ihm dies völlig gleichgültig. Von Bedeutung war nur, dass ihm die Zeit davonlief und dass er diesen verdammten Jungen immer noch nicht gefunden hatte.

Wobei Derek Binney allmählich bezweifelte, ob ihm dies jemals gelingen würde. Wie erwartet, hatte Moira ihm Durchschläge von den Listen ausgehändigt, auf denen die requirierten Häuser und Wohnungen verzeichnet waren. Insgesamt an die siebenhundert. Er hatte Mehrfamilienhäuser ausgeschlossen, denn er konnte sich nicht vorstellen, dass die Militärpolizei ein solches Gebäude als Versteck wählen würde. Die Gefahr, dass der Junge und seine Mutter den Mitbewohnern auffielen, war einfach zu groß. Aber es waren immer noch viel zu viele Optionen übrig geblieben.

Derek Binney erinnerte sich vage, von irgendeiner Sage gehört zu haben, in der ein Mann einen Stein den Berg hinaufschleppen musste, der, kaum hatte der Mann den Gipfel erreicht, wieder hinunterrollte. Genauso kam er sich vor. Am Vortag hatte er zum Beispiel schon geglaubt, den Jungen gefunden zu haben. Eine deutsche Frau und ihr Sohn lebten in einem Haus im Stadtteil Weidenpesch, das demnächst, laut einem Vermerk auf der Liste, von einer britischen Offiziersfamilie bewohnt werden sollte. Aber im Gespräch mit den Nachbarn hatte er herausgefunden, dass die beiden dort schon vor über zwei Wochen eingezogen waren und folglich nicht die Gesuchten sein konnten.

Der Stadtplan verriet Binney, dass er sein Ziel – zwei gegenüberliegende Villen – fast erreicht hatte. In einer wohnte die Familie eines Royal-Air-Force-Offiziers namens Thewliss, die andere stand zurzeit leer.

Er parkte den Opel am Straßenrand. Zwei Tage blieben ihm noch. Er würde es nicht schaffen, den Jungen innerhalb dieser Zeitspanne zu finden. Es war einfach unmöglich. Tränen der Frustration und des Selbstmitleids stiegen Derek Binney in die Augen. Es würde ihm nichts anderes übrigbleiben, als Hals über Kopf nach England zu reisen und dort unterzutauchen. Wahrscheinlich würde er nur zu bald schon die britische Polizei auf dem Hals haben.

Zwei Kinder schlüpften aus dem Tor der leerstehenden Villa. Ein Junge und Mädchen. Gut gekleidet und wohlgenährt. Bälger aus der Oberschicht, die garantiert heimlich auf dem verbotenen Gelände gespielt hatten. Wie Binney nicht anders erwartet hatte, überquerten sie die Straße und liefen zur Offiziersvilla. Ach, wie er diese reichen Blagen hasste.

Derek Binney hatte die Suche satt. Er war völlig erschöpft, und wahrscheinlich fiel er einem seiner Landsleute mit seinen Fragen ohnehin bald auf. Ganz zu schweigen davon, dass er Gefahr lief, von Kollegen gesehen zu werden, die sich wundern würden, warum er seinen kurzfristig anberaumten Urlaub ausgerechnet im zerbombten Köln verbrachte.

Er drehte den Zündschlüssel im Schloss und wollte losfahren. Aber – was war das? Er blinzelte. Am Tor des leerstehenden Gebäudes tauchte jetzt ein kleiner Junge auf und winkte den beiden anderen Kindern zum Abschied zu. Der Kleine trug ärmliche Kleidung. Er hatte blondes Haar, war schmächtig und gewiss nicht älter als sechs Jahre.

Sollte ihm das Glück doch noch hold sein? Vor Aufregung wurde Derek Binney ganz flau im Magen. Als er gleich darauf durch die Gitterstäbe des Tors spähte, war der Junge verschwunden. Er musste unbedingt mit den anderen beiden Bälgern sprechen.

Während er zu der Offiziersvilla ging, dachte er sich fieberhaft eine Ausrede aus, die sein Erscheinen begründen würde. Doch wieder war ihm das Schicksal wohlgesinnt. Der Junge und das Mädchen spielten noch im Garten und enthoben ihn des Problems, sich einem Erwachsenen erklären zu müssen.

»Hallo, ihr beiden!«, rief er ihnen zu.

Die blaue Uniform der Militärregierung flößte den Kindern Vertrauen ein. Ohne Scheu kamen sie zu ihm gelaufen.

»Sagt mal, wohnt hier die Familie Marley?«

»Nein, hier wohnen wir«, sagte das Mädchen. »Wir heißen Thewliss.«

Was Binney natürlich wusste. »Kann es sein, dass ich mich in der Hausnummer vertan habe und die Marleys gegenüber wohnen?«

»Nein, dort wohnt niemand, Sir.« Das Mädchen schüttelte den Kopf.

»Mir war aber so, als hätte ich eben einen kleinen Jungen im Garten gesehen.«

»Emily meint, dass dort keine Briten leben«, warf ihr Bruder erklärend ein.

»Ach, wer wohnt denn da?« Derek Binney versuchte, seine Stimme beiläufig klingen zu lassen.

»Kann ich Ihnen helfen?« Erst jetzt bemerkte Derek Binney die elegante Dame, die auf hohen Absätzen den verschneiten Gartenweg entlanggestöckelt kam. Ganz offensichtlich die Offiziersgattin und Mutter. Wie die Kinder sprach sie mit einem Oberschichtakzent. Aber anders als die beiden sah sie ihn nicht vertrauensvoll, sondern abschätzend an. Derek Binney unterdrückte einen Fluch.

»Der Herr sucht nach der Familie Marley.« Der Junge wandte sich seiner Mutter zu.

»Ich habe mit Stephen Marley zusammen bei der Marine gedient, und als ich hörte, dass er nun für die Militärregierung in Köln arbeitet, dachte ich, ich besuche ihn mal.« Derek Binney hatte in den letzten Jahren an seinem Akzent gearbeitet. Er klang nun nicht mehr direkt nach Arbeiterschicht, aber auch nicht besser als Mittelklasse-Milieu.

»Leider kenne ich niemanden dieses Namens. Ich nehme an, jemand hat Ihnen eine falsche Adresse genannt.« Mrs Thewliss' Tonfall besagte, dass jemand, mit dem er befreundet war, ganz sicher nicht zu dem Personenkreis der Militärregierung zählte, der in einer requirierten Villa leben durfte.

»Ja, wahrscheinlich.« Derek Binney schenkte der Dame des Hauses sein strahlendstes Lächeln. Sein gutes Aussehen tat wieder einmal seine Wirkung, und ihr Blick wurde freundlicher. »Aber die Villa auf der anderen Straßenseite ist doch auch bewohnt, oder?«

»Eine Deutsche und ihr Sohn sind dort untergebracht. Die Deutsche soll das Haus für die künftigen Bewohner herrichten.«

»Ach, tatsächlich?« Er durfte jetzt keinen Fehler machen. »Ich möchte Ihnen nicht lästig fallen. Aber genau das sagte man mir auch über die Marleys … Also, dass ein Hausmädchen alles für sie vorbereiten würde.«

»Mrs Gärtner arbeitet ganz sicher nicht für diese Familie. Der Lieutenant der Militärpolizei, der sie und ihren kleinen Sohn am vergangenen Freitag herbrachte, erklärte, dass sie für einen Offizier der Royal Air Force und dessen Familie tätig sein würde.« Mrs Thewliss' Ton duldete keinen Widerspruch.

»Mrs Gärtner arbeitet auch für uns«, sagte das Mädchen und lächelte Derek Binney an.

»Das interessiert den Herrn ganz sicher nicht«, erklärte Mrs Thewliss scharf. Sie nickte ihm zum Abschied kurz zu und zog die Kinder dann zum Haus.

Aha, ein Lieutenant von der Royal Military Police hatte Mutter und Sohn zu der Villa gebracht, und das auch noch am passenden Tag. Das konnte kein Zufall sein. Derek Binney konnte es kaum fassen, dass er Peter Assmuß tatsächlich gefunden hatte.

Wuppertal

In dem Flur des British Military Hospital hing der typische Geruch von Desinfektionsmitteln. Während Friederike der Krankenschwester folgte, kam es ihr vor, als ob ihre Schritte sehr laut auf dem gefliesten Boden widerhallten. Sie und Davies hatten sich in der Eingangshalle getrennt. Friederike freute sich darauf, ihre Mutter wiederzusehen. Gleichzeitig fürchtete sie jedoch, der Zustand ihrer Mutter könne sich verschlechtert haben. Vielleicht erkannte ihre Mutter sie ja gar nicht.

»*Here we are* ...« Die Krankenschwester öffnete eine Tür. Friederikes Mutter lag in einem schmalen Raum, in dem einige Schränke standen. Vielleicht eine Art Abstellkammer. Sie hatte die Augen geschlossen. Ihr Atem ging ruhig und gleichmäßig.

»Mutter ...« Als Friederike vorsichtig ihre Schulter berührte, wachte sie nicht auf. Friederike setzte sich auf einen Schemel neben das Bett. Die Gesichtsfarbe ihrer Mutter, so schien es ihr, war nicht mehr gar so bleich, und ihre Wangen wirkten ein wenig voller. Aber vielleicht wollte sie das auch nur so sehen. Sie wünschte, sie hätte ihrer Mutter etwas mitgebracht.

Friederike holte ihr Notizbuch hervor und begann einen Blumenstrauß zu zeichnen. Ihre Mutter hatte Blumen immer geliebt. Sie hoffte, dass sie sich über das Bild freute. Im Frühjahr 39 hatte ihrer Mutter der Blinddarm entfernt werden müssen. Damals hatte sie ein großes Einzelzimmer gehabt. Auf dem Nachttisch und dem Fensterbrett, überall hatten Blumensträuße gestanden. Friederikes Vater, ihre Großeltern und Freunde und Bekannte ihrer Mutter hatten sie mitgebracht oder geschickt. Ihr Vater hatte jeden Tag einen neuen Strauß gekauft. Treibhausrosen oder Orchideenrispen in knisterndem Zellophan. Was Friederike übertrieben erschienen war, schließlich war ihre Mutter nicht von einer lebensbedrohlichen Krankheit genesen. Aber ihr Vater hatte ihre Mutter immer wie ein zerbrechliches Wesen behandelt, das umhegt und verwöhnt werden musste.

Als die Zeichnung fertig war, riss Friederike das Blatt Papier aus dem Notizbuch und lehnte es gegen den Wasserkrug auf dem Nachttisch. Ob die Ärzte den britischen Frauen nicht zumuten wollten, mit einer Deutschen in einem Saal zu liegen, und sie ihre Mutter deshalb in diese Kammer gebracht hatten? Möglicherweise wollten sie aber auch ihre Mutter schützen.

»Friederike …« Ihre Mutter hatte die Augen geöffnet.
»Ach, Mutter.« Sie streichelte ihre Hand.
»Die Ärzte und die Schwestern sprechen englisch.«
»Ja, du bist in einem britischen Militärhospital.«
»Das ist kein Hospital für Geisteskranke?«
»Nein!«

»Ich bekomme viel zu essen, und das Personal ist meistens nett. Aber du lässt mich doch nicht hier?« Ihre Mutter blickte sie ängstlich an.

Friederike schluckte. »Sobald es dir wieder gutgeht, hole ich dich nach Hause.« Was auch immer *Zuhause* bedeuten mochte …

Die Tür ging auf. Eine rotblonde Frau in einem Arztkittel betrat das Zimmer. »Sie sind die Tochter?« Ihr Englisch klang nach oberer Mittelklasse oder Oberschicht.

»Ja, das bin ich.«

»Könnte ich Sie kurz sprechen?«

»Ich komme gleich wieder zurück.« Friederike lächelte ihre Mutter an.

An der Wand hing das obligatorische Bild des Königs. Im Büro des Chefarztes ließ sich Davies mit der Kölner Stadtkommandantur verbinden. Er hatte vermutet, dass sein Ansinnen alles andere als Begeisterung bei Captain Mannings auslösen würde. Was sich bewahrheitete, nachdem er es ihm geschildert hatte.

Ein Fluch drang an sein Ohr. »Haben Sie eine Ahnung, was für einen Aufwand es in Zeiten wie diesen bedeutet, Offiziere ausfindig zu machen, die mit Küppers während des Ersten Weltkriegs in einer Kompanie gedient haben? Und das nur wegen der Aussage seiner Schwester und einer angeblich nicht erteilten Absolution? Vielleicht hat der Anblick des Ordens sein Blut in Wallung gebracht – irgendein Psycho-Arzt könnte Ihnen sicher mehr darüber sagen. Oder Küppers hat dem Pater Sodomie gestanden. Ich schätze, die Papisten halten so etwas für eine unverzeihliche Sünde.«

»Sir, ich verstehe Ihre Bedenken.« Davies blieb fest. »Aber ich glaube, es könnte wichtig für den Fall sein, ob

Küppers dieser Orden tatsächlich verliehen wurde oder nicht. Deshalb möchte ich dem nachgehen.«

»Viele Offiziere aus dem Ersten Weltkrieg sind tot oder in Kriegsgefangenenlagern inhaftiert. Ganz zu schweigen davon, dass der größte Teil der verdammten Reichswehr-Akten 45 in Berlin in Flammen aufgegangen ist.«

»Sir, ich bin mir über die Schwierigkeiten wirklich im Klaren. Vielleicht wäre es ja eine Möglichkeit, die Kriegsgefangenenlager zu kontaktieren. Wenn ich es nicht für wichtig hielte, würde ich Sie nicht um Ihre Hilfe bitten.«

Mannings stieß ein gereiztes Knurren aus, das Davies als Einlenken deutete. »Ich werde übergeordnete Stellen einschalten müssen. Sind Sie denn in dem Krankenhaus irgendwie weitergekommen?«

»Ich bin gerade erst eingetroffen. Der Leiter des Hospitals, ein Colonel, war nicht sehr erbaut, mir sein Büro für das Telefonat zur Verfügung zu stellen. Ich hoffe, dass er, was meine Fragen betrifft, kooperativer ist.«

»Bestimmt irgendein Kerl mit Oberschichtakzent. Machen Sie ihm klar, wer hier das Sagen hat.« Mannings klang beinahe belustigt. »Halten Sie mich auf dem Laufenden, Davies. Und ich sehe, was ich in Bezug auf die Offiziere aus Küppers' Kompanie tun kann. Aber glauben Sie mir, auch einige andere Leute werden über Ihr Ansinnen nicht sehr erfreut sein.« Damit beendete er das Telefonat.

Als Davies das Büro verließ, wanderten seine Gedanken zu Friederike Matthée. In welcher Verfassung würde sie ihre Mutter wohl antreffen? Sie hatte sehr nervös gewirkt, als sie sich vorhin von ihm verabschiedete. Gleich darauf sagte er sich, dass sie ihn jetzt nicht zu interessieren hatte. Er sollte sich besser gegen das Gespräch mit dem Chefarzt wappnen.

»Dr. McKenzie«, stellte sich die Ärztin vor. Sie hatte ein klares, attraktives Gesicht und war älter, als Friederike zuerst gedacht hatte – wahrscheinlich Mitte vierzig –, um ihre Augen und den Mund hatten sich feine Falten eingegraben. Durch das Fenster ihres Büros konnte man auf die weiter unten am Hang liegenden Gebäude sehen.

»Ihre Mutter war stark unterernährt, als sie zu uns gebracht wurde.« Es klang wie ein Vorwurf.

»In den letzten Monaten hatten wir nur sehr wenig zu essen.«

»In der ersten Nacht bekam sie hohes Fieber. Ich kann ein bisschen deutsch. Sie sprach davon, dass sie vergewaltigt worden sei, und schrie vor Angst. War das eine Fieberphantasie, oder entspricht es der Realität?«

Friederike starrte auf ihre Hände. »Es ist wahr.«

»Mehrfach vergewaltigt?«

»Ja, wir sind aus Ostpreußen geflohen. Es … es geschah in der Sowjetzone …«

»Ich verstehe. Sie auch …?«

Friederike nickte stumm.

Schritte und Stimmen, die sie aus dem Schlaf reißen … Eine Tür fliegt auf. Männer drängen in das Zimmer. Im Dämmerlicht kann sie ihre Gesichter nicht erkennen … Aber sie riecht ihre Köper. Sie ist noch nicht ganz wach, doch der Geruch macht ihr Angst. Sie will aufspringen, weglaufen … Aber sie ist wie gelähmt. Ihre Mutter schreit …

»Wir behandeln hier keine seelischen Leiden. Nur körperliche Beschwerden. Wir werden alles tun, damit Ihre Mutter wieder zu Kräften kommt. Manchmal hilft das auch der Psyche, sich zu erholen. Was die Zeit nach dem Krankenhausaufenthalt betrifft … Ihr Mutter bräuchte eine Umgebung, die ihr Halt und Sicherheit gibt.« Die

Stimme der Ärztin klang sachlich, aber eine Spur von Mitgefühl schwang darin mit. »Das ist leider alles, was ich Ihnen im Moment sagen kann.«

Draußen im Flur wurde es Friederike übel. Ein Würgereiz packte sie. Sie war schon kurz davor, sich auf den Boden zu übergeben, als sie eine Tür mit einem Toilettenzeichen sah. Sie stieß sie auf, stolperte in den graugekachelten Raum und in eine Kabine. Dort erbrach sie sich in eine Toilettenschüssel, bis sie nichts mehr im Magen hatte. Die Beine gaben unter ihr nach. Friederike taumelte gegen die Kabinenwand, glitt an ihr hinab und kauerte sich auf den Boden. Tränen rannen ihr übers Gesicht.

Ihre Mutter und sie haben Unterschlupf auf einem Bauernhof bei Sassnitz gefunden. Auch andere Flüchtlinge, Frauen und Kinder, sind dort untergekommen. Für einige Wochen sind zudem russische Soldaten und Offiziere einquartiert. Um die sechzig Mann. Anfangs hat Friederike, wie alle Frauen, Angst vor ihnen, rechnet mit dem Schlimmsten. Alle Russen sind Unmenschen, heißt es, wie Tiere. Begehen schreckliche Gräuel …

Aber nichts geschieht. Im Gegenteil. Ein älterer Soldat mit großen Händen, mit dem sie in der Küche zusammenarbeitet, schenkt ihr hin und wieder Tee. Sie versteht ihn nicht, aber er ist auch auf andere Weise freundlich zu ihr. Trägt schwere Eimer für sie und schnitzt ihr einen Löffel. Dann ziehen die Soldaten ab. Alle hoffen, das Schlimmste sei überstanden.

Sie liegt mit ihrer Mutter in einer Dachkammer. Es ist Mitte Mai. Vor ein paar Tagen haben sie gehört, dass der Krieg zu Ende ist. Das Fenster in der Giebelwand steht offen. Der Himmel beginnt sich aufzuhellen, und von der nahen

Ostsee weht ein frischer Wind über das Land. Er erinnert sie an zu Hause. Friederike schläft noch einmal ein. Das Geräusch von Automotoren mischt sich in ihren Traum, in dem sie am Haff am Strand steht. Auf dem Wasser treiben Eisschollen, obwohl es Sommer ist. Sie friert erbärmlich in ihrem Badeanzug.

Trampelnde Schritte und Stimmen auf der Holztreppe wecken sie. Die Tür fliegt auf. Männer drängen in den Raum. Im Dämmerlicht kann sie ihre Gesichter nicht erkennen. Ihre Mutter schreit. Auch vom Hof hört Friederike Schreie. Sie will aufspringen, weglaufen. Aber wie das manchmal in bösen Träumen ist, kann sie sich nicht bewegen. Und ein Teil von ihr, der wach und rational ist, weiß, dass sie an den Männern ohnehin nicht vorbeikäme.

Einer wirft sich auf ihre Mutter, reißt ihr Hemd entzwei. Ein anderer zerrt die Decke von Friederike.

»Nein, nicht, bitte nicht …« Ist das ihre Stimme? Mehr in einem Reflex als in der Absicht, sich zu wehren, hebt sie die Hände. Jemand lacht, packt ihre Handgelenke, reißt ihre Arme nach hinten und hält sie fest. Sie atmet den Gestank von Schweiß und Alkohol ein. Ihre Beine werden von einem anderen Mann auseinandergedrückt. Sein grober Griff lässt sie aufschreien.

Dann wirft er sich auf sie. Als er in sie hineinstößt, hat sie das Gefühl zu zerreißen. Wieder Schreien von weit her. Ihres oder das ihrer Mutter? Jemand kippt Alkohol über sie. Er brennt ihr in den Augen, rinnt in ihre Nase. Sie hustet, glaubt zu ersticken. Eine Zunge leckt über ihr Gesicht und ihr Haar. Als der Mann mit einem grunzenden Stöhnen endlich fertig ist, hofft sie, es sei zu Ende.

Aber ein anderer nimmt seinen Platz ein, dann noch einer. Irgendwann sind die Schmerzen so stark, dass sie wegdämmert. Als sie wieder zu sich kommt, sind die Männer fort. Ihre Mutter kauert auf dem anderen Bett. Sie ist

nackt und hat die Arme um sich geschlungen und schluchzt.
Sie sieht weg, als sie Friederikes Blick bemerkt.

Friederike roch ihr Erbrochenes. Sie stemmte sich an der Toilettenschüssel hoch und stolperte aus der Kabine. An einem Waschbecken drehte sie den Hahn auf. Sie hatte das Gefühl, als klebten der Speichel und der Alkohol immer noch an ihrer Haut. Sie hielt ihre Hände unter den kalten Strahl, fuhr sich damit wieder und wieder über das Gesicht, bis ihre Wangen und ihr Mund ganz taub waren.

Sie zuckte zusammen, als sich eine Hand auf ihren Arm legte. Eine Krankenschwester war neben sie getreten. »Geht es Ihnen gut?« Die Frau betrachtete sie mit professioneller Anteilnahme.

Friederike stieß die Hand weg und rannte nach draußen. Sie konnte jetzt ihre Mutter nicht sehen, und sie konnte auch Davies nicht gegenübertreten.

Richard Davies verstaute die Unterlagen über das Penicillin und das Morphium im Jeep. Tatsächlich hatte er sich gegen den Leiter des Militärkrankenhauses durchsetzen müssen. Erst als er ihm unmissverständlich klargemacht hatte, dass er mit der Militärpolizei kooperieren musste, hatte der Offizier und Arzt sie ihm ausgehändigt. Irgendwelche Unregelmäßigkeiten waren ihm angeblich nicht aufgefallen.

Davies hatte auch mit den übrigen Ärzten gesprochen, die Zugang zu den Medikamenten hatten. Auch dies ohne Ergebnis. Die Unterlagen mitzunehmen war Routine. Er bezweifelte, dass Unstimmigkeiten darin zu finden sein würden, falls das Penicillin und das Morphium in Küppers' Schwarzmarktlager aus diesem Hospital der britischen Armee stammten. Vermutlich brachte man die Medikamente schon mit gefälschten Listen in England auf den Weg. So nahm er es ja auch für die Zigaretten und anderen Waren aus britischen Beständen an. Morphium und Penicillin waren in Deutschland äußerst knapp und ihr Wert auf dem Schwarzmarkt sehr hoch. Entsprechend vorsichtig würden die Diebe sein.

Die Enge des Tals, die Ruinen ringsum und die tief hängenden Wolken machten Davies beklommen. Er zündete sich eine Zigarette an und blickte auf seine Armbanduhr. Fast drei Stunden waren vergangen, seit er und Friederike Matthée in Wuppertal angekommen waren. Er hatte eigentlich erwartet, sie im Jeep oder in der Halle des Krankenhauses zu treffen, und hoffte, dass es ihrer Mutter nicht schlechter ging. Nachdem er die Zigarette zu Ende geraucht hatte, ging er zurück ins Hospital und in den zweiten Stock.

»Kann ich Ihnen helfen, Lieutenant?« Eine rotblonde Frau in einem Arztkittel kam auf ihn zu.

»Ich suche Miss Matthée …«

»Eine Krankenschwester hat sie vor einer Weile auf der Toilette angetroffen, wo sie sich übergab. Die Schwester wollte ihr helfen, aber Miss Matthée hat sie weggestoßen und ist davongerannt.«

»Miss Matthée hat sich übergeben? Ist sie denn plötzlich krank geworden? Oder geht es ihrer Mutter nicht gut?« Davies verstand nicht.

»Eigentlich darf ich Ihnen nichts dazu sagen.« Die Ärztin zögerte.

»Worum geht es denn?«

»Ich weiß wirklich nicht …«

»In gewisser Weise bin ich Miss Matthées Vorgesetzter. Jetzt sagen Sie schon, was mit ihr los ist.« Davies machte sich Sorgen. Friederike Matthée hatte vor der Begegnung mit ihrer Mutter so nervös gewirkt. Wie er gehofft hatte, zeigte sein militärischer Tonfall Wirkung.

239

»Nun gut … Miss Matthée ist ja streng genommen nicht meine Patientin. Also … Miss Matthée wurde in der Sowjetzone mehrfach von russischen Soldaten vergewaltigt. Wahrscheinlich wurde sie vorhin von Erinnerungen überwältigt. Es tut mir leid. Sie wirkte während unseres Gesprächs recht gefasst. Mit einer derartigen Reaktion habe ich nicht gerechnet.«

Die Stimme der Ärztin klang, fand Davies, nüchtern, als würde sie über eine Blinddarmentzündung sprechen. Ebenso sachlich bedankte er sich für die Auskunft. Über Leid redete man nicht. Ja, man dachte am besten nicht einmal daran.

Davies erschrak über seine Härte. Sein Vater, auch ein Arzt, hätte wahrscheinlich mitfühlend und warmherzig reagiert. Aber es war wohl auch besser, wenn er sich nicht zu sehr daran erinnerte, was für ein Mensch sein Vater gewesen war.

»Lieutenant Davies …« Er hatte das Treppenhaus erreicht, als jemand seinen Namen rief. Ein hochgewachsener, dunkelhaariger Mann eilte ihm nach. Davies erkannte ihn wieder, es war einer der Ärzte, mit dem er wegen des Morphiums und des Penicillins gesprochen hatte.

»Dr. Rosen, haben Sie etwa auf mich gewartet?«

»Ich möchte mich noch einmal mit Ihnen unterhalten. Aber nicht hier. Kommen Sie in einer Stunde zu diesem Lokal.« Der Arzt drückte ihm einen Zettel in die Hand und ging rasch weiter.

Auf dem Zettel stand die Adresse eines Lokals im Stadtteil Elberfeld. Es dämmerte schon, als Davies dort ankam. Das Gründerzeithaus am Rande der völlig zerstörten Stadtmitte war schmal, die Gaststube eng und, obwohl es früh am Abend war, schon gut besucht. Richard Davies ignorierte die neugierigen Blicke, die seine Uniform streiften. Im hinteren Teil des langgestreckten, dunkel getäfelten Raums entdeckte er einen freien Tisch.

In der Hoffnung, Friederike Matthée zu finden, war er durch die Straßen in der Nähe des British Military Hospital und auch zum Bahnhof von Elberfeld gefahren. Doch ohne Erfolg. Davies sagte sich, dass er mehr als genug getan hatte. Schließlich hätte sie gar nicht erst weglaufen dürfen. Dennoch machte er sich immer noch Sorgen um sie. Er hatte davon gehört, dass sich in der sowjetisch besetzten Zone und auch in Berlin zahlreiche Vergewaltigungen ereignet hatten. Berührt hatte ihn dies nicht. In den Jahren von 1933 bis 1945 war so viel Grauenhafteres geschehen ... Und hatten sich die Frauen ihr Schicksal nicht selbst zuzuschreiben? Schließlich waren sie Deutsche. Aber Friederike Matthée war keine von den namenlosen Frauen. Er kannte und mochte sie, und er konnte sich nicht vorstellen, dass sie mit dem nationalsozialistischen Regime sympathisiert hatte.

»Tut mir leid, dass ich zu spät komme.« Dr. Rosen war an den Tisch getreten. »Aber ich wurde im Krankenhaus aufgehalten.«

Davies bestellte bei der Kellnerin, einer Frau Ende zwanzig mit beachtlicher Oberweite, zwei Bier und ignorierte ihre Flirtversuche.

»Sie ist neu hier und viel hübscher als ihre Vorgängerin.« Der Arzt lehnte sich auf seinem Stuhl zurück.

»Was bringt Sie in dieses Lokal? Normalerweise bleiben wir Briten doch unter uns.«

Dr. Rosen blickte zur Tür, durch die jetzt eine Gruppe schlechtgekleideter Männer mit stoppeligen Gesichtern hereinkam. Die Männer drängten sich an den Tischen vorbei und gingen in ein Hinterzimmer.

»Ich habe es als Treffpunkt vorgeschlagen, weil die Chancen, hier auf Mitarbeiter der Militärregierung und

Kollegen zu stoßen, ziemlich gering sind. Ich möchte keinen Ärger mit dem Colonel. Er ist einflussreich, und ich will in meinem Beruf weiterkommen.« Er sprach leichthin, wie schon am Nachmittag, mit einem selbstironischen Unterton. Aber Davies hatte den Eindruck, dass sich hinter seiner scheinbaren Ungerührtheit etwas verbarg.

Die Kellnerin stellte zwei Biergläser auf den Tisch. Dr. Rosen prostete Davies zu. »Und ja, ich zahle mit deutschem Geld. Ich verkaufe hin und wieder ein Tütchen Kaffee oder eine Zigarette an die Deutschen. Ich hoffe, das ist kein Problem.«

»Das ist mir egal.« Um den Schwarzmarkt zwischen Briten und Deutschen einzuschränken, erhielten Militärangehörige und Angestellte der Militärregierung kein Bargeld, sondern Gutscheine, die sie in den Kantinen, den Clubs und in den Läden der Navy, Army and Air Force Institutes einlösen konnten. Eine Maßnahme, die sich nur als sehr bedingt tauglich erwies, da ja die mit den Gutscheinen erworbenen Waren schon an sich eine Währung darstellten.

»Kommen wir zur Sache … Ich nehme an, es gab doch Unregelmäßigkeiten mit dem Morphium oder dem Penicillin, und deshalb wollten Sie mich sprechen.«

»Ja … Vor ein paar Monaten, im Oktober genau genommen, wurde ein Kollege dabei ertappt, als er Morphium stahl. Er beteuerte, er habe das Morphium nur für sich entwendet. Er sei in der Normandie schwer verwundet und mit Morphium behandelt worden und seitdem abhängig. So etwas geschieht manchmal ja recht schnell.«

»Ich weiß.«

Dr. Rosen trank sein Bier in einem langen Zug aus und bedeutete der Kellnerin, ihm ein neues zu bringen. »Der Chefarzt beschloss, die Angelegenheit intern zu regeln.

Der Kollege war ein verdienter Arzt und Soldat. Der Chefarzt bestand darauf, dass der Kollege seine Entlassung einreichte, und im Gegenzug verzichtete er darauf, das Vergehen zu melden.«

»Aber das ist noch nicht alles?«

»Nein. Jener Kollege war als Chirurg am Hospital tätig, und ich bin Anästhesist. Ich habe gelegentlich gesehen, wie er vor Operationen seine Hände und Unterarme wusch und desinfizierte. Ich bin sicher, dass er keine Einstichstellen hatte.« Dr. Rosen seufzte. »Mir war bei dem Handel nicht ganz wohl. Aber ich dachte auch, was schadet es schon, wenn er das Morphium verkauft und sich eine hübsche Summe dabei verdient. So viele versuchen doch, sich jetzt, nach dem Krieg, zu bereichern, und er hatte wirklich genug mitgemacht. Eine Mordermittlung ist allerdings etwas anderes ...«

Vielleicht war der Diebstahl eine Sache für sich, überlegte Davies, und hatte nichts mit dem Mord an Küppers und den Beständen in seinem Lager zu tun. Vielleicht jedoch auch nicht. »Ich brauche den Namen Ihres Kollegen«, sagte er. »Und ich will wissen, wohin er nach seinem Ausscheiden aus dem Militärdienst ging.«

»Sein Name ist Reginald Forster. Ansonsten weiß ich nur, dass er nach England zurückkehren wollte. Aber ich habe wirklich keine Ahnung, an welchen Ort.«

Es würde nicht schaden, den Vorfall weiterzumelden und Scotland Yard nach dem Arzt suchen zu lassen. Davies legte einige Münzen auf den Tisch, denn als Mitglied der Militärpolizei stand ihm deutsches Geld zur Verfügung. »Betrachten Sie sich als eingeladen.«

Die Kellnerin betrat, ein Tablett mit vollen Biergläsern in den Händen, das Hinterzimmer und ließ die Tür offen stehen.

»Am Brunnen vor dem Tore, da steht ein Lindenbaum«, drang mehrstimmiger Männergesang in die Wirtsstube und übertönte den Geräuschpegel der Gäste. Davies erstarrte. *Am Brunnen vor dem Tore, da steht ein Lindenbaum; Ich träumt in seinem Schatten, so manchen süßen Traum*, hörte er eine Frau singen. Ein kleiner Junge am Klavier lauschte ihr und versuchte, die Töne auf den Tasten zu finden.

»Die Nazis haben das *Volkslied* auch sehr geliebt. Diese sentimentale Mörderbande.«

Erst verspätet begriff Davies, dass Dr. Rosen den deutschen Ausdruck Volkslied benutzt hatte.

»Ich bin in Norddeutschland geboren. 1933 ist meine Familie nach England ausgewandert«, sagte Dr. Rosen unvermittelt. »Ich bin Jude. Früher hieß ich Wilhelm Rosenzweig.«

Davies verschlug es die Sprache.

»Schockiert Sie das? Ich hätte nicht gedacht, dass ich mich jemals freiwillig unter Deutsche mischen würde.« Dr. Rosen verzog den Mund zu einem schiefen Lächeln. »Aber manchmal treibt es mich aus den britischen Enklaven hinaus in die feindliche Umgebung. Trotz allem, was geschehen ist, mag ich die Sprache immer noch.«

»Wie alt waren Sie, als Sie Deutschland verlassen mussten?« Das Bier brannte in Davies' Magen.

»Achtzehn. Ich habe in England Medizin studiert und wurde nach Kriegsbeginn eine Zeitlang interniert. Das Übliche. Ich habe mich zur Armee gemeldet und bin froh, dass ich meinen Teil dazu beigetragen habe, Hitler und seine Anhänger zu besiegen. Es war gewissermaßen eine persönliche Sache.«

»Und Ihre Angehörigen?«, zwang sich Davies zu fragen.

»Meine Eltern und meine beiden Schwestern überlebten den Krieg in England. Fast alle Familienmitglieder, die in Deutschland blieben, wurden umgebracht. Aber ich will Sie nicht mit meiner Geschichte behelligen.« Dr. Rosen stand auf und berührte Davies an der Schulter. »Seien Sie froh, dass Sie Brite sind.«

»Zurücktreten, treten Sie von der Bahnsteigkante zurück! Der Zug nach Köln über Solingen-Ohligs und Leverkusen fährt ein!«, schallte es über die Gleise.

Friederike schreckte auf. Nachdem sie aus dem Krankenhaus gerannt war, war sie durch Straßen geirrt, bis sie schließlich zu einem Bahnhof gelangte. Dort hatte sie sich in eine Schlange vor einem Schalter eingereiht und eine Fahrkarte erstanden. Wie lange sie auf dem völlig überfüllten Bahnsteig gewartet hatte, wusste sie nicht.

Rauch und Dampf wirbelten durch die Luft, als der Zug zum Stehen kam. Friederike ließ sich von den Menschen mitziehen, die zu den Waggons eilten. Sie wurde einige Stufen hinauf- und in einen Gang geschoben und dort in eine Ecke gedrängt. Es stank nach ungewaschenen Körpern. Ihr wurde abermals übel.

Licht flackerte kurz auf und erlosch, als sich der Zug in Bewegung setzte. Ein kalter Luftzug streifte Friederikes Wange. Sie stand neben einem Fenster, das nicht richtig schloss. Doch sie war dankbar dafür, denn so hatte sie wenigstens Luft zum Atmen.

Wuppertal-Steinbeck ... Wuppertal-Vohwinkel ... Solingen-Ohligs ... Ein spärlicher Lichtschein drang durch die Eisschicht auf dem Fenster, wenn der Zug in einem Bahnhof hielt. Sobald er weiterfuhr oder auf freier Strecke zum Stehen kam, herrschte wieder Dunkelheit in dem Wagen. Menschen unterhielten sich, verließen den Wagen, andere schoben sich hinein.

Zum ersten Mal hatte es jemand ausgesprochen, dass sie vergewaltigt worden war, und zum ersten Mal hatte sie es bestätigt. Friederike wünschte sich, mit ihren Nägeln über die Haut an ihren Unterarmen kratzen zu können. Aber sie hatte keinen Platz, sich zu bewegen. Sie lehnte ihre Stirn gegen das Fenster. Der Schmerz, den die Kälte auslöste, beruhigte sie ein wenig.

18. KAPITEL

Köln

Mechanisch erwiderte Richard Davies den militärischen Gruß des Postens vor dem Eingang der britischen Stadtkommandantur. Es war mittlerweile später Abend. Er war hierhergekommen, weil man ihn in diesem Gebäude als Lieutenant der Royal Military Police kannte. Weil er hier Richard Davies war und er dieser Vergewisserung dringend bedurfte, um seine Dämonen in Schach zu halten.

Nachdem er das Lokal in Wuppertal-Elberfeld verlassen hatte, hatte er am Straßenrand gestanden und auf die Ruinen gestarrt. Menschen waren an ihm vorbeigeeilt, hatten sich gegen die Kälte geduckt, schattenhafte Gestalten, die in den Trümmern verschwunden waren wie Ratten in ihren Löchern. Irgendwann hatte er schließlich die Rückfahrt nach Köln angetreten.

Davies hatte gehofft, in seinem Büro allein zu sein. Doch Timothy McLeod saß, vom Licht einer einsamen Lampe beschienen, an seinem Schreibtisch.

»Was tust du denn noch hier?«, fragte Davies und versuchte, sich seinen Unwillen nicht anmerken zu lassen.

»Arbeiten, was sonst?« McLeod lehnte sich auf seinem Stuhl zurück und gähnte. »Du bist nicht der Einzige, der hier bis in die Nacht schuftet. Eine anonyme Beschuldigung gegen Männer im Siebengebirge, die einen mit dem Fallschirm abgesprungenen britischen Piloten erschlagen haben sollen. Eine ziemlich widerliche Sache, aber vermutlich wahr. Außerdem habe ich als deine Sekretärin fungiert.«

»Ach, tatsächlich?« Davies hatte das Gefühl, sich selbst wie aus einer großen Distanz zu beobachten. Er lieferte sich, wie des Öfteren, ein Wortgefecht mit dem Kollegen. Er fragte sich, welche Nachricht McLeod ihm wohl übermitteln würde. Aber er war nicht wirklich daran beteiligt. Nur eine Hülle seiner selbst agierte.

»Ein Hauptkommissar von der deutschen Polizei ...« – McLeod wühlte auf seinem Schreibtisch zwischen Aktenordnern und mit Schreibmaschine beschriebenen Papierbögen herum und förderte schließlich einen Zettel zutage – »... namens Dahmen wollte dich sprechen. Er hat Hinweise darauf, dass ein Mann in dem *Displaced Persons*-Lager in Brauweiler viel Geld und eine Uhr besitzt, die von diesem Küppers stammen könnten, und möchte das Lager durchsuchen. Dafür erbittet er Unterstützung von der Militärpolizei. Bei seinen Befragungen in anderen *Displaced Persons*-Lagern hat er wohl schlechte Erfahrungen gemacht.« McLeod hob spöttisch die Augenbrauen. »Diese Männer werden schon mal ziemlich rabiat, was ich ihnen nicht verdenken kann. Bei dem, was ihnen im *Reich* angetan wurde.«

Der deutschen Polizei in der britischen Zone war es verboten, Waffen zu tragen. Was Davies befürwortete, auch wenn immer wieder Polizisten bei Kontrollen und Durchsuchungen ermordet wurden. Die Polizei sollte jedoch möglichst wenig Macht über Leben und Tod von Menschen besitzen. Davies gab sich keiner Illusion hin, dass dieses Verbot bald aufgehoben werden würde.

»Außerdem wurde das für dich abgegeben, na, wo hab ich es denn ...« Nach weiterem Suchen auf dem Schreibtisch reichte McLeod Davies eine Fotografie. Es war die von Küppers' Hochzeit. Um den Kopf eines der Gäste war ein Kreis gemalt, der wie ein Heiligenschein wirkte. *Gunther Voss, ein Freund meines Bruders* und eine Adresse in Köln-Mülheim standen auf einem Zettel, der an der Fotografie befestigt war, sowie der Vermerk, dass Voss eine Bäckerei besaß oder besessen hatte.

»Weißt du, ob Mannings noch hier ist?«

»Er ist vor einer Weile gegangen.«

»Dann werde ich es bei ihm zu Hause versuchen.«

»Würde mich nicht wundern, wenn du die Jenkins aus der Telefonzentrale bei ihm antriffst. Es gibt Gerüchte, dass zwischen den beiden was läuft.« McLeod streckte sich. »Hat deine hübsche deutsche Polizistin eigentlich etwas über mich gesagt?«

»Sie findet dich sympathisch.« Davies wandte sich zum Gehen. Nach der Begegnung mit Dr. Rosen hatte er Friederike ganz vergessen. Doch nun war die Sorge um sie wieder da.

Schneeflocken schlugen gegen die Windschutzscheibe des Jeeps und glitten daran hinab. Das Haus auf der anderen Straßenseite im Stadtteil Junkersdorf war nicht so prächtig wie das Versteck in Marienburg, aber, soweit Davies dies in der Dunkelheit beurteilen konnte, durchaus stattlich und einem Captain der Militärpolizei angemessen. Aus einem Fenster im Souterrain schimmerte Licht in den Garten, und auch zwischen den Vorhängen im Erdgeschoss klaffte ein heller Spalt. Mannings schien tatsächlich zu Hause zu sein.

Davies hatte erneut das Gefühl, sein eigener Schatten zu sein, und er glaubte, sich selbst zu beobachten, als er durch den Garten ging. Das erleuchtete Souterrain-Fenster war vergittert. Flüchtig nahm er einen möblierten Kellerraum wahr, in dem ein Mann und eine Frau an einem Tisch saßen.

Auf Davies' Klingeln hin öffnete der Captain ihm selbst. Er trug eine Strickjacke mit Lederflecken an den Ärmeln und roch nach Pfeifentabak. Was eher auf einen allein verbrachten Abend als auf ein Tête-à-Tête hindeutete.

»Davies, was machen Sie denn um diese Uhrzeit hier? Sie kommen doch wohl hoffentlich nicht wegen der Offiziere aus Küppers' Kompanie?« Mannings musterte ihn missgelaunt.

»Nein, Sir. Es tut mir leid, dass ich Sie so spät störe. Aber ich benötige Ihre Hilfe noch in einer weiteren Angelegenheit. Es geht um eine Scotland-Yard-Ermittlung in England.«

»Nun, das hört sich ja erfreulich einfach an.« Mannings gab den Weg in eine Eingangshalle frei und forderte Davies auf, ihm in einen hell erleuchteten Raum zu folgen.

Die Jugendstilmöbel waren dunkel, und die florale Tapete hatte einen braunen Untergrund. Davies fühlte sich unvermittelt in ein anderes Herrenzimmer versetzt. Ein Zimmer, in dem es ebenfalls nach Zigaretten und Zigarren und Alkohol gerochen hatte und das er normalerweise nicht hatte betreten dürfen. Er versuchte, die Gefühle von Schmerz und Verlust zu ignorieren.

Auf einem ovalen Tisch stand, wie er erst jetzt sah – zwischen aufgeschlagenen Büchern, einem Leimtopf, Werkzeug, Pinseln und Farbtöpfchen – eine Miniaturfestung. Daneben lagen ein Häufchen Steinquader in der Größe von Kinderspielzeug, kleine Holzbalken und Stroh. Auf einem Turm der Festung hielt ein Soldat in römischer Uniform Wache.

»Brandy oder Whisky?«

»Nichts, danke, Sir.«

»Nun setzen Sie sich schon.«

Davies nahm auf einem der Stühle Platz.

»Mein Steckenpferd.« Mannings wies auf das militärische Bauwerk. »Die Rekonstruktion einer römischen Festung bei South Fields in Nordengland. In meiner Jugend habe ich ein paar Semester Archäologie studiert. Habe ich Ihnen das eigentlich jemals erzählt?«

»Nein, Sir.«

Mannings nahm einen der kleinen Steinquader in die Hand, bestrich ihn mit Leim und fügte ihn in eine noch unfertige Mauer im Innern der Festung ein. »Laut archäologischen Untersuchungen stand hier das Badehaus mit den Kalt- und Heißwasserbecken. Ich mag die Römer. Sie waren bei ihren Feldzügen und beim Niederschlagen von Aufständen alles andere als zimperlich. Aber wer sich mit ihnen arrangierte, konnte gut mit ihnen leben. Sie waren Pragmatiker und keine Ideologen wie die verdammten Nazis. Und bei aller militärischen Härte waren sie dem angenehmen Leben nicht abgeneigt.« Während er sprach, hatte Mannings weiter an der Mauer des Badehauses gearbeitet. Nun passte er den letzten Quader in eine Lücke ein. Das Gebäude war, bis auf das Dach, vollendet. Mannings bei seinem Tun zuzusehen erschien Davies völlig irreal.

Der Captain wandte sich ihm wieder zu. »Die früheren Besitzer meines gegenwärtigen Heims leben im Souterrain und kümmern sich um das Haus. Deshalb ist hier alles so gut in Schuss. Herr Schoemann hat ebenfalls Interesse an römischer Archäologie. Köln ist ja voll davon. Manchmal fachsimpeln wir miteinander. Schoemann war ein Bankdirektor und NSDAP-Mitglied. Scheint trotzdem kein übler Kerl zu sein. Aber wer kann schon in die Menschen hineinsehen.«

Die Bemerkung war zufällig. Dennoch kam es Davies fast vor, als sei sie auf ihn gemünzt. Er glaubte nicht, dass Mannings wusste, wer er wirklich war, denn der Captain hatte nie eine Andeutung gemacht oder ihn gar direkt darauf angesprochen. Davies kam sich fehl am Platz vor und wie ein Betrüger, und er wünschte sich, er hätte den Alkohol nicht abgelehnt. Er hätte jetzt gern ein Glas in der Hand gehabt, um sich daran festzuhalten.

»Aber Sie sind ja nicht gekommen, um sich philosophische Bemerkungen anzuhören. Sie sprachen von einer Scotland-Yard-Ermittlung …«

»Ja, Sir.« Davies unterrichtete Mannings über das, was er von Dr. Rosen erfahren hatte. »Möglicherweise ist dieser Forster nur ein kleiner Fisch und hat die Medikamente auf eigene Faust weiterverkauft. Trotzdem würde ich ihn gern überprüfen lassen.«

»Ich werde das in die Wege leiten. Sonst noch irgendwelche neuen Erkenntnisse?«

»Hauptkommissar Dahmen hat Hinweise darauf, dass Küppers' Uhr und eine große Menge Bargeld bei einem Mann in dem *Displaced Persons*-Lager in Brauweiler gesehen wurden. Er möchte das Lager durchsuchen und erbittet bewaffnete Hilfe seitens der Militärpolizei.«

»Wie sehr es die Deutschen doch wurmen muss, dass sie bei solchen Aktionen auf unsere Unterstützung angewiesen sind.« Mannings grinste sardonisch, wurde dann jedoch wieder ernst. »Die Militärregierung wird zwar dem Himmel danken, falls nicht die Aktion Werwolf hinter dem Mord an Küppers und dem Pater steckt. Aber falls *Displaced Persons* die Täter sein sollten, wird das die Kerle in Düsseldorf auch nicht gerade glücklich stimmen. Die Deutschen sind auf diese Leute ja ohnehin alles andere als gut zu sprechen.« Mannings spielte mit einem kleinen Steinquader, ehe er sein Brandyglas in die Hand nahm und einen Schluck trank.

»Ich hatte den Eindruck, dass die *Displaced Persons* den Deutschen als Sündenböcke dienen. Aber vielleicht war ich voreingenommen. In der Nähe von Küppers' Hof wurde ja ein Mann gesehen, der möglicherweise aus einem der Lager stammt. Eventuell hat sich derselbe Mann in der Nähe des Klosters Steinfeld nach Pater Bernhard Heller erkundigt.«

»Ich nehme an, Sie werden unsere Leute morgen bei dem Einsatz im Lager befehligen?«

»Ja, Sir – falls Sie nichts dagegen haben.«

»Ganz und gar nicht. Gibt es sonst noch etwas?«

»Nein, Sir, das war alles«, antwortete der Richard Davies, der Lieutenant bei der Royal Military Police war, während ihn sein Schatten beobachtete, als sei er ein Fremder. Er stand auf, wollte gehen.

Mannings griff nach einem der Holzstücke, legte es auf die Mauern des Badehauses und schnitt es dann in der passenden Länge zurecht. »Manchmal frage ich mich, Davies, ob wir in Deutschland nicht versagen. Die Ernährungslage ist desolat. Ohne den Schwarzmarkt würden die Menschen verhungern. Wir demontieren als Reparationsleistung Firmen, die für die Landwirtschaft und den Wiederaufbau dringend benötigt würden, und ob die Entnazifizierung ein Erfolg ist, wage ich auch zu bezweifeln. Wir sind hier, um die Deutschen zu Demokraten zu erziehen. So lautet zumindest unser Auftrag. Werden wir dabei Erfolg haben? Was meinen Sie, Davies?« Mannings sah ihn an.

»Ich weiß es nicht. Aber ich hoffe es, Sir«, erwiderte Davies spröde.

Er war nicht in diesem Land, um die Deutschen zu Demokraten zu erziehen. Was aus ihnen wurde, war ihm, sofern sie nicht wieder Millionen von unschuldigen Menschen umbrachten und die Welt mit einem neuen Krieg überzogen, völlig gleichgültig. Er hatte ein anderes Ziel. Vom Fahrersitz des Jeeps aus blickte Davies zurück zum Haus.

Im Souterrain crlosch jetzt das Licht. Der Bankdirek
tor mit der NSDAP-Vergangenheit und seine Frau waren
wohl zu Bett gegangen. Davies wusste nicht, wohin mit
sich. Das Büro in der Stadtkommandantur schenkte ihm
keine Sicherheit. In seine Wohnung zog es ihn auch nicht.
Er beschloss, einen der britischen Clubs in der Stadt aufzusuchen. Er hatte zwar nicht vor, sich zu betrinken. Aber
dort konnte er für sich und doch unter Menschen sein.

Davies legte gerade den Gang ein, als seine Hand etwas
Weiches streifte. Die Militärdecke, in die sich Friederike
Matthée zu wickeln pflegte. Die Deutschen waren ihm
gleichgültig. Aber Friederike Matthée war es nicht. Davies
blieb noch einige Minuten reglos sitzen und blickte in die
wirbelnden Flocken, ehe er schließlich losfuhr. *Wie ist die
Welt so trübe, der Weg gehüllt in Schnee.* Eine Liedzeile
aus der *Winterreise* kam ihn in den Sinn, erfüllte ihn mit
Trauer und einem lähmenden Gefühl der Vergeblichkeit.

19. Kapitel

Köln, Donnerstag, 23. Januar 1947

»Was fällt Ihnen ein …« Die empörte Stimme von Friederike Matthées Mitbewohnerin erstarb, als sie die Uniform der Besatzungsmacht erkannte. Ihr Zorn wich einem kriecherischen Lächeln.

»Ich muss Fräulein Matthée sprechen«, sagte Richard Davies knapp. Die dralle Frau in dem abgetragenen Morgenmantel war ihm auf Anhieb unsympathisch.

»Ich glaube, sie ist nicht zu Hause. Soll ich nachsehen?«

»Ja, tun Sie das.« Richard Davies lauschte, wie die Frau an eine Tür klopfte und Friederike Matthées Namen rief. Die Sorge um sie hatte ihm keine Ruhe gelassen. Deshalb war er spät in der Nacht, nachdem er in einem Club in der Innenstadt gewesen war, zu der Wohnung in der Südstadt gefahren.

»Es tut mir sehr leid. Aber sie ist tatsächlich nicht hier.« Die Frau war wieder an der Wohnungstür erschienen. »Kann ich Fräulein Matthée etwas ausrichten?«

»Das ist nicht nötig.« Davies schüttelte den Kopf. Er war davon überzeugt, dass ihm die Frau neugierig hinterherstarrte, während er die Treppe hinunterging.

Friederike Matthée würde schon nichts zugestoßen sein. Die Zugverbindungen waren nun einmal schlecht. Vielleicht saß sie in irgendeinem Bahnhof fest. Möglicherweise war sie auch wieder in das British Military Hospital zurückgekehrt, oder sie hatte an einem anderen Ort in Wuppertal Schutz gesucht.

Das flackernde Licht im Treppenhaus reflektierte in einer zerbrochenen Fensterscheibe sein Spiegelbild. Die rote Mütze, den Uniformmantel mit den Rangabzeichen. Er hatte dem Land, das ihm das Leben gerettet hatte, einen Eid geschworen. Während der letzten Stunden hatte er sich viel zu sehr von seinen Gefühlen und Erinnerungen leiten lassen. Es war an der Zeit, dass er sich endlich wieder auf seine Aufgabe konzentrierte.

Im Jeep holte Davies die Fotografie von Küppers' Hochzeit und den Zettel mit der Adresse von Gunther Voss aus seiner Aktentasche. Auf seiner Armbanduhr war es zwei Uhr morgens. Falls Voss noch lebte und die Bäckerei noch existierte, sollte der Mann gegen vier in seiner Backstube anzutreffen sein.

Brauweiler

Der Mann wachte auf. Jemand schrie voller Qual. Als er im Zwielicht die Bretter des Etagenbetts über sich sah, glaubte er im ersten Moment, dass er sich wieder im Konzentrationslager befände, und sein Herz begann vor Panik zu rasen. Aber dann spürte er die Matratze, auf der er lag, seine Hände tasteten über die Wolldecke, und er registrierte, dass er halbwegs satt war. In den Jahren im Lager hatte er immer nur gefroren und gehungert.

In einer Wand des zellenartigen Raums zeichnete sich ein graues Rechteck ab. In diesem Teil des *Displaced Persons*-Lagers von Brauweiler gab es keine Türen zu den Fluren. Manche der Insassen hassten das. Er hingegen war froh darüber, denn er konnte das Gefühl, eingesperrt zu sein, nicht mehr ertragen.

Die anderen Männer kannten ihn als Viktor Dworschak. In einem Rotkreuz-Krankenhaus in Schweden hatte er mit Dworschak in einem Saal gelegen. Ein Mann, so alt wie er, in Eger geboren und aufgewachsen, den die Nationalsozialisten zum Zigeuner erklärt und ebenfalls in ein Konzentrationslager geworfen hatten. Als der echte Viktor Dworschak an den Folgen der Haft starb, hatte er seine Papiere und seine Identität angenommen.

Allmählich ebbte die Panik des Mannes ab. Erst gut anderthalb Jahre nach Kriegsende war er imstande gewesen, nach Deutschland zurückzukehren. Vorher war er zu krank und zu geschwächt gewesen. Es war ein Wunder – oder ein Fluch –, dass er als Einziger seiner Familie überlebt hatte und ihm die Aufgabe zugefallen war, die Toten zu rächen.

Der Mann stöhnte auf. Er war überzeugt, dass Jupp Küppers' Mörder auch Pater Bernhard umgebracht hatten. Wieder waren sie ihm zuvorgekommen, hatten den Menschen für immer zum Schweigen gebracht, der ihm vielleicht hätte helfen können, sie aufzuspüren und zur Rechenschaft zu ziehen.

Finde unsere Mörder ... Finde sie ... Ein vielfältiger Chor von Stimmen erhob sich um ihn.

»Ja, ich schwöre, ich werde sie finden«, flüsterte der Mann.

Köln

Papier und Holzstücke flammten in dem Ofen auf. Friederike wartete, bis das Feuer richtig brannte. Dann legte sie zwei Briketts hinein. Sie zitterte vor Kälte. Mittlerweile war es früher Morgen. Der Zug hatte in Köln-Deutz geendet. In einer Karawane aus Reisenden war sie über den zugefrorenen Fluss in Richtung Innenstadt und von dort in die Südstadt gelaufen.

Friederike ließ die Ofentür offen stehen, denn es graute ihr vor dem dunklen Zimmer. In ihren Kleidern legte sie sich ins Bett. Wie sollte sie Davies nur erklären, dass sie einfach davongerannt war? Ob er noch einmal bereit war, über ihr pflichtvergessenes Verhalten hinwegzusehen?

Schließlich schlief Friederike ein. Das Schlagen einer Tür weckte sie. Männer drängten in das Zimmer. Schemenhafte Gestalten, deren Gesichter sie nicht erkennen konnte. Entsetzen durchflutete sie, und sie schrie gellend auf.

Jemand ging den Flur entlang. Licht und Schatten, die der Feuerschein im Ofen warf, huschten über die Wände. Keine Männer, die gleich über sie herfallen würden. Weinend und zitternd richtete sich Friederike auf. Die Zeiger ihrer Armbanduhr standen auf vier. Sie wagte es nicht, noch einmal einzuschlafen, und tastete nach *Treasure Island*.

Doch dieses Mal verfehlten Stevensons Sätze ihre Wirkung. Alles war wieder gegenwärtig. Das Gefühl des völligen Ausgeliefertseins. Die Schmerzen. Die Furcht, die sich schließlich in eine Art innerliche Taubheit wandelte. Der Selbstekel und die Scham, als die Männer schließlich abgezogen waren.

Sie grub ihre Nägel in die Unterarme, kratzte die Haut auf. Wieder und wieder, bis Blut aus den Striemen rann. Der Schmerz entspannte sie.

Ihre Blase trieb Friederike schließlich zur Toilette. Im Flur begegnete ihr Anna Rothgärber im Morgenrock.

»Hab Sie schreien hören. Werden Sie etwa genauso verrückt wie Ihre Mutter?« Die Rothgärber verzog verächtlich die Lippen. »Na, wenn man Sie auch abtransportiert, dann wär' hier endlich ein Zimmer frei. Für gesunde, nützliche Menschen.«

Friederike öffnete den Mund. Sie wollte der Nachbarin

258

sagen, wie widerlich sie sie fand. Aber wieder einmal fehlte ihr die Kraft dazu.

»Ein Offizier der englischen Militärpolizei war übrigens hier. Hat mich gegen zwei Uhr aus dem Schlaf geklingelt. Er hat behauptet, er müsse Sie dienstlich sprechen. Na, wer's glaubt.« Anna Rothgärber lächelte anzüglich. »Mit Ihren Liebhabern müssen Sie sich schon woanders treffen. Das hier ist ein anständiges Haus.« Nach einem letzten hämischen Blick stapfte sie davon.

Friederike ließ sich gegen die Wand sinken und presste die Arme gegen den Körper. Sie fühlte sich noch elender. Bestimmt hatte Davies sie zur Rede stellen wollen. Vielleicht würde er ja auch auf ihre Mitarbeit verzichten.

Die Bäckerei von Gunther Voss gab es tatsächlich noch. Die oberen Stockwerke des Hauses waren zwar zerstört, doch hinter den geschlossenen Fensterläden im Erdgeschoss brannte Licht. Aus einem Ofenrohr drang Rauch, und es duftete nach frisch gebackenem Brot.

Es war halb fünf Uhr morgens. Richard Davies hatte schließlich doch die Wohnung in Bayenthal aufgesucht, aber gar nicht erst versucht, sich schlafen zu legen. Sich auf seine Pflicht zu konzentrieren hatte ihm geholfen. Endlich war er seiner selbst wieder sicher.

Ein Jugendlicher kam die Straße entlang und blieb vor der Bäckerei stehen – bestimmt sog er hungrig den Duft des Brotes ein. Davies wurde bewusst, dass er zum ersten Mal während seiner Zeit in Deutschland frische Backwaren roch. Als er aus dem Jeep stieg, wurde der Jugendliche auf ihn aufmerksam. Hastig ging er weiter. Auf dem Rücken trug er einen prall gefüllten Rucksack. Gut möglich, dass er Lebensmittel oder Kohlen gestohlen hatte.

Davies klopfte an die Ladentür. Der Mann, der ihm

öffnete, hatte dasselbe runde Gesicht wie auf der Fotografie, auch wenn er gut zwanzig Jahre älter war, und wie damals trug er einen Schnurrbart.

»Herr Voss, nehme ich an? Ich habe einige Fragen zu Herrn Küppers«, sagte Davies knapp.

»O Gott, die englische Militärpolizei ermittelt auch in dem Fall?« Voss prallte zurück und starrte Davies eingeschüchtert an. »Ich würde Ihnen ja wirklich gern weiterhelfen. Aber ich hab keine Ahnung, wer den Jupp auf dem Gewissen hat. Das hab ich auch schon der deutschen Polizei gesagt.«

»Lassen Sie uns drinnen weitersprechen.«

»Natürlich.« Hastig gab Gunther Voss die Tür frei.

Ein großer gemauerter Ofen dominierte die Backstube. Ein junger Mann, der Teig zu Laiben formte, verschwand auf einen Wink von Voss hin aus dem Raum. Das Mehl war dunkel und voller Spelzen und wurde Voss – wie allen Bäckern – von der Militärregierung zur Verfügung gestellt. Davies bedauerte die Deutschen nicht. Im Sommer des Vorjahres war in Großbritannien ebenfalls das Brot rationiert worden, was während des ganzen Krieges nicht der Fall gewesen war. Der Sieg über Deutschland war das Land auch finanziell teuer zu stehen gekommen. Großbritannien war praktisch bankrott.

Voss lehnte sich an den Tisch und knetete nervös seine Hände. »Wie furchtbar, dass der Jupp tot ist. Und dass er auf diese Weise sterben musste … Ich kann's einfach nicht glauben.«

Auf einem Regalbrett standen Wimpel und Pokale. Dahinter hing eine Fotografie, die acht junge Männer in einem Ruderboot zeigte. Einer davon war unverkennbar Voss. Er war im selben Alter wie auf dem Hochzeitsfoto.

»Sie haben Preise beim Rudern gewonnen?«, fragte Davies.

»Ja, ich war einmal richtig gut.« Voss nickte hastig. »Durch das Rudern haben Jupp und ich uns auch kennengelernt. Wir waren beim selben Verein, der Rhenania.«

»Sie waren aber nicht im selben Team?« Keiner der Männer auf dem Foto war Küppers.

»Nein, ich muss zugeben, ich war besser als Jupp. Sein Ding waren auch mehr Handball und Fußball.« Voss blickte zu einer Wanduhr. »Es tut mir leid, ich muss das Brot aus dem Ofen holen.«

»Nur zu …«

Hitze ergoss sich in die Backstube, als Voss die Ofentür öffnete. Der Brotgeruch intensivierte sich, weckte eine lange weggesperrte Erinnerung. Davies glaubte plötzlich, den Duft von frischer *Challa* zu riechen. Den Hefezopf, den es bei jüdischen Familien häufig am Freitagabend gab. Unwillkürlich ballte er seine Rechte in der Tasche des Militärmantels zur Faust.

Voss ließ die Laibe von einem Holzschieber auf den Arbeitstisch gleiten und wandte sich dann wieder Davies zu.

»Waren Sie und Jupp Küppers enge Freunde?«

»Na ja, in unserer Jugend schon. Aber dann haben wir beide geheiratet und eine Familie gegründet und hatten in unserem Beruf viel zu tun. Wie das nun einmal so ist …« Voss zuckte mit den Schultern. »Wir haben uns alle paar Monate mal auf ein Bier getroffen. Auch während des Krieges, solange das noch ging. Das letzte Mal haben wir uns vergangenen Herbst gesehen. Muss im Oktober oder November gewesen sein.«

»Sie haben Mehl von den Briten erhalten, und Küppers war ein Schwarzhändler. Sie wollen mich doch nicht ernsthaft glauben machen, dass Sie nicht Waren gegen Mehl von Küppers erhalten haben.« Davies' Feststellung kam unvermittelt und brutal, und Voss zuckte zusammen.

»Nein, ich habe nicht …«

»Sie lügen.«

Schweißperlen erschienen auf Voss' Stirn. »Gut, ich hab ab und zu ein Kilo Mehl abgezweigt. Mehr war es aber nie. Das müssen Sie mir glauben. Mein Gott, alle handeln doch schwarz ...«

»Ich möchte Ihre Bücher haben.«

»Die hab ich doch schon der deutschen Polizei übergeben, weil man mir Schwarzmarktaktivitäten nachweisen wollte.«

Anscheinend machte Dahmen seine Arbeit ordentlich. »Hat Ihnen Küppers in den vergangenen Wochen erzählt, dass ihn etwas bedrückte?«

»Ich hab ihn seit Monaten nicht gesehen ...«

»Das glaube ich Ihnen nicht! Entweder Sie sagen mir jetzt die Wahrheit, oder ich werde Sie festnehmen.«

Voss sank in sich zusammen. »Hören Sie, ich gebe zu, ich hab Sie angelogen. Jupp war das letzte Mal Anfang Januar hier, und ich hab zwei Kilo Mehl gegen ein Paar Schuhe von ihm getauscht. Aber er war wie immer. Ihn hat nichts bedrückt.«

»Wissen Sie, ob Jupp Küppers während des Ersten Weltkriegs das Goldene Militärverdienstkreuz erhalten hat?«

»Einen so hohen Orden? Das hab ich ja noch nie gehört!« Gunther Voss blickte Davies genauso verständnislos an wie Hilde Reimers.

»Danke, ich nehme eine Tasse Kaffee. Aber ich möchte nichts essen. Ich habe keinen Hunger«, sagte Richard Davies. Es wäre ihm unhöflich erschienen, den Zichorienkaffee abzulehnen, und er wollte Hauptkommissar Dahmen nicht brüskieren. Er hatte sich daran erinnert, dass Dahmen ebenfalls in Köln-Mülheim wohnte. Auf dem Rückweg von Gunther Voss war er zu der Adresse gefahren und hatte geklingelt, als er Licht hinter den Fensterläden sah.

Die Tülle der Steingutkanne war angeschlagen, und Dahmen fluchte, als der Getreidekaffee neben die Tasse tropfte. »Tut mir leid, meine Frau kann das besser.« Dahmens Gattin, eine zierliche Frau um die fünfzig, hatte Davies geöffnet und sich dann zurückgezogen.

»Gunther Voss teilte mir mit, die deutsche Polizei habe ihn bereits zu Küppers befragt und seine Bücher beschlagnahmt.« Davies ließ seine Stimme neutral klingen.

»Habe ich Ihnen das nicht gesagt?« Dahmen blickte Davies überrascht an. »Nun, da die Befragung und die Durchsicht der Bücher kein Ergebnis brachten, muss ich das wohl vergessen haben. Bitte entschuldigen Sie, Sie hätten sich den Weg zu Voss ersparen können.«

»Voss hat zugegeben, mit Küppers gehandelt zu haben.«

»Aber wirklich nur in kleinem Umfang. Das hat die Durchsicht der Bücher bestätigt. Ich halte den Mann nicht für schlau genug, Angaben über Mehlmengen und verkauftes Brot aufwändig zu fälschen.« Dahmen vollführte eine hilflose Geste. »Ich weiß, dass die Militärregierung das anders sieht. Aber knapp 800 Kalorien am Tag reichen nun einmal nicht zum Überleben. Wenn meine Frau nicht von einem Bauernhof am Niederrhein stammen würde, wüsste ich nicht, was wir tun sollten.«

Die Brotscheibe auf Dahmens Teller war dünn und mit einem Hauch von Margarine bestrichen. Außerdem lag dort noch eine gekochte Kartoffel.

»Die Menschen in den Konzentrationslagern mussten mit weniger Kalorien auskommen. Millionen, die nicht in den Gaskammern umgebracht wurden, sind verhungert.« Davies hatte dies nicht sagen wollen. Aber die Worte drängten aus seinem Mund.

»Ja, ich weiß, es tut mir leid.« Dahmen senkte den Kopf. Eine lastende Stille breitete sich in der Küche aus.

Mein Gott, er musste mit Dahmen zusammenarbeiten. Davies rief sich zur Räson und blickte sich in der Küche um. An dem Büfett entdeckte er die krakelige Zeichnung eines grünen Autos.

»Haben Sie Enkel?« Davies wies auf das Bild.

»Ja, einen, Gustav. Er ist der Sohn meiner ältesten Tochter.« Dankbar griff Dahmen das Friedensangebot auf. »Meine Frau hat das Bild dort hingehängt. Sie ist sehr stolz darauf. Der Wagen soll ein Polizeifahrzeug darstellen. Nun ja, ich hoffe, unsere Autos sind besser in Schuss.«

»Ich bin mir sicher, sie sind es.« Davies trank einen Schluck von dem bitter schmeckenden Zichorienkaffee. »Auch wenn Voss' Bücher in Ordnung sind, habe ich den Eindruck, irgendetwas stimmt mit ihm nicht. Während der Befragung hat er stark geschwitzt. Ich werde mir seine Entnazifizierungsakte kommen lassen.«

»Er war NSDAP-Mitglied wie so viele. Ich ja auch ...« Dahmen stockte kurz. »Soviel ich weiß, kam er nie mit dem Gesetz in Konflikt.«

»Vielleicht findet sich trotzdem ein Anhaltspunkt.« Davies schwieg für einen Moment, ehe er fortfuhr: »Ich habe gestern Abend die Nachricht erhalten, dass Sie die Hilfe der Militärpolizei bei einer Durchsuchung im *Displaced Persons*-Lager in Braunfeld erbitten. Wie haben Sie denn den Hinweis auf Küppers' Uhr und die große Bargeldmenge erhalten?«

»Meine Leute wurden auf dem Schwarzmarkt am Chlodwigplatz auf einen Polen aufmerksam, der mit britischen Zigaretten handelte. Sie nahmen ihn mit in die Merlostraße. Bei der Vernehmung behauptete er plötzlich, er hätte wichtige Informationen zu einem Mordfall.

Die Kollegen dachten zuerst, das sei bloße Angeberei. Aber dann beschrieb er eine teure Uhr, die der von Küppers glich, und er erwähnte das Bargeld.«

»Wenn sich die Angaben des Mannes als richtig erweisen, könnte das zumindest den Durchbruch im Mordfall Küppers bedeuten«, sagte Davies nachdenklich.

»Ja, hoffentlich.« Dahmen aß ein Stück Kartoffel und spülte es mit einem Schluck Kaffee hinunter.

»Ich werde den Einsatz seitens der Militärpolizei leiten.«

»Ich bin Ihnen sehr dankbar für Ihre Unterstützung. Ich hoffe, wir deutschen Polizisten dürfen bald wieder Waffen tragen. Womit ich Ihnen wahrscheinlich kein Geheimnis verrate.« Dahmen lächelte schief.

»Darüber bin ich mir im Klaren«, erwiderte Davies trocken. »Haben Ihre Leute mittlerweile herausgefunden, ob Albrecht Hoffmann für den Zeitpunkt der Morde an Küppers und Pater Bernhard ein Alibi besitzt?«

»Den Nachmittag des 14. Januar hat Hoffmann in seinem Büro im Sägewerk verbracht. Gegen 16 Uhr hat er es verlassen, da ein Zahnarzt in den Ort kam. Hoffmann hat sich bei ihm einen vereiterten Backenzahn ziehen lassen und ist dann nach Hause gegangen. Was der Zahnarzt und Hoffmanns Frau und ein Dienstmädchen bestätigt haben. Am Abend, als der Pater umgebracht wurde, hielt Hoffmann sich geschäftlich in Trier auf. Auch das haben Zeugen bestätigt.«

Davies nickte. »Gut, wahrscheinlich ist Hoffmann als Täter auszuschließen. Lassen Sie uns den Einsatz besprechen.«

Köln

»Schön, dass du wieder hier bist.« Lore Fassbänder lächelte Friederike über ihren Schreibtisch hinweg an. »Ich bin so froh, dass die Langen deine Suspendierung aufgehoben hat.«

»Ich hab's zuerst auch kaum glauben können.« Friederike war bei der britischen Stadtkommandantur gewesen und hatte nach Davies gefragt. Die Wache am Eingang hatte ihr mitgeteilt, dass Davies sie heute nicht anfordern würde. Sie wusste nicht, ob sie dies als gutes oder als schlechtes Zeichen deuten sollte. Deshalb war sie zum Polizeipräsidium im Kattenbug gegangen, um dort ihren üblichen Dienst anzutreten.

»Ist alles in Ordnung mit dir? Du wirkst ziemlich mitgenommen.« Lores Lächeln verschwand.

»Ich habe nur schlecht geschlafen«, wehrte Friederike ab, während sie ihren Mantel an einen Haken hängte.

»Wie steht es zwischen dir und dem englischen Offizier?«

»Wie soll es zwischen uns stehen? Ich habe wirklich keine Ahnung, was du meinst.« Friederike spannte ein Blatt Papier in die Schreibmaschine, um die Vernehmung von Hilde Reimers aus ihrem Notizbuch abzutippen, und vergewisserte sich, dass der Zeilenabstand eng eingestellt war. Auch in den Behörden war Papier immer noch knapp.

»Der Lieutenant ist ziemlich attraktiv. Ich hab ihn kurz gesehen, als er die Langen aufgesucht hat. Und jetzt sag nicht, dass dir das nicht aufgefallen ist.«

»Er ist mein Vorgesetzter.«

»Er wollte dich zurückhaben, und wie ich die Langen kenne, dürfte das nicht ganz einfach gewesen sein. Er hat sich bestimmt ziemlich für dich ins Zeug gelegt.«

»Davies ist nicht so … Er ist immer sehr korrekt.«

»Willst du damit etwa sagen, dass er vom anderen Ufer ist?« Lore hob die Augenbrauen.

»Nein, das nicht!« Ein Freund ihres Bruders war homosexuell gewesen. Hans hatte ihr einmal im Vertrauen gesagt, dass dieser Freund *anders* sei. Friederike hatte ihn gemocht. Dieser Freund war ihr gegenüber nett und offen gewesen, aber irgendwie hatte sie gespürt, dass sie ihn nicht erotisch interessierte. Bei Davies dagegen konnte sie dieses Desinteresse nicht wahrnehmen. Sie war überzeugt, dass seine Distanziertheit andere Gründe hatte.

»Du magst ihn aber, oder?«

»Ich finde ihn sympathisch.« Wieder fragte sich Friederike, was Davies davon halten mochte, dass sie am Vortag einfach davongerannt war.

»Hast du Lust, heute Abend mit mir tanzen zu gehen? In einem Club in Bensberg soll wirklich gute Musik gespielt werden. Du könntest bei mir übernachten.«

Friederike wollte schon ablehnen, wie sie es immer tat, wenn die Freundin ihr vorschlug, tanzen zu gehen. Aber es graute ihr davor, noch eine Nacht allein in ihrem Zimmer verbringen zu müssen.

»Ich komme gern mit«, antwortete sie deshalb.

»Wusste ich's doch, dass du irgendwann nachgeben würdest.« Lore brach ab und widmete sich rasch einer Akte, denn auf dem Flur erklangen die stakkatohaften Schritte von Gesine Langen.

Tatsächlich betrat die Kriminalkommissarin gleich darauf das Büro. Friederike und Lore standen hastig auf und hoben die Hände an die Uniformmützen.

»Polizeiassistentenanwärterin Matthée« – Gesine Langen bedachte Friederike mit einem süffisanten Blick –, »mit Ihnen habe ich nicht gerechnet. Haben die Briten heute etwa keine Verwendung für Sie?«

»Nein, bislang nicht, Frau Kriminalkommissarin.«

»Nun, dann können Sie ja zwei Jungen vernehmen, die bei einem Diebstahl im Hafen ertappt wurden. Die Kollegen von der Schutzpolizei werden gleich mit ihnen hier sein.«

»Selbstverständlich, Frau Kriminalkommissarin.« Hoffentlich würde Davies sie in den nächsten Tagen wieder anfordern.

Es hatte schon gedämmert, als Davies eine halbe Stunde vorher den Hohenzollernring entlanggefahren war. Trotz des Schneefalls in der Nacht wirkte die Umgebung schmutzig, als würden die Gebäude und Straßen den schmuddelig grauen Himmel reflektieren.

Am Friesenplatz war eine Straßenbahn liegengeblieben. Ein Pulk von Menschen eilte die Straße entlang, die Köpfe gesenkt, um sich vor dem Wind zu schützen.

Friederike Matthée ging am Rand der Gruppe. Davies erkannte sie an ihrer Art, sich zu bewegen, noch ehe er ihre Uniform registrierte. Das altmodische Wort *anmutig* fiel ihm ein. Er war erleichtert, ja glücklich, sie wohlbehalten zu sehen. Er verlangsamte die Geschwindigkeit, wollte bremsen. Doch ein Impuls, den er sich nicht erklären konnte, veranlasste ihn weiterzufahren.

In seinem Büro in der Stadtkommandantur griff Davies nach dem Telefon und ließ sich mit dem Wachposten am Eingang verbinden. Er trug dem Mann auf, Friederike Matthée zu unterrichten, dass er an diesem Tag ihre Unterstützung nicht benötigte. Dann forderte er Gunther Voss' Akte an.

Brauweiler

Die beiden Türme der romanischen Abteikirche ragten in den Winterhimmel. Sie erschienen Richard Davies wie Sendemasten, die vergebens auf ein Signal aus der Unendlichkeit warteten. Menschen mochten in der Kirche einmal Trost und Zuflucht im Glauben gefunden haben. Für Davies war sie nichts als ein hohles Versprechen.

Die ganze Anlage war weitgehend unzerstört. Mit Dahmen zusammen hatte er den britischen Lagerleiter über die bevorstehende Durchsuchung informiert. An der Spitze einer Gruppe von Militärpolizisten betrat er nun den Hof vor dem barocken Hauptgebäude. Dahmen und die deutschen Polizisten folgten ihnen.

Die Männer, die dort frierend auf und ab gingen, blieben stehen, sahen sie misstrauisch an. Es waren ärmlich gekleidete, hagere Gestalten. Einige hielten brennende Zigaretten in den Händen. In der eisigen Luft blähte sich der Rauch zu kleinen Wolken.

»Achtung, Achtung, verlassen Sie alle die Gebäude und versammeln Sie sich auf dem Hof!«, schallte es knarzend auf Englisch aus einem Lautsprecher.

»Faschisten, Nazis!«, brüllte einer der Männer. Andere stimmten in die wütenden Rufe ein. Einige ignorierten den Befehl und rannten zu dem Hauptgebäude, wo gerade andere aus der Tür kamen, überrascht über das Polizeiaufgebot stehen blieben und ebenfalls wieder nach innen drängten. Ein Tumult entstand. Jemand schleuderte einen Stein, der dicht vor Davies auf den Boden fiel.

Davies brach der Schweiß aus. Er zog seine Waffe und gab einen Warnschuss ab.

»Zurück, alle zurück in den Hof!«, schrie er. Auf seinen Befehl zogen auch die anderen Militärpolizisten ihre Pistolen.

Wieder tönte knatternd die Aufforderung aus dem Lautsprecher, die Gebäude zu verlassen und sich im Hof zu versammeln.

Dahmen trat zu ihm. Auch er wirkte angespannt.

»Wir müssen in die Gebäude hinein«, sagte Davies rasch. »Dafür sollten wir uns in Gruppen aufteilen. Jeweils zwei Militärpolizisten und vier von Ihren Leuten.«

Mit einem Militärpolizisten an seiner Seite hastete Davies zu dem Haupthaus. Einige Männer versperrten den Eingang. Er stieß sie mit den Ellbogen beiseite und schob sich ins Gebäude. Der Militärpolizist und die Deutschen folgten ihm. Ein kahler Gang mit Betonboden und unverputzten Wänden tat sich vor ihm auf. Die Zellen hatten keine Türen. In den schmalen Räumen standen mehrstöckige Betten aus Holz oder Metall, auf denen Männer saßen oder lagen.

»Raus, in den Hof!«, befahl Davies auf Englisch.

Hinter sich nahm er Lärm wahr. Er drehte sich um. Ein junger, sehr dünner Mann mit dunklen Haaren beschimpfte einen Polizisten auf Polnisch. Als der Deutsche ihn packen und nach draußen schieben wollte, stieß er ihn weg.

»Verdammter Polacke!« Zwei Polizisten überwältigten den Mann, einer drehte ihm die Arme auf den Rücken und stieß ihn grob gegen die Wand. Der andere fasste ihm in die Haare, wohl um seinen Kopf gegen die Mauer zu schmettern.

»He, lassen Sie das!«, herrschte Davies die beiden an. »Wir wollen die Männer zwar nach draußen bringen, aber nicht gewalttätig werden!«

Die Polizisten ließen widerstrebend von dem Polen ab. Sie waren um die vierzig Jahre alt. Hatten sie oder ihre Kollegen in den Jahren zuvor jüdische Wohnungen durchsucht und Männer, Frauen und Kinder wie Vieh durch die Straßen getrieben? Hatten sie *Volksschädlinge* geschlagen und gedemütigt? Den Abtransport in die Konzentrationslager bewacht?

Nicht darüber nachdenken. Nicht jetzt …

Davies hastete weiter. Er forderte die Männer laut auf, das Gebäude zu verlassen, und richtete auf die, die dem Befehl nicht sofort Folge leisten wollten, seine Pistole. Die Drohung mit der Waffe wirkte, denn die Zellen und der Gang leerten sich nun rasch.

Noch ein Flur und noch ein weiterer. Flüche und Proteste in osteuropäischen Sprachen. Ein Mann wollte auf Davies losgehen und wurde von dem Militärpolizisten an seiner Seite zurückgehalten. Schließlich hielt sich keiner der *Displaced Persons* mehr in dem Gebäude auf.

Davies befahl den deutschen Polizisten, die Zellen zu durchsuchen, und eilte mit dem Militärpolizisten nach draußen. Etwa dreihundert Männer und auch einige Frauen standen mittlerweile frierend im Schneetreiben auf dem Hof. Die meisten waren nun eingeschüchtert.

So hatten wahrscheinlich auch Juden ihren Abtransport in die Todeslager erwartet. Davies war es elend zumute, und abermals sah er sich wieder wie aus großer Entfernung. Seine Hand mit der Waffe war ganz taub.

»Wir haben Küppers' Uhr und etwa tausend Mark in Gold und Scheinen in einer Matratze gefunden.« Dahmen war neben ihn getreten. »Einen Mann haben wir auch festgenommen. Einen Polen. Sein Name ist Zygmunt Stojan.« Er nickte in Richtung des Eingangs, wo sich ein großer, sehniger Mann im Griff zweier Polizisten wand. »Möchten Sie bei dem Verhör dabei sein?«

»Nein, das überlasse ich Ihnen.« Davies' Herzschlag raste. Er fürchtete, jeden Moment zusammenzubrechen, und wollte nur noch fort aus dem Lager.

Als die Lautsprecherdurchsage über das Gelände geschallt hatte, hatte der Mann den Ast beiseitegelegt, an dem er herumschnitzte, um sich die Zeit zu vertreiben. Er kletterte von dem Etagenbett und verließ zusammen mit seinen fünf Zimmergenossen – drei Polen, einem Litauer und einem Ukrainer – den Raum.

Ob es den Briten bewusst war, dass die SS die Häftlinge in den Konzentrationslagern auch durch Lautsprecher zusammengerufen hatte? Es lag ohnehin eine bittere Ironie in der Tatsache, dass das Brauweiler-Lager der Gestapo als berüchtigtes Gefängnis gedient hatte.

»Raus, alle raus!« Deutsche Polizisten und Männer der Royal Military Police kamen den Gang entlanggerannt.

»Verdammte Deutsche!«

»Verschwindet und lasst uns in Ruhe!«

Wütende Stimmen auf Deutsch und in osteuropäischen Sprachen ertönten. Zu Fäusten geballte Hände erhoben sich. Um nicht aufzufallen, stimmte der Mann in den Chor ein. Schon zwei- oder dreimal hatte er solche Durchsuchungen erlebt. Normalerweise liefen sie so ab, dass irgendwo Diebesgut entdeckt wurde. Manchmal wurde ein armes Schwein festgenommen, und dann verlor sich die ganze Aufregung wieder, verwandelte sich bei nicht wenigen Lagerbewohnern in Apathie und Resignation.

Ein Schlagstock traf den Mann an der Schulter, als er auf den Hof trat. Er tastete nach der Waffe, die er unter seiner Jacke trug. Sie zu berühren schenkte ihm Sicherheit. Niemals wieder würde er sich von einem Deutschen festnehmen lassen. Lieber starb er. Er suchte sich einen Platz in einer der hinteren Reihen, beobachtete das Geschehen.

Nur wenige Lagerbewohner verliehen ihrer Wut noch vehement Ausdruck und wurden von einem britischen

Offizier, der nicht älter war als er selbst, mit einer Waffe in Schach gehalten. Er verstand nicht, wie sich die Briten mit ihrem früheren Feind gemeinmachen konnten. Aber so war es nun einmal, und er gab sich keiner Illusion darüber hin, dass nicht wenige Angestellte der Militärbehörde die *Displaced Persons* mittlerweile als Plage erachteten.

Opfer mochte niemand gern. Sie erinnerten zu sehr an die eigene Verwundbarkeit. Daran, wie brüchig alles im Leben war. Die Gedanken des Mannes schweiften zu seinem Auftrag. Er musste dringend Benzin stehlen, denn sein Vorrat ging zur Neige. Und ein neues Versteck für das Motorrad sollte er auch suchen. Es stand schon zu lange an einem Ort.

»Die Deutschen haben Zygmunt festgenommen.«

»Diese Schweine.«

Wieder schwoll der Zorn der Lagerbewohner an. Alle Briten hatten jetzt ihre Waffen gezogen. Der Blick des Mannes wanderte zu Zygmunt Stojan – armer Kerl – und blieb danach an einem Polizisten hängen. Den hatte er schon einmal gesehen. War der Deutsche damals 1941 an seiner Verhaftung beteiligt gewesen?

»Mörder, Mörder!«, riefen die Stimmen. Im nächsten Moment begriff der Mann, wer dieser Polizist wirklich war.

20. Kapitel

Köln

Sollte sie nach Marienburg fahren und schauen, wie es Peter Assmuß ging? Friederike blickte zu der Straßenbahnhaltestelle, die etwa hundert Meter entfernt lag. Sie hatte die beiden Zuckerdiebe nach Bayenthal begleitet, wo sie mit ihrer Mutter und vier Geschwistern in einem Keller hausten. Von Bayenthal nach Marienburg war es nicht weit. Friederike fühlte sich unruhig und niedergeschlagen, und sie machte sich Sorgen um Peter. Ihre Alpträume während der vergangenen Nacht hatten sie wieder besonders empfänglich für die Ängste des Jungen gemacht.

Dass in dem Moment eine Straßenbahn im Schneetreiben um die Kurve kam, gab den Ausschlag. Friederike rannte zur Haltestelle. Eingezwängt zwischen anderen Menschen, fand sie einen Stehplatz auf der Plattform. Der Umweg würde sie Zeit kosten. Aber sie konnte Gesine Langen gegenüber später immer noch behaupten, einige Bahnen seien ausgefallen. Bei den Behinderungen durch Schnee und Eis und dem maroden Zustand der öffentlichen Verkehrsmittel würde noch nicht einmal die Langen dies anzweifeln.

Zu Friederikes Erleichterung blieb die Bahn nirgendwo liegen. Als sie durch den Garten der Villa ging, hörte sie ein Rascheln im Gebüsch und zuckte zusammen. Doch es war nur Peter, dessen Gesicht aus den Zweigen lugte.

»Habe ich Sie erschreckt?« Seine Stimme klang schuldbewusst.

»Nicht sehr …« Der Schnee war voller Spuren. Der Junge hielt sich offenbar oft draußen auf.

»Peter, du achtest doch darauf, dass du von der Straße aus nicht gesehen wirst?«, fragte Friederike.

»Natürlich«, flüsterte er.

Durch die Hintertür betraten sie das Haus. Auf dem Küchentisch lag ein aufgeschlagenes Buch. Darin klebten Märchenbilder, die Zigarrenschachteln als Werbung beigefügt gewesen waren. Peter hatte sich *Hänsel und Gretel* angesehen und auch gemalt, denn neben dem Buch lagen linierte Papierbögen mit kindlichen Zeichnungen. Anscheinend schien es dem Jungen gutzugehen.

»Ich habe den Block und die Stifte in einem Schreibtisch gefunden.« Peter hatte Friederikes Blick aufgefangen. »Ich durfte sie mir doch nehmen, oder?« Seine übliche Ängstlichkeit machte sich wieder bemerkbar.

»Ja, natürlich!« Eine der Zeichnungen zeigte drei Kinder in einem verschneiten Garten. Zwei Jungen und ein Mädchen. Der Junge mit dem spitzen Gesicht und den großen Augen war unverkennbar Peter.

»Wer sind denn die beiden anderen?«, fragte Friederike. Im Alter von fünf oder sechs Jahren hatte sie selbst einen unsichtbaren Freund gehabt, der nur in ihrer Einbildung existierte, vielleicht war es bei Peter ja auch so.

»Emily und James.« Peter wechselte das Thema, indem er auf das Bild mit dem Lebkuchenhaus deutete, das auf der aufgeschlagenen Seite in dem Märchenbuch zu sehen war. »Meine Mutter hat mir die Geschichte vorgelesen. Ich hätte auch von dem Haus genascht, wie Hänsel.«

Angesichts der detailliert gemalten, mit Mandeln und Zuckerguss verzierten Lebkuchen zog sich Friederikes Magen vor Hunger zusammen.

»Ja, ich hätte mich ebenfalls nicht beherrschen können. Gefällt Emily und James das Märchen denn auch?«, ging sie auf Peters Phantasie ein.

»Das weiß ich nicht.« Peter zuckte mit den schmalen Schultern. »Aber die beiden schenken mir manchmal Süßigkeiten. Sie haben immer genug zu essen.«

Emily und James … Die englischen Namen der beiden Kinder ließen Friederike plötzlich stutzen. Sie klangen sehr real.

»Woher kennst du den Jungen und das Mädchen eigentlich?«, fragte sie beiläufig.

»Sie wohnen in dem Haus auf der anderen Straßenseite. Vor ein paar Tagen sind sie zu mir in den Garten gekommen. Ich mag sie. Wir spielen miteinander.«

»Deine Mutter erlaubt das?« Friederike versuchte, sich ihre Bestürzung nicht anmerken zu lassen.

»Sie weiß nichts davon. Sie arbeitet für Mrs Thewliss, Emilys und James' Mutter.«

»Was sagst du da?« Friederike traute ihren Ohren nicht.

»Mrs Thewliss hat das Dienstmädchen entlassen. Meine Mutter bekommt Lebensmittel dafür, dass sie ihr im Haushalt hilft. Sie ist auch jetzt wieder dort.«

»Wie hast du dich den Kindern gegenüber genannt?«

»Arthur Gärtner.«

Wenigstens das … Ein Blick auf ihre Armbanduhr zeigte Friederike, dass sie gehen musste.

»Peter.« Sie fasste den Jungen bei den Schultern. »Schließ die Tür hinter mir ab, wenn ich gehe, und lege den Riegel vor«, sagte sie eindringlich. »Und richte deiner Mutter aus, dass sie bei dir bleiben muss. Du darfst auch nicht mehr allein in den Garten gehen oder dich mit deinen Freunden treffen. Versprichst du mir das?«

»Aber seit wir von unserem Hof fortmussten, hatte ich nie mehr Freunde.« Peters Augen füllten sich mit Tränen.

»Du wirst bald andere Freunde finden. Bitte, versprich es mir. Vielleicht suchen die Männer, die Herrn Küppers getötet haben, nach dir. Sie dürfen dich nicht finden.«

»Ja, ich verspreche es«, sagte Peter schließlich leise.

»Darüber bin ich sehr froh.« Friederike reichte ihm ein Taschentuch und wartete, bis er sich die Tränen abgewischt hatte.

Ach, sie hasste diese englische Offiziersgattin! Friederike wünschte, sie hätte zu der Villa gehen und Frau Assmuß dort wegholen können. Aber das stand ihr nicht zu. Sie musste Davies unbedingt davon unterrichten, dass Peter mit den beiden Kindern spielte und dass seine Mutter ihn allein ließ.

Bisher hatte Davies es möglichst vermieden, das Stadtviertel aufzusuchen. Aber nach dem Einsatz in dem *Displaced Persons*-Lager war er doch nach Klettenberg gefahren.

Viele der großbürgerlichen Häuser – ehemals im Besitz von Ärzten, Juristen und höheren Beamten, den Stützen der deutschen Gesellschaft – lagen in Trümmern. Das Milchgeschäft in der Nähe der Luxemburger Straße mit der geschwungenen Jugendstilschrift über der Tür war jedoch von den Bomben verschont geblieben. Eine Schlange von frierenden Menschen, die nach Milch, Butter oder einem Stück Käse anstanden, erstreckte sich bis zur Kreuzung.

Noch konnte er umkehren. Er *wollte* umkehren. Trotzdem fuhr er langsam weiter, am Klettenbergpark vorbei und in eine Seitenstraße. Er hoffte fast, das Haus, in dem er aufgewachsen war, sei zerstört worden. Aber die ersten beiden Stockwerke standen noch, und auch der Blumenfries aus Stuck war weitgehend intakt.

Hinter den Fenstern in der ersten Etage hingen neue

Vorhänge. Wahrscheinlich war die Wohnung requiriert worden. In Gedanken durchschritt Davies die Räume. Das Wohnzimmer mit dem Flügel darin, die Praxis seines Vaters vorn, die durch einen separaten Eingang betreten werden konnte. In der Wohnung hatte es, solange Davies sich erinnern konnte, immer schwach nach Desinfektionsmitteln gerochen.

Das Herrenzimmer. Das Schlafzimmer der Eltern. Als ganz kleiner Junge war er manchmal in den Schrank geklettert, hatte sich in die Kleider seiner Mutter geschmiegt und ihren Duft eingeatmet. Das Esszimmer. Helle Möbel aus Birnenholz standen um einen ovalen Tisch. Darauf brannten Kerzen. Hier hatten sie gelegentlich mit dem frommen Großvater den Beginn des Sabbats gefeiert. Sein Kinderzimmer. Ein abgegriffener Teddybär saß auf dem Bett, und eine dampfbetriebene Lokomotive, sein ganzer Stolz, lugte zwischen dem Schrank und dem Regal hervor.

Eine Gruppe von Jungen stürmte jetzt aus der Hofeinfahrt. Sie kickten sich ein Stück Holz zu. Es schlitterte über die eisglatte Straße. Sie holten es ein, kickten es sich wieder zu, rannten weiter. Eine Kälte kroch in Davies hoch, die nicht von den eisigen Temperaturen herrührte.

Wie immer erwiderte Richard Davies den Gruß des Postens vor der Stadtkommandantur. Ob Adam Schäffer jemals nach Köln zurückkehren würde? Oder war es völlig sinnlos, dass er hoffte, ihn hier aufspüren und zur Rechenschaft ziehen zu können? Sollte er nicht doch lieber den Dienst quittieren und nach Süddeutschland gehen? Wohin eine Spur Schäffers führte, nachdem sein Haus im Stadtteil Lindenthal bei dem Bombenangriff im März 45 völlig zerstört worden war.

»He, Richard ...« Jemand fasste ihn am Arm. Timothy

McLeod stand auf einem Treppenabsatz und musterte ihn fragend. »Alles okay?«

»Ja.«

»Mannings möchte dich sprechen.«

Sollte er den Captain davon unterrichten, dass er aus dem Militärdienst ausscheiden wollte?

»Ah, Davies!« Mannings legte die Zeitung beiseite, in der er gerade gelesen hatte. »Vier Tage ist diese Ausgabe der *Times* alt, und es ist das neueste Exemplar, das in der Offiziersmesse zu kriegen war. Manchmal habe ich den Eindruck, die englische Regierung und die Armee wollen uns absichtlich uninformiert halten. Es gab wohl dieser Tage eine große Debatte im Parlament über die Zustände in der britischen Zone, und die Militärregierung kam dabei nicht gerade gut weg. Fühlen Sie sich nicht wohl, Davies?« Auch der Captain musterte Davies forschend.

Er musste wirklich furchtbar aussehen. »Ich bekomme wahrscheinlich eine Erkältung. Nichts Schlimmes, Sir«, log er.

»Hoffentlich … Wir sind sowieso unterbesetzt. Gab es bei der Durchsuchung des Lagers in Brauweiler irgendwelche Ergebnisse?«

»Es wurden tatsächlich Küppers' Uhr und eine große Menge Bargeld gefunden. Die deutsche Polizei nahm einen Polen namens Zygmunt Stojan fest.«

»Ein Pole … Also doch.« Mannings seufzte und verzog den Mund. »Nun, damit dürfte zumindest der Mord an Küppers so gut wie aufgeklärt sein. Und ich hätte mir das ganze Telefonieren sparen können.«

»Sir?«

»Ich konnte tatsächlich einen Offizier aufspüren. Allerdings diente er nicht in Küppers' Kompanie, sondern in dessen Bataillon. Einen gewissen Oberst Roland Hartwig. Er war bei der Aktion Werwolf aktiv und ist deshalb in Recklinghausen interniert.«

Davies zögerte. Ob dieser Hartwig wusste, was es mit Küppers und dem Goldenen Militärverdienstkreuz auf sich hatte? Er beschloss, dieser Spur noch nachzugehen. »Ich würde gern mit dem Oberst sprechen, Sir«, sagte er langsam.

Richard Davies hatte kaum in seinem Büro am Schreibtisch Platz genommen, als das Telefon klingelte. Geistesabwesend griff er nach dem Hörer.

»Ich habe einen Mr Groen für Sie in der Leitung«, sagte eine Frau von der Telefonzentrale. Davies benötigte einen Moment, ehe er sich erinnerte, dass dies der belgische Militärpolizist in Euskirchen war, den er über die belgischen Waren in Küppers' Höhlenlager informiert hatte.

Gleich darauf tönte eine Bassstimme an sein Ohr. Daan Groen war ein hünenhafter Mann, dessen beträchtlicher Leibesumfang darauf schließen ließ, dass er eine Vorliebe für gute Speisen und Getränke hatte.

»Ich habe etwas für Sie, Lieutenant. Ich weiß allerdings nicht, ob es Ihnen wirklich weiterhelfen wird. Heute ist ein Kollege von mir, ein Militärpolizist, aus dem Urlaub zurückgekommen. Er hat erklärt, Küppers zusammen mit einem früheren Kameraden in der Nähe von Kall gesehen zu haben. Dieser Mann betreibt mittlerweile eine Tanzbar in Bergisch Gladbach bei Köln. Sein Name ist Seppe DeBoer.«

»DeBoer war ein Militärpolizist?«, vergewisserte sich Davies.

»Ja, er ist letztes Jahr ehrenhaft aus dem Dienst ausgeschieden.«

Davies stellte noch einige Fragen und ließ sich die

Adresse der Tanzbar geben. Um sich sicher zu sein, dass er sie richtig verstanden hatte, wiederholte er sie.

»Du hast also tatsächlich vor, dir einen netten Abend zu machen?« McLeod, der in das Büro gekommen war, grinste ihn an.

»Ist dienstlich«, wehrte Davies ab.

Jemand hatte ihm die Akte von Gunther Voss auf den Tisch gelegt, wie er jetzt sah. Davies las sie sorgfältig durch. Doch schließlich musste er Hauptkommissar Dahmen recht geben. In der Akte war nichts zu finden, was Voss mit den Morden an Küppers und Pater Bernhard in Verbindung brachte. Das einzig Auffällige an seiner Biographie war, dass er Ende der zwanziger, Anfang der dreißiger Jahre vom Schlosser zum Bäcker umsattelte. Voss gab an, bestimmte Metalllegierungen nicht vertragen zu haben.

Davies beschloss, also noch DeBoer und Oberst Hartwig aufzusuchen und, wenn sich keine neuen Spuren auftaten, den Fall dann abzugeben und den Dienst zu quittieren. Er fühlte sich innerlich immer noch wie erfroren.

Den ganzen Tag schon hatte Derek Binney das Gefühl, ihm sei eine schwere Last von den Schultern gefallen. Wie vereinbart, hatte er die Informationen in der Herrentoilette des Kölner Hauptbahnhofs deponiert. Zu seiner Erleichterung hatte auch beigetragen, dass bisher die Militärpolizei nicht wieder bei ihm erschienen war.

Da ihm zu Hause die Decke auf den Kopf gefallen war, war er am Nachmittag wieder zur Arbeit gegangen.

»Schönen Abend!« Auf dem Parkplatz vor dem flachen NAAFI-Gebäude am Flughafen Köln-Wahn winkte er einem Kollegen zum Abschied zu. Die Lichter eines Flugzeugs schnitten eine helle Bahn in den Abendhimmel. Das Motorengeräusch der Royal-Air-Force-Maschine im

Landeanflug drang an Derek Binneys Ohren, wurde lauter. Verdammt attraktiv war die Offiziersgattin ja gewesen. Wenn auch völlig außer seiner Reichweite, zumindest in Friedenszeiten. Während des Krieges sollte es ja durchaus vorgekommen sein, dass sich die Standesgrenzen verwischten.

Derek Binney hatte gerade auf dem Fahrersitz Platz genommen und den Zündschlüssel aus der Manteltasche geholt, als er den Lauf einer Waffe an seiner Schläfe spürte.

»Was wollen Sie denn noch von mir?«, keuchte er auf. »Ich habe getan, was Sie von mir verlangten, und Peter Assmuß gefunden.« Im Rückspiegel konnte er nur einen Hut erkennen, der tief in eine Stirn gezogen war. Das Gesicht des Mannes lag im Dunkeln.

»Sie haben noch nicht alles getan. Sie werden den Jungen töten.«

Derek Binney verschlug es die Sprache. Machte der Kerl Witze? »Ich mag ein Dieb und ein Betrüger sein, aber ich ermorde doch kein Kind!«

»Sie werden ihn töten.« Der Befehl kam kalt und völlig emotionslos.

»Nein! Erledigen Sie Ihre Drecksarbeit doch selbst.« Er wusste nicht, woher er den Mut zu dieser Antwort nahm.

Ein dumpfer Laut ertönte dicht neben seinem Ohr. Der dunkle Himmel vor Derek Binneys Augen zerbarst. Glasscherben regneten ihm ins Gesicht. Hatte ihn die Kugel getroffen? Würde er sterben?

Erst allmählich registrierte Binney, dass er nicht verwundet war. Dann spürte er Feuchtigkeit auf dem Sitz, roch den Urin.

»Na, Sie haben die Hosen voll?« Der Mann tätschelte ihm die Schulter. »Ich schätze, wir haben uns verstanden.«

Derek Binney verachtete sich. Aber er wusste, dass er tun würde, was von ihm verlangt wurde.

Bergisch Gladbach

Seppe DeBoer war groß und breitschultrig. Buschige Brauen verschatteten seine Augen. Er trug einen Pullover unter einer gefütterten Lederjacke, und seine Haare waren recht lang. Er besaß jedoch noch die straffe Körperhaltung eines Soldaten. An den Wänden seines Büros hingen Plakate von Musikern, und aus der nahen Bar klangen jazzige Töne.

»Hab ich Probleme mit euch Briten?« Er musterte Davies' Uniform.

»Möglicherweise … Sie sollen sich in der Eifel mit einem Schwarzhändler namens Jupp Küppers getroffen haben.«

»Ja, das hab ich. Na und?« DeBoer breitete die Arme aus. »Meinen Sie ernsthaft, ich könnte in diesem völlig zerstörten Land eine Bar betreiben ohne Kontakte zum Schwarzmarkt?«

Es war klug von DeBoer, diese Kontakte nicht abzustreiten. Als ehemaliger Militärpolizist hatte er ausreichend Erfahrung mit Befragungen und wusste, wann es sich lohnte zu lügen und wann man besser die Wahrheit sagte. Oder war er, Davies, voreingenommen gegenüber dem Mann?

»Sie haben Ihre Ausbildung zum Militärpolizisten in England erhalten, nicht wahr?«, fragte Davies weiter. Ab dem Sommer 1944, als die Alliierten durch Frankreich und Belgien vorrückten und klar war, dass Deutschland den Krieg nicht gewinnen würde, hatte die britische Armee auch belgische Soldaten zu Militärpolizisten ausgebildet.

»Ja, in Nordengland, das war eine gute Zeit.«

»Wie lange waren Sie dort?«

»Drei Monate.«

»Zeit genug, um Kontakte mit Diebes- und Hehler-banden zu knüpfen.«

»Sie erwarten doch nicht, dass ich dazu etwas sage?« DeBoer hob gelangweilt die Augenbrauen. »Ja, ich hab Küppers gekannt, ich hab mit ihm gehandelt. Auf dem Schwarzmarkt habe ich gehört, dass er tot ist, aber glauben Sie mir, *ich* habe ihn nicht umgebracht.«

»Was haben Sie denn von Küppers gegen Alkohol getauscht?«

»Schallplatten.«

»Ach ja, Schallplatten ...«

»Viele Deutsche haben das Bedürfnis nach guter Musik. Und die Besatzungssoldaten sowieso. Oder haben Sie's mehr mit Klassik?«

»Das eine schließt das andere ja nicht aus. Warum haben Sie den Dienst bei der Militärpolizei quittiert?«

»Es hat mich gelangweilt, Verkehrskontrollen durchzuführen, Schlägereien zu schlichten und irgendwelche armen Kerle, die am Wochenende zu viel getrunken und Mist gebaut haben, einzubuchten. Mörder zu jagen hätte ich interessanter gefunden. Aber in dem Bereich hab ich keine Stelle gekriegt.« DeBoer grinste.

»Vielleicht wollten Sie ja auch lieber die Seite wechseln? Eine Bar und Schwarzmarktgeschäfte zu betreiben dürfte viel einträglicher sein als der Sold.«

»Das Gespräch ist für mich beendet.« DeBoer deutete zur Tür. »Ich denke, Sie finden allein hinaus.«

284

Bensberg

Sie hätte nicht herkommen sollen. Friederike war verschwitzt und fühlte sich unbehaglich. Angespannt saß sie an dem kleinen Tisch. Die Luft war heiß und stickig, und die Musik der Band dröhnte in ihren Ohren. Offiziell hatten nur Briten Zugang zu dem Club in Bensberg bei Köln. Aber deutsche Frauen wurden gern eingelassen. Um ihre Nervosität zu überspielen, trank Friederike hastig von dem Cocktail.

Lore wirbelte zu Swingklängen mit einem Offizier über die Tanzfläche. Sie genoss den Abend in vollen Zügen. Friederike wünschte, sie könnte so sein wie die Freundin. Optimistisch und dem Augenblick zugewandt.

Wann hatte sie eigentlich das letzte Mal getanzt? Es musste im Frühjahr 1943 gewesen sein. Hans war auf Fronturlaub nach Hause gekommen, und sie hatten Freunde eingeladen. Hans hatte sich verändert, war in den Monaten seit seiner Einberufung viel älter geworden, und manchmal, wenn er sich unbeobachtet glaubte, starrte er mit einem leeren Blick vor sich hin, der Friederike Angst machte.

Aber an jenem Abend war er nach außen wie früher. Gelassen, freundlich und humorvoll. Der ältere Bruder, der an eine Welt voller Abenteuer glaubte. Sie hatten zur Musik von Jazzplatten getanzt, die Hans über einen Freund in Berlin erhalten hatte. Dass diese Musik eigentlich verboten und der Besitz der Platten strafbar war, hatte dem Abend einen besonderen Kitzel verliehen.

Der Offizier begleitete Lore an den Tisch zurück, und die Freundin ließ sich außer Atem neben Friederike nieder.

»Mein Gott, willst du denn überhaupt nicht tanzen?« Lore schüttelte verständnislos den Kopf.

»Mir ist nicht danach. Ich bin auch völlig aus der Übung …«

»Jetzt sei nicht so ein Sauertopf. Der Engländer dort drüben beobachtet dich schon eine ganze Weile.« Lore nickte in Richtung eines großen blonden Mannes, der an der Bar lehnte. »Seiner Uniform nach ist er ein Royal-Air-Force-Pilot.«

»Ist das etwas Besonderes?«

»Ja, das sind tolle Kerle.«

Der Pilot bemerkte, dass sie über ihn sprachen, und bahnte sich einen Weg an den Tanzenden vorbei.

»Gib ihm bloß keinen Korb«, flüsterte Lore.

»Darf ich Sie um diesen Tanz bitten?« Er verbeugte sich vor Friederike.

»Ich …«

Lore versetzte ihr einen Tritt gegen das Schienbein.

Vielleicht hatte die Freundin ja recht. Oder wollte sie wirklich den Rest ihres Lebens als Nonne verbringen?

»Gern.« Friederike stand auf und folgte dem Piloten zur Tanzfläche. Lore zwinkerte ihr zu und verschwand mit einem anderen Mann in Richtung der Bar.

Friederike wusste schon in dem Moment, als der Pilot den Arm um sie legte, dass sie einen Fehler begangen hatte. Sie versuchte, sich zu beherrschen und sich von ihm zum Takt der Musik führen zu lassen. Aber unwillkürlich verkrampfte sie sich.

»He, sei doch nicht so schüchtern.« Der Mann zog sie enger an sich. Sein Atem roch nach Alkohol.

Friederike schmeckte die Süße des Cocktails in ihrem Mund. Ihr wurde übel, und der Raum und die Menschen begannen sich um sie zu drehen.

»Du bist sehr hübsch …« Seine Hand wanderte ihren Rücken hinunter, kam auf ihrem Po zu liegen.

Geistesabwesend lauschte Richard Davies der Musik. Er hatte sich von Timothy McLeod überreden lassen, sich mit ihm in einem Club in der Nähe von Bergisch Gladbach zu treffen.

Bevor Davies aufgebrochen war, um mit Seppe DeBoer zu sprechen, hatte er mit Dahmen telefoniert. Zygmunt Stojan hatte abgestritten, etwas mit dem Mord an Küppers zu tun zu haben, und behauptet, jemand habe ihm die Uhr und das Geld untergeschoben. Aber Davies hatte auch nicht erwartet, dass er sofort gestehen würde. Er war sich immer noch ziemlich sicher, dass DeBoer log. Es würde sich lohnen zu überprüfen, ob es eine Verbindung zwischen den beiden Männern gab.

Die Musik hatte sich verändert. Der Pianist der Band spielte ein swingiges Solostück. Davies blickte zu dem Flügel. Die Hände des Pianisten tanzten über die Tasten. Schlanke Hände, mit langen, feingliedrigen Fingern.

Auch seine Mutter hatte sehr schöne Hände gehabt. Davies erinnerte sich daran, wie sie ihm die ersten einfachen Stücke auf dem Klavier beigebracht hatte. Vier oder fünf Jahre alt war er da. Und wie fasziniert er gewesen war, den weißen und schwarzen Tasten eine Melodie entlocken zu können! Er hatte es geliebt, Klavier zu spielen, und er hatte es geliebt, seine Mutter musizieren und singen zu hören. Seit er Deutschland im Januar 1939 verlassen hatte, hatte er nie wieder ein klassisches Konzert besucht – er hätte die Musik nicht ertragen.

»Erinnerungen an den Krieg?« McLeod, der eine Tanzpartnerin zurück zu ihrem Tisch begleitet hatte, ließ sich neben ihm an der Bar nieder. »Ich kenne diesen Gesichtsausdruck.«

»Ja«, log Davies.

»Nicht daran denken. So halte ich es, meistens mit Erfolg. Es ist vorbei.«

Nein, es war nicht vorbei. Und es würde nie vorbei sein. Davies nahm eine Unruhe auf der Tanzfläche wahr. Eine Frau drängte sich zwischen den Paaren hindurch. Sie stieß gegen einen Tisch. Ein Glas fiel um und zerschellte auf dem Boden. Offensichtlich eine Betrunkene. Vor dem Eingang blieb die Frau stehen und kämpfte mit den Falten des Ledervorhangs.

Sie hatte dunkles Haar. Ihr Gesicht war bleich und panisch.

»Ich bin gleich wieder zurück.« Richard Davies glitt von dem Barhocker.

Was hatte eine Frau wie Friederike Matthée nur in diesem Club zu suchen?

Schluchzend schob sich Friederike an den schweren Falten vorbei, die ihr nur widerspenstig den Weg freigaben, riss die Tür auf und stürzte nach draußen.

Vor dem Lokal sank sie in den Schnee und übergab sich. Schritte erklangen. Ein Schatten fiel auf sie.

War ihr der Pilot etwa nachgekommen? Panisch blickte Friederike hoch. Im ersten Moment glaubte sie, ihren Augen nicht trauen zu können. Doch es war tatsächlich Davies, der sich im Schein einer Laterne über sie beugte und ihr ein Taschentuch reichte.

»Danke«, flüsterte Friederike und wischte sich mit dem Taschentuch Erbrochenes vom Gesicht. Sie fühlte sich so elend, dass sie sich nicht einmal fragte, wie es dazu kam, dass sie Davies hier, vor diesem Club, begegnete. »Ich bin nicht betrunken. Es ist nur … Ich hätte nicht tanzen sollen. Dieser Mann da drin …« Sie brach ab, würgte erneut.

»Ist schon gut. Ich glaube Ihnen, dass Sie nicht betrunken sind.«

»Seit meinem Gespräch mit der Ärztin in Wuppertal, in dem es um die Erlebnisse meiner Mutter ging … Und

288

auch meine …« Sie brach ab, errötete. »Es tut mir leid, dass ich aus dem Hospital weggelaufen bin.«

»Ich habe mit der Ärztin gesprochen. Sie müssen nicht darüber reden.«

Dann wusste er es also. Friederike kam sich entblößt und gedemütigt vor, und sie konnte Davies nicht in die Augen sehen.

»Ich bringe Sie nach Hause.«

»Nein, da will ich nicht hin. Ich halte es nicht noch eine Nacht allein in dem Zimmer aus.« Ihre Stimme klang schrill und überschlug sich.

»Ich kann Sie nicht mit in meine Wohnung nehmen. Es gäbe Gerede …«

»Natürlich geht das nicht!« Friederike stand auf und wischte sich den Schnee von ihrem Rock. Sie zitterte vor Kälte. »Ich werde bei einer Freundin übernachten.« Irgendwie würde sie die Zeit, bis Lore bereit war, nach Hause zu fahren, schon überstehen.

»Ich habe keine Angst um meinen Ruf. Ich fürchte nur, das Gerede wird Ihrer Vorgesetzten zu Ohren kommen.«

In einer anderen Situation hätte Friederike wahrscheinlich gelacht. Gesine Langen fand bestimmt allein die Vorstellung schamlos, dass ihre Beamtinnen geschlechtliche Wesen waren. Und wenn Friederike eine – angebliche – Affäre mit dem früheren Feind hätte, bedeutete das für die Kriminalkommissarin ganz sicher den endgültigen Zusammenbruch aller moralischen Werte. Ja, ihre Stelle würde sie dann auf jeden Fall verlieren.

»Ich gehe wieder hinein. Das Taschentuch gebe ich Ihnen gewaschen zurück.« Noch immer konnte Friederike Davies nicht ansehen. Sie wollte an ihm vorbeigehen, aber er vertrat ihr den Weg.

»Ich habe heute erfahren, dass ein Offizier von Küppers' Bataillon in einem englischen Gefängnis in Recklinghausen inhaftiert ist. Er war bei der Aktion Werwolf aktiv. Ich will ihn morgen früh befragen und hatte ohnehin vor, von hier aus noch weiterzufahren und auf halber Strecke zu übernachten. Wenn Sie möchten, können Sie mich begleiten.«

Friederike hob den Kopf. Licht aus einem Fenster fiel auf Davies. Er erwiderte ihren Blick. Sie wusste, dass sein Angebot nicht zweideutig war. Dennoch zögerte sie. Davies strahlte kein Mitleid aus. Mitleid hätte sie nicht ertragen. Aber etwas in seiner Miene verriet ihr, dass er ihren Ekel und ihre Angst verstand.

»Ich komme gern mit«, sagte sie leise.

Essen

In der Eingangshalle des Hotels hing ein staubiger Kronleuchter. Die Tapete war fleckig und der Teppich abgetreten. Friederike war so müde, dass sie sich kaum noch auf den Beinen halten konnte. Es war kurz vor Mitternacht.

»Ich bedaure, aber wir haben nur noch ein Zimmer frei.« Der Nachtportier des ehemals gutbürgerlichen Hauses in einem Vorort von Essen schüttelte den Kopf. »Wir haben hier Flüchtlinge einquartiert.«

»Dann nehmen wir das eine Zimmer.« Davies' Stimme klang ungeduldig.

Der ältere Mann zögerte. Es war offensichtlich, dass er sie für ein Liebespaar hielt, und Räume an Unverheiratete zu vermieten war verboten. Aber die Uniform der Besatzungsmacht ließ ihn keine weiteren Fragen stellen. Er füllte nach Davies' Angaben den polizeilichen Meldeschein aus und überreichte ihm dann den Schlüssel.

»Nehmen Sie das Zimmer. Es liegen Decken im Jeep. Ich werde irgendwo im Haus einen Winkel finden, wo ich schlafen kann«, sagte Davies, während sie die gewundene Treppe hinaufgingen. »Ich hatte schon schlechtere Plätze für die Nacht.«

»Es macht mir nichts aus, mit Ihnen ein Zimmer zu teilen. Da wir in Essen sind, wird Kriminalkommissarin Langen bestimmt nichts davon erfahren.«

»Es macht Ihnen wirklich nichts aus?«

»Nein.« In Davies' Gegenwart fühlte Friederike sich sicher.

Der Raum lag im zweiten Stock und war ähnlich heruntergekommen wie die Eingangshalle. Die Mahagonimöbel hatten schon lange ihren Glanz verloren, und die Steppdecke war notdürftig geflickt.

»Das Bett gehört Ihnen. Ich nehme den dort ...« Davies nickte in Richtung eines durchgesessenen Sessels.

Friederike war zu erschöpft, um zu diskutieren. Außerdem ließ sich Davies wahrscheinlich sowieso nicht umstimmen. Sie zog die Stiefel aus und legte sich in ihren Kleidern ins Bett.

Davies hatte das Zimmer kurz verlassen und kehrte jetzt mit einigen Militärdecken zurück. Eine breitete er über die Steppdecke, unter der Friederike lag, die anderen wickelte er um sich und nahm in dem Sessel Platz.

»Stört es Sie, wenn ich die Stehlampe brennen lasse und mir noch einige Notizen mache?«

»Nein, und danke für die Decke.« Den Kopf in das Kissen geschmiegt, betrachtete Friederike ihn unter halbgeschlossenen Lidern. Haar fiel ihm ins Gesicht, während er den Stift über eine Seite in seinem Notizbuch führte. Jetzt, da er sich unbeobachtet glaubte und die Maske des Offiziers abgelegt hatte, wirkte er wieder jung und auch irgendwie verwundbar. Sein Gesicht war verschlossen, ohne abweisend zu sein.

Für eine Zeichnung würde ich ihn mit dünnen, schnellen Bleistiftstrichen skizzieren, dachte Friederike schläfrig. Oder mit Kreide. Davies hatte etwas an sich, das nicht greifbar war. Mit dieser flüchtigen Malweise würde sie dem am besten gerecht. Gleich darauf fielen ihr die Augen zu.

Ein Geräusch irgendwo im Hotel weckte sie. Die Stehlampe brannte noch. Die Zeiger ihrer Armbanduhr standen auf kurz vor sechs. Davies schlief, sein Kopf war zur Seite gesunken.

Friederike musste zur Toilette. Vorsichtig, um Davies nicht zu wecken, stand sie auf. Das Notizbuch war ihm aus den Händen geglitten und aufgeklappt auf den Boden gefallen. Sie hob es auf, wollte es auf den Tisch neben dem Sessel legen.

Auf den Seiten klebte ein kleiner Stadtplan von Köln, der sich nun auffaltete. Er musste oft betrachtet worden sein, denn die Faltlinien waren ganz brüchig. Eine Straße im Stadtteil Klettenberg war markiert und eine weitere im Stadtteil Sülz.

Davies bewegte sich. Friederike fühlte sich bei etwas Unrechtem ertappt. Hastig faltete sie den Stadtplan wieder zusammen und legte das Notizbuch mit den Seiten nach unten auf den Boden.

21. Kapitel

Recklinghausen, Freitag, 24. Januar 1947

Durch das vergitterte Fenster oben in der Wand konnte Friederike ein Stück mit Stacheldraht bewehrter Mauer sehen. Der Gefängnischarakter des Internierungslagers und der zellenartige Verhörraum schüchterten sie ein. Gegen acht Uhr hatten Davies und sie das Lager erreicht und waren nach strengen Ausweiskontrollen eingelassen worden.

Auf dem Flur ertönten Schritte. Der Mann, den zwei Soldaten in den Verhörraum führten, war groß und Mitte fünfzig. Er hatte einen hageren Körper und ein scharf geschnittenes Gesicht. Er repräsentierte den Offizierstypus, den die Wochenschauen gern gezeigt hatten. Männer, die sich über Tische voller militärischer Karten beugten oder im geöffneten Turm eines Panzers gegen die feindlichen Linien vorpreschten. Die Entschlusskraft, Weitblick und unbedingten Siegeswillen ausstrahlten.

»Herr Leutnant ...« Oberst Hartwig nickte Davies knapp, aber höflich zu. Friederike ignorierte er.

»Oberst.« Davies bedeutete den beiden Soldaten, sich zu entfernen, und Hartwig, sich zu setzen.

»Ohne einen Anwalt werde ich mich zu den Sabotageakten, an denen ich angeblich beteiligt gewesen sein soll, nicht äußern.« Hartwig beugte sich vor und legte die ineinander verschränkten Hände auf den Tisch. Graue Härchen kräuselten sich auf den Handrücken. Die Nägel waren sauber und sorgfältig geschnitten.

»Ob und wie Sie in die Aktion Werwolf involviert waren, interessiert mich nicht.« Davies beobachtete ihn aufmerksam. »Ich möchte mit Ihnen über den Ersten Weltkrieg sprechen.«

»Den Ersten Weltkrieg?« Hartwig reagierte überrascht.

»Kannten Sie diesen Mann?« Davies legte eine Fotografie auf den Tisch. »Sein Name war Jupp Küppers, und er diente in Ihrem Bataillon.«

»Sein Name *war* Küppers? Er lebt nicht mehr?«

»Er war ein Schwarzhändler und wurde letzte Woche umgebracht.«

»Ich nehme an, er handelte mit britischen Waren? Sonst wären Sie ja kaum an den Ermittlungen beteiligt.«

»Genau, in seinem Lager wurden Waren aus britischen Beständen gefunden.«

Hartwig nahm die Fotografie in die Hand und betrachtete sie eingehend. »Es tut mir leid. Ich würde Ihnen gern helfen«, sagte er schließlich. »Ich habe für Schwarzhändler nichts übrig. Aber ich kann mich weder an den Namen noch an das Gesicht erinnern. Nun ja, die Gesichter der Soldaten waren damals meistens abgemagert, bärtig und dreckverschmiert …«

»Ja, ich verstehe.« Davies nickte. »Küppers soll das Goldene Militärverdienstkreuz erhalten haben. Weckt das vielleicht eine Erinnerung in Ihnen?«

»Ein Mann mit Namen Küppers und diese hohe Auszeichnung? Nein, das war nicht der Fall …«

»Sind Sie sich ganz sicher?«

»Aus jenem Bataillon bekamen im Verlauf des Ersten Weltkriegs drei Männer diesen hohen Orden verliehen. Ich kannte sie nicht persönlich. Aber ich habe mir ihre Namen gemerkt, da das Goldene Militärverdienstkreuz nun einmal außergewöhnlich ist. Ein Jupp Küppers war nicht darunter.«

Nichts in Hartwigs Miene oder Körpersprache deutete darauf hin, dass er log. Stille breitete sich in dem Verhörraum aus. Davies schien vor sich hin zu sinnen.

»Ich bin mir allerdings sicher, dass bei einer dieser Ordensverleihungen etwas nicht mit rechten Dingen zuging«, ergriff Hartwig unvermittelt wieder das Wort.

»Wie meinen Sie das?« Davies beugte sich vor. Auch Friederike fühlte sich wie elektrisiert.

»Nun, einer der drei Männer war ein Jude. Aber der Jude an sich ist, wie wir alle wissen, feige.« Hartwig verzog verächtlich den Mund. »Juden haben sich mit allen Mitteln vor der Einberufung ins Feld gedrückt. Niemals wäre einer so mutig und tapfer gewesen, um dieser Auszeichnung würdig zu sein. Das wäre mit seinem Wesen einfach unvereinbar.«

Friederike nahm wahr, wie Davies' Miene starr wurde. Er spannte sich an, als wolle er sich im nächsten Moment auf Hartwig stürzen.

»Erinnern Sie sich vielleicht noch an den Namen dieses jüdischen Soldaten?«, fragte sie rasch, um Davies zur Besinnung zu bringen.

Hartwig hatte nichts bemerkt. Er wandte sich ihr irritiert zu, als habe er ihre Anwesenheit völlig vergessen. »Ich habe mich damals über diesen Kerl informiert«, sagte er dann. Wie um sein Gedächtnis anzuregen, klopfte er mit den Fingerspitzen auf die Tischplatte. »Sein Name war Goldbaum ... Nein, warten Sie ... Goldstein, Nathan Goldstein. Ein Geldverleiher und Viehhändler. Wahrscheinlich hat er sich den Orden erkauft.«

Davies wirkte wieder kühl und gelassen. Äußerlich war sein Zorn verflogen.

Friederike schrieb den Namen Nathan Goldstein in ihr Notizbuch. Die Ruine in Kaltenberg ... Davies, der davor stand und die Wand mit den Säulenresten reglos

295

betrachtete … Diese Ruine war eine ehemalige Synagoge und keine Kapelle gewesen. Wie hatte sie nur so blind sein können?

Niederrhein

Friederike warf Davies einen scheuen Blick von der Seite zu. Vor ungefähr anderthalb Stunden hatten sie das Internierungslager in Recklinghausen verlassen. Um Davies' Mund lag ein zorniger, ja verbissener Zug. Zu Hartwigs verächtlichen Bemerkungen über jüdische Soldaten hatte er sich nicht geäußert. Seit sie den Verhörraum verlassen hatten, hatte er kein einziges Wort zu ihr gesagt. Plötzlich kam ihr ein ungeheuerlicher Gedanke. Konnte es etwa sein, dass er selbst auch Jude war? Sollte sie ihn darauf ansprechen? Nein, sie wagte es nicht.

Das Frühstück in Essen hatte aus einem kleinen Stück Brot, etwas Margarine und einer Tasse Malzkaffee bestanden. Friederike hatte Hunger, und trotz der Militärdecke, die sie wieder um sich gewickelt hatte, fror sie.

Der Tag war sonnig. Die verschneite Landschaft reflektierte das Licht, so dass es in den Augen schmerzte. Sie fuhren nun durch eine flache, ländliche Gegend. Von Eis überzogene Pappeln und Weiden markierten den Verlauf des Rheins. Ein weiter Himmel wölbte sich über der Ebene. Auch in Ostpreußen war der Himmel weit gewesen. Aber sanft gewellte Hügel und Seen hatten die Landschaft durchzogen und dem Blick Abwechslung geboten. Friederike empfand jäh ein tiefes Heimweh.

Einige Häuser, die sie passierten, hatten kein Dach mehr. In den Fassaden klafften große Löcher, manche Mauern waren auch ganz weggesprengt. In etwa einem Kilometer Entfernung lag ein Dorf. Von dem Kirchturm stand nur noch ein Rest. Im Gegenlicht erschien er Friederike wie ein knöcherner Finger.

Zu ihrer Überraschung lenkte Davies den Jeep dicht vor dem Ortseingang an den Straßenrand, vor ein großes Gebäude, dessen Dach notdürftig instand gesetzt worden war. »Gasthof Zum Frohsinn« stand in ausgeblichenen Lettern auf der Fassade. Ein schmaler Weg zum Eingang war vom Schnee freigeräumt worden, und aus dem Schornstein drang Rauch. Anscheinend wurde der Gasthof bewirtschaftet.

Wortlos stieg Davies aus dem Jeep und ging zu dem Gebäude. Friederike folgte ihm stumm. Die Gaststube war eiskalt und heruntergekommen. Schmutziger Sand bedeckte die Dielen. Sie waren die einzigen Gäste.

Davies steuerte auf einen Tisch vor einem der mit Eisblumen überzogenen Fenster zu.

Ein Mann mittleren Alters, der eine wattierte Jacke trug, tauchte hinter dem Tresen auf und trat zu ihnen.

»Die Suppe ist schon fertig«, nuschelte er. Von seinem Mundwinkel bis zum Ohr zog sich eine schlecht verheilte Narbe. »Ansonsten könnt' ich noch Brot mit Marmelade anbieten.«

»Was hätten Sie gern?«, wandte sich Davies an Friederike.

»Die Suppe.«

»Dann zweimal die Suppe.«

Der Wirt nahm die Lebensmittelmarken in Empfang und verschwand in der Küche. Auf der Tischplatte befanden sich klebrige Ringe. Ein angeschlagener Aschenbecher warb für eine Zigarettenmarke. Neben dem Fenster nahm Friederike einen hellen rechteckigen Fleck an der Wand wahr. Vermutlich hatte dort zwölf Jahre lang ein Bild von Hitler gehangen. Davies folgte ihrem Blick, sagte jedoch kein Wort.

Der Wirt erschien wieder und stellte zwei Teller vor sie auf den Tisch. Einige Gemüsestücke schwammen in der Brühe und etwas Faseriges, das mit viel Glück Fleisch sein mochte.

Friederike wartete, bis Davies zu essen begonnen hatte. Dann tauchte sie auch ihren Löffel in die Suppe. Das Gemüse entpuppte sich als Steckrüben und Kohl und das Faserige als etwas Undefinierbares – jedenfalls kein Fleisch. Aber die Suppe wärmte wenigstens. Davies' Miene war immer noch zornig und verbissen. Sein Löffel schlug jetzt hart gegen den Tellerrand.

»Sie sind Jude, nicht wahr?«, hörte sich Friederike plötzlich fragen.

Davies hielt mit dem Essen inne und starrte sie an. Sie sah Trauer und Wut in seinen Augen. Wäre sie ein Mann gewesen, hätte sie gefürchtet, dass er zuschlagen würde. Aber Davies würde keine Frau prügeln. Sie nahm ihren ganzen Mut zusammen. »Und Sie sind in Deutschland geboren.« Sie musste einfach die Wahrheit erfahren.

»Bereitet es Ihnen Probleme, einen Juden als Vorgesetzten zu haben? Mit einem Juden an einem Tisch zu sitzen?« Davies' Tonfall war kalt.

»Nein … nein, natürlich nicht!«, stammelte Friederike.

Davies starrte sie immer noch aus verengten Augen an.

»Bis zu meinem fünfzehnten Lebensjahr war ich ein deutscher Jude, ja«, sagte er schließlich. »Wie habe ich mich verraten?«

»Als Oberst Hartwig jüdischen Soldaten Feigheit vorwarf, wurden Sie so zornig.«

»Da haben Sie sich das erste Mal gefragt, ob ich ein Jude bin?«

»Ja …«

»Und wie kamen Sie darauf, dass ich ein *deutscher* Jude

bin?« Davies hatte die Arme vor der Brust verschränkt. Sein Blick war distanziert, gab nichts von ihm preis.

Friederike schluckte. Sie fühlte sich wie bei einer Aussage vor Gericht. »Die Krippe im Kloster Steinfeld ... Sie sagten, dass Sie sich daran erinnerten, wie in Ihrer Kindheit die Heiligen Drei Könige singend durch die Straßen zogen, und dass Sie gern der König Melchior gewesen wären. Ich habe mich gefragt, ob es diesen Brauch eigentlich auch in England gibt, und habe Ihren Kollegen darauf angesprochen. Er meinte, nein. Und Sie sprechen wirklich sehr gut deutsch ...«

»Und ich hatte recht. Sie sind eine gute Polizistin.« Davies schob den Teller fort und zündete sich eine Zigarette an.

Friederike senkte den Kopf. Sie wusste nicht, was sie darauf erwidern sollte, und wünschte, sie hätte Davies nicht darauf angesprochen.

»Ich wurde im Herbst 1923 in Köln als Richard Samuel Hirsch geboren«, hörte sie Davies sagen. »Ich wuchs in Klettenberg auf. Mein Vater war Arzt. Mein Großvater war ein frommer Mann. Aber für meine Eltern und mich spielte die Religion bis zum Januar 1933 keine große Rolle. Was sich dann rasch änderte. Die Nationalsozialisten und ihre Helfer machten uns sehr schnell und sehr schmerzhaft klar, was es hieß, Juden zu sein.« Davies' Stimme klang ruhig, fast zu ruhig. »Ich durfte das Gymnasium nur besuchen, da mein Vater Frontkämpfer gewesen war. Er aber verlor seine Kassenzulassung, dann seine Approbation ...«

»Aber Sie konnten aus Deutschland entkommen.« Friederike fand, dass alles, was sie sagte, sich falsch und verlogen anhörte.

»Ich ja ...«

Sie konnte sich nicht überwinden, nach seinen Eltern und seinem Großvater zu fragen.

»Im Sommer 38 wurde mein Vater zusammengeschlagen und für mehrere Monate inhaftiert, da er eine Hausdurchsuchung ohne richterlichen Beschluss nicht dulden wollte. Anfang Januar 39 hörte meine Mutter, dass in wenigen Tagen ein Zug von Köln abfahren würde, der jüdische Kinder und Jugendliche nach Großbritannien brachte. Sie schaffte es, die nötigen Papiere für mich zu bekommen. Ich wollte nicht fort, ich fand, dass ich mit meinen fünfzehn Jahren schon erwachsen war. Aber meine Eltern bestanden darauf.« Wieder war Davies' Tonfall fast emotionslos. Er rauchte und sah Friederike nicht an. »Einige Wochen verbrachte ich in dem Lager Dovercourt in Südengland. Fünfzehn Jahre alte Jungen waren bei den Pflegefamilien nicht sehr begehrt. Doch dann nahmen Dr. Davies und seine Frau Maureen mich zu sich. Sie hatten sich immer Kinder gewünscht und fühlten sich zu alt, um ein kleines Kind großzuziehen.«

»Ihr Pflegevater ist Arzt?« Friederike glaubte, dies fragen zu dürfen, ohne Davies zu nahe zu treten.

»Ja. Ich habe Christopher und Maureen Davies nie als meine Eltern betrachtet. Aber sie hatten viel Geduld mit mir, und ich lernte, sie gernzuhaben.«

Davies trug ihren Namen. Ob sie ihn adoptiert hatten? Oder war er nach dem Krieg britischer Staatsbürger geworden und hatte bei der Einbürgerung ihren Namen angenommen? Was wahrscheinlich bedeutete, dass seine Eltern nicht mehr am Leben waren.

»Wann sind Sie denn in die britische Armee eingetreten?« Auch dies war ungefährliches Terrain.

»1941, zur British Pioneer Army. Im Frühjahr 45 bin ich mit einer Einheit in Hamburg einmarschiert. Zur Military Police bin ich gewechselt, da Mitarbeiter mit guten Deutschkenntnissen gesucht wurden.«

So ähnlich hatte Davies dies auch beim Abendessen im

300

Kloster Steinfurt gesagt. Es klang wie einstudiert. Friederike glaubte nicht, dass dies die ganze Wahrheit war. Aber
sie hatte kein Recht, weitere Fragen zu stellen. Und sie
wollte es auch gar nicht.

Eine Tür schlug zu. Der Wirt kam, mit Eimer und Besen bewaffnet, in die Gaststube und begann, den schmutzigen Sand zusammenzukehren. Dann jedoch besann er
sich anders und trat an ihren Tisch, um das Geschirr ab-
zuräumen.

Irritiert blieb er stehen und starrte die halbvollen Teller
an, etwas, das er in diesen Tagen des Mangels wohl nur
sehr selten erlebte. »War die Suppe nicht in Ordnung?«,
erkundigte er sich. Ein Satz, der Friederike völlig absurd
erschien.

Davies beachtete den Mann nicht. Er stand auf, und
Friederike beeilte sich, seinem Beispiel zu folgen.

Im Jeep blieb er für einen Moment reglos sitzen und
sah in Richtung des zerstörten Kirchturms. Ohne Friederike anzublicken, sagte er dann: »Diese Unterhaltung
wird niemals wieder zwischen uns erwähnt werden.«

»Nein, natürlich nicht«, sagte Friederike leise.

»Wir fahren zu Hilde Reimers.« Davies legte den Gang
ein und startete den Wagen. »Vielleicht sagt ihr der Name
Nathan Goldstein ja etwas.«

Köln

Seit einer Weile schon sah Friederike in der Ferne die Ruinen von Köln und die graue Gebäudemasse des Doms,
die größer und größer wurde, je näher sie der Stadt kamen. Wieder wünschte sie sich, sie hätte nicht gefragt,
ob Davies Jude und in Deutschland aufgewachsen sei.
Sie mochte ihn, und sie hatte geglaubt, dass auch er sie

schätzte. In der vorigen Nacht hatte er sich so verständnisvoll ihr gegenüber verhalten. Eigentlich wie ein Freund und nicht wie ein Vorgesetzter. Und nun stand ihre Vergangenheit zwischen ihnen. Sie war eine Deutsche, ihr Vater und ihr Bruder hatten für die Nationalsozialisten gekämpft, die Davies' Familie verfolgt und Millionen von Juden umgebracht hatten. Ihr graute davor, sich vorzustellen, was seinen Eltern und seinem Großvater angetan worden war.

Aber hatte sie nicht viel zu lange die Augen vor dem verschlossen, was in Deutschland geschehen war? Friederike sah die zerschlagenen Schaufenster vor sich. Die Scherben, die auf der Straße lagen, das zertrümmerte Mobiliar. Den Mann, der mit gesenktem Kopf und einem Schild mit der Aufschrift »Jude verrecke« um den Hals vor einem verwüsteten Laden stand, zwei feixende Männer in Uniform neben sich. In ihrer Grundschulklasse war ein Mädchen namens Rahel gewesen. Keine enge Freundin, aber Friederike hatte sie gemocht. Im Sommer 33, von einem Tag auf den anderen, war Rahel nicht mehr in die Schule gekommen. Friederike hatte ihre Mutter nach dem Grund gefragt. Ihre Mutter hatte geantwortet, Rahel und ihre Familie seien ausgewandert, und auf Friederikes Frage hin, was »ausgewandert« bedeute, hatte sie gesagt, sie seien in ein anderes Land gezogen. Etwas im Tonfall ihrer Mutter hatte Friederike veranlasst, sich damit zufriedenzugeben.

Jahrelang hatte sie nicht mehr daran gedacht. Ebenso wenig wie an die Männer, Frauen und Kinder, die den gelben Stern an ihrer Kleidung trugen, der sie als Juden brandmarkte. Hin und wieder hatte Friederike sie nach Beginn des Krieges in Königsberg gesehen. Scheu und ängstlich hatten sie sich durch die Straßen bewegt. Auf der Hut vor Schimpfworten und Überfällen. Friederike hatte stets den Blick gesenkt und war rasch weitergegangen. Sie hatte gewusst, dass das Regime sie ausgrenzte und drangsalierte, und sie hatte Gerüchte gehört, dass Juden in Lager deportiert wurden, aber sie hatte nicht nachgefragt.

Ob Davies' Eltern in einem dieser Lager getötet worden waren? Schon der Gedanke war monströs. Gleichzeitig hätte sie gern auch so vieles andere gewusst. Wie er es als Kind erlebt hatte, in einem Land groß zu werden, in dem das eigene Leben immer mehr eingeengt und bedroht wurde. Ob seine Eltern offen mit ihm waren. Wie die Jahre in England für ihn waren. Und wie er es jetzt empfand, in Deutschland zu sein. In einem Land, wo er wahrscheinlich umgebracht worden wäre, wenn er nicht mit einem Kindertransport nach England hätte fliehen können.

Friederike fühlte sich schuldig, und sie war sich unsicher, wie sie sich Davies gegenüber verhalten sollte. Sie hätte gern eine Brücke zu ihm gebaut, aber sie wusste nicht, wie.

Vor einigen Minuten war er von der Landstraße in ein dörfliches Viertel abgebogen, das sie als Bocklemünd erkannte. Kurz darauf hielt er vor dem verschneiten Garten von Hilde Reimers. Wieder hatte er während der ganzen Fahrt kein Wort gesagt, und Friederike wagte es einfach nicht mehr, ihn von sich aus anzusprechen.

Ohne auf Friederike zu achten, stieg Davies aus dem Jeep. Sollte sie ihm nachgehen, oder wollte er Hilde Reimers allein befragen? Vielleicht wollte er ja auch jetzt, da sie sein Geheimnis kannte, nichts mehr mit ihr zu tun haben. Vielleicht setzte er sie wenig später vor dem Polizeipräsidium ab und verzichtete künftig auf ihre Unterstützung.

Sie beobachtete, wie Davies den freigeschaufelten Pfad

entlangschritt, seine rote Mütze ein Farbfleck in dem Weiß. Was hatte sie schon zu verlieren? Mehr als abweisen konnte er sie nicht. Sie kletterte aus dem Fahrzeug und folgte ihm.

Auf Davies' Klopfen regte sich nichts in dem Haus. Doch aus dem Schornstein stieg Rauch. Friederike zögerte. »Vielleicht ist Frau Reimers ja im Keller?«, schlug sie schließlich schüchtern vor.

»Sie haben recht.« Erst jetzt schien Davies sie zu bemerken. »Lassen Sie uns nach hinten gehen.«

Auf der Rückseite des Gebäudes führte eine Steintreppe nach unten. Die Glasscheibe in der Tür war beschlagen.

»Frau Reimers?« Davies öffnete die Tür. Dampf, der einem Waschkessel entstieg, wirbelte in den Garten. Doch niemand hielt sich in dem Keller auf.

»Da sie den Waschkessel angeheizt hat, kann sie nicht weit sein.« Friederike fühlte sich hilflos und frustriert.

In dem Moment klappte die Gartenpforte scheppernd zu. Ein schabendes Geräusch ertönte, als ob etwas durch den Schnee gezogen würde.

»Ist da jemand?« Frau Reimers bog um die Hausecke. Sie zerrte einen Handkarren hinter sich her, der mit prall gefüllten Leinensäcken vollgepackt war. »Oh, Sie sind es … Ich hätte es mir denken können, da der Jeep am Straßenrand steht. Ich erledige die Wäsche für einige Soldaten und englische Familien.« Sie wies auf die Säcke. »Konnte ich Ihnen denn mit dem Namen Gunther Voss und der Adresse in Mülheim weiterhelfen?« Sie blickte von Friederike zu Davies.

»Frau Reimers, sagt Ihnen der Name Nathan Goldstein etwas?«, unterbrach Davies ihren Redeschwall.

»Goldstein, Goldstein …« Hilde Reimers zupfte an ihrem geflickten Schal herum. »Das ist der Name einer jüdischen Geldverleiher- und Viehhändlerfamilie.«

Friederike musste daran denken, wie verächtlich dies bei Oberst Hartwig geklungen hatte.

»Natürlich, die jüdischen Geldverleiher ...« Davies' Tonfall klang zynisch.

»Die Goldsteins lebten in Kall.« Hilde Reimers bemerkte seinen bitteren Spott nicht.

Davies' Gesicht spiegelte nun Friederikes Verblüffung. »In Kall? Sind Sie sich ganz sicher?«

»Ja, mein Großvater lieh bei den Goldsteins Geld und kaufte Vieh. Seit vielen Generationen war das in der Familie so üblich. Nach dem Ersten Weltkrieg übernahm Nathan das Geschäft von seinem Vater. Dessen Name war, glaube ich, Ezechiel.«

»Heißt das, dass auch Ihr Bruder die Goldsteins kannte?«

»Natürlich, schon seit seiner Jugend. Nachdem er den Hof geerbt hatte, kaufte er sein Vieh ebenfalls bei Nathan Goldstein.« Hilde Reimers runzelte die Stirn. »Ich bin mir ziemlich sicher, dass Jupp einmal erwähnt hat, Nathan Goldstein sei nicht mehr am Leben. Nun ja, er war ja auch ein Jude.«

Ein Muskel in Davies' Gesicht versteifte sich. Wie verletzend die Beiläufigkeit dieser Feststellung für ihn sein musste. »Hat Ihr Bruder erzählt, dass er und Nathan Goldstein im Ersten Weltkrieg in einem Bataillon dienten?«, griff Friederike schnell ein.

»Wenn, dann kann ich mich nicht daran erinnern.« Hilde Reimers schüttelte den Kopf.

»Wissen Sie etwas darüber, dass Nathan Goldstein das Goldene Militärverdienstkreuz verliehen bekam?«

»Nein, davon habe ich nie gehört. Aber ich hatte doch recht, dass der Jupp nicht mit dem Orden ausgezeichnet wurde?«

»Ja, das stimmt.« Friederike nickte.

Hilde Reimers wirkte zufrieden mit sich. »Na, ich kenne doch meinen Bruder.«

»Kommen Sie ...« Davies bedeutete Friederike zu gehen.

»Haben Sie vor, nach Kall zu fahren?«, fragte sie, als sie auf die Straße traten, um das Schweigen zwischen ihnen zu brechen.

»Ja, natürlich.« Er zögerte kurz. »Hören Sie ... Diese Mordermittlung ist eine Ermittlung wie jede andere für mich. Und ich möchte, dass Sie das auch so sehen.«

»Selbstverständlich«, erwiderte sie bedrückt, während sie seinem Blick auswich.

Eifel, Kall

In dem provisorischen Rathaus von Kall trafen sie nur eine junge Angestellte an, die einen Brief oder einen Bericht in eine Schreibmaschine tippte. Eingeschüchtert erhob sie sich, als sie Davies' Uniform erkannte.

»Können Sie mir sagen, wo ich das Haus der Familie Goldstein finde?«, fragte Davies knapp.

»Ja, das kann ich. Das heißt, das *könnte* ich«, verbesserte sie sich. »Aber das Haus existiert nicht mehr. Es wurde zerstört.«

»Sie meinen, durch eine Bombe zerstört?«

»Ja.«

»Und die Familie Goldstein, was geschah mit ihr?«

»Soviel ich weiß, zog sie vor dem Krieg schon weg.«

Waren die Goldsteins nur in eine andere Stadt gezogen oder emigriert? Oder hatte man sie möglicherweise verhaftet? Friederike sah zu Boden, während sich Davies den Weg zu der Stelle beschreiben ließ, an der das Haus gestanden hatte.

Als er wenig später den Jeep eine steile, kurvenreiche Straße hinauflenkte, war ihm nicht anzumerken, was in ihm vorging. Sie rief sich seine Mahnung, diese Ermittlung wie jede andere zu betrachten, ins Gedächtnis.

Ein Bombenkrater wurde sichtbar. Von den beiden angrenzenden Gebäuden standen nur noch die Seitenwände.

In den umliegenden Häusern tauchten Gesichter hinter Fensterscheiben auf und verschwanden wieder. Eine Frau trat, einen Eimer in der Hand, aus einer Haustür und zog sich rasch wieder nach drinnen zurück, als sie den Jeep sah.

»Offensichtlich will niemand von den Nachbarn mit uns reden.« Davies' Stimme klang sarkastisch. »Vielleicht weiß der Pfarrer ja etwas über die Familie Goldstein.«

Die Kirche und das Pfarrhaus in der Ortsmitte waren ebenfalls Ruinen. Von einem ausgemergelten Mann, dessen linker Mantelärmel leer am Körper herabhing, erfuhren sie, wo der Pfarrer untergekommen war.

Eine ältere, kleine Haushälterin öffnete ihnen. »Hochwürden Herr Pfarrer Dabringhausen hält seinen Nachmittagsschlaf«, verkündete sie und stellte sich mitten in die Eingangstür des provisorischen Pfarrhauses, als müsse sie den Zugang zum Paradies verteidigen. »Ich glaube wirklich nicht, dass ich ihn stören kann.«

»Ich bin überzeugt, Sie können das.« Davies trat einen Schritt vor. Sie musterte seine Uniform und sein schmales, entschlossenes Gesicht und verschwand dann im Innern des Hauses. Friederike war sich sicher, dass sie die Haushälterin niemals zum Einlenken hätte bewegen können.

Der Pfarrer, der wenig später in der Diele erschien, war um die sechzig Jahre alt, groß und dünn. Er trug über dem schwarzen Priesterhemd eine ausgebeulte Strickjacke. Sein graues Haar war zerzaust und sein Gesicht gerötet. Offensichtlich hatten sie ihn tatsächlich aus dem Schlaf gerissen.

»Kommen Sie doch herein.« Er dirigierte sie in einen Raum auf der anderen Seite der Diele. Offenbar sein Arbeitszimmer, denn ein Schreibtisch und Bücherregale standen darin. Die Regale waren unterschiedlich groß und wirkten ebenso zusammengewürfelt wie die Sitzgruppe aus durchgesessenen grünen und brauen Polstermöbeln.

Zwei Bilder an der Wand erregten Friederikes Aufmerksamkeit. Das eine war eine Reproduktion des Isenheimer Altars von Matthias Grünewald – der gemarterte Corpus Christi am Kreuz zeigte erste Anzeichen der Verwesung. Maria lag, ohnmächtig vor Schmerz, in den Armen des Apostels Johannes, und Maria Magdalena rang in namenloser Trauer die Hände. Das andere Bild stammte ganz sicher aus dem neunzehnten Jahrhundert. Hier präsentierte ein süßlicher Christus den Betrachtern sein blutendes Herz. Welches der beiden Gemälde wohl mehr dem Pfarrer entsprach? Der von Grünewald eindrücklich dargestellte Tod oder der Kitsch?

»Wie kann ich Ihnen helfen?« Pfarrer Dabringhausen lud Friederike und Davies ein, Platz zu nehmen.

»Waren Sie schon während der 30er Jahre als Priester in Kall tätig?«, eröffnete Davies das Gespräch.

»Genau genommen seit dem Ende der 20er Jahre.« Der Pfarrer nickte.

Friederike holte ihr Notizbuch hervor und klappte es auf. Sie ging davon aus, dass Davies die Befragung allein durchführen wollte.

»Kannten Sie die Familie Goldstein?«

»Ja, vom Sehen und vom Hörensagen. Als Juden waren sie ja keine Mitglieder meiner Gemeinde. Sehr anständige Leute nach allem, was ich weiß. Bis 1933 gab es so gut wie keine Klagen über sie. Die Zinsen, die sie für das geliehene Geld verlangten, waren angemessen, und das Vieh, das sie verkauften, gesund.«

»Im Rathaus habe ich erfahren, dass die Familie Goldstein vor dem Krieg wegzog. Wissen Sie mehr darüber?« Davies' Tonfall war neutral.

»Ich danke Gott jeden Tag dafür, dass die schlimmen Zeiten des Nationalsozialismus vorbei sind. Was mit den Juden geschah, war ja ganz grauenvoll, viel grauenvoller, als man es je hätte erahnen können, wenn man den jüngsten Zeitungsartikeln glauben darf.«

Die Stimme des Pfarrers klang, fand Friederike, etwas zu salbungsvoll. Wahrscheinlich spiegelte der Herz-Jesus-Christus seinen eigentlichen Geschmack.

»Frau Goldstein, zwei Töchter und ein Sohn zogen 1936 nach Aachen. Leider habe ich keine Ahnung, was aus ihnen wurde und ob sie noch am Leben sind.«

»Und Nathan Goldstein?«

»Er wurde im Sommer 1936 umgebracht. Ein Raubmord … Deshalb verließen Frau Goldstein und die Kinder auch Kall.«

»Tatsächlich, ein Raubmord?«, wiederholte Davies. Friederike hielt mit dem Schreiben inne und starrte den Pfarrer an. Davies ließ sich äußerlich nichts anmerken. Aber gewiss verblüffte diese Wendung ihn auch.

»Der Tresor wurde aufgebrochen und das Gebäude durchwühlt. Bedauerlicherweise wurde die Tat nie aufgeklärt. Nun ja, die Polizei scherte sich damals nicht sehr um den Mord an einem Juden. Damit nicht genug, wurden bald darauf die Fensterscheiben eingeworfen und die Wände beschmiert.«

»Was geschah mit dem Haus, nachdem Nathan Goldsteins Frau mit den Kindern den Ort verlassen hatte?«

»Ein SA-Mann bewohnte es mit seiner Familie. Es hat

ihnen kein Glück gebracht. Als eine Bombe das Gebäude traf, wurden sie im Keller getötet.« Der Pfarrer seufzte.

»Gibt es denn Menschen in der Gemeinde, die mit den Goldsteins während der Zeit des Nationalsozialismus in Kontakt blieben?«

»Von den jüdischen Bürgern lebt ja niemand mehr im Ort.« Pfarrer Dabringhausen seufzte wieder. »Aber eine katholische Familie, die Häusers, war den Goldsteins und anderen Juden freundschaftlich verbunden.«

»Was vermutlich nicht ohne Probleme für sie blieb?«

»Sie wurden als Juden-Freunde denunziert und zunehmendem Druck ausgesetzt. Deshalb zogen sie nach Brühl. Eine Adresse kann ich Ihnen leider nicht nennen«, kam der Pfarrer einer Frage von Davies zuvor.

»Wie schade, ich hätte eigentlich erwartet, dass ein Priester mit einer Familie seiner Gemeinde, die in Not gerät, in Kontakt bleibt«, sprach Davies Friederikes Gedanken aus.

»Werden Sie die Akte über den Raubmord anfordern?«, fragte Friederike. Sie hatten die Haustür hinter sich geschlossen und traten in den sonnigen Winternachmittag hinaus. Pfarrer Dabringhausen hatte sich recht kühl von ihnen verabschiedet. Für Momente vergaß sie die Kluft zwischen sich und Davies und war ganz bei der Mordermittlung.

»Wahrscheinlich nicht.« Davies schüttelte den Kopf. »Wie der Pfarrer richtig feststellte, hat die Polizei in dem Mordfall sicher nicht sehr engagiert ermittelt. Ich bezweifle, dass ausreichend Zeugen befragt wurden. Aber ich hoffe, dass sich diese Familie Häuser in Brühl ausfindig machen lässt. Vielleicht wissen sie ja etwas über den Raubmord.«

»Wie mag nur Jupp Küppers in den Besitz von Nathan

Goldsteins Goldenem Militärverdienstkreuz gekommen sein?«

»Die beiden kannten sich aus ihrer Jugend und dienten in demselben Bataillon. Vielleicht hat Nathan Goldsteins Frau es ja Küppers anvertraut, ehe sie und ihre Kinder nach Aachen ziehen mussten. Bei ihm war es sicher.«

Anders als bei ihr, der bedrohten und verfolgten Jüdin … Davies sprach es nicht aus. Aber Friederike war überzeugt, dass er so dachte. Der unbefangene Moment war verflogen.

22. KAPITEL

Köln

Friederike nippte an dem heißen, süßen Tee, der eine Wohltat war. Nach der Fahrt von der Eifel zurück nach Köln war sie wieder völlig durchgefroren. Davies war in ein anderes Büro in der Stadtkommandantur gegangen, denn er wollte einen Angestellten der Militärregierung um Hilfe bei der Suche nach der Familie Häuser bitten. Inzwischen war es später Nachmittag. Der Himmel über den Ruinen auf der anderen Straßenseite war mittlerweile dunkel geworden.

Wahrscheinlich hatte Davies recht, und Nathan Goldsteins Ehefrau hatte Jupp Küppers den Orden ihres Gatten anvertraut, damit er ihn in Ehren hielt. Es war auch verständlich, dass Küppers das Goldene Militärverdienstkreuz, im Bewusstsein des eigenen nahen Todes, oft betrachtet und dabei an den Weltkriegskameraden gedacht hatte.

Friederike fand es ein bisschen enttäuschend, dass sich die Geschichte mit dem Orden so unspektakulär aufgelöst hatte. Sie war so davon überzeugt gewesen, dass er für den Fall wichtig war!

»Miss Matthée, wie schön, Sie wiederzusehen.« Timothy McLeod betrat schwungvoll das Büro und lächelte sie an. »War die Fahrt nach Recklinghausen erfolgreich?« Davies hatte ihm in dem Club in Bensberg gesagt, dass sie noch während der Nacht dorthin fahren würden.

»In gewisser Weise ...«, sagte Friederike ausweichend.

»Ich muss gleich wieder los. Allerdings – vorhin hat jemand für Davies angerufen. Eine Frau, sie sagte, es sei wichtig.« McLeod begann, auf seinem Schreibtisch herumzukramen. »Es ging um einen Mann namens Adam Schaffer. Oder so ähnlich … Und eine Adresse im Stadtteil Nippes. Haben Sie nicht doch vielleicht einmal Lust, mit mir tanzen zu gehen?«

»Leider, nein.« Friederike schüttelte den Kopf. Doch es erging ihr wie bei der letzten Begegnung mit ihm hier im Büro. Sie hatte Spaß an dem harmlosen Flirt.

»Ach, endlich hab ich ihn!« McLeod lüpfte eine Akte und reichte Friederike dann einen Notizzettel. »Adam Schäffer, Cranachstraße 7« stand in großen Druckbuchstaben darauf geschrieben. Als ihr bewusst wurde, dass sie die Adresse gelesen hatte, faltete sie das Papier beschämt zusammen. Die Nachricht war ja nicht für sie bestimmt.

»Ich konnte die Häusers in Brühl ausfindig machen.« Davies stand im Türrahmen.

»Eine Frau aus dem Einwohnermeldeamt hat wegen eines Herrn Schaffer für dich angerufen.« McLeod klopfte Davies im Vorbeigehen auf die Schulter. »Miss Matthée hat den Zettel mit der Adresse.« Seine eiligen Schritte entfernten sich auf dem Flur.

»Würden Sie mir den Zettel bitte geben?«

Davies' Gesicht war für einen Moment wieder ganz starr geworden, auch wenn seine Stimme ruhig klang.

»Ist dieser Mann denn wichtig für die Mordermittlung?«, fragte sie spontan.

»Nein, er ist aus einem anderen Grund für die Militärpolizei von Belang«, wehrte Davies ab, während er ihrem Blick auswich. Er las die Adresse und schob den Notizzettel dann in die Tasche seines Uniformmantels.

Friederike folgte ihm irritiert. Was verbarg er nur vor ihr?

Brühl

Das Hauptgebäude des Brühler Schlosses war eine Ruine. Auch einer der Seitenflügel lag völlig in Trümmern. Dennoch ließen die Fassadenreste die ehemalige Schönheit des barocken Bauwerks erahnen. Von vielen Gründerzeithäusern auf beiden Seiten der Straße waren die oberen Stockwerke den Bomben zum Opfer gefallen, und von anderen standen nur noch die Grundmauern. Würden sie und das Schloss immer Ruinen bleiben?

Mittlerweile war es früher Abend. Ein fast voller Mond ging auf und verwandelte den eigentlich dunklen Himmel mit seinem Schein noch einmal in ein intensives und leuchtendes Blau. Friederike musste an die Himmel auf den Gemälden alter Meister denken. Seit sie vierzehn oder fünfzehn Jahre alt war, hatte sie sich für Kunstgeschichte interessiert. Da Farben sehr teuer gewesen waren, hatten die Maler früherer Zeiten ihre Bilder häufig in vielen lasierenden Schichten von Weiß und Schwarz ausgeführt. Erst in einem letzten Malprozess waren ganz dünn die Farben aufgetragen worden, was den Gemälden eine große Intensität verlieh.

Ihr kam es vor, als würde die Weite des Weltalls in dem Abendhimmel durchschimmern.

»Was geht Ihnen durch den Kopf?«

Erst jetzt bemerkte Friederike, dass Davies den Jeep vor einem der Gründerzeithäuser geparkt hatte.

»Ich musste gerade an die Maltechniken alter Meister denken«, erwiderte sie verlegen. Gesine Langen hätte sie für derartige gedankliche Eskapaden sicherlich getadelt. Doch Davies entgegnete nichts.

Das Gebäude, in dem die Häusers lebten, besaß einen Turm. Groteskerweise war er intakt geblieben, während von dem ersten und zweiten Stockwerk nur noch die

Rückwand stand. Friederike folgte Davies die vereisten Stufen zu einer Kellerwohnung hinunter.

Davies klopfte an die Tür. Doch nichts regte sich im Innern. Auch hinter dem vergitterten kleinen Fenster oben in der Mauer schimmerte kein Licht. Davies murmelte einen Fluch vor sich hin.

»Kann ich Ihnen helfen? Möchten Sie zu mir?« Vom oberen Ende der Treppe erklang eine Frauenstimme. Friederike nahm die Umrisse einer kleinen Person in einem viel zu weiten Mantel wahr.

Davies stellte sich und Friederike vor. »Wir suchen die Familie Häuser«, sagte er dann.

»Ich bin Katharina Häuser.« Sie kam die Stufen herunter.

»Wir möchten gern mit Ihnen über Nathan Goldstein sprechen.«

Sie zuckte zusammen, als ob die Frage sie erschreckte. »Wieso das denn?«

»Lassen Sie uns drinnen weiterreden«, beharrte Davies.

»Natürlich …« Sie nickte und schloss die Tür auf.

Friederike und Davies warteten vor der Schwelle, während sich Katharina Häuser an einer Lampe zu schaffen machte. Licht flammte auf. Eine der Backsteinwände war von einer dünnen Eisschicht überzogen, die den Lampenschein reflektierte. Es gab einen Ofen. Ansonsten bestand die Einrichtung aus einem Metallbett, einem Tisch und zwei Stühlen sowie einem Regal.

»Setzen Sie sich doch bitte.« Katharina Häuser wies auf die Stühle, während sie selbst auf der Bettkante Platz nahm. Ihre Knie stießen fast an den Tisch, so eng war der Kellerraum.

»Sie leben allein hier?«, fragte Davies.

»Nein, zusammen mit meiner Mutter. Sie arbeitet als

Hilfsschwester im Krankenhaus und hat Spätschicht. Sie wird erst gegen elf Uhr wieder hier sein.«

Anscheinend teilten sie sich das Bett. Friederike dachte an ihre Mutter, die in dem Wuppertaler Militärhospital lag, und empfand einen schmerzlichen Stich.

Katharina Häuser nahm ihre Wollmütze ab. Rotblondes Haar kam darunter hervor. Ihre grauen Augen mit den dunklen Wimpern wirkten riesengroß in dem zarten Gesicht. Sie musste Mitte oder Ende zwanzig sein.

»Warum fragt die Polizei nach all den Jahren nach Nathan Goldstein?«, beharrte sie.

»Wir sind im Zuge von zwei Mordermittlungen auf seinen Namen gestoßen«, sagte Davies vage. »In Kall hat man uns gesagt, dass Ihre Familie mit den Goldsteins befreundet war«, begann er dann die Befragung. Friederike holte ihr Notizbuch hervor, um mitzuschreiben.

»Ja, das stimmt.« Katharina Häuser nickte. »Mein Vater und Nathan Goldstein waren beide sehr an Geschichte und Archäologie interessiert. In der Eifel gibt es ja viele Relikte aus der Römerzeit. Sie waren Freizeit-Archäologen. So lernten sie sich kennen.«

»Wussten Sie, dass Nathan Goldstein das Goldene Militärverdienstkreuz besaß?«

»Er machte nie ein großes Aufheben darum. Aber er war stolz darauf, ein Deutscher zu sein, und er war auch stolz, seinem Vaterland im Ersten Weltkrieg gut gedient zu haben. Das weiß ich von meinem Vater. Irgendwann nach 1933, als die Juden immer mehr als Feiglinge und Volksschädlinge diffamiert wurden, fing Nathan Goldstein dann an, seinen Orden zu tragen, wenn er in den Dörfern geschäftlich unterwegs war. Er wollte einfach zeigen, dass die Juden nicht so waren, wie es die Nationalsozialisten darstellen.« Katharina Häuser blickte auf ihre Hände. Ihre Stimme klang aufgewühlt. »Ich erinnere mich noch gut an den Orden auf seiner linken Brustseite.«

»Man sagte uns auch, dass Ihre Familie in Schwierigkeiten geriet, weil sie mit Juden befreundet war.«

»Man schmiss uns die Fensterscheiben ein. Mein Vater war Bahnbeamter. Er wurde unter einem Vorwand entlassen. Ihm wurde vorgeworfen, ein Signal falsch gestellt und beinahe ein Unglück verursacht zu haben. Was gelogen war. Er fand dann hier in Brühl nach einigen Mühen eine Anstellung in einer Gärtnerei, und er, meine Mutter und ich zogen hierher.«

»Ihr Vater lebt nicht mehr?«

»Er starb vor drei Jahren an einer Lungenentzündung.«

»Können Sie uns etwas zu dem Mord an Nathan Goldstein sagen?«

»Ja, das kann ich.« Katharina Häuser zog den weiten Mantel enger um sich, als wolle sie darin Schutz suchen. »Ruben, Nathan Goldsteins jüngster Sohn, und ich waren befreundet …« Sie stockte.

»Sie waren mehr als nur befreundet, nicht wahr?«, fragte Friederike sanft nach.

»Wir waren ein Liebespaar, was aber niemand wissen durfte.« Katharina Häuser sah Friederike an und hob in einer resignierten, traurigen Geste die Schultern. »Meine Familie hatte einen Garten außerhalb der Stadt, an der Urft. Wir trafen uns dort heimlich im Schuppen. In der Nacht, in der der Mord geschah, wartete Ruben dort schon auf mich. Er war völlig aufgelöst, wütend und verzweifelt. Gegen elf Uhr war er von der Arbeit nach Hause gekommen. Er machte eine Lehre in einer Druckerei und arbeitete häufig in Spätschichten. In einem Zimmer sah er Licht, was ihn wunderte, da die Familie zum Geburtstag eines Verwandten nach Köln eingeladen war. Dass sein Vater zu Hause geblieben war, weil an dem Tag seine alte

Kriegsverletzung wieder einmal so schmerzte, erfuhr Ruben ja erst später von den anderen. Von der Straße aus beobachtete er, wie vier Männer aus dem Haus kamen und den Garten durch das hintere Tor verließen. Er dachte erst, sein Vater hätte sich geschäftlich mit ihnen getroffen. Zu dieser Zeit wollte niemand mehr gern bei Geschäften mit einem jüdischen Geldverleiher gesehen werden. Im Haus fand Ruben dann aber den Leichnam seines erschlagenen Vaters. Der Tresor war aufgebrochen. Alles Geld und alle Wertgegenstände waren gestohlen worden.«

»Erkannte Ruben Goldstein die Männer?«, fragte Davies.

»Nur einen. Jupp Küppers, einen Alträucher aus Köln.« Der Name schien in dem eisig kalten Keller widerzuhallen.

»Ruben Goldstein war sich dessen ganz sicher?«, vergewisserte sich Davies nach einem kurzen Schweigen.

»Ja, Ruben kannte Küppers gut. Als Kind und Jugendlicher war er gelegentlich mit seinem Vater auf dessen Hof. Und die Familie kaufte auch Waren bei Küppers.« Katharina Häuser verkroch sich noch tiefer in ihren Mantel. »Nathan Goldstein hatte beabsichtigt, mit seiner Familie auszuwandern. Für Juden war es ja in Deutschland immer schwieriger geworden. Sie hatten bei der Polizei Pässe beantragt, und Nathan Goldstein hatte Häuser und Grundstücke verkauft. Es lag viel Geld im Tresor. Nathan Goldstein wollte es nicht auf einer Bank einzahlen. Er fürchtete, dass die Nazis jüdische Konten sperren würden.«

»Wusste Küppers denn von den Auswanderungsplänen?«

»Ruben war überzeugt, dass sein Vater ihm arglos davon erzählt hatte. Dass viel Geld im Tresor aufbewahrt wurde, konnte Küppers sich zusammenreimen. Küppers hatte während der Weltwirtschaftskrise viel Geld verloren.«

»Und die anderen drei Männer? Hat Ruben irgendwelche Namen genannt?«, tastete sich Davies weiter vor.

»Nein, jedenfalls kann ich mich nicht mehr daran erinnern.«

»Sie erwähnten vorhin, dass Nathan Goldstein in jener Nacht eigentlich gar nicht hätte zu Hause sein sollen …«

»Wie gesagt, an dem Tag ging es ihm nicht gut. Deshalb fuhr er nicht mit zu der Geburtstagsfeier. Ruben nahm an, dass die Mörder vielleicht von der Feier wussten und ursprünglich nur auf einen Raub aus waren. Aber wie auch immer … Bei einer Auswanderung mussten ja fünfundzwanzig Prozent des Vermögens als Steuer an den Staat gezahlt werden.«

»Die Reichsfluchtsteuer.« Davies nickte.

»Durch den Diebstahl hatte die Familie den größten Teil ihres Vermögens verloren und konnte die geforderte Summe nicht mehr aufbringen. Den Verlust durch den Raub ließen die Behörden nicht gelten. Deshalb mussten die Goldsteins in Deutschland bleiben.«

»Was geschah nach dem Mord?« Davies' Fragen waren präzise und konzentriert. Aber Friederike bezweifelte, dass ihn diese Vernehmung wirklich unberührt ließ.

»Ruben überredete seine Mutter, den Mord anzuzeigen und auch zu Protokoll zu geben, dass er Jupp Küppers in jener Nacht aus dem Haus hatte kommen sehen. Frau Goldstein konnte es kaum glauben, dass die Polizei anfangs wirklich interessiert schien, den Mord aufzuklären. Aber in Wahrheit geschah natürlich nichts. Ruben bezweifelte, dass Küppers überhaupt vernommen wurde. Kurz darauf wurde er von Polizisten verprügelt, als er wegen Küppers auf der Wache in Kall vorstellig wurde. Die Hauswände wurden mit judenfeindlichen Sprüchen beschmiert und Fensterscheiben eingeworfen. Deshalb beschloss Frau Goldstein, mit Ruben und ihren beiden unverheirateten Töchtern nach Aachen zu gehen, wo schon der älteste Sohn lebte.«

»Hatten Sie danach noch Kontakt zu Ruben Goldstein?«, fragte Friederike.

»Nein. Mein Vater erfuhr durch eine andere jüdische Familie, mit der er befreundet war, dass Ruben und seine Verwandten 1942 nach Auschwitz deportiert wurden. Soviel ich weiß, wurden dort alle umgebracht.« Katharina Häuser begann zu weinen. Friederike wechselte einen raschen Blick mit Davies. Da er nichts dagegen zu haben schien, setzte sie sich neben die junge Frau und hielt ihre Hand. Es dauerte eine Weile, bis Katharina Häuser aufhörte zu schluchzen.

»Danke, es geht wieder ...« Sie wischte sich die Tränen von den Wangen. »Kurz nachdem Ruben und seine Familie nach Aachen gezogen waren, hat mich jemand bei der Gestapo wegen ›Rassenschande‹ denunziert. Ich konnte mich herausreden. Aber ich hatte solche Angst, ins Gefängnis zu kommen! Ruben schrieb mir noch einmal und bat mich um ein Treffen. Aber ich war zu feige dazu. Ich habe ihm nicht einmal geantwortet. Das kann ich mir einfach nicht verzeihen.« Wieder traten ihr Tränen in die Augen.

»Ihre Angst war berechtigt«, sagte Davies ruhig. »Ich weiß, das ist schwer für Sie, aber fällt Ihnen noch irgendetwas ein, was Ruben über den Mord an seinem Vater gesagt hat? Auch eine Kleinigkeit kann wichtig sein.«

»Nein, mir fällt nichts mehr ein. Das heißt ... doch!« Die junge Frau straffte sich. »Ruben konnte es nicht fassen, dass die Mörder seines Vaters ihm das Goldene Militärverdienstkreuz abnahmen. Dass sie ihm, dem Juden, noch nicht einmal im Tod den Orden gönnten. Für Ruben

war das so, als ob die Mörder seinem Vater nicht nur den
Besitz und das Leben, sondern auch noch die Ehre genommen hätten.«

23. Kapitel

Bei Brühl

Es war inzwischen Nacht. Aber der Schnee und der Mond überzogen die Landschaft mit einem kalten Zwielicht. Eine Szenerie wie aus einem Märchen oder einem Traum, der sich vielleicht in einen Alptraum verwandeln würde. Die Begegnung mit Katharina Häuser bedrückte Friederike immer noch. Davies und sie hatten Brühl seit einer Weile hinter sich gelassen und fuhren auf einer Landstraße in Richtung Köln.

»Was halten Sie von Ruben Goldsteins Vermutung, dass die Mörder seinem Vater den Orden abnahmen, weil sie ihm auch noch die Ehre rauben wollten?« Davies' Frage kam unvermittelt.

Friederike war dankbar für sein Angebot, das Gespräch auf neutrales Terrain zu lenken. Noch immer fühlte sie sich ihm gegenüber befangen. »Ehrlich gesagt, glaube ich das eigentlich nicht«, sagte sie langsam und versuchte, ihre Gedanken zu ordnen. »Wenn die Mörder Nathan Goldsteins Ehre hätten beflecken wollen, warum haben sie den Orden dann nicht weggeworfen? Oder ihn neben der Leiche zertreten oder sonst irgendwie zerstört? Warum hätte ihn Jupp Küppers all die Jahre aufbewahren und in den Wochen vor seinem Tod oft hervorholen und betrachten sollen? Das finde ich nicht plausibel.«

»Für Sie wäre es also denkbar, dass Küppers Nathan Goldstein den Orden aus einem Gefühl der Schuld heraus abnahm? Gewissermaßen, um ihn für den toten Weltkriegskameraden zu verwahren?« Davies warf ihr einen forschenden Blick von der Seite zu.

»Ja, auch wenn das natürlich eine seltsame Logik ist. Ich könnte mir vorstellen, Ruben hatte mit seiner Annahme recht, dass eigentlich ein Raub und kein Mord geplant war. Oder dass dies zumindest Küppers' ursprüngliche Intention war. Ein vorsätzlicher Mord passt, finde ich, nicht zu ihm. Und dann eskalierte alles ...«

»Ich glaube, Sie haben recht. Danke, Sie haben meinen Gedanken auf die Sprünge geholfen.«

Ein Vorgesetzter hatte sich von ihr bei seinen Überlegungen helfen lassen! Gesine Langen würde das nicht für möglich halten. Lange, so realisierte Friederike plötzlich, würde sie nicht mehr mit Davies zusammenarbeiten. Sie würde ihn vermissen. Davies hatte ihr das Gefühl vermittelt, etwas Sinnvolles zu tun und nicht nur vom Schicksal herumgestoßen zu werden. Durch ihn hatte sie sich als Mensch erlebt, der etwas zählte.

»Haben Sie eine Idee, wie sich die anderen drei Mörder von Nathan Goldstein aufspüren lassen?«, fragte sie. Der Motor brummte gleichmäßig. Das Scheinwerferlicht verlor sich in der Ferne auf der langen, geraden Landstraße. Friederike fühlte sich wie aus Raum und Zeit gefallen. »Dass Küppers in einen Mord verstrickt ist und dann selbst umgebracht wird, kann doch kein Zufall sein. Diese drei Männer, die zusammen mit ihm Nathan Goldstein töteten, sind doch wahrscheinlich auch seine Mörder ...«

»Das könnte sein.« Der Jeep holperte durch eine Unebenheit im Boden, und Davies fasste das Lenkrad fester, um den Wagen in der Spur zu halten. »Vielleicht wollte Küppers im Wissen um seinen baldigen Tod seine Seele erleichtern und erzählte den anderen, dass er sich Pater Bernhard anvertrauen wollte.«

»Aber durch das Beichtgeheimnis war Pater Bernhard doch zum Schweigen verpflichtet.«

»Küppers' Mittäter wussten ja nicht mit Bestimmtheit, dass er das Verbrechen zu beichten versuchte. Er hätte Pater Bernhard den Mord ja auch in einem normalen Gespräch gestehen können. Und auch wenn die Mörder tatsächlich von einer Beichte ausgingen, hat es ihnen sicher nicht gefallen, in dem Pater einen stummen Mitwisser zu haben. Wie auch immer, vielleicht haben die Nachbarn der Goldsteins die Mörder erkannt. Es ist einen Versuch wert, sie unter Druck zu setzen.«

Schneebedeckte Bäume glitten an ihnen vorbei und hin und wieder graue Schemen, die Ruinen von Wohnhäusern und landwirtschaftlichen Gebäuden. Auf den Hügeln, wo die Rheinebene ins Vorgebirge überging, flimmerten die Lichter von Dörfern, und die Silhouetten von Kirchen zeichneten sich vor dem vom Mond erhellten Himmel ab.

Ob Küppers, als er das Goldene Militärverdienstkreuz in den Wochen vor seinem Tod aus der Schatulle nahm und betrachtete, den Mord an Nathan Goldstein bereut hatte? Oder hatte er nur die Hölle gefürchtet? Und ob er sich darüber im Klaren gewesen war, dass er wegen des Raubes nicht nur Nathan Goldstein, sondern auch dessen Familie auf dem Gewissen hatte? Ja, wahrscheinlich war sich Küppers dessen bewusst gewesen. Inzwischen war ja bekannt, dass Millionen von Juden in den Konzentrationslagern umgebracht worden waren. Jeder, der es wissen wollte, konnte es auch wissen.

»Worüber sinnen Sie denn nun schon wieder nach?«, hörte sie Davies sagen. »Sie machen den Eindruck, als ob Sie ständig gedanklich mit etwas beschäftigt sind.« Sein Tonfall war freundlich, nicht tadelnd.

»Ach, nichts …« Friederike zögerte. Davies hatte ihr

unmissverständlich klargemacht, dass er niemals wieder mit ihr über sich und seine jüdische Herkunft sprechen wollte. Doch sie musste es einfach wissen. Sie wollte nicht länger wegsehen. »Leben Ihre Eltern und Ihr Großvater denn noch?«, fragte sie deshalb beklommen. »Oder wurden sie ermordet?«

Davies schwieg, und Friederike dachte schon, er würde ihr nicht antworten. »1942 erreichte mich ein Brief eines früheren Nachbarn aus Klettenberg«, sagte er schließlich doch. »Ihm war es gelungen, nach Südamerika zu fliehen. Er schrieb, dass sich mein Großvater umgebracht habe, als er erfuhr, dass er nach Theresienstadt *umgesiedelt* werden sollte. Meine Eltern seien kurz darauf deportiert worden.«

»Es tut mir so leid …«

Davies blickte auf die Straße. Seine Stimme klang sehr ruhig. »Nach Kriegsende begann ich nach meinen Eltern zu suchen. Ich habe gehofft, dass sie das Konzentrationslager vielleicht überlebt hätten. Wenigstens einer von ihnen. Aber ich erfuhr, dass sie im März 45 in Bergen-Belsen ermordet wurden. Der Nachbar hatte sich getäuscht oder eine falsche Information erhalten. Ich konnte einen Mithäftling ausfindig machen, der mit meinem Vater in einer Baracke untergebracht war. Meine Eltern waren 1942 nicht deportiert worden. Sie konnten in Sülz untertauchen und sich über zwei Jahre lang verbergen. Bis sie Anfang 45 verraten wurden. In den Akten der Kölner Gestapo stieß ich auf den Namen des Mannes, ein Freund der Menschen, die meine Eltern versteckten …«

»Es tut mir wirklich leid«, wiederholte Friederike. »Ich weiß, das ist eine Plattitüde. Aber …« Sie fühlte sich elend und hilflos.

Plötzlich umflutete sie Scheinwerferlicht. Ein Motor heulte auf. Im nächsten Moment wurde der Jeep von hinten mit voller Wucht gerammt. Davies fluchte. Friederike wurde auf dem Sitz nach vorn geschleudert. Der Jeep schlitterte über die Straße.

»Runter mit Ihnen!« Mit einer Hand griff Davies nach Friederike und drückte ihren Kopf nach unten. Sie sah, wie er das Lenkrad zur Seite riss. Wieder füllte Scheinwerferlicht den Jeep mit gleißender Helligkeit. Friederike erwartete den nächsten heftigen Stoß in das Heck des Wagens. Aber der Jeep durchpflügte einen Straßengraben und dann ein Feld, drehte sich mehrmals um die eigene Achse. Schatten von Bäumen huschten an ihnen vorbei. Als der Wagen schließlich zum Stehen kam, richtete sich Friederike benommen auf. In einiger Entfernung hielt ein Lkw am Straßenrand.

»Um Himmels willen, bleiben Sie unten!« Davies legte seinen Arm um sie und presste ihren Oberkörper unsanft nieder.

Lautes Motorengeräusch ertönte, als ob ein großes Fahrzeug angelassen würde, und entfernte sich schließlich.

»Sie sind weitergefahren.«

Friederike spähte zu Davies. Er hielt seine Waffe in der Hand und starrte auf die Straße.

»Das war kein zufälliger Unfall, nicht wahr?« Friederike konnte nicht verhindern, dass ihre Stimme zitterte. Nur mit Mühe gelang es ihr, die Tränen zurückzuhalten.

»Sind Sie verletzt?«

»Ich habe mir die Unterarme heftig gestoßen. Sonst ist, denke ich, nichts passiert.«

»Nein, das war ganz sicher kein zufälliger Unfall. Ich muss die Kollegen von der Militärpolizei verständigen.« Davies startete den Jeep. Der Wagen ächzte und ruckte, setzte sich dann jedoch in Gang. Langsam fuhr er über die Wiese und überwand, nachdem Davies Gas gegeben hatte, den Straßengraben.

Die Straße lag verlassen im Mondlicht da, als sei nichts geschehen. Hätten ihre Unterarme nicht stark geschmerzt, hätte Friederike glauben können, alles sei nur ein Traum gewesen.

Jemand hatte sie und Davies umbringen wollen. Erst allmählich sickerte diese Erkenntnis in ihr Bewusstsein. Außer Jupp Küppers' und Pater Bernhards Mördern gab es niemanden, dem an ihrem Tod gelegen sein konnte. Man hatte sie verfolgt. Vielleicht schon, seit sie die Stadtkommandantur verlassen hatten …

Peter!, durchfuhr es Friederike. Was, wenn die Mörder nicht nur Davies und sie beseitigen wollten, sondern auch den Jungen? Er hatte schließlich den Mord an Küppers beobachtet. Und, o Gott …

»Was ist denn? Was hat Sie erschreckt?« Davies wandte sich ihr zu.

Friederike hatte einen unterdrückten Schrei ausgestoßen.

»Lieutenant, bitte, wir müssen sofort zu der Villa fahren, in der Peter Assmuß und seine Mutter versteckt sind«, flehte sie. »Frau Assmuß hilft bei der Offiziersgattin auf der anderen Straßenseite aus, und Peter ist häufig allein in der Villa oder spielt mit den Kindern der Dame. Sie sind auch draußen zusammen unterwegs. Peter hat es mir gestern erzählt. Ich wollte es Ihnen sagen, aber dann habe ich es ganz vergessen.«

»Gut, wir fahren als Erstes dorthin.« Davies nickte.

Friederike war erleichtert, dass er ihre Sorge nicht als Hirngespinst abtat. Gleichzeitig machte ihr dies auch Angst. Sie hoffte inständig, dass sie Peter wohlbehalten antreffen würden.

Köln

Die Fenster der Offiziersvilla waren hell erleuchtet. Vor dem Tor fuhr wieder ein teurer Wagen vor. Ein elegant gekleidetes Paar stieg aus. Derek Binney hatte den Opel in sicherer Entfernung geparkt. Seit Beginn der Abenddämmerung saß er hier nun schon und beobachtete die Straße. Durch die kaputte Windschutzscheibe zog es erbärmlich. Trotzdem schwitzte er.

Vor einer ganzen Weile war eine ärmlich gekleidete Frau – die Mutter von dem kleinen Assmuß – aus dem Tor des gegenüberliegenden Geländes gehuscht und zu der Villa gegangen. Wahrscheinlich sollte sie bei der Party helfen. Dass sie nicht bei ihrem Sohn war, würde sein Vorhaben erleichtern.

Derek Binney spürte das Pistolenhalfter an seinem Gürtel. Am Morgen, nach einer schlaflosen Nacht, hatte er sich aufgerafft und einige Schwarzmärkte aufgesucht. Auf dem dritten oder vierten war er fündig geworden und hatte die Waffe erworben. *Du sollst nicht töten* ... Immer wieder musste er an das Gebot aus dem längst vergangenen Sonntagsunterricht denken.

Aber – er verwünschte die Stimme seines Gewissens – er hatte schon getötet. Während der Wochen, als er an Kampfhandlungen teilnahm. Außerdem – so viele Kinder waren während des Krieges ums Leben gekommen. Bomben hatten sie zerfetzt und bei lebendigem Leibe verbrannt. Sie waren von Munition durchsiebt und von explodierenden Granaten zerrissen worden. Ganz zu schweigen von den Kindern, die die Nazis in den Konzentrationslagern umgebracht hatten.

Peter Assmuß würde wenigstens nicht leiden müssen. Er würde ihn schnell töten. Diese Überlegung beruhigte Derek Binney ein wenig.

Das Gartentor der Offiziersvilla öffnete sich. Zwei kleine Gestalten rannten heraus und über die Straße. Das konnte doch nicht wahr sein! Derek Binney stöhnte auf. Aber die beiden Kinder liefen tatsächlich auf das Grundstück gegenüber. Offensichtlich hatten sie vor, sich heimlich mit Peter Assmuß zu treffen. Verdammte Bälger ... Er weinte fast. Wieder brach ihm der Schweiß aus und rann seinen Rücken hinab.

Sollte er nicht doch wegfahren und versuchen, so schnell wie möglich aus Deutschland zu verschwinden? Aber er war sich sicher, dass sein Erpresser ihn beobachtete. Der Kerl hatte ihn ja auch schon auf dem Parkplatz vor der NAAFI auf dem Flughafen Köln-Wahn abgepasst. Nein, er hatte den verdammten Krieg nicht überlebt, nur um jetzt zu sterben.

Derek Binney wickelte einen Schal um sein Gesicht und vergewisserte sich mit einem Blick in den Rückspiegel, dass er nicht zu erkennen war. Dann stieg er aus dem Wagen.

Ein Geräusch drang bis unter den Schreibtisch. Peter blickte auf und ließ das Buch sinken, in dem er geblättert hatte. Sein Körper versteifte sich, und das Herz schlug ihm bis zum Hals. Wenn es draußen dunkel und seine Mutter nicht bei ihm war, erschrak er immer noch bei jedem Laut. Vorsichtig und zur Flucht bereit, lugte er unter dem Schreibtisch hervor.

Jemand klopfte an die Tür im Souterrain und rief seinen Namen. Peters mageres Gesicht verzog sich zu einem Lächeln. Er rannte zur Küche. Draußen standen James und Emily. Er war so froh, dass sie gekommen waren! Die beiden waren wirklich seine Freunde. Rasch schob er den Riegel zurück und schloss die Tür auf.

Er würde ihnen sein Versteck zeigen. »Kommt!«

Zusammen liefen sie die Treppe hinauf. Peter führte sie in das Schlafzimmer und öffnete die Tapetentür.

»Meine geheime Höhle«, sagte er.

»*Cave* ...«, erwiderte James.

Er und seine Schwester schlüpften mit ihm in den Verschlag. Stolz betätigte Peter den Lichtschalter, und die Glühbirne leuchtete auf.

Emily fuhr sich mit der Hand über den Magen. Peter begriff. Als Höhlenbewohner benötigten sie etwas zu essen. In der Küche lagen noch Äpfel.

»Ich bin gleich wieder da«, erklärte er und schloss die Tapetentür sorgfältig, denn dies gehörte zu dem Spiel.

Im Treppenhaus hatte Peter keine Angst. Er wusste ja, dass James und Emily auf ihn warteten. In der Halle hörte er wieder ein Geräusch. Doch er kümmerte sich nicht darum und bog in den Gang ein, der zum Souterrain führte.

Schritte ... In der Küche erklangen Schritte! Er hatte die Tür nicht abgesperrt ... Ein eisiger Schrecken durchfuhr Peter, lähmte ihn. Der Mann, der in den Flur trat, war wie der Mann aus seinen Alpträumen.

Peter wusste, dass er gekommen war, um ihn zu töten.

Die Villa, die Peter Assmuß und seiner Mutter als Versteck diente, lag dunkel hinter den Bäumen. In fast allen Fenstern des gegenüberliegenden Gebäudes brannte hingegen Licht. Tanzmusik tönte bis auf die Straße.

»Gehen Sie in das Haus, und verständigen Sie von dort per Telefon die Militärpolizei.« Davies deutete auf das Heim der britischen Familie. »Und dort warten Sie, bis ich komme oder bis die Militärpolizei eintrifft.«

»Ja, Lieutenant.« Friederike hätte ihn gern begleitet. Aber sie würde ihn sicher eher behindern, als ihm eine Hilfe sein.

»Seien Sie nicht so nervös. Wahrscheinlich machen wir

uns völlig grundlos Sorgen.« Davies nickte ihr kurz zu, ehe er das Gartentor öffnete. Friederike sah ihm nach, als er sich durch den verschneiten Garten entfernte. Sie versuchte, seine Zuversicht zu teilen, aber es gelang ihr nicht. Auch Davies durfte nichts zustoßen! Schließlich riss sie sich zusammen und rannte zu der Villa.

Ein korpulenter Mann in den Vierzigern, der eine Militäruniform trug, öffnete ihr. Wahrscheinlich ein Bursche oder ein Chauffeur.

»Lieutenant Davies von der Royal Military Police schickt mich«, sagte Friederike hastig auf Englisch. »Ich muss in seinem Auftrag die Militärpolizei verständigen.«

»Carruthers, was gibt es denn?« Die Offiziersgattin war in der Diele erschienen. Sie trug ein seidenes Cocktailkleid mit einem Pelzkragen und musterte Friederike indigniert. Die Tür zu dem Wohnraum stand offen, einige tanzende Paare drehten sich zu ihnen um. Friederike registrierte den Geruch von Alkohol, Zigaretten und teurem Parfüm.

»Friederike Matthée von der Kölner Weiblichen Polizei. Ich muss im Auftrag von Lieutenant Davies die Militärpolizei verständigen«, wiederholte Friederike den Befehl.

»Warum das denn?«

»Das kann ich Ihnen nicht sagen. Bitte, ich darf keine Zeit verlieren.« Friederike nahm wahr, wie schüchtern ihre Stimme klang. Sie hatte keine Ahnung, was sie tun sollte, falls die Offiziersgattin ihr den Anruf verweigerte.

»Jetzt lass das Fräulein schon telefonieren, Alicia.« Ein gutaussehender Mann war neben die Dame getreten und legte ihr den Arm um die Hüfte. »Der Anruf wird wichtig sein.«

»Nun gut, aber Carruthers, Sie bleiben bei der Deutschen.«

»Dann kommen Sie mal mit, Fräulein.« Der Bursche geleitete sie einen Flur entlang.

»Wissen Sie, ob … Frau Gärtner« – im letzten Moment besann sich Friederike auf den Tarnnamen – »drüben in der Villa ist?«

»Nein, Sie hilft in der Küche. Häppchen zubereiten und Geschirr spülen.«

Friederike hasste die Offiziersgattin abermals aus tiefstem Herzen. Der Bursche öffnete die Tür zu einem Arbeitszimmer und wartete, bis Friederike den Anruf getätigt hatte.

»Wenn Sie möchten, können Sie zu Frau Gärtner in die Küche gehen«, sagte er dann.

»Danke, ich warte lieber draußen.« Friederike war zu angespannt, um Frau Assmuß' Gegenwart zu ertragen, und sie mochte ihr auch nicht gestehen, dass sich Peter möglicherweise in Gefahr befand.

Vor der Villa ging Friederike auf und ab. Ein Blick auf ihre Armbanduhr zeigte ihr, dass eine gute Viertelstunde vergangen war, seit Davies und sie sich getrennt hatten. Durch die erleuchteten Fenster fielen die Schatten der Tanzenden in den Garten. Die Musik brach ab, als eine Schallplatte gewechselt wurde, und setzte dann mit einem heiteren Swingstück wieder ein.

War da gerade ein Schuss in der Villa gegenüber gefallen, oder hatte sie sich das, überreizt, wie sie war, nur eingebildet? Friederike blieb stehen und lauschte. Nein, nur die Musik, die Stimmen und das Lachen der Gäste waren zu hören. Wahrscheinlich hatte Davies Peter schon längst gefunden. Vielleicht hatte er den Jungen aufgeweckt und musste ihn beruhigen und war deshalb noch nicht zurückgekehrt.

Da ertönte ein peitschender Knall von drüben. Nun unmissverständlich. Gleich darauf fiel noch ein weiterer Schuss. Ohne zu überlegen, rannte Friederike durch den Garten. Sie hatte die Straße fast erreicht, als ein Mann zwischen den Bäumen auftauchte. Eindeutig nicht Davies. Er riss das Tor auf und lief davon.

Die Villa lag immer noch dunkel und still da. Nichts schien sich in dem Gebäude zu regen. Nein, Davies und Peter durften nicht tot sein! Friederike eilte auf die Straße. Plötzlich kamen Scheinwerfer auf sie zu, blendeten sie. Sie verlor die Orientierung.

Während Richard Davies den Gartenweg entlanggegangen war und zwischen die Bäume gespäht hatte, sann er über den Anschlag auf Friederike und sich nach. Wer auch immer ihn ausgeführt hatte, war im Bilde gewesen, dass sie die Häusers aufsuchen wollten. Vielleicht hatte derjenige einen Informanten in der Stadtkommandantur. Vielleicht hatte er sie auch beobachten lassen. Es war das gleiche kaltblütige und skrupellose Vorgehen wie schon bei den Morden an Jupp Küppers und Pater Bernhard.

Richard Davies hatte nun die Villa umrundet und die Hintertür erreicht. Im Garten hatte er nichts Verdächtiges wahrgenommen. Er drückte die Klinke herunter. Die Tür war nicht abgeschlossen. Die Küche und der angrenzende Flur erstreckten sich dunkel vor ihm. Im Herd knackte ein glimmendes Holzstück. Wahrscheinlich lagen Peter Assmuß und seine Mutter längst in ihren Betten. Er schlich den Flur entlang zur Halle. Durch die Glasscheiben der Eingangstür sah er das erleuchtete Gebäude auf der anderen Straßenseite, hörte Fetzen der Musik.

Er hatte sich so erschrocken, als sich Friederike Matthée im Jeep aufrichtete! Hatte gefürchtet, dass sie von Schüssen getroffen werden könnte. Friederike … Dieser verdammte Name. Seine plötzliche Sehnsucht ängstigte Davies. Und er war verrückt, jetzt an sie zu denken. Er blickte sich um, lauschte.

Das obere Ende der Treppe verlor sich in der Finsternis.

Davies umfasste die Taschenlampe in seiner Manteltasche und wollte sie hervorziehen und anschalten, ließ sie dann jedoch stecken. Eine jähe Ahnung von Gefahr hatte ihn überfallen, und während des Krieges hatte er gelernt, derartigen Gefühlen zu vertrauen. Er griff nach seiner Waffe, bewegte sich leise die Stufen hinauf. Davies hatte das erste Stockwerk fast erreicht, als er ein Kind panisch schreien hörte. Er rannte die restlichen Stufen hinauf.

Eine kleine Gestalt kam auf ihn zugehetzt. In dem Zwielicht, das durch das Fenster am anderen Ende des Flurs fiel, erkannte Davies Peters helles Haar und seinen mageren Körper.

Der Junge bemerkte ihn jetzt und schrie wieder, wollte umdrehen. Vor dem Fenster zeichneten sich die Umrisse eines Mannes ab.

»Peter, ich bin es, Davies ...« Es gelang ihm, Peter zu fassen und in ein Zimmer zu schieben. Dann warf er sich gegen die Flurwand.

Mündungsfeuer blitzte auf. Eine Kugel pfiff dicht an seinem Gesicht vorbei. Davies entsicherte seine Waffe und schoss. Der Mann rannte in Richtung der Hintertreppe. Davies schoss noch einmal. Sein Gegner schrie auf. Anscheinend hatte er ihn verwundet, wenn auch nicht schwer, denn seine Schritte polterten die Stufen hinunter.

»Peter!« Davies wagte es, die Taschenlampe anzuknipsen und in das Zimmer zu leuchten. Ein Stuhl lag umgeworfen auf dem Boden. Der Junge kauerte in einer Ecke neben einem Schrank. Seine Augen waren weit aufgerissen und ganz irre vor Angst. Doch er wirkte unverletzt.

»Hast du noch mehr Männer in der Villa gesehen? Ich muss das wissen. Es ist sehr wichtig!«, rief Davies ihm zu.

Peter starrte ihn an. Dann schüttelte er den Kopf.

»Nein? Nur diesen einen?«

Der Junge nickte.

»Bleib hier und schieb den Stuhl unter die Türklinke!«

Davies rannte weiter, hinunter ins Souterrain. Die Hintertür stand weit offen. Kälte strömte ihm entgegen. In einiger Entfernung hörte er Schritte im Schnee knirschen. Als er um die Hausecke bog, sah er den Mann wieder. Sein rechter Arm hing steif am Körper hinunter, und er rannte gebeugt, als ob ihm die Bewegung Schmerzen bereitete. Vorübergehend verschmolz er mit den Schatten unter den Bäumen, wurde dann auf einer freien Fläche wieder sichtbar. Der Abstand zwischen ihnen verringerte sich. Davies wagte es nicht, in dem diffusen Licht zu schießen, denn er wollte den Mann nur verwunden, nicht tödlich treffen. Nun hatte sein Gegner die Straße erreicht.

In diesem Moment sah Davies Friederike durch den Garten der gegenüberliegenden Villa laufen. Vermutlich hatte sie die Schüsse gehört und wollte ihm zu Hilfe kommen.

»Friederike, nicht!«, rief er. Doch sie nahm ihn nicht wahr.

Ein Motor heulte auf. Scheinwerferlicht erfasste Friederike.

Nein, dachte Davies, nein! – während er auf sie zustürzte.

»Friederike!« Sie wurde am Arm gepackt und zur Seite gerissen, fiel auf den vereisten Asphalt. Reifen bewegten sich dicht an ihrem Kopf vorbei. Sie roch Gummi und Dieselabgase, musste husten. Ein Mann schrie. Ein dumpfer Aufprall. Dann beschleunigte ein Lkw.

»Friederike, sind Sie unverletzt?« Davies beugte sich über sie. Sein Gesicht wirkte in dem diffusen Licht sehr bleich und erschrocken.

Er hatte sie das in dieser Nacht schon einmal gefragt.

Aber sie konnte sich nicht mehr daran erinnern, wann genau.

»Peter ...«, murmelte sie und richtete sich auf.

»Ihm ist nichts geschehen.« Davies legte den Arm um sie.

Menschen strömten von der hell erleuchteten Villa auf die Straße, einige eilten zu einem Körper, der ein Stück entfernt reglos auf dem Asphalt lag.

»Sind Sie unverletzt?«, wiederholte Davies.

»Ich glaube schon ...«, murmelte Friederike. Während ihr schwarz vor Augen wurde und sie an Davies' Schulter zusammenbrach, hörte sie immer noch die Musik spielen.

24. KAPITEL

Köln, Samstag, 25. Januar 1947

Friederike verschränkte die Arme über ihrem Büstenhalter. Eine unwillkürliche, hilflose Geste, die ihren Körper nicht schützte.

»Ich konnte keine Verletzungen feststellen.« Der ältere, grauhaarige Arzt blickte sie über seinen Schreibtisch hinweg an. Seine runden Brillengläser spiegelten das Licht, so dass sie seine Augen nicht erkennen konnte. Sie mochte ihn nicht, und seinen Namen hatte sie vergessen – falls er ihn ihr überhaupt genannt hatte. »Wenn wir Betten frei hätten, würde ich Sie zur Beobachtung hierbehalten. Aber wir sind völlig überbelegt. Sie können sich anziehen.« Er wies auf die Abtrennung aus weißem Stoff.

Dahinter schlüpfte Friederike in ihren Unterrock, ihren Rock und die Bluse. In dem grellen Licht wirkte ihre Haut blau vor Kälte.

Kurz nachdem sie wieder zu sich gekommen war, waren vier Militärpolizisten am Tatort eingetroffen. Davies hatte darauf bestanden, dass einer von ihnen sie zu dem Krankenhaus im Süden von Köln fuhr. Dort waren kurz nach Mitternacht einige Notfälle eingeliefert worden, und es hatte lange gedauert, bis ein Arzt Zeit für sie fand. Sie hatte den Krankenhausgeruch verabscheut, und sie hatte es gehasst, wie der Arzt sie während der Untersuchung berührte. Schon bei der Erinnerung daran überkam sie wieder ein Brechreiz.

Friederike verabschiedete sich mit einem gemurmelten

»Auf Wiedersehen« – ein Tribut an ihre gute Erziehung oder an die Friederike, die sich wie ein Schatten durch die Welt bewegte, voller Angst, aufzufallen oder Ärger auf sich zu ziehen. Hatte es wirklich jemals die Friederike gegeben, die vom Zehnmeterturm gesprungen war? Sie konnte es kaum noch glauben.

»Fräulein Matthée, Friederike ...« Wenn Davies sie nicht angesprochen hätte, hätte sie ihn unter den Wartenden auf der Bank im Flur nicht bemerkt. Er stand auf und sah sie forschend an. »Ist alles in Ordnung? Geht es Ihnen gut?«

»Ja, ich bin entlassen.« Obwohl Friederike müde und niedergeschlagen war, freute sie sich, ihn zu sehen.

»Ich bringe Sie nach Hause.«

Das Zimmer in der Südstadt war nicht ihr Zuhause, und sie wollte nicht dorthin. Aber es gab auch keinen anderen Ort, wo sie den Rest der Nacht hätte verbringen können. Deshalb verließ sie folgsam mit Davies das Krankenhaus.

Im Jeep begann Friederike so heftig zu zittern, dass ihre Zähne aufeinanderschlugen.

»Das ist bestimmt der Schock. Soll ich mich dafür einsetzen, dass Sie im Krankenhaus bleiben können?« Davies, der den Gang hatte einlegen wollen, hielt inne.

»Nein, bitte nicht ... Ich möchte wirklich nicht dortbleiben. Das Zittern hört bestimmt gleich wieder auf.« Friederike fand selbst, dass ihre Stimme sehr hysterisch klang.

»Dr. Davies, mein Pflegevater, hielt nicht viel von der englischen Sitte, Menschen in einem Schockzustand Alkohol zu trinken zu geben. Aber ich habe die Erfahrung gemacht, dass es hilft. Also, falls Sie einen Whisky möchten ...«

»Ja, bitte!«

Davies holte eine Metallflasche aus seiner Aktentasche und schenkte ihr von dem Whisky in den kleinen Becher, der als Verschluss diente. Der Alkohol brannte in Friederikes Kehle, und auf leeren Magen entfaltete er sofort seine Wirkung. Ihr wurde warm, und sie hatte die Empfindung, dass alles – Davies, die Umgebung, ihre Gefühle – von ihr abrückte. Auch das Zittern hörte auf.

»Besser?«

»Ja … Sie sagten, Peter Assmuß sei nichts zugestoßen?«

»Er hat auch einen Schock erlitten. Aber körperlich ist er unversehrt. Ich habe ihn und seine Mutter im Militärgefängnis unterbringen lassen. Dort sind sie in Sicherheit.«

Als die Räder des Jeeps vom Bordstein auf die Straße glitten, ruckten die verschneiten Ruinen vor Friederikes Augen wie bei einem Film, der in der Spule hängenblieb und sich dann wieder in Gang setzte.

Wahrscheinlich fand es Peter furchtbar, sich in einer Zelle aufhalten zu müssen, aber er war am Leben. »Kann ich ihn bald besuchen?«

»Es spricht nichts dagegen. Wir haben noch zwei Kinder in der Villa entdeckt. Den Sohn und die Tochter von Captain Thewliss und seiner Gattin. Sie hatten sich hinter einer Tapetentür versteckt. Bevor wir die beiden nach Hause brachten, hatten die Eltern noch gar nicht bemerkt, dass sie nicht in ihren Betten lagen.«

»Ich hasse diese Frau«, sagte Friederike inbrünstig.

»Ich finde sie auch nicht sehr sympathisch.« Davies schenkte ihr sein seltenes Lächeln.

Friederike erinnerte sich plötzlich an das dumpfe Geräusch des Aufpralls, als der Lkw den Mann überfahren hatte, und an den reglosen Körper auf der Straße. Morgen würde sie Davies fragen, wer der Mann gewesen war. Aber im Moment wollte sie es nicht wissen.

»Sie haben mir das Leben gerettet.« Es erstaunte Friederike, wie gefasst sie dies aussprach.

»Wahrscheinlich schon …«

»Sie hätten dabei selbst sterben können!«

»Auch mir haben andere im Krieg das Leben gerettet.« Etwas an Davies' Gelassenheit reizte Friederike. Ja, meist war er besonnen und selbstbeherrscht. Aber es hatte auch eine Situation gegeben, in der er sich ganz anders verhalten hatte. Seine damalige Reaktion ging ihr seither immer wieder einmal durch den Kopf. Deshalb fragte sie jetzt, ohne lange darüber nachzudenken: »Warum haben Sie damals so wütend auf Peter reagiert, als er vor der Hintertür der Villa gegen Sie stieß und Ihre Zigaretten in den Schnee fielen? Das sah Ihnen gar nicht ähnlich …«

»Es war das Lied, das er sang.«

»Das Lied?«, wiederholte Friederike verständnislos. Noch immer nahm sie alles seltsam gedämpft, wie durch einen Schleier wahr.

»Die Kinder im Zug nach England haben es gesungen. Ich wollte mich dem Transport ja nicht anschließen. Aber mein Vater und meine Mutter haben darauf bestanden. Ich war so zornig auf sie! Die Eltern durften die Kinder nicht auf den Bahnsteig begleiten. Die Nazis fürchteten, das Weinen, die Tränen und die Umarmungen könnten andere Fahrgäste beunruhigen. Meine Mutter sagte, dass sie am Bahnhof Ehrenfeld warten und mir zuwinken würde – dort fuhr der Zug auf seinem Weg in Richtung Holland vorbei. Aber aufgebracht und gekränkt, wie ich war, habe ich nicht aus dem Fenster gesehen. Das habe ich mir nie verziehen.«

Sie waren am Ziel. Davies lenkte den Jeep an den Straßenrand. Er hatte seine übliche beherrschte Maske fallengelassen und strahlte eine Einsamkeit aus, die Friederike berührte und die ihr den Mut gab zu sagen: »Ich halte es heute Nacht nicht allein in dem Zimmer aus. Würden Sie vielleicht mit hinaufkommen und bei mir bleiben?« Sie wusste, dass Davies verstand, was sie sagen wollte.

Er sah sie ruhig an, dann nickte er. »Ja, ich bleibe die Nacht über bei Ihnen.«

Alle Mitbewohner schienen zu schlafen. Es war still in der Wohnung, unter keiner Tür schimmerte Licht hervor. In dem Zimmer war es kalt wie immer. Friederike kauerte sich vor den Ofen und zündete ein Feuer an.

Davies goss Whisky in die Emaille- und die angeschlagene Porzellantasse. Friederike setzte sich auf die Bettkante, während er sich auf dem Stuhl niederließ. Das elektrische Licht funktionierte nicht, deshalb schaltete Davies die Taschenlampe an und legte sie auf den Tisch. Der Lichtkegel beleuchtete ein kreisrundes Stück Tapete, hob den vergilbten Untergrund und die kleinen Blumen hervor.

Sie tranken den Whisky in kleinen Schlucken. Es war ein seltsames Zusammensein, das Friederike aber – durcheinander, müde und beschwipst, wie sie war – genau richtig erschien.

»Das ist also ›Treasure Island‹ …« Davies deutete auf das zerlesene Buch, das auf dem Boden neben dem Bett lag.

»Würden Sie mir daraus vorlesen?«

»Irgendeine Stelle?«

Friederike nickte.

Er schlug das Buch auf und begann die Szene zu lesen, als Jim Hawkins mit dem Dingi Ben Gunns von der Schatzinsel zum Schiff Hispanola ruderte.

»*The coracle – as I had ample reasons to know before I was done with her – was a very safe boat for a person of my height and weight, both buoyant and clever in a seaway; but she was the most cross-grained lop-sided craft to manage. Do as you pleased, she always made more leeway than anything else, and turning round and round was the manoeuvre she was best at.«*

Friederike lauschte Davies' Stimme. Sie war warm und angenehm und irgendwie auch ein bisschen rau. Sie mochte den Klang, hatte ihn schon all die Tage gemocht. Ebenso wie Davies' seltenes Lächeln. Seine Freundlichkeit. Seinen Mut und seine Aufrichtigkeit. Ja, sie hatte sich in ihn verliebt.

Irgendwann begann Friederike wieder zu zittern. Davies ließ das Buch sinken. Er setzte sich neben sie auf die Bettkante und legte den Arm um sie, bis sie sich wieder entspannte. Sie sahen sich an. Davies' graue Augen wirkten in dem spärlichen Licht ganz dunkel, sein Gesicht weich und verletzlich. Sie erkannte die Frage in seinem Blick.

»Ja ...« Hatte sie das wirklich gesagt?

Behutsam strich Davies über ihre Wange, berührte mit den Fingern ihren Mund. Dann beugte er sich zu ihr. Für einen Moment empfand Friederike Panik. Aber Davies' Kuss war ganz zart und sanft, erwartete und forderte nichts, und so überließ sie sich seinen Lippen.

Das Bersten eines Briketts brachte sie wieder zu sich. Sie lächelten sich an und krochen zusammen unter die Decke. Davies hielt Friederike fest. An ihn geschmiegt, schlief sie schließlich ein.

Richard Davies beobachtete, wie Friederike im Schlaf atmete. Das Licht der Taschenlampe modellierte ihr Gesicht, vertiefte die Schatten unter ihren Wangenknochen. Ihre Wimpern waren lang und seidig. Ja, sie war schön, und sie hatte eines dieser Gesichter, die immer schön bleiben würden. Er war froh, ihr begegnet zu sein. Auch wenn er sich nicht in sie verlieben durfte.

Diese Erkenntnis war schmerzhaft, und um ihr zu entfliehen, zwang er seine Gedanken zurück zu den Ermittlungen. Er begriff zum ersten Mal in aller Klarheit, wie die unterschiedlichen Taten zusammenhingen. Derek Binney war nur ein Handlanger gewesen. Ein kleines Licht im großen Schwarzmarktgeschäft. Ebenso wie Dr. Forster, der, wie er vorhin von Mannings in der Stadtkommandantur erfahren hatte, von Scotland Yard festgenommen worden war.

Nein, der Drahtzieher hinter den Morden war ein anderer. Wer dieser Mann war, hatte Davies erkannt, schon kurz nachdem Binney überfahren worden war. Was seine beiden Mittäter betraf, hatte Davies noch im Dunkeln getappt. Bis er Friederike die Szene aus *Treasure Island* vorlas, in der Jim Hawkins mit dem Dingi zur Hisponala gerudert war. Rudern … Die Verbindung zwischen den drei Männern war so offensichtlich, dass er sich fragte, wie er sie all die Zeit hatte übersehen können.

Er würde die Männer im Laufe des Tages festnehmen lassen – seine letzte Handlung als Militärpolizist. Doch vorher hatte er noch etwas anderes zu tun. Eine alte Schuld musste beglichen werden. Sonst würde er keinen Frieden finden.

Vorsichtig, um Friederike nicht zu wecken, stand Davies auf.

Etwas hatte sich verändert. Friederike bewegte sich und öffnete die Augen. Im Schlaf hatte sie sich geborgen gefühlt. Das war jetzt nicht mehr so. Aus der Küche hörte sie lautes Töpfeklappern. Anna Rothgärber machte sich dort wohl zu schaffen. Ihre anderen Mitbewohner waren rücksichtsvoller.

Friederikes Unterarme und ihre Hüfte schmerzten. Sie schmeckte Whisky in ihrem Mund. Da erinnerte sie sich wieder. Der Lkw, der versucht hatte, den Jeep von der Straße zu drängen. Die Swingklänge aus der Villa in Marienburg. Das blendende Scheinwerferlicht. Davies, der sie im letzten Moment zur Seite gerissen hatte. Er hatte sie im Krankenhaus abgeholt und war mit in das Zimmer gekommen, hatte ihr aus *Treasure Island* vorgelesen und sich zu ihr ins Bett gelegt.

Friederike richtete sich auf. Richard Davies war nicht mehr da. Dabei sah es ihm nicht ähnlich, einfach zu gehen. Auf dem Tisch lag jedoch keine Nachricht. Ob er nur schnell die Toilette aufgesucht hatte? Die Zeiger ihrer Armbanduhr standen auf sieben. Es war ohnehin höchste Zeit, dass sie sich auf den Weg zum Dienst machte. Sie stand auf, richtete ihre Kleidung und kämmte ihr Haar vor einem zerbrochenen kleinen Spiegel. Nachdem sie sich die Zähne notdürftig mit etwas eisig kaltem Wasser aus einem Topf geputzt hatte, war Davies immer noch nicht zurückgekehrt.

Friederikes Unruhe war stärker als ihre Unsicherheit, wie sie ihm, dem Vorgesetzten, fortan begegnen sollte. Nein, ohne einen triftigen Grund wäre Davies nicht wortlos gegangen.

Als sie das Zimmer verließ, öffnete sich die Küchentür. Anna Rothgärber trat in den Flur, als hätte sie nur auf Friederike gewartet. Diese wollte an ihr vorbeieilen. Doch die Rothgärber verstellte ihr den Weg, ihr Gesicht eine gehässige Fratze.

»Das gnädige Fräulein ist nun also das Liebchen eines Besatzungssoldaten. Hat Sie der Engländer mit Zigaretten und Kaffee bezahlt? Na, das hätte sich das Fräulein aus gutem Hause aber auch nicht träumen lassen, dass sie's mal einem Mann gegen Bezahlung besorgen würde. Ja, ja … So ändern sich die Zeiten.«

»Wann hat der Lieutenant die Wohnung verlassen?«

»Ich werd's der Hausverwaltung melden. Darauf können Sie Gift nehmen. Die Mutter 'ne Verrückte. Die Tochter 'ne Hure.« Anna Rothgärber lachte boshaft. »Lange werden Sie das Zimmer bestimmt nicht mehr haben. Für Leute wie Sie sind die Notunterkünfte in den Bunkern noch viel zu gut …«

Eine jähe Wut brach sich in Friederike Bahn. Sie trat einen Schritt auf Anna Rothgärber zu. »Ich habe Sie etwas gefragt! Also antworten Sie gefälligst! Wann hat der Lieutenant die Wohnung verlassen?«

Unsicherheit blitzte in den Augen der Rothgärber auf. »Was fällt Ihnen ein …«

»Ich will eine Antwort!«

Die Rothgärber wich zurück. »Ist doch nicht meine Sache, auf Ihren Liebhaber zu achten«, maulte sie.

»Sie niederträchtiges, gemeines Weib! Ich frage nur noch einmal: Wann hat der Lieutenant die Wohnung verlassen?« Friederike hob die Hand. Sie wusste, dass sie die Rothgärber gleich mit aller Kraft, deren sie fähig war, ohrfeigen würde. Und sie würde dies mit Wonne tun.

Die Rothgärber senkte den Blick. »Vor ungefähr einer Viertelstunde ist er gegangen.«

Friederike eilte an ihr vorbei, die Treppe hinunter und aus dem Haus. Die Adresse Cranachstraße 7 … Davies hatte sie angelogen, als er sagte, dass der Name Adam Schäffer etwas mit einem Fall zu tun habe, in dem er ermittelte. Davon war sie fest überzeugt. Davies war sonst so aufrichtig …

War Davies so heimlich aufgebrochen, weil er nach Schäffer suchte? Friederikes Intuition sagte ihr, dass die beiden Männer irgendein dunkles Geheimnis verband und es nicht gut für Davies sein würde, Schäffer zu finden. War er etwa der Mann, der Davies' Eltern verraten hatte? Sie musste zur Cranachstraße fahren.

Als Friederike um die Ecke der Merowingerstraße bog, kam am Chlodwigplatz eine Straßenbahn zum Halten. Eine Menschentraube strömte darauf zu, die Körper grau in der Morgendämmerung Sie rannte die fünfzig Meter und schaffte es gerade noch, sich zwischen den schließenden Türen hindurchzuzwängen, ehe die Straßenbahn losfuhr.

25. Kapitel

Köln

Friederike starrte auf das vereiste Fenster der Straßenbahn, an dem Kondenswassertropfen hinabrannen. Vor Nervosität ballte sie die Hände zu Fäusten. Davies hatte eine Viertelstunde vor ihr die Wohnung verlassen und den Jeep benutzt. Sie hatte zwar Glück gehabt und am Hauptbahnhof gleich eine Bahn nach Nippes bekommen. Aber die vielen Menschen, die an den Haltestellen ein- und ausstiegen, verlängerten die Fahrzeit. Ohnehin bewegte sich die Straßenbahn nur quälend langsam voran. Bestimmt war Davies längst in der Cranachstraße angelangt.

Wieder hielt die Bahn. Durch die sich öffnenden Türen erhaschte Friederike einen Blick auf den Grüngürtel, der die inneren Stadtteile umgab. Noch eine Haltestelle – dann konnte sie endlich aussteigen. Friederike kämpfte sich in Richtung der Tür vor, ignorierte die ärgerlichen Bemerkungen der anderen Fahrgäste. Als die Bahn erneut stoppte und die Türen aufgingen, sprang sie nach draußen. Am Straßenrand blickte sie sich suchend um. Dann rannte sie los.

Der Himmel über den Ruinen wurde allmählich hell. Ein leuchtender Streifen im Osten kündigte einen eisigen, aber sonnigen Tag an. Die Cranachstraße lag zwei Kreuzungen entfernt. Auch hier fehlten von den meisten Häusern die oberen Stockwerke. Da und dort hingen Zettel an den Hauswänden, die die neuen Adressen der früheren Bewohner vermeldeten.

Geschwungene Jugendstilschriftzeichen über zugenagelten Schaufenstern erinnerten an Läden und Handwerksbetriebe. Über einer Tür entdeckte Friederike eine gemalte Drei. Daneben erhob sich unter dem Schnee ein Schuttberg. Sie hastete weiter. Von dem angrenzenden Gebäude standen nur noch die Fassade und eine Toreinfahrt. Eine Hausnummer konnte sie nirgends entdecken. Aber dies musste die sieben sein. Ein Torflügel war nur angelehnt. Friederike zog ihn auf. Dahinter erstreckte sich ein langgezogener Hof.

Nach einigen Sekunden hatten sich ihre Augen an das Dämmerlicht in der Einfahrt gewöhnt. Vor einem niedrigen Behelfsbau am Ende des Hofes befanden sich zwei Männer. Einer kniete am Boden, der andere, der neben ihm stand und eine Waffe auf ihn gerichtet hielt, war Davies.

»Richard, nicht!«, hörte sich Friederike schreien.

Davies drehte sich zu ihr um, doch ohne die Waffe zu senken. »Geh weg, das geht dich nichts an.« In dem Schatten vor dem Gebäude konnte Friederike sein Gesicht nicht erkennen, aber seine Stimme war flach und leblos und die eines Fremden.

»Richard, bitte, tu es nicht.« Sie war jetzt nur noch etwa zwei Meter von ihm entfernt. Weiterzugehen wagte sie nicht. Der Mann, der vor Davies kniete, war rundlich. Nackte Füße in Pantoffeln ragten aus einer Pyjamahose. Darüber trug er einen Mantel. Anscheinend hatte Davies ihn aus dem Schlaf gerissen.

»Ich wollte, ich könnte ungeschehen machen, was ich getan habe. Bitte, verzeihen Sie mir! Ich war verblendet. Wie so viele.« Adam Schäffer wimmerte. Tränen rannen seine Wangen hinunter. »Bitte, bitte, Sie können mit mir machen, was Sie wollen. Aber töten Sie mich nicht. Nicht, nicht töten …«

Seine Stimme wurde schrill und kippte. In einer flehenden Geste streckte er die Hand nach Friederike aus. Sie empfand Mitleid und Abscheu zugleich.

»Richard, der Mann ist wehrlos und dir ausgeliefert. Du bist kein Mörder. Ich kann mir nicht vorstellen, dass du mit dieser Tat auf dem Gewissen weiterleben kannst«, flehte sie.

»Er hat meine Eltern verraten. Sein Leben für ihres.«

»Hätten deine Eltern gewollt, dass du für sie zum Mörder wirst? Das kann ich nicht glauben. Zu solch einem Menschen haben sie dich nicht erzogen. Ich glaube, dass du in Wahrheit gar nicht Schäffer umbringen, sondern dich selbst bestrafen willst, weil du dich schuldig an deinen Eltern fühlst. Sie wurden getötet, und du hast überlebt.«

Davies reagierte nicht. Sein Gesicht wirkte wie aus Stein. Friederike war sich nicht sicher, ob er sie überhaupt gehört hatte. Er starrte auf Schäffer nieder, der vor Angst zitterte. Nein, er durfte den Mann nicht töten! Er würde damit nicht fertigwerden. Friederike ging einen Schritt vorwärts und noch einen, bis sie dicht vor Davies stand.

»Richard, gib mir deine Waffe«, sagte sie ruhig und bestimmt in dem Tonfall, den sie während ihrer Ausbildung gelernt hatte.

Davies sah sie an. Friederike streckte die Hand aus. Langsam, als erwache er aus einem Traum, überreichte Davies ihr die Pistole. Schäffer stöhnte auf und sackte nach vorn. Er war ohnmächtig geworden.

Friederike legte die Waffe auf den Boden und schob sie mit dem Fuß beiseite. Gesine Langen wäre jetzt bestimmt sehr zufrieden mit ihr. Ein Gedanke, den ein Teil von ihr absurd fand. Sie fasste Davies am Arm. Ihr war ganz schlecht vor Erleichterung.

»Komm, lass uns gehen«, sagte sie leise und drehte sich um.

Die Sonne war inzwischen höher gewandert und schien durch eine Lücke zwischen den Ruinen. Geblendet, wie sie war, registrierte Friederike zuerst nur eine Bewegung in den Schatten. Dann erkannte sie, dass drei Männer auf sie zukamen. An der Spitze Hauptkommissar Dahmen. Er hielt eine Pistole in der Hand und auf Davies gerichtet.

Jemand hatte wohl beobachtet, dass Davies Schäffer bedrohte, und die Polizei verständigt. Es musste ihr gelingen, ihn zu entlasten. Davies machte eine jähe Bewegung, als wolle er nach der Waffe auf dem Boden greifen.

»Richard, nicht!« Sie hielt seinen Arm umklammert. War es denn immer noch nicht zu Ende?

»Ja, lassen Sie die Waffe liegen, Lieutenant Davies. Oder sollte ich lieber sagen, Richard Samuel Hirsch?« Dahmens Tonfall war hart und unmissverständlich. Er und die beiden anderen Männer standen nun dicht vor ihnen. Einer hatte ein rundes Gesicht, blonde Haare und einen Schnurrbart. Der andere war groß und schlank, sein Gesicht markant und knochig. »Wie typisch für einen Juden, zu feige zu sein abzudrücken und seine Waffe einer Frau zu überlassen.« Dahmen trat gegen Davies' Pistole. Sie schlitterte über den Boden und fiel in einen Spalt.

Irgendetwas lief hier fürchterlich falsch. Angst kroch in Friederike hoch. Sie spürte, wie erschrocken Davies war, auch wenn er sich äußerlich nichts anmerken ließ.

»Ich nehme an, dieser Herr ist Hermann Scholzen, der Ruderfreund.« Davies wies auf den Mann mit den knochigen Gesichtszügen. »Und jener frühere Beamte im Landesfinanzamt und angebliche Gegner des Naziregimes, dem Sie so heldenhaft halfen unterzutauchen und der sich später bei der britischen Militärregierung für Sie verbürgte.«

»Seit wann wissen Sie es?« Dahmen wirkte fast belustigt.

Friederike weigerte sich zu begreifen. Dies war einfach

zu entsetzlich. Dahmen war nicht als Polizist hier. Niemand hatte ihn gerufen …

»Nach dem Anschlag auf der Landstraße und dem Mord an Derek Binney war ich mir sicher, dass Sie auch an den Morden an Jupp Küppers und Pater Bernhard beteiligt waren. Durch die Zusammenarbeit mit mir waren Sie über all meine Schritte gut informiert, und ich schätze, Sie haben einen Spitzel in der Stadtkommandantur, der Sie darüber in Kenntnis setzte, dass ich nach der Familie Häuser suchte?«

»Schlauer Jude …«

»Auf Hermann Scholzen und Gunther Voss kam ich etwas später. Scholzen, Voss, Dahmen und Küppers. Vier Männer, die sich seit ihrer Jugend über einen Ruderverein kannten. Erfuhr Scholzen dank seiner Position im Landesfinanzamt Köln von Nathan Goldsteins Auswanderungsplänen, oder erzählte Goldstein arglos Küppers davon?«

»Scholzen wurde als Beamter des Landesfinanzamts, nachdem die Goldsteins ihre Pässe bei der Polizei beantragt hatten, automatisch von der Polizei informiert.« Dahmen blickte zu dem Mann an seiner Seite. Der nickte ihm zu, als solle der Hauptkommissar an seiner Stelle weitersprechen. »Er erzählte Küppers, Voss und mir an einem Kartenabend davon. Wir alle kannten Nathan Goldstein, hatten uns während der Inflation und der Weltwirtschaftskrise Geld von ihm geliehen. Eins kam zum anderen. So entstand die Idee, Nathan Goldstein auszurauben. Küppers sollte herausfinden, wann die Familie nicht zu Hause war …«

»Voss, der frühere Schlosser, brach den Tresor auf, und Dahmen, der Polizeibeamte, sagte zu, falls nötig, Spuren zu verwischen«, sprach Davies weiter. »Wobei eine sorgfältige Ermittlung unter den Nationalsozialisten bei

einem Mord an einem Juden sowieso eher unwahrscheinlich war. Aber manchmal gab es noch anständige Männer
bei der Polizei, es war besser, auf alles vorbereitet zu sein.
Voss, Dahmen, Scholzen und Küppers. Vier geldgierige
Memmen. Genauso feige wie das Regime, das sie begüns-
tigte.«

Dahmen machte einen Schritt vorwärts und hieb Davies so schnell den Griff der Pistole gegen die Schläfe,
dass dieser keine Zeit hatte zu reagieren. Blut rann an
seinem Gesicht hinab. Er sackte zusammen.

»Nein!« Friederike stürzte vor und wollte Dahmen in
den Arm fallen. Doch Voss und Scholzen hielten sie fest.

»Schlauer Jude, aber nicht schlau genug zu bedenken,
dass es einer Abteilungsleiterin im Einwohnermeldeamt
auffallen könnte, wenn sich ein britischer Besatzungs-
offizier so überaus häufig für Adam Schäffer interessierte, und sie dies ihrem Behördenleiter melden könnte.«
Dahmen betrachtete Davies nachdenklich. »Hermann
Scholzen informierte mich. Ich weiß gern über die Besat-
zungsoffiziere Bescheid. Der Name Adam Schäffer führte
zu Aaron und Ruth Hirsch, die von Schäffer an die Gestapo verraten wurden. Und in den Akten fand sich auch
ein Hinweis auf einen Sohn Richard Samuel Hirsch, der
im Januar 39 aus dem Land floh. Es lag nahe, dass Lieutenant Davies in Wahrheit Richard Hirsch war.«

Dahmen hatte Davies bestimmt beobachten lassen und
war ihm dann zusammen mit den beiden anderen Männern zu Schäffers Adresse gefolgt, begriff Friederike.

Davies hatte es geschafft, auf die Knie zu kommen.
Doch Dahmen trat ihm mit voller Wucht in den Bauch,
so dass Davies wieder zusammenbrach und sich auf dem
Boden krümmte.

»Nein, nicht … Lassen Sie ihn in Ruhe!« Vergebens
versuchte Friederike sich loszureißen.

»Judenflittchen! Wie Katharina Häuser.« Dahmen spuckte ihr ins Gesicht. Davies krümmte sich erneut und übergab sich auf den Boden des Hofes. Dahmen wandte sich ihm wieder zu. Friederike musste ihn unbedingt von Davies ablenken.

»Sie nannten Jupp Küppers Iskariot ...« Friederikes Mund war ganz trocken. Sie bekam die Worte kaum über die Lippen.

»Ja, und ich sage Ihnen auch, warum.« Dahmens Stimme klang ganz kalt. »Mit seinem Anteil an dem Geld und den Wertgegenständen aus Nathan Goldsteins Tresor finanzierte der Jupp ein Warenlager, das mit Kriegsbeginn zum Grundstock seines florierenden Schwarzmarktgeschäfts wurde. Und dann, Jahre später, bekam er auf einmal Gewissensbisse und schwafelte davon, dass ihn die Geister von Nathan Goldstein und seiner Familie heimsuchten und verfolgten und er sie nachts um sein Bett stehen sah.«

»Jupp Küppers war schwer krank ...«

»Er hätte sein Leben genießen, statt den Pfaffen glauben sollen. Es gibt kein Leben nach dem Tod und auch keine Hölle.«

»Küppers wollte Sie drei verraten.«

»Pater Bernhard war nur bereit, ihm die Absolution zu erteilen, wenn er vor der Polizei ein Geständnis ablegte. Betrunken erzählte mir der Jupp davon ...«

Dahmens Blick richtete sich erneut auf Davies.

Verzweifelt suchte Friederike nach einer Möglichkeit, seine Aufmerksamkeit auf sich zu ziehen. Was konnte sie Dahmen noch fragen?

»Wie ... wie ... haben Sie Küppers denn in die Scheune gelockt?«, stammelte sie.

»Mit der Nachricht, ein Belgier wolle ihn wegen eines Schwarzmarkthandels treffen.« Dahmen wandte sich ihr wie erhofft wieder zu und schwieg für einen Moment, dann schüttelte er den Kopf. »Vor seinem Tod hat der Jupp gewinselt wie ein Schwein.«

»Gernot, lass es uns zu Ende bringen«, hörte Friederike einen der Männer sagen.

Dahmen nickte und richtete seine Pistole auf Adam Schäffer. Blut und Gewebe spritzten auf, als die Kugel in den Schädel eindrang. Rote Schlieren rannen an der Mauer des Behelfsbaus hinab.

»Der Jude hat seine Eltern gerächt und die Polizistin getötet, die ihn von dem Mord abhalten wollte. Dann hat er sich selbst gerichtet.« Halb ohnmächtig, wie aus weiter Ferne, vernahm Friederike Dahmens Stimme. So wollten die drei Komplizen also die Morde später darstellen. Sie und Davies würden in diesem Hinterhof sterben.

Dahmen drehte sich zu Davies um. Friederike wollte schreien, aber sie bekam keinen Laut über die Lippen. Tränen rannen über ihre Wangen. Sie weinte um sich und um Davies und um das Leben, das ihnen gestohlen wurde.

Der Knall eines Schusses hallte durch den Hinterhof. Friederike erwartete, dass Davies tot zusammenbrechen und Dahmen die Pistole dann auf sie richten würde. Doch Dahmen fasste sich an die Kehle. Blut quoll daraus hervor. Keuchend hob er den Arm, zielte in Richtung der Toreinfahrt. Verschwommen durch die Tränen sah Friederike dort im Schatten einen mageren Mann stehen. Fast gleichzeitig ertönten zwei weitere Schüsse. Dahmen stürzte zu Boden und blieb reglos liegen. Die Waffe glitt ihm aus der Hand.

Unfähig, sich zu bewegen, verfolgte Friederike, wie sich Voss nach der Pistole bückte. Doch Davies warf sich gegen Voss' Beine und brachte ihn zu Fall. Scholzen stürzte sich auf ihn.

»Friederike!«

Davies' Schrei weckte sie aus ihrer Erstarrung. Sie hob die Waffe auf, ehe Voss sie doch noch zu fassen bekam, richtete sie auf ihn.

»Na, das Fräulein wird doch sicher nicht schießen ...« Voss grinste sie an und kam auf sie zu.

»Friederike!«, schrie Davies wieder.

Ihr Bruder Hans hatte ihr beigebracht, eine Waffe zu bedienen. Friederike schloss die Augen und drückte ab. Voss brüllte auf. Sie hatte ihn in den Arm getroffen.

»An die Wand! Alle beide!« War wirklich sie es, die das befahl? Fast verwundert verfolgte sie, wie Scholzen von Davies abließ und er und Voss sich an die Wand des Behelfsbaus stellten. Dann erst begann sie zu zittern. Schwer atmend richtete sich Davies auf und nahm ihr die Pistole aus der Hand. »Danke ...«

Der Mann, der Gernot Dahmen getötet und ihnen das Leben gerettet hatte, kauerte jetzt in einer Ecke der Einfahrt. Friederike lief zu ihm. Sein Kopf war nach vorn gesunken. Aus seiner Brust strömte Blut. Nun blickte er auf, schaute Friederike und Davies an. Seine Lippen schienen Worte zu formen.

»Bitte, was möchten Sie uns sagen?« Friederike kniete sich vor ihn. Nun verstand sie, was er flüsterte: »Die Stimmen der Toten ... kann sie nicht mehr hören ...«

Lächelte er, oder verzerrte sich sein Gesicht vor Schmerzen? Ein Zucken durchlief ihn. Dann sank sein Kopf wieder auf die Brust, und sein Körper erschlaffte.

26. Kapitel

Köln, Sonntag, 26. Januar 1947

Friederike presste die Knie gegeneinander und schlang die Arme um sich. Der kahle Vorraum der Leichenhalle, wo sie auf Davies wartete, verursachte ihr Unbehagen. Trotz der Kälte schien ein süßlicher Verwesungsgeruch in der Luft zu hängen.

Seit am Vortag deutsche Polizisten und britische Militärpolizei in der Cranachstraße eingetroffen waren, hatte sie Davies nicht mehr gesehen. Durch Gesine Langen hatte er ihr ausrichten lassen, dass sie zur Leichenhalle am Melatenfriedhof kommen solle.

Friederike hatte ihre Aussage zu Protokoll gegeben. Sie hatte sie durchgelesen und unterschrieben. Aber sie konnte immer noch nicht fassen, dass sie und Davies nur knapp dem Tod entronnen waren. Wobei es nicht einer gewissen bitteren Komik entbehrte, dass sich Gesine Langen ihr gegenüber nun fast beleidigt verhielt. So als sei sie persönlich dafür verantwortlich, dass sich ein deutscher Hauptkommissar als mehrfacher Mörder entpuppt hatte.

Die schwere Stahltür zum Flur öffnete sich. Davies betrat zusammen mit Katharina Häuser und einem Angestellten des Friedhofs den Raum. Eine jähe Freude erfasste Friederike, als sie Davies sah, doch sie erstarb sofort wieder, als er ihr kühl und distanziert, wie bei ihrer allerersten Begegnung, zunickte. »Fräulein Matthée ...«

»Lieutenant.« Ebenso formell erwiderte sie die Begrüßung, ehe sie Katharina Häuser die Hand reichte.

Wollte Davies nach außen hin dienstliche Distanz gewahrt wissen und verhielt sich deshalb so reserviert? Oder ging es ihm darum, die Nähe und die Vertrautheit, die zwischen ihnen entstanden war, ungeschehen zu machen? Friederike konnte sich nicht vorstellen, ihm wie einem Fremden zu begegnen.

Der Angestellte des Friedhofs öffnete eine weitere Tür. In dem angrenzenden Raum zeichneten sich die Umrisse eines Toten unter einem Tuch ab.

»Sind Sie so weit?« Davies wandte sich Katharina Häuser zu. Seine Stimme klang mitfühlend.

»Ja.« Sie nickte, während ihr Blick Friederike suchte. Diese legte ihr den Arm um die Schulter und stützte sie. Gemeinsam gingen sie zu dem Toten.

Davies schlug das Tuch bis zur Brust des Leichnams zurück. Der Bart zeichnete sich sehr dunkel gegen die bläulich-weiße Haut ab. Die Augen waren eingesunken, die hageren Gesichtszüge entspannt, ja fast friedvoll. Erst jetzt erkannte Friederike, dass der Mann noch jung war, wahrscheinlich keine dreißig Jahre alt.

Katharina Häuser betrachtete den Toten. »Ja, dieser Mann ist Ruben Goldstein«, flüsterte sie schließlich. »Ich bin mir ganz sicher.« Sie berührte seine Wange, blieb einige Momente still stehen, ehe sie sich brüsk abwandte. »Bitte, ich möchte jetzt gehen …«

»Natürlich.« Davies nickte.

Friederike und er begleiteten Katharina Häuser nach draußen. Der Tag war wieder sonnig und eisig kalt. Die Bäume im nahen Melatenfriedhof bogen sich unter der Schneelast. Auf der Aachener Straße rutschten Kinder auf einem Brett einen Schuttberg hinunter.

»Wie … wie hat Ruben das Konzentrationslager überlebt? Wo hat er die Zeit seit Kriegsende verbracht?« Katharina Häuser fasste sich an die Brust.

»Wir wissen bisher nur, dass ein Mann namens Viktor Dworschak, auf den seine Beschreibung zutrifft, seit vorgestern im *Displaced Persons*-Lager in Brauweiler vermisst wird.« Wieder war Davies' Tonfall mitfühlend. »Vor drei Tagen habe ich zusammen mit Hauptkommissar Dahmen eine Durchsuchung in dem Lager geleitet. Ich vermute, dass Ruben Goldstein sich als Viktor Dworschak ausgab und dass er Dahmen als einen der Mörder seines Vaters erkannte. Er muss ihn aufgespürt und beobachtet haben.«

»Aber warum hat Ruben denn einen falschen Namen angenommen?« Katharina Häusers Gesicht zeigte tiefes Unverständnis.

»In der Nähe von Kloster Steinfeld und von Küppers' Hof bei Kall wurde ein Mann gesehen, der als ein ehemaliger Fremdarbeiter beschrieben wurde. Es ist erneut nur eine Vermutung, aber ich glaube, dass Ruben Goldstein seinen Vater und seine Familie, die im Konzentrationslager umgebracht wurde, rächen wollte und nach Köln kam, um nach den Mördern seines Vaters zu suchen. Die Tat war nicht verfolgt worden. Er musste fürchten, dass die Polizei die Täter immer noch deckte und vielleicht warnen würde. Deshalb nahm er eine andere Identität an.«

»Was für einen Menschen haben die Nationalsozialisten nur aus Ruben gemacht.« Katharina Häuser schauderte.

Friederike senkte den Kopf. Ja, was hatten die Nationalsozialisten aus Ruben Goldstein gemacht – und all die Deutschen, die das Morden ignoriert hatten? So wie sie selbst. Was aus Davies, der den Mann, der seine Eltern verraten hatte, fast getötet hätte und der nun wie ein Fremder neben ihr stand? Seit der Begrüßung hatte er kein einziges Mal ihren Blick gesucht.

»Ruben hat mir und Fräulein Matthée das Leben gerettet«, hörte sie Davies sagen. »Wenn er die Mörder seines Vaters nicht gesucht hätte, hätte Dahmen auch uns umgebracht.«

Katharina Häuser begann zu weinen.

Davies berührte sie an der Schulter. »Warten Sie doch bitte im Wagen auf mich.« Er wies auf den Jeep, der am Rand des Friedhofs stand. »Ich komme gleich nach.«

Er sah ihr hinterher, bis sie in dem Fahrzeug Platz genommen hatte. Dann erst wandte er sich Friederike zu. »Haben Sie Peter Assmuß besucht?«

»Ja, es ging ihm recht gut, und seine Mutter war erleichtert, dass Jupp Küppers' Mörder gefunden wurden.«

»Wenn Frau Assmuß möchte, kann sie sicher als Dienstmädchen für eine britische Familie arbeiten. Ich werde mich darum kümmern.«

»Darüber wäre sie bestimmt sehr froh.« Friederike lag viel an Peter, und sie wünschte ihm und seiner Mutter alles Gute. Aber dieses Gespräch war irgendwie falsch.

»Ich habe beschlossen, mich versetzen zu lassen. Ich kann einfach nicht mehr in Deutschland bleiben.« Davies' Worte trafen sie unvermittelt.

Sollte sie ihm anvertrauen, dass sie sich in ihn verliebt hatte? Dass sie wünschte, ihm nahe zu sein, ihn so gut kennenzulernen, wie man einen Menschen nur kennen konnte? Aber was hatte sie ihm schon zu bieten? Eine Frau, die sich nicht vorstellen konnte, mit einem Mann zu schlafen. Auch nicht mit ihm.

»Ich verstehe dich, Richard«, sagte Friederike so ruhig wie möglich. »An deiner Stelle würde ich es auch nicht aushalten, in diesem Land zu bleiben.«

Spiegelte sein Gesicht Bedauern, oder bildete sie sich das nur ein?

»Kann ich dich irgendwo in der Stadt absetzen?« Seine Stimme klang so ruhig wie ihre.

»Nein«, erwiderte sie. »Das ist nicht nötig.«

Friederike reichte ihm die Hand. Er ergriff sie. Ein letzter Händedruck. Dann ging er zu dem Jeep. Sie drehte sich um und lief blindlings davon. Ihn wegfahren zu sehen war mehr, als sie ertragen konnte.

EPILOG

Köln, Mittwoch, 19. März 1947

Richard Davies blickte zu der Wohnung im ersten Stock hinauf. Die Vorhänge waren zurückgezogen. Die tief stehende Märzsonne hob den Jugendstilfries aus Stuck und seine Beschädigungen plastisch hervor. Vor kurzem war es wärmer geworden. Schmelzwasser rann an den Gebäudefassaden herab und bildete schmutzige Pfützen im Schnee.

Davies' Versetzungsgesuch war bewilligt worden. Am Abend des nächsten Tages würde er nach London reisen.

Es war Unsinn, dass er noch einmal hierhergekommen war. Er sollte wieder fahren. Dennoch stieg Davies nach kurzem Zögern aus dem Jeep. Die Haustür war nicht abgeschlossen. Er ging die Treppe hinauf. Flüchtig registrierte er, dass der dunkelrote Wandanstrich durch einen grünen ersetzt worden war.

»Maytland« stand auf einem Emailleschild neben der Wohnungstür. Davies war beinahe erleichtert, als auf sein Klingeln niemand reagierte. Er wollte sich schon umdrehen und die Stufen wieder hinuntersteigen, als er rasche Schritte im Innern der Wohnung hörte. Gleich darauf wurde die Tür aufgerissen.

»Ja, bitte?« Eine zierliche Frau Mitte, Ende zwanzig stand auf der Schwelle. Braunes Haar hatte sich aus einem Knoten gelöst und fiel ihr in das sommersprossige Gesicht. An ihrer Strickjacke hing ein bunter Faden. Sie erschrak, als sie Davies' Uniform erkannte. Militärpolizisten waren nicht selten die Überbringer von Unglücksbotschaften.

»Ich bin privat, nicht dienstlich hier«, sagte Davies rasch. »Sind Sie Mrs Maytland?«

Sie nickte, hatte sich immer noch nicht ganz gefasst.

»Mein Name ist Davies. Ich habe hier bis Anfang 1939 mit meiner Familie gewohnt. Dürfte ich mir die Wohnung vielleicht einmal ansehen?«

»Natürlich, Lieutenant.« Sie trat beiseite, um ihn einzulassen. Sie schien ihn etwas fragen zu wollen, ließ es jedoch sein. Wahrscheinlich hatte sie sich anhand des Datums bereits genug von seiner Lebensgeschichte zusammengereimt und zog es vor, taktvoll zu schweigen. Wofür Davies ihr dankbar war.

Im Flur roch es nicht mehr nach Arzneien und Desinfektionsmitteln. Der Durchgang zum Wartezimmer und zum Sprechzimmer seines Vaters war zugemauert und wie die Wände mit einer gestreiften Tapete verkleidet worden.

»Lassen Sie sich ruhig Zeit, Lieutenant.« Mrs Maytland öffnete eine Tür. Dahinter lag das frühere Wohnzimmer. Es wirkte viel größer, als Davies es in Erinnerung hatte, denn der Flügel seiner Mutter fehlte. Auch die Möbel aus Birnbaumholz im Stil der zwanziger Jahre und die gesamte andere Einrichtung, die Gemälde und Fotografien, gab es nicht mehr. Sofa, Sessel, Schränke und Regale waren nüchtern und zweckmäßig und stammten aus britischen Beständen.

Wahrscheinlich waren die Nachbarn, als die Eltern untergetaucht waren, über deren Besitztümer hergefallen. Davies empfand nichts. Weder Zorn noch Trauer.

Der nächste Raum war das ehemalige Schlafzimmer seiner Eltern. Auch hier fehlten all die früheren Möbel. Es war nun eine Art Haushaltsraum, eine Nähmaschine stand darin, auf der ein dünner, bunter Stoff lag. Anscheinend hatte er Mrs Maytland von einer Näharbeit weggeholt.

Mrs Maytland ging ihm wieder voraus und an der Tür des früheren Herrenzimmers vorbei. Davies vermutete, dass es jetzt ihr und ihrem Mann als Schlafzimmer diente.

»Leben Sie schon lange hier?«, erkundigte sich Davies aus Höflichkeit.

»Seit einem guten Monat. Mein Mann arbeitet für die Bildungsbehörde der Militärregierung. Ich bin so froh, dass es endlich wärmer wird! Die Kälte war schrecklich, obwohl wir heizen konnten. Ich dachte nur immer, wie es wohl den armen Deutschen in den Ruinen ergeht.« Mrs Maytland rieb sich über die Arme. Eine scheue Geste, die Davies an Friederike erinnerte. Überhaupt war Mrs Maytland ihr ähnlich, was nicht nur an ihrer Zierlichkeit lag. Auch sie hielt Schweigen gut aus, und sie besaß etwas, das einem trotz ihrer Schüchternheit Respekt abnötigte.

In den letzten beiden Monaten hatte Davies häufig an Friederike gedacht. Er hatte sie vermisst. Aber er hatte seinen Entschluss, sie nicht mehr wiederzusehen, nie bereut.

Abermals öffnete Mrs Maytland eine Tür. Sein früheres Kinderzimmer. Der Anblick versetzte Davies einen kurzen, schmerzlichen Stich, der jedoch sofort wieder verflog. Zwei Betten standen nun darin, nicht nur eines, und auch sonst erinnerte nichts mehr an den Jungen, der hier fast fünfzehn Jahre lang gelebt hatte. Selbst der Blick aus dem Fenster hatte sich verändert. An der Stelle des Gründerzeitgebäudes gegenüber klaffte jetzt eine Lücke.

»Sie haben Kinder?« Erneut fragte er nur aus Höflichkeit.

»Zwei Söhne, Paul und Henry. Sie sind zehn und acht Jahre alt.« Sie traten zurück in den Flur. »Möchten Sie auch noch die Küche sehen?« Mrs Maytland schloss die Tür und wandte sich ihm zu.

»Danke, das ist nicht nötig. Es war sehr freundlich, dass Sie mich eingelassen haben.« Davies streckte die Hand aus, um sich zu verabschieden. Er wusste nicht genau, was ihn dazu veranlasst hatte, die Wohnung noch einmal aufzusuchen. Aber er war froh, dass es ihn kaum berührt hatte.

»Ach, warten Sie ...« Mrs Maytland verschwand in einer Abstellkammer und kehrte mit einem Pappkarton zurück. »Meine beiden Söhne haben, wie Jungen nun einmal so sind, in ihrem Zimmer nach losen Dielen gesucht. Unter einer Diele haben sie diesen Karton gefunden. Ich wollte ihn eigentlich wegwerfen, habe ihn dann aber vergessen.« In dem Pappkarton lag ein von Motten zerfressener Teddybär, dessen rechter Arm verbunden war und in einer Schlinge hing.

»Hat der Bär ...« – sie zögerte kurz – »... vielleicht einmal Ihnen gehört?«

»Nein.« Davies schüttelte den Kopf. »Ein anderer Junge muss ihn unter den Dielen versteckt haben.«

Wie lächerlich, sich von einem Spielzeug fast die Fassung rauben zu lassen! Nur mit Mühe war es ihm gelungen zu verbergen, wie sehr ihn der Anblick des Bären getroffen hatte. Davies legte die Hand auf die Gangschaltung, zog sie jedoch wieder zurück. Er fühlte sich plötzlich völlig kraftlos.

Sein Vater und ein Besucher sitzen im Herrenzimmer. Es ist spät am Abend. Er hat schon geschlafen, ist aber wieder aufgewacht, da er zur Toilette muss. Die Tür ist nur angelehnt. Etwas in den gedämpften Stimmen des Vaters und des Besuchs veranlassen ihn, stehen zu bleiben und zu lauschen.

364

Davies glaubte wieder, den Zigarrenrauch zu riechen und zu spüren, wie die Kälte in seine nackten Füße drang. Er war neun Jahre alt, und es war das Frühjahr 1933.

Der Vater und der Besuch sprechen davon, dass die Wohnung eines jüdischen Freundes durchsucht, der Mann weggebracht und die Einrichtung zerschlagen worden ist. In den Wochen davor hat Davies begriffen, dass Jude zu sein bedeutet, »anders« zu sein. Was ihn mit einer unbestimmten Angst erfüllt.

Am Nachmittag ist der Arm seines Teddybären abgegangen. Seine Mutter hat ihn angenäht, und der Vater hat ihn verbunden und in eine Schlinge gelegt. Zurück in seinem Zimmer, bettet Davies den Bär in einen Karton und versteckt ihn unter der losen Diele, wo er auch Steine und Muscheln verwahrt. Wenn die Wohnung durchsucht wird, soll der Bär sicher sein.

Er war doch jetzt längst erwachsen, kein kleiner Junge mehr. Wirklich, wie albern … Davies hasste den Schmerz und die Tränen, die ihm in die Augen drängten. Aber er konnte sie nicht zurückhalten. Er legte sein Gesicht in die Hände und begann zu weinen.

Köln, Donnerstag, 20. März 1947

Das Eingangstor des jüdischen Friedhofs von Köln-Bocklemünd stand offen. Dahinter zeichneten sich Reihen von Gräbern und vereinzelte Grabsteine unter dem verbliebenen Schnee ab. Friederike hatte sich verspätet. Die Aussage einer Frau aufzunehmen, die von ihrem Ehemann misshandelt worden war, hatte sie aufgehalten, und es waren auch wieder Straßenbahnen ausgefallen. Sie wäre jetzt gern gerannt. Aber der tauende Schnee war tückisch wie Seife, und sie wollte nicht ausrutschen und stürzen.

Eine kleine Gruppe von Menschen folgte dem Sarg von Ruben Goldstein auf dem Weg, der von der teilweise zerstörten klassizistischen Trauerhalle zu den Gräbern führte. Da der Boden so lange mehrere Meter tief gefroren gewesen war, hatte der Leichnam nicht innerhalb von kurzer Zeit beerdigt werden können, wie es die jüdischen Bestattungsriten eigentlich verlangten. Die meisten der Trauernden wie auch die vier Sargträger waren magere, ärmlich gekleidete Männer, ihre Mützen und Hüte schäbig. Wahrscheinlich hatten sie Ruben aus dem *Displaced Persons*-Lager in Brauweiler gekannt. Eine der wenigen Frauen in dem Leichenzug war Katharina Häuser. Die ältere Frau, die neben ihr ging, sah ihr sehr ähnlich. Friederike vermutete, dass sie ihre Mutter war.

Friederike reihte sich in den Leichenzug ein, der sich nun auf ein offenes Grab zubewegte. Protestantisch erzogen, hatte sie früher selbstverständlich an ein Leben nach dem Tod geglaubt. Doch wie so viele Gewissheiten hatte sich auch diese im Laufe der letzten Jahre zerschlagen. Aber sie hoffte, dass Ruben in den letzten Momenten seines Lebens oder im Tod seinen Frieden gefunden hatte. Sie würde ihm immer dankbar sein.

Ein schabendes Geräusch ertönte, als der Sarg an Seilen in das Grab hinabgelassen wurde. Ein Mann trat vor und stieß eine Schaufel in einen Erdhaufen. Friederike hörte ihn erst auf Hebräisch, dann auf Deutsch sagen: »Staub bist du, und zu Staub sollst du zurückkehren«, während er die Erde in das Grab warf.

Sie hatte sich noch nicht damit abgefunden, dass Davies aus ihrem Leben verschwunden war. Sie ertappte sich oft dabei, dass sie sich bei Vernehmungen fragte, wie er den Menschen vor ihr wohl beurteilen würde. Und auch sonst fehlte er ihr. Aber durch den Krieg und seine Folgen waren so viele Verbindungen zwischen Menschen für immer zerstört worden. Warum sollte es ihr mit ihm anders ergehen?

Sie hatte sich entschieden, zu leben und ihr Schicksal zu gestalten. Die nächsten Jahre würde sie bei der Polizei bleiben. Aber sie würde malen und zeichnen und irgendwann auch Kunst studieren. Das hatte sie sich selbst versprochen.

Nun war Friederike an der Reihe, Erde auf den Sarg zu werfen. »Staub bist du, und zu Staub wirst du zurückkehren«, sagte sie leise, ehe sie die Schaufel an einen der ärmlich gekleideten Männer weitergab.

Sie trat neben Katharina Häuser und deren Mutter, lauschte dem Geräusch der Erde, die auf den Sarg fiel, und den gemurmelten Worten.

Ob auch ihr Bruder Hans irgendwo in einem Grab lag? Sie hoffte so sehr, dass er noch am Leben war und zu ihr und ihrer Mutter zurückkehren würde! Friederike versuchte, sich daran festzuhalten, dass es wenigstens ihrer Mutter recht gut ging. Seit Anfang März lebte sie wieder bei ihr in dem Zimmer in der Südstadt, und einige Male hatte sie inzwischen sogar das Haus verlassen.

Wieder trat ein Mann an das Grab. »Staub bist du, und zu Staub wirst du zurückkehren …«

Die Männerstimme war ihr sehr vertraut. Friederike sagte sich, dass sie sich täuschen musste, doch sie hob rasch den Blick. Und es war wirklich Davies, der gerade Erde auf den Sarg warf. Er musste sie unter den Trauernden wahrgenommen haben. Würde er weggehen, ohne mit ihr zu sprechen? Nun reichte er die Schaufel weiter und drehte sich zu ihr um, sah sie an.

Er hatte sich verändert, dachte Friederike. Was nicht nur daran lag, dass er anlässlich der Beerdigung zivil trug. Er wirkte … *nahbar.* Als hätte er eine schwere Rüstung, die nie wirklich zu ihm gepasst hatte, abgelegt.

Sein Blick war offen, und sie glaubte, den Mann erkennen zu können, der er wirklich war.

Und als Davies sich neben sie stellte, wusste sie, dass dies nicht ihre letzte Begegnung war.

NACHWORT

Manchmal entstehen Romane auf verschlungenen Wegen. Im Sommer 2015 recherchierte ich für ein Buch, das in den 1960er Jahren spielen sollte. Wie das häufig so ist, forscht man über mehr als nur die Jahre, die die eigentliche Handlung betreffen.

In dem Sachbuch »Polizistinnen im geteilten Deutschland« von Bettina Blum stieß ich auf eine Textpassage, in der eine Polizeibeamtin schildert, wie sie im Nachkriegsdeutschland in ein Dorf gerufen wurde. Ein kleiner Junge war Zeuge eines Mordes geworden und seither verstummt. Die Polizeibeamtin wusste sich nicht anders zu helfen, als zu dem Jungen unter den Tisch zu kriechen. So gelang es ihr tatsächlich, das Kind zum Sprechen zu bringen, und der Mörder konnte gefasst werden.

Diese Szene ließ mich nicht mehr los. Aus ihr entstand die Polizeiassistentenanwärterin Friederike Matthée, die im eisig kalten Januar 1947 von einem Kollegen in ein verschneites Eifeldorf gefahren wird.

Wie immer in meinen Romanen habe ich Fakten und Fiktion gemischt und mir auch erzählerische Freiheiten genommen.

Alle Personen, die in dem Roman vorkommen, sind erfunden. Die einzige namentlich genannte, reale Person ist Kathleen Hill von der Londoner Metropolitan Police, die das Auswahlverfahren für die Weibliche Polizei in der britischen Besatzungszone 1945/46 leitete.

In den 1920er Jahren entstand auf Anregung der britischen Besatzer nach dem Ersten Weltkrieg in deutschen Großstädten die Weibliche Kriminalpolizei (WKP). Die Frauen waren für die Vernehmung von Jungen bis 14 Jahren und Mädchen und jungen Frauen zuständig. Der Schwerpunkt lag auf Resozialisierung und nicht auf Strafe. Die WKP-Beamtinnen waren meist besser gebildet als ihre männlichen Kollegen – die in der Regel nach einer Ausbildung oder einer Lehre in den Polizeidienst eintraten und bei der Schutzpolizei tätig waren, ehe sie zur Kriminalpolizei wechseln konnten. Die WKP-Beamtinnen hingegen hatten häufig eine höhere Schule besucht und eine Ausbildung zur Fürsorgerin absolviert, und ihre ausführlichen und psychologisch fundierten Vernehmungen galten als sehr gut.

Nach dem Zweiten Weltkrieg wollten die Briten in ihrer Besatzungszone über das Betätigungsfeld Jugendliche und junge Frauen hinaus auch andere Bereiche bei der Polizei für Frauen öffnen und setzten sich für die Gründung einer uniformierten Weiblichen Polizei (WP) ein. Die oben genannte Kathleen Hill leitete die Auswahlverfahren im späteren Nordrhein-Westfalen.

Altgediente WKP-Beamtinnen lehnten jedoch eine allgemeine Polizeiarbeit von Beamtinnen ab und betrieben eine erfolgreiche Lobbyarbeit dagegen. Die uniformierte Weibliche Polizei blieb deshalb auf die traditionellen Betätigungsfelder beschränkt – half etwa bei Razzien in Bordellen, führte Alterskontrollen in Kinos und Leibesvisitationen von Frauen durch. Anfang der 1950er Jahre wurde die WP schließlich aufgelöst und die Beamtinnen in die WKP übernommen.

Frauen der WP scheinen immer wieder versucht zu haben, die strengen Uniformregeln zu unterlaufen. Vor allem das Verbot, Handtaschen im Dienst zur Uniform zu tragen, stieß auf wenig Gegenliebe. Es wurde häufig unterwandert und entsprechend angemahnt. Auch vom militärischen Grüßen hielten die WP-Beamtinnen – wie Friederike Matthée – wohl nicht viel.

Zur Rolle der WKP während der Zeit des Nationalsozialismus ist zu sagen, dass sie mit dem Regime weitestgehend paktierte und mit dazu beitrug, dass als »sozial auffällig« eingestufte Jugendliche und junge Frauen in so genannte Jugendschutzlager eingewiesen wurden, die den Charakter von Konzentrationslagern besaßen. Wie bei der männlichen Polizei und in vielen anderen Ämtern und Behörden blieben Beamtinnen der WKP häufig auch nach Kriegsende im Dienst. Alte Seilschaften funktionierten immer noch, und man half sich mit entlastenden Angaben bei der Entnazifizierung.

Im Herbst 1939 entsandten die Briten Truppenteile nach Frankreich, um die französische Armee zu unterstützen. Diebstähle und Plünderungen nahmen dort bei der britischen Armee und in ihrem Umfeld immer mehr zu. 1940 wurden deshalb 19 Scotland-Yard-Inspektoren nach Frankreich zur Military Police abgestellt (ab November 1946 »Royal Military Police« (RMP) wegen der Verdienste, die sich die Military Police im Verlauf des Krieges erworben hatte). Diese Scotland-Yard-Inspektoren bildeten die erste Special Investigation Branch (S.I.B.) der Military Police.

Ab Herbst 1947 gab es regelmäßige Weiterbildungs-Kurse für Angehörige der Royal Military Police zu S.I.B.-Ermittlern. Ich habe mir erlaubt, Richard Davies schon ein Jahr früher als S.I.B.-Ermittler tätig sein zu lassen. »Normale« Militärpolizisten führten ohnehin auch Vernehmungen durch und befragten Zeugen.

Im Laufe des Zweiten Weltkriegs dienten etwa 10000

Emigranten aus Deutschland und Österreich in der britischen Armee. Die meisten davon bei der British Pioneer Army. Diese Soldaten werden in Großbritannien auch als »Churchill's German Army« bezeichnet.

Die Kindertransporte nach Großbritannien, die von November 1938 bis zum Überfall Deutschlands auf Polen am 1. September 1939 stattfanden, retteten etwa 10 000 jüdischen Kindern das Leben. So konnten etwa 130 Kinder von der *Jawne*, dem privaten jüdischen Reform-Realgymnasium mit Realschule in Köln, auf Initiative des Direktors Dr. Erich Klibansky gerettet werden.

Richard Davies besuchte im Roman ein deutsches Gymnasium, was jedoch für jüdische Kinder nach der Machtergreifung durch die Nationalsozialisten 1933 nur möglich war, wenn der Vater Frontkämpfer gewesen war. In den folgenden Jahren wurde auch diese Möglichkeit immer mehr eingeschränkt.

Der Begriff Zwangsarbeiter für die mit Gewalt nach Deutschland gebrachten Männer und Frauen aus Osteuropa und die Kriegsgefangenen, die auf Bauernhöfen, beim Straßenbau und in der Industrie arbeiten mussten, setzte sich erst ab den 1980er Jahren durch. Deshalb habe ich im Roman den nach Kriegsende gebräuchlichen Begriff Fremdarbeiter verwendet.

Ehemalige Zwangsarbeiter begingen nach Kriegsende Überfälle in der Eifel – was auch daran lag, dass ihre Ernährungssituation desolat war. Erst allmählich gelang es den Alliierten, Lager für die *Displaced Persons* zu errichten und sie – oft nicht mehr als notdürftig – zu versorgen. Die deutsche Polizei behandelte die ehemaligen Zwangsarbeiter oft schlecht, und entsprechend gereizt reagierten diese auf die Polizisten.

In der *Kölnischen Rundschau,* die erstmals im März 1946 in Köln erschien und damit die erste »freie« Zeitung im Rheinland war, werden Angehörige der Militärregierung mit deutschen militärischen Titeln benannt. Also Leutnant, Oberst etc. Im Roman sprechen deshalb Friederike, Gesine Langen und Dahmen, die ja dienstlich mit Davies zu tun haben, ihn mit dem englischen Titel Lieutenant an, dagegen fast alle anderen Deutschen mit den deutschen militärischen Bezeichnungen.

Man sprach nach dem Krieg von »britischer Besatzungszone«, aber sonst wurde häufig – wie eigentlich bis in die 1990er Jahre üblich – England synonym für Großbritannien gebraucht. Deshalb verwende ich beide Begriffe.

Von den im Roman genannten Orten in der Eifel ist nur Kaltenberg fiktiv. Im Kloster Steinfeld gab und gibt es eine Schule. 1947 war es eine Schule nur für Jungen, dennoch waren dort zwei Lehrerinnen beschäftigt. Im Kloster Steinfeld arbeiteten Zwangsarbeiter. Bei der Innenausstattung des Klosters ersetzen meine Angaben keine kulturhistorische Führung. Die Obstwiese, auf der Pater Bernhard Heller ermordet wird, ist meine Erfindung.

Das Zweite Vatikanische Konzil von 1962 bis 1965 führte in der katholischen Kirche zu vielen Änderungen. Heute reicht die Weihnachtszeit vom 25. Dezember bis zum 6. Januar – also bis zum Dreikönigstag. Vor dem Zweiten Vatikanum dauerte die Weihnachtszeit vom 25. Dezember bis zum 2. Februar, dem Fest Mariä Lichtmess. Es ist also davon auszugehen, dass 1947 Krippen und Weihnachtsdekoration bis zum 2. Februar stehen blieben.

Wie Pater Bernhard gab es katholische Priester und Ordensleute, Bischöfe und Laien, die dem Regime des Nationalsozialismus skeptisch bis ablehnend gegenüberstanden und dies öffentlich äußerten, die Jahre in Konzentrationslagern inhaftiert waren und dort misshandelt und umgebracht wurden. Andere passten sich an.

Die Aktion Save Europe Now war das britische Pendant zu den amerikanischen Care-Paketen. Der jüdische britische Staatsbürger und Verleger Victor Gollancz rief sie ins Leben (Victor Gollancz war unter anderem der Verleger von *Rebecca* von Daphne du Maurier). Gollancz war ein leidenschaftlicher Demokrat und Humanist. Im Herbst 1946 bereiste er für mehrere Wochen Deutschland. Er wusste um den millionenfachen Mord, den Deutsche an Juden in den Konzentrationslagern begingen, schon 1943 hatte er öffentlich darauf aufmerksam gemacht.

Doch trotz der von den Deutschen begangenen Gräuel wandte Gollancz sich gegen die These von der deutschen Kollektivschuld und war entsetzt über die erbärmlichen Lebensumstände vieler Deutscher in den Städten des Rheinlands und des Ruhrgebiets. Er kämpfte dafür, dass die britische Regierung das Verbot, Lebensmittelpakete nach Deutschland zu schicken, aufhob. Gollancz sprach mit Deutschen und mit Mitarbeitern der Militärregierung. Seine Erlebnisse publizierte er in dem Buch *In darkest Germany*, das im Januar 1947 erschien und weltweit großes Aufsehen erregte.

Im Zuge meiner Recherchen habe ich zum ersten Mal von Victor Gollancz erfahren – dass er, ein jüdischer britischer Staatsbürger, sich so für die Deutschen einsetzte, hat mich sehr bewegt. Der Name seiner Hilfsaktion »Save Europe Now« hat mir noch einmal deutlich gemacht, was der Traum von einem vereinten Europa einmal bedeutet hat.

Pakete wurden in Deutschland erst ab ca. Mitte Januar 1947 wieder zugestellt. Die Verteilung der Lebensmittelpakete übernahm deshalb anfangs das Evangelische Hilfswerk. Bei der Organisation der Verteilung und dem Inhalt des Pakets, das Friederike erhält, habe ich mir Freiheiten herausgenommen, und die Ausgabestelle in Köln-Ehrenfeld ist ebenfalls fiktiv.

Unter den westlichen Alliierten gab es das Bonmot, dass die Amerikaner »die schöne Aussicht«, die Franzosen »den Wein« und die Briten »die Ruinen« bekommen hätten. In der britischen Besatzungszone stand sicherlich manches nicht zum Besten. Allerdings muss auch erwähnt werden, dass Großbritannien nach Kriegsende finanziell nahezu ruiniert war und dort nach Kriegsende eine Lebensmittelrationierung eingeführt wurde. In der britischen Presse wurden die Zustände in Deutschland und die Arbeit der Militärregierung immer wieder sehr kritisch hinterfragt.

Beim Betrachten von Fotografien der zerstörten Stadt Köln fand ich es immer wieder beeindruckend, wie der äußerlich weitgehend unzerstörte Dom die Ruinen überragte. Die Beschreibung einzelner Straßen beruht auf dichterischer Freiheit, ebenso die Schilderung der Zentralen Kriminaldienststelle in der Merlostraße.

Darüber, wo die Weibliche Kriminalpolizei und die Weibliche Polizei im Januar 1947 untergebracht waren, konnte ich nichts herausfinden. Deshalb habe ich sie im Polizeipräsidium in der Straße Kattenbug angesiedelt. Das Navy, Army and Air Force Institute (NAAFI) am Flughafen Köln-Wahn gab es erst ab 1948.

Wegen des strengen Frostes ab Dezember 1946 gab es bis zum Einsetzen des Tauwetters im März 1947 auf vielen deutschen Friedhöfen Probleme, die Toten zu bestatten.

Von Januar bis Anfang März 1947 herrschten durchgehend eisige Minusgrade. Bei den genauen Wetterlagen für die einzelnen Tage habe ich jedoch teilweise, ebenso wie beim Stand des Mondes, erzählerische Überlegungen der meteorologischen Genauigkeit vorgezogen.

Bonn, im Sommer 2017
Beate Sauer

Danke an ...

meinen Mann Hartmut Löschcke für die Gespräche über den Plot der Geschichte und – wie immer – für konstruktive Kritik und Geduld in schwierigen Schreibphasen,

meine Redakteurin Marion Vazquez, die an Friederike und Richards Geschichte geglaubt hat und das Manuskript in verschiedenen Entstehungsphasen intensiv begleitet hat,

meine Lektorin Gisela Klemt für das sehr gründliche Lektorat und ihre Kommentare und Nachfragen, die den Text zu einem besseren Kriminalroman gemacht haben,

meine Freundin und Kollegin Mila Lippke für die vielen anregenden Gespräche über Romane und Filme,

meinen Agenten Bastian Schlück für die langjährige gute Zusammenarbeit,

Kriminalhauptkommissarin a. D. Gudrun Schramm-Arntzen sowie Kriminalhauptkommissarin a. D. Inge Homann für das intensive und inspirierende Gespräch im Sommer 2016 über die Weibliche Kriminalpolizei und die Vernehmungen von WKP-Beamtinnen,

Herrn Oberstleutnant und Pressestabsoffizier Dr. Harald Fritz Potempa vom Zentrum für Militärgeschichte und Sozialwissenschaften der Bundeswehr in Potsdam, der mir wichtige Hinweise darüber gegeben hat, wie ein militärischer Werdegang der Männer aus der Generation von Friederikes Bruder und Vater verlaufen konnte,

Herrn Felix Hoffmann vom Polizeimuseum e. V. in Salzkotten für die Unterlagen zur Weiblichen Polizei und Kriminalpolizei in NRW nach dem Zweiten Weltkrieg.

Alle Fehler habe allein ich zu verantworten.

Camilla Läckberg

Die Schneelöwin

Aus dem Schwedischen von Katrin Frey.
Roman.
Taschenbuch.
Auch als E-Book erhältlich.
www.ullstein-taschenbuch.de

»Die erfolgreichste Schriftstellerin Schwedens.«
Brigitte

Ein junges Mädchen läuft verletzt auf die Landstraße, wenig später stirbt sie im Krankenhaus. Ihr Körper zeigt Zeichen schwerster Misshandlungen. Kommissar Patrik Hedström bittet seine Frau, die Schriftstellerin Erica Falck, ihm bei der Suche nach dem Täter zu helfen. Erica interviewt gerade eine Frau im Gefängnis, die vor vielen Jahren ihren Mann getötet hat. Ihr Motiv: Er hatte die gemeinsame, ungewöhnlich wilde Tochter im Keller angekettet. Hedström erhofft sich Hinweise auf Menschen, die Kinder quälen. Doch je länger Erica mit der Verurteilten spricht, umso mehr glaubt sie etwas Wichtiges übersehen zu haben.

Gard Sveen

Der letzte Pilger

Kriminalroman.
Aus dem Norwegischen von
Günther Frauenlob.
Taschenbuch.
Auch als E-Book erhältlich.
www.list-taschenbuch.de

Denn wir können nur hassen, was wir lieben

Es ist Frühling in Oslo, als ein grausames Verbrechen geschieht: Der ehemalige Widerstandskämpfer Carl Oscar Krogh wird brutal ermordet. Während des Krieges stand er stets auf der richtigen Seite. Wer bringt einen Mann um, den alle bewundern? Kurz zuvor findet man in der Nordmarka drei Leichen. Unter ihnen ein kleines Mädchen. Kommissar Tommy Bergmann, scharfsinnig, klug und ein Selbsthasser voller innerer Abgründe, sieht einen Zusammenhang: Die Toten stehen in Verbindung zu Agnes Gerner, einer Agentin des Widerstandes. Je mehr Tommy Bergmann über die schöne und hochintelligente Frau herausfindet, umso gefährlicher erscheint sie ihm.

Ausgezeichnet als bester Krimi Skandinaviens!

Richard Dübell

Allerheiligen

Kriminalroman.
Taschenbuch.
Auch als E-Book erhältlich.
www.ullstein-buchverlage.de

Sakrisch guad: Mord und Totschlag in Niederbayern

Da legst di nieder! Ein gefährlicher Geiselnehmer im idyllischen Landshut? Auch das noch. Peter Bernward ist genervt: Sein Vater plagt ihn mit Vorträgen über Ahnenforschung. Die attraktive Kommissarin Flora Sander lässt ihn ständig abblitzen. Und jetzt behindern die arroganten Kollegen aus München auch noch seine Ermittlungen. Aber so leicht lässt sich ein niederbayrischer Dickschädel nicht von einer heißen Spur abbringen – und dann wird's gefährlich.

Der erste Kriminalroman von Bestsellerautor Richard Dübell!

Beate Sauer

Der Hunger der Lebenden

Ein Fall für
Friederike Matthée

Kriminalroman.
Taschenbuch.
Auch als E-Book erhältlich.
www.ullstein-buchverlage.de

Der Sommer 1947: heiß und tödlich

Köln, Juni 1947. Eine Hitzewelle plagt die von Krieg und Hunger gezeichnete Stadt. Friederike Matthée von der Weiblichen Polizei untersucht den Mord an einer früheren Kollegin. Die Beamtin überwachte während des Nationalsozialismus die Unterbringung von Kindern und Jugendlichen in Polizeilichen Jugendschutzlagern. Die Zustände dort gehen Friederike nahe, Erinnerungen an ihre Flucht aus Ostpreußen werden in ihr wach. Der Fall bringt sie und Richard Davies von der Royal Military Police wieder zusammen. Der Offizier Richard schwankt zwischen beruflichem Ethos und seinem Hass auf die Deutschen. Friederike überschreitet einmal mehr ihre Befugnisse, um den Fall aufzuklären.

Der zweite Fall für Friederike Matthée: ein Kriminalroman über die Suche nach Schuld und Vergebung